有爱的青春陪伴者

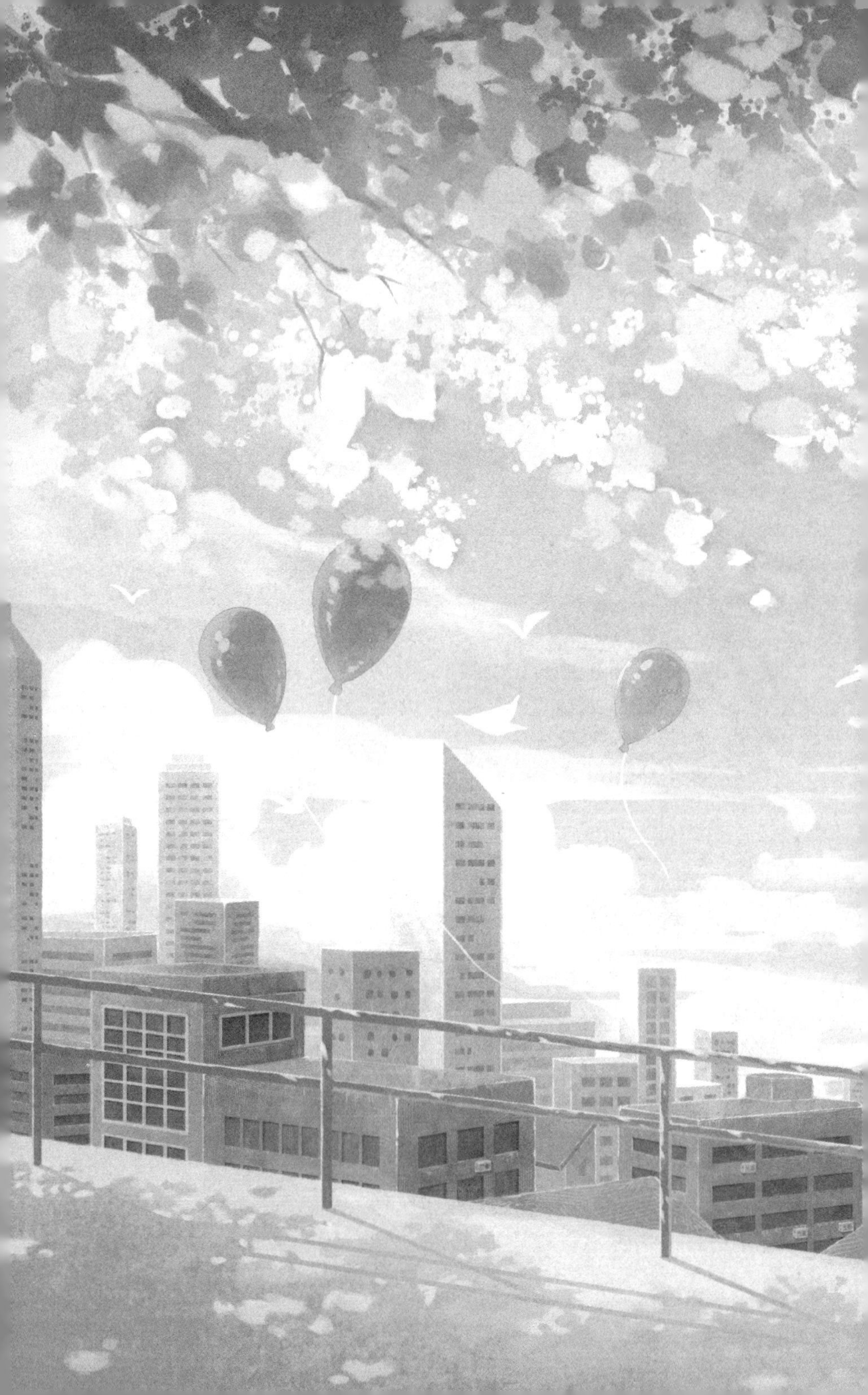

关山难越

林斯如 著

台海出版社

图书在版编目（CIP）数据

关山难越 / 林斯如著. -- 北京：台海出版社,
2025. 5. -- ISBN 978-7-5168-4130-3
Ⅰ. I247.5
中国国家版本馆 CIP 数据核字第 2025G70F39 号

关山难越

著　　者：林斯如

责任编辑：俞溦荣

出版发行：台海出版社
地　　址：北京市东城区景山东街 20 号　　邮政编码：100009
电　　话：010-64041652（发行，邮购）
传　　真：010-84045799（总编室）
网　　址：www.taimeng.org.cn/thcbs/default.htm
E - mail：thcbs@126.com

经　　销：新华书店
印　　刷：长沙鸿发印务实业有限公司
本书如有破损、缺页、装订错误，请与本社联系调换

开	本：880 毫米 ×1230 毫米	1/32
字	数：331 千字	印　张：9.5
版	次：2025 年 5 月第 1 版	印　次：2025 年 5 月第 1 次印刷
书	号：ISBN 978-7-5168-4130-3	

定　　价：42.80 元

版权所有　　翻印必究

目录 Contents

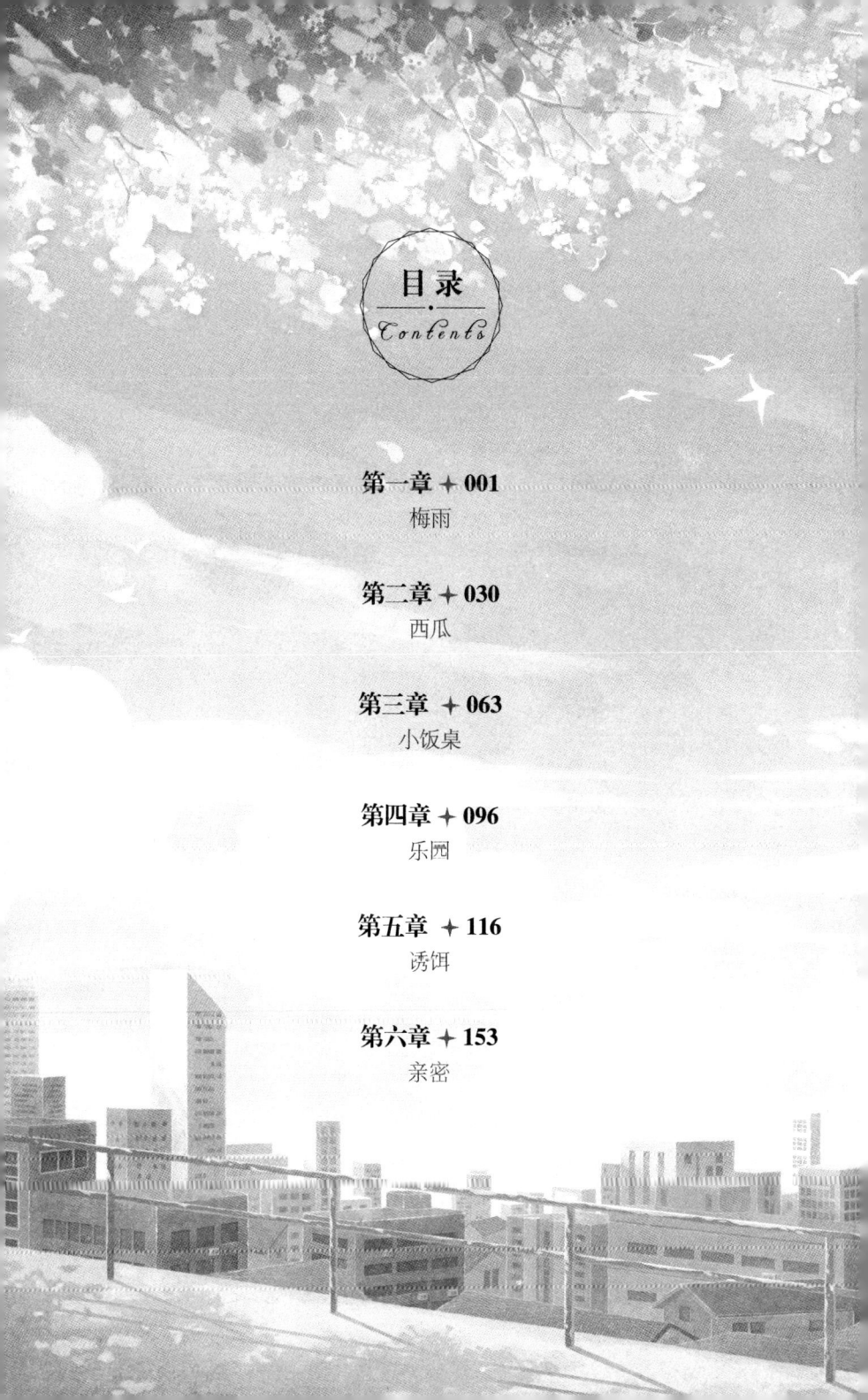

第一章 ✦ 001
梅雨

第二章 ✦ 030
西瓜

第三章 ✦ 063
小饭桌

第四章 ✦ 096
乐园

第五章 ✦ 116
诱饵

第六章 ✦ 153
亲密

目录
Contents

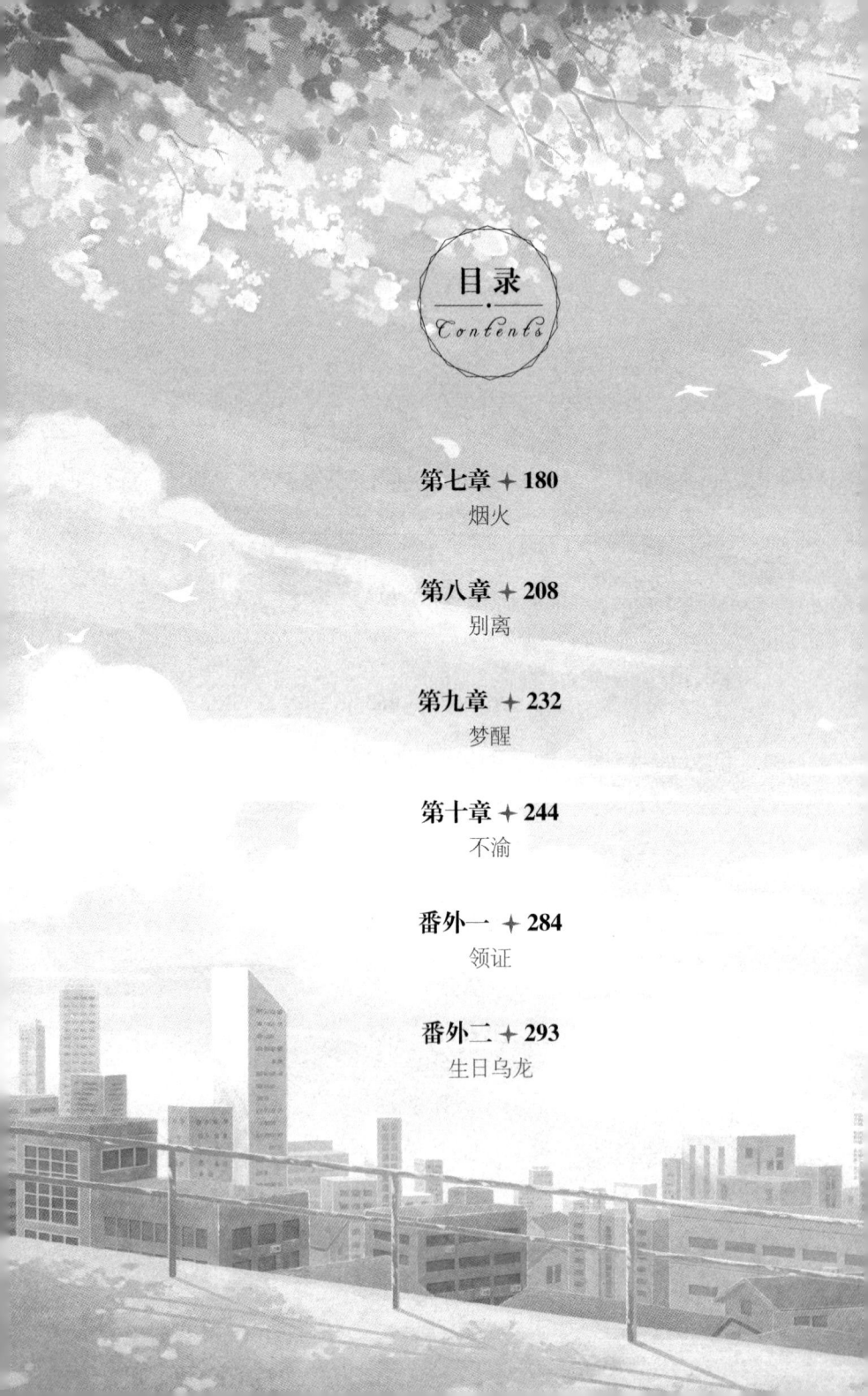

第七章 ✦ 180
烟火

第八章 ✦ 208
别离

第九章 ✦ 232
梦醒

第十章 ✦ 244
不渝

番外一 ✦ 284
领证

番外二 ✦ 293
生日乌龙

第一章 梅雨

覃溪镇是典型的南方小镇，仲夏来临之前，必然会经历一段漫长的梅雨季节。

阴天小雨绵绵，傍晚时分又起了薄薄的雾。雨水落在空旷的坝子操场上，深深浅浅的坑洼中蓄满了泥水。

宋苿萸往窗外望了眼，雨势依旧不见小，她被迫困在杂乱拥挤的办公室里，望着落满蛛网的电风扇，叹了口气，又低头继续批阅今天的考试试卷。

门外突然响起匆匆的脚步声，两个小脑袋凑在办公室的木门外，转着黑溜溜的眼珠子往里探。

宋苿萸察觉到动静，停下笔抬头看过去，是班上那对双胞胎男孩。

"宋老师。"他们异口同声地唤她，又分别说明情况。

"徐松松跟夏小林在校门口打起来了！"

"徐松松一直哭，怎么都不肯走。"

宋苿萸连忙盖上笔帽，用小腿踢开身后的长条凳，迎着两人走了过去。

"你们带老师过去。"

两个小家伙撑着一把伞，领着宋苿萸往外走，雨水很快就浸湿了她的衣裙。

"他们为什么打架？"宋苿萸问。

"我们也不知道。"

"他们突然就打起来了。"

两人一人一句，时不时看宋茱荑一眼。

"不对不对，是夏小林欺负徐松松。"

"对，徐松松没有还手。"

早已过了放学时间，偌大的校园里寻不见其他学生身影。还没走到校门口，宋茱荑就听到了小孩子的哭泣声。转过弯，她一眼便瞧见铁门边站着个小男孩。

是徐松松，她记得这孩子。他性格比较内向，很少说话，人白白净净的，与镇上其他孩子不太一样。

双胞胎兄弟的任务顺利完成，跟宋茱荑告别后便先回家了。

"好的，路上注意安全，小心车辆，别乱跑。"宋茱荑叮嘱道。

送走他俩后，宋茱荑回到了徐松松跟前。只见他一手抓着铁栅栏，另一只手抹着眼泪，看着可怜巴巴的。

"怎么回事啊，松松？"宋茱荑将地上的伞捡起来递了过去。

徐松松不说话，小声地抽噎着。

宋茱荑往附近巡视了一圈，和他发生争执的夏小林早已不见踪影。她摸摸他的脑袋："夏小林呢？发生什么事了？你有没有受伤？"

徐松松接过伞，却将胳膊递了过去。

宋茱荑这才看见他白嫩的胳膊上多了排整齐的牙印，印迹很深，甚至看得见皮肉下的血丝。

宋茱荑给他吹了吹："夏小林咬的？"

徐松松噙着眼泪点点头。

工作后宋茱荑才明白某些道理：家长们最忌讳、最关心的并不是孩子成绩是否优异，而是孩子在校是否健康平安。

眼下徐松松受伤，惹事的孩子又溜之大吉，她不免要被家长数落一顿。

雨势渐大，天色越来越暗。

好在徐松松的伞够大，宋茱荑个子又不算高，她一手将孩子护在身前，另一只手将伞撑在两人中间，冒着雨往校外走。

宋茱荑带他去诊所里做了简单的消毒处理，又在伤口抹了层红霉素软膏，最后才将这孩子送回家。

"可以跟老师讲讲刚刚究竟发生什么事了吗？"

"你胳膊还疼吗？"

"你家住在哪儿？"

一连三问，宋茱萸都没得到答案。

无论问什么，徐松松都只是睁着那双大眼睛茫然地望着她，宋茱萸顿感无力。

当两人走到三条街的岔路口时，沉默了一路的徐松松停住了脚步，又指了指柴市街那边："我家在那儿。"

徐松松偶尔抬眸看宋茱萸一眼，两人顺着街道一路向前，最后在街尾的五金店门口停下。店门口有根老式电线杆，上面密密麻麻的电线像是一层一层的网，雨水顺着层层电线网往下坠。

"你家在这儿？"宋茱萸问。

徐松松拽着书包带点点头。

宋茱萸盯着紧闭的卷帘门陷入了思考，其实她很少踏足这条街道，几个月来只路过一两次。

她曾经远远地往里瞧过几眼，街道看着还挺整洁干净的，但总有四五个染着酷炫发色的人聚在这里，一群人将17桌椅踹得砰砰作响。

看着徐松松坚定的眼神，宋茱萸最终上前几步，抬手拍了拍卷帘门。灰尘顺着伸缩杆往下坠，她吓得连忙后退几步。

"你好，我找徐松松的家长。"她冲着里头喊。

卷帘门恢复平静，地面落了层薄薄的灰。

没有回应，她又上前拍了拍门。又过了半分钟，店里传来轻微的脚步声，她与徐松松默契地屏息等待着。

卷帘门被人从里面拉开，一股旧金属的味道透了出来。

入眼的是一身非常简单的穿搭和清爽利落的黑色短发，少年微微弓着背，从门内探出身来。

宋茱萸顿时蒙了，她都做好心理准备迎接"彩虹头杀马特"了，怎料是个干干净净的少年！

少年耳侧贴着手机屏幕，高举的右手微微一顿，连着拉门的动作也定住了。他侧偏的头微微仰起，露出半截精致的下巴，勾连着清晰的下颌线。他的眉色浓郁，下面是一双狭长的眼，眉骨与山根处落着阴影，审视的目光直直落在宋茱萸身上，实在是嚣张得不行。

少年的语气更甚，不耐烦道："什么事？"

宋茱萸将徐松松往身前轻轻一推："找徐松松的家长。"

少年在两人身上扫了一眼，抬手扣住徐松松的书包带子，轻松地将人提到自己跟前。

"我就是他老子，有事说事。"傲慢、不羁又嚣张。

雨水顺着瓦片往下落，宋茱萸手里撑着伞，也仰头审视着面前的乖张少年。

看着不过二十出头的模样，却说自己是孩子的父亲。

"是这样的，今天放学后，松松跟同学发生了一点矛盾，"她尽量保持温和的语气，"所以我需要跟家长沟通一下。"

少年这才切断电话，将手机往裤兜里一揣，稍稍换了个表情："你是徐松松的老师？"

宋茱萸解释："我是他班主任。"

少年一副恍然大悟的模样，补充道："他们班主任不是村东口那刘老头吗？"

宋茱萸一愣，刘老头？怎么家长也爱给老师起外号？

"刘老师在四月初已经退休了，后面将由我暂时接管这个班级。"

少年的眉间微微松动，不似方才那般冷傲，态度也没么排斥了。

"行。我就是他家长，麻烦您亲自跑一趟。"

宋茱萸赶紧进入谈话的正题："嗯。松松的胳膊被同学咬伤了，事情原委我暂时不太清楚。"她又将药袋递了过去，"这几天，你记得按时帮他擦药。"

宋茱萸说完不敢再抬头看他，做好心理准备等着他的质问。

孩子受伤了你现在才联系家长？事情原委你不清楚？作为老师做不好监管工作？

她心跳如猛烈的鼓点，但这些问题并未随之而来。

少年往徐松松的胳膊上瞥了眼，伸手接过药袋，语气极其平淡："行，谢谢您。"

宋茱萸有些难以置信地抬头："那……"

"您先回去吧，让您费心了。"他补充了一句。

紧接着卷帘门又被拉下，隐约能听见屋里两人的谈话声，宋茱萸看着挂着锈迹的铁皮，后退了几步。

雨水浸湿了衣服让人浑身难受，她不敢再耽搁时间，撑着伞往职工宿舍走。

暖黄色的伞在青灰色的老建筑群里格外显眼，宋茱萸透过地面的水坑看到雨伞鲜明的倒影。

糟糕,徐松松的伞没还给他。

教职工宿舍算是镇上比较气派的建筑,位置并不在镇中心,距离中心学校大概十多分钟的路程。

一栋七层的高楼稀稀拉拉住着些外地老师,他们不像镇上其他居民那样串门,总给人一种安静又孤苦的感觉。

宋茱萸用力甩甩伞面的水珠,走进了宿舍楼。一楼楼梯间里充斥着饭菜的香气,江苗的宿舍门大大敞开着,疏散着里头的油烟味。

"这么晚啊?小宋。"江苗正哄着女儿茜茜吃青菜,抬起头跟宋茱萸打招呼。

"小宋阿姨。"茜茜也乖巧地问好。

宋茱萸对母女俩浅浅一笑:"班上有点事耽搁了。我先上楼换衣服。"

回到宿舍后,宋茱萸迅速将湿衣服脱下,洗了个热水澡防止感冒,然后瘫坐在椅子上吹头发。

笔记本电脑屏幕亮着,播放着某个下饭的综艺,泡面桶上插着叉子,冒着滚滚的热气。

宋茱萸留了十多年齐耳短发,几分钟就能将发丝尽数吹干。她捧着半桶泡面食不知味,综艺节目恰好播到嘉宾意外被狗咬伤的片段,整个节目组着急忙慌地将人送去医院处理伤口。

蓦地,她想起了昏暗的五金杂货铺,还有那个神情恹恹的少年。

宋茱萸将叉子放回泡面桶里,关闭电脑桌面的影视平台,把家长信息登记表从文档中打开——

学生信息:

徐松松,男,七岁,家庭住址:覃溪镇柴市街19号。

家长信息:

徐生,男,联系方式139×××××××,工作地点:柴市街五金店。

最后的备注栏里写着"父亲"。

宋茱萸滑动着鼠标,瞳孔缩了缩,捧着半张脸百思不得其解。

二十来岁的少年居然有个七岁大的儿子?

英年早婚,年少当爹?

翌日,小镇依旧没有放晴,天空中飘着小雨。

宋茉荑打算趁下课休息了解下昨日事情的原委，便把发生矛盾的两个小孩都叫到了办公室。

徐松松一贯沉默，无论宋茉荑问他什么，都得不到答案。

夏小林与之截然不同，絮絮叨叨地为自己辩解："宋老师，是徐松松先骂我的，我就是气不过才咬了他一下。"

宋茉荑捏了捏眉心："是这样的吗？松松。"

徐松松："……"

"那小林你来说，松松怎么骂你了？"宋茉荑又将问题抛了出去。

夏小林捏着衣摆，吞吞吐吐道："反正……就是骂了，我……我也不记得。"

徐松松依旧没有反应，夏小林的话又有待考量，大课间整整四十分钟，就处理了这件事，关键还没问出结果来，宋茉荑不免有些丧气。她随手翻着昨日的考卷，望着徐松松的满分试卷叹了口气。

思考片刻后，她还是打算放学后再家访一次，务必跟徐松松的家长好好沟通一下。这孩子太过内向，又不善于表达情绪，在班上也没什么朋友，如此下去不利于他的身心成长。

放学铃响起，徐松松独自收拾着课桌，将书包整理完毕后，拿着伞走出教室。

宋茉荑拿着昨天忘还的雨伞跟了过去。

徐松松并不惊讶于她的举动，默许她与自己并排而行，两人都朝着五金店慢慢走去。

宋茉荑看了看他的胳膊，询问道："你爸爸……昨晚帮你擦药了吗？"

徐松松抬头看她，眼神有些发愣，反应了几秒钟才应了声："擦过。"

见他的胳膊已看不出红印，宋茉荑才稍稍放宽心，抬手整理衣装。

五金店今日正常营业，门外放着块破旧的广告牌，隔着几米远都能看见店里亮着灯。

宋茉荑领着徐松松刚走到门口，就听见里头传来少年的谈笑声："我这号明天得交货，不知道能不能打上去。"

"不是吧，董大臀，一个段你都打不上去？"这是另一个人的声音。

"你行你来啊，说得那么轻松！"少年啐了一口。

"实在不行你找生哥呗，别耽搁交货时间。"对方劝他。

卷帘门打开了一大半，宋茉荑视线往里面探了探。果不其然，映入眼帘的是她比较熟悉的场景。

电脑屏幕上闪烁着花花绿绿的界面，几个社会气息浓郁的青年手指在键盘上灵活地飞舞着。

"我去买点吃的。"

"给我带支棒棒糖，大臀哥。"

"惯得你！"董大臀钩着小岳的脖子往后压，扭头问旁边沉默的徐生，"生哥呢，要带什么吗？"

铁货架旁摆着张很窄的木质沙发，上边懒懒散散地躺着个人。他枕着右手胳膊，像是在闭目养神，很少跟他们搭话。

徐生将盖在脸上的说明书往董大臀身上一扔："不用。"

董大臀笑着将衣领立起来："好嘞。"

他几步穿过货架，一边哼着曲子，一边大步流星绕到了大门口，一不留神差点撞上门口的宋苿莄。

陌生姑娘，关键是她身边还站着徐松松，也不知道他俩在门口站了多久。

"松松，"董大臀的手搭在徐松松的肩膀上，悄悄斜眼打量宋苿莄，"放了学不赶紧进屋？"

徐松松抬头看了两人一眼，犹豫片刻最终还是先进了屋。

"找谁啊？妹子。"董大臀似笑非笑地问。

宋苿莄正遭受着猛烈的视觉冲击，董大臀又紫又绿的发色差点晃瞎她的眼睛。她目光闪了闪，抿抿唇，欲言又止。

"哈喽！"董大臀见她走神，偏着头挥了挥手。

宋苿莄看了眼沙发上的人，尽管看不清他的正脸，她也能凭感觉将人认出来。

董大臀顺着她的视线往屋里瞧，紧接着听到姑娘怯生生道："我找徐生。"

董大臀咧着嘴笑个不停，冲着屋里喊："生哥，有人找。"

徐生被迫从沙发上坐起来，迈着两条长腿走到店门口。他揉了揉凌乱的头发，有些茫然地看着门口的姑娘。

昨晚徐生熬了个大夜，到现在都还有点蒙，他反应了片刻才问："什么事？"

宋苿莄有些费劲地仰了仰头，对上睡眼惺忪的徐生："松松爸爸，能跟你谈谈吗？"

姑娘的声线不算低，绵软的声音传进店里。还不等宋苿莄说完，屋里的两个男生发出"扑哧"的爆笑声。

宋茱萸敛了敛眉，完全处于状况之外，她眨了眨眼睛，有些不可思议地朝里面看去。

徐生提了提嘴角，也挂上了一抹笑，回头警告身后的人："把嘴闭上。"

徐松松也伸着脑袋瞧了眼自己的老师，摇头叹了口气，最后乖乖收回视线，坐在沙发上开始拆饼干。

宋茱萸顿感局促，她对着徐生尴尬一笑。

"进去坐坐吗？"徐生随口一问。

宋茱萸看着里面的模样，直接拒绝了。

徐生倒没有继续邀请，又往前跨了几步，和宋茱萸并排站在店门口："那行，您有什么事？请说。"

"我姓宋，昨天没来得及跟你介绍。"

徐生懒洋洋地点了点头。

他个子实在太高，宋茱萸只能往后退两步，两人的视线这才得以对上："我今天过来是跟你聊聊松松的事。

"松松的性格比较内向，不善于表达自己，希望你们家长多多关心他，增强孩子的自信心。"

徐生按了按后脖颈："这好像也没多大问题吧？"

"人得学会沟通和表达。就拿昨天的事来说，松松一直拒绝跟我交流，具体情况我们至今不清楚。他这样，容易吃亏。"

店里小岳打开空闲的电脑，给徐松松放了一部动画片，徐生回头就能看见小孩专心致志地吃着饼干。

徐生又回过头看宋茱萸："没什么问题，小孩受点伤也正常。"

宋茱萸只觉得更加乏力："我希望你们家长能配合教育工作，学生的身心健康和成绩一样重要。"

徐生注视着她那双忽闪的大眼睛，见不远处的董大臀着急忙慌地往回跑，他敷衍道："行，我会多留意的。"

宋茱萸眼见沟通无果，只好灰溜溜地打道回府。

徐生靠在旁边的工具柜上，吊儿郎当的，望着宋茱萸离去的背影："您慢走啊。"

宋茱萸头也没回，懒得再跟他废话一句。

董大臀跑回来，顺着徐生的视线瞧了眼："什么情况啊，生哥？"

小岳尖着嗓子道："松松爸爸，咱们谈谈？"

几个人笑作一团。

只有董大臀还处于状况外,明显摸不着头脑:"什么玩意儿啊?"

野格正好结束手头这局游戏,他捏了捏手指,笑着看了徐生一眼:"你问生哥。"

"我昨天随口一说,谁知道她真信了。"

"所以那姑娘就是松松的新班主任?"小岳趴在椅背上问。

徐松松盯着动画片,咬断饼干,发出清脆声响,替徐生回答:"对。"

野格"嗤"了一声,摸了摸脑袋:"看着不像啊,一副高中生的模样,居然是个老师?"

徐生又仰在沙发上,想起那姑娘小小的个子,圆溜溜的眼睛单纯又无辜,他忽地就笑了出来:"所以说,别用身高判断年龄。"

小岳至少还有点人性:"生哥,你这样捉弄老师不好吧?就不怕她给松松穿小鞋吗?"

董大臀一脸难以置信:"你小子刚上一年级那会儿,放学就去卸了班主任自行车轱辘的气,你是怎么好意思说出这种话的?"

徐生笑了笑,抬手揉了揉徐松松的脑袋。

他催促着徐松松回后屋写作业。电脑屏幕再次点亮,他没什么情绪道:"不至于。她待不长,走是时间早晚的问题。"

其余几人都赞同地点点头。

这些年省里给覃溪镇拨来的年轻老师换了一批又一批,如果连这种小小捉弄都接受不了,那她在这里肯定也是待不下去的。

这里的人文民俗他们最熟悉不过,也没有人比他们更清楚,小镇留不住城里来的年轻人。

夜晚开始起雾,小镇里笼罩着闷热湿腻的热气,灯光昏暗无比,街道上冷冷清清没有人烟,偶尔传来几声八点档苦情剧的插曲。

徐松松将作业收拾好放进书包,徐生才从厨房里走出来。他抽了几张纸擦着手上的水渍,刚刚弯着腰打开电脑屏幕,外面突然响起了拍门声,卷帘门被拍得哐哐直响。

徐生低骂一声。

卷帘门被打开的那一瞬,他平静的脸庞闪过一丝诧异。

脸色几番变化后,他缓缓开口:"有事吗?"

姑娘迟疑不决,最后叹了口气:"你们这儿能开锁吗?"

傍晚从五金店离开后，宋茱萸直接回了宿舍楼。洗漱完毕，她下楼扔垃圾，门就留了条缝虚掩着，谁知一阵风刮来，直接将门扣得死死的。

就不该偷这么个懒，她的手机、钥匙都落在房间里了。

宋茱萸刚到覃溪不久，没有什么熟悉、信任的同事，压根儿没在外边留备用钥匙。

难道要在门口坐一夜？

她垂头丧气地找了个台阶坐下，琢磨着开门锁的方法。

这穷乡僻壤的，要去哪儿找开锁师傅？

她垂头绑了绑鞋带，感应灯一明一暗间，脑海里突然闪过破旧的广告牌。

"你们这儿可以开锁吗？"

屋内的灯光将门前的街道照得通亮，宋茱萸喘着气，指了指门口的破旧广告牌。

广告牌上涉及的业务广泛，电路维修、电焊、私家车维修、下水道疏通等，唯一有关联的一项是配钥匙。

宋茱萸只穿着一条薄薄的睡裙，皮肤白得跟雪没什么区别。她将短发别在耳后，露出巴掌大的精致小脸，跑得整张脸都粉扑扑的。

徐生着了墨的眼睛望着她，平淡地开口："什么锁？"

宋茱萸脑海里转了一圈，发现自己压根儿不懂："我也不清楚。"

她的睫毛跟着颤了颤，但又怕他会就此拒绝，于是补了一句："应该不难开。"

"行。"徐生折回屋里拿上手机，"跟你去看看。"

宋茱萸见他同意，转身走到前面去带路。

走出柴市街后，会经过一座石桥。石桥上摆着几个垃圾桶，野猫围着垃圾桶乱窜，时不时叫唤几声。

马路上的灰尘特别多，宋茱萸领着徐生走了紧靠河边的小道。石板路上的雨水还未干，她小心翼翼地挪着步子往前走。

徐生跟在她身后，一路沉默。

月光映在河面，晚风拂过柳枝，地面的影子乱颤。

宋茱萸从柳树下轻松地走过。

徐生不耐烦地抬起一簇簇枝叶，尽管这样，枯黄的柳叶依旧落了一片在他头顶。

宋茱萸感觉到两人的距离渐渐拉远，故意放慢了步子。犹豫再三后，她回过头去看了一眼，只见少年依旧没什么表情。

"你没带工具怎么开锁？"宋茱萸提出疑问。

徐生没听清她说什么，快走几步跟了上来，偏头询问："你说什么？"

"我说徐师傅，你不带工具怎么开锁？"

徐生被她这个称呼逗笑了："先去看看再说呗。"

"怎么不叫松松爸爸了？"他补了句。

宋茱萸鼓着腮帮子，浅浅的鼻息恰似叹了口长气。其实傍晚那会儿，她早在那群非主流的嘲笑中反应了过来。

她被徐生耍了！

"有意思没有？"她停下脚步。

黑夜总是格外沉默，稻田里的蛙声吵得人心烦。

两人立在婆娑的树影下。

徐生见她眼神澄澈，冷峭的眉微微颦起，眼神中透着月色的冷清："随口胡扯的。别生气，给您道歉，宋老师。"

很显然，这个道歉并没有什么诚意，但现下毕竟有求于人，门还指望着这人打开，宋茱萸只能压住脾气。

"走吧，徐师傅。"她丢了句。

徐生散漫一笑，非常自觉地跟了上去。

教师宿舍楼只亮着几盏灯。

这里刚建好没几年，但缺少人打扫，短短时间之内，楼道间就结了不少蜘蛛网，墙角的灰也堆了厚厚一层。

宋茱萸住三楼，两人很快就来到她的房间门口。她依旧不死心地捏着门把手推了推，结果并没有什么变化，门依旧是锁死的。

暗红色的钢制入户门，顶端的门封薄膜甚至都没撕干净。徐生往门把手处扫了一眼，心中差不多有了答案。

宋茱萸往后挪了挪，给徐生腾出位置。

徐生握着门把手检查一番，弓着腰往门缝中看了眼。宋茱萸也跟着他微微往前凑，突然，他站直身子，巨大的身高差让宋茱萸顿感窘迫，她无奈地撑撑鼻尖。

也不知道他是吃什么长大的。

"能开吗？"她问。

徐生总能闻见她身上若有若无的香气，不是那种浓烈的花香果香，而是种很清新的牛奶沐浴露的气味。

徐生嘲弄地勾了勾嘴角，漆黑的瞳孔看不出情绪："只要你信我，就能给你开。"

宋茱萸靠着墙，品味着他话里的意思："你难不成还能把这栋楼搬走吗？"

徐生也看向她，脚跟点地轻轻打着节拍。

"开吧，我信你。"

姑娘一双杏眼明亮灿烂，徐生看得有一瞬的失神。回过神后，他没什么情绪地"嗯"了一声。

宿舍门与锁的材质都不怎么牢固，方舌锁体是最简单的，锁扣也只有简单一个。

宋茱萸见他转过身背对着自己，左手握着门把手，膝盖将门往里微微抵着，还没来得及细看他怎么操作的，防盗门就被他轻而易举打开了。

宋茱萸看得目瞪口呆。

徐生好心提醒她："找机会换个锁吧。"

宋茱萸有些难以置信，她知道这门不怎么结实，却没想到连门锁都算不上靠谱。对于独居女生来说，这并不安全。

她小声问："镇上有换锁的地方吗？"

徐生抬了抬眼，淡声道："有啊，我这儿。"

"普通锁、智能锁都有，价格不算便宜，但至少不会这么轻易被打开。"

晚风将室内的空气吹到门外，与五金店的金属气味不同，这是一种属于女孩特有的清甜气息。

"考虑好了可以找我。"

宋茱萸点点头，还没来得及问徐生今晚开锁的费用，他就直接转身往楼下走了，只余下深深浅浅的脚步声。

"谢了。"宋茱萸趴在楼梯扶手往下看。

徐生没有回答，只有沉沉的脚步声给予她回应。

雨过天晴后的空气格外清新，宋茱萸完全没心思感受田野的芬芳，睡太沉没听见闹钟声响，眼看就快要迟到了，她只好飞速往学校赶。

当她步履匆匆来到教室门口时，旧广播里恰好响起上课铃声。

她抚着胸口喘了喘气，故作镇定地走进教室。

班上的纪律还比较好，不少孩子已经自觉地拿出课本晨读了，宋茱萸非常欣慰地点了点头。

她目前负责二年级数学教学和班主任工作。幸亏小镇的生源比较少，全班才三十多名学生，大多数孩子也比较听话，倒是没怎么让她操心。

她把包放在讲台上，顺着过道的空隙，开始巡视学生们早读。走到最后一排，她顺势将窗帘扯开，一转身就发现夏小林盯着书在走神。

宋茱萸敲了敲桌面提醒，夏小林这才回过神来，欲言又止地望着她。

"专心点。"宋茱萸说。

夏小林点了点头，继续背新学的数学公式。

早读课结束，宋茱萸刚走出教室，夏小林就追出去叫住了她。

"宋老师！"

宋茱萸回头："有事吗，小林？"刚刚在课堂上就发觉他有些不对劲。

夏小林抿着嘴，侧着脑袋从窗口往教室里看了眼。

宋茱萸也看过去，恰好撞见徐松松装作无事般迅速收回了视线。

"我要跟您承认一个错误。"夏小林垂着脑袋，"我不该欺负徐松松……"

宋茱萸见他这副神情更加疑惑了，小孩的态度一百八十度大反转，背后肯定有别的原因。

她说："小林，你能勇敢承认错误，老师要表扬你。"

听到这话，夏小林的脑袋反而埋得更低了。

"能告诉老师原因吗？"宋茱萸半蹲下来。

夏小林却急了："宋老师，我真不是故意的！我以后再也不欺负他了！"

宋茱萸摸了摸他的脑袋。

夏小林委屈巴巴地看着她："所以，您能不能让他们别剪我的头发啊？"

剪头发？宋茱萸听得云里雾里。

"谁要剪你的头发？"她追问。

夏小林有点不敢说，小心翼翼地往徐松松的位置看过去。

宋茱萸大概能猜出些什么了。

她缓了缓，柔声安慰道："没关系，有什么问题都可以跟老师说。"

夏小林犹豫了半晌才说："是徐松松的哥哥。他们说，如果我再敢欺负徐松松，就把我的头发剪光光，变成一只小秃驴。"

宋茱萸呼吸一滞。

徐松松的哥哥……

她顿时觉得头昏脑涨。他都多大人了，还玩威胁小孩子这一套？

她只好将徐松松叫出来，当着两个孩子的面又确认了一遍。

"小林，老师再问你一遍。"宋茱萸瞥了眼神色淡淡的徐松松，"松松哥哥真跟你说了那种话？"

夏小林语气非常肯定："对，就是他哥哥！还有个紫头发的，长得很凶很凶！"

徐松松悄悄别开了脸，装作没听见一般，瞧着操场上叽叽喳喳啄食的麻雀。

"松松，"宋茱萸看向一旁的人，"你知道这件事吗？"

徐松松不说话。

"宋老师，徐松松当时就在旁边笑我。"夏小林又补充一句。

徐松松依旧保持沉默，也没什么特别的反应，只是白净的小脸蛋微微发红，眼神飘忽不定，怎么都不敢看宋茱萸。

紫头发，如此"棒槌"的发色，整个小镇再找不出第二个来，就是聚在徐生店里的杀马特之一，毋庸置疑。

"行，老师知道了，小林你先回教室。"宋茱萸审视着徐松松，他的眉眼与徐生极其相似。

昨天才说受伤不是什么大事，转眼间就带人去威胁夏小林。

宋茱萸气得有些想发笑："松松，放学带我回家找你哥。"

一回生，二回熟。

宋茱萸领着徐松松轻车熟路地穿过柴市街，走到五金店门口时，两人恰好碰到准备去吃晚饭的野格。

他见宋茱萸脸色不怎么好，徐松松又畏畏缩缩不敢开腔，估摸着这臭小子又闯祸了。

"小宋老师。"野格跟她打招呼。

宋茱萸往屋里看了一眼，直奔主题："徐生在吗？"

今天店里没有其他人，少了往常的热闹，冷冷清清的，只留野格独自守着铺子。他倒也没必要撒谎，摸了摸下巴上的痣，实话实说道："生哥去县城了，估计得晚点回来。"

宋茱萸将徐松松交给他："行，那我另外找时间再过来。"

野格将徐松松的书包接过来，捏了捏他的脸蛋，随口打听道："您找生哥什么事啊？"

徐松松往他身后躲了躲,只露出一只眼睛怯怯地看着宋茱萸,心底惶惶不安。

"没事。"宋茱萸避开话题,这几人天天混在一起,说不准剪夏小林头发的事也有他一份。

"到时候我再联系他。"她又补了句。

野格觉得莫名其妙,能轻易察觉到宋老师的生气和暴躁,至于什么原因,他也说不上来,总之与他无关。

野格将身后的徐松松扯到跟前:"那好,晚点我让生哥跟你联系。松松,跟老师说再见。"

徐松松僵硬地摆摆手。

自从来到小镇后,宋茱萸就变得更加"佛系"。晚上八点钟准时洗漱,然后躺床上玩玩手机,酝酿睡意,主打一个早睡早起,净化心灵。

但她现在有些心烦意乱。

好友许明莉给她拨了通视频电话过来,宋茱萸扯下面膜,按下了接听键。

"在做什么呢,茱?"

许明莉那边灯红酒绿,高楼上的显示屏循环播放着某奢侈品牌的广告。街道上繁荣热闹,人群熙攘,与小镇简直有着天壤之别。

"准备就寝。"宋茱萸揉了揉太阳穴。

"这才几点,姐?二十来岁的姑娘比六十岁的大爷还养生,我奶奶这会儿都还在跳广场舞呢!"

宋茱萸被她逗笑了:"村里没啥娱乐项目。"

许明莉喝着奶茶叹了口气:"所以你跑那么远做什么?就为了躲你妈妈,准备把后半辈子都搭进那鸟都不乐意拉屎的地方吗?"

她的用词还是一如既往的刁钻、霸道。

"也不全是。"宋茱萸抹了抹脸,慢条斯理地说,"我这人适应能力挺强,而且村里真的挺不错。"

许明莉嗤之以鼻:"要真在村里待一辈子,请问你的个人问题怎么解决?"

宋茱萸盘腿坐在床上,正准备辩解几句,忽然听见外面响起一阵轻微的敲门声。

"直接嫁给化肥厂的少东家。"她说。

确认没有听错敲门声之后,她一边与许明莉说笑着,一边趿拉上拖鞋去开门。

一般到了这个时间点很少会有人来敲她的门，宋苿荑猜测可能是其他老师过来借东西。

"滚吧你。"许明莉声音含含混混的，"说认真的，你又开玩笑。"

宋苿荑对着屏幕笑了笑，打开玄关处的壁灯，又凑近猫眼望了望。楼梯间的感应灯灭了，外面漆黑一片，她不清楚对方究竟是谁。

"谁呀？"宋苿荑举着手机问。

门外的人依旧不作声，听许明莉在电话里絮叨，宋苿荑突然有些分神。

"谁？"她重复道。

门外的黑影动了动，清瘦挺拔的身影有些眼熟，宋苿荑试探性地将门推开一些缝隙。

感应灯再次亮起，只见徐生就立在楼梯口。T恤、工装裤，简单的穿搭显得他这人尤其干净。可他的五官偏清淡疏离，嘴角又时不时挂着几分薄笑，总给人一种能猜，但又难猜透的感觉。

"等实习期一过，赶紧回市里吧，姐们想死你了。"许明莉不知宋苿荑那边什么情况，隔着电话抒发自己的相思之苦。

宋苿荑想不明白徐生为什么这么晚会过来，两人隔着不过一米的距离沉默地看着对方。

"我有点事，有空再打给你。"宋苿荑匆匆挂断电话。

此时，安静得只剩下两人的呼吸声。

徐生靠着墙，懒懒散散的，开口就是："听说你找我？"

宋苿荑见他这副模样有些来气，又瞬间想到可怜的夏小林，她忍不住直接质问："冒昧地问一句，你成年了吗？"

"怎么？"徐生有些莫名其妙。

"就非得做这么幼稚的事？"宋苿荑话里话外都阴阳怪气的。

徐生自然听出了其中的意味："你想说什么？"

"成年人好歹稳重成熟点吧？做事情之前想清楚、动动脑子好吗？幼稚又莽撞，挺没意思的。"

徐生听得云里雾里，左脚不经意踢到地下的包装袋。盒子里的金属磕碰地面，发出一阵沉闷的响声，他的表情逐渐变得不耐烦。

"如果说剪掉别人的头发，再威胁几句就能解决问题，那整个世界岂不是都跟你一样幼稚？"

后面池塘里的蛙声令人心烦。

徐生将双手环在胸前,一只脚搭在楼梯上,闲闲散散地站直了身子,嘴角扯出一丝嘲讽的笑:"我吃多了撑得慌啊?"

他的眉眼清冷,瞳孔在灯光下又黑又亮,表情颇为不悦。一句语气不善的话,反而让宋茱萸愣在了原地。

徐生往地面的盒子踹上一脚,低骂一声,直接下楼了。

脾气大得不得了。

宋茱萸冲着他的背影喊:"你把你的东西拿走!"

徐生直接头也不回地下了楼,没过一会儿,楼底响起机动车引擎发动的声音。

说了两句大实话还不乐意听,脾气这么大是想掀翻天呀!

宋茱萸在门口足足站了两分钟,平息怒火后才走到楼梯口,对着那袋挡路的东西踢了一脚,最后才没好气地将其捡进宿舍。

她将门轻轻带上,扣上反锁杠,打开袋子随意扫了眼,只见包装盒上标着"智能防盗锁"。

宋茱萸的心像是被滚水烫了一下,他这会儿赶过来,是专程替她换锁的吗?

徐生骑车向来不追求速度与刺激。刚刚莫名其妙被人嘲讽一顿,不知是羞愤,还是恼怒,他都无处宣泄,只好对着油门拧了又拧。

临近盛夏,晚风闷热,不到两分钟,摩托车就在五金店门口停下。

徐生瞥了眼倒车镜,调整好气急败坏的表情,才弓着腰推开卷帘门。

屋里亮着盏昏暗的壁灯。

一般到了这个点,店里都保持着绝对的安静。几个年轻人戴着耳机,全神贯注地盯着屏幕,除去偶尔几声咳嗽,只剩下敲击键盘的清脆声响。

徐生将卷帘门拉下时,董大臀往这边看了眼,目光马上又回到了电脑屏幕上。感觉到徐生走到身后,他转过头问:"这么快啊,生哥?"

徐生没什么情绪地扫他一眼,转身从冰箱里拿出一听汽水,指尖抵住易拉环一拉,气泡顺着罐口冒出来。

下一秒,董大臀连人带椅子被踹上一脚。

"哎哟!"

董大臀一个手抖,屏幕显示"你已经阵亡"。

"不是,我又怎么了?"董大臀看着灰色屏幕顿时火大,一巴掌拍在桌上,气冲冲地站起身来。

小岳和野格明显也一愣，不明白徐生这火气出自何处。

徐生敛下眼皮，气定神闲地喝了口汽水，转身回到沙发上坐着。

他微微敞着长腿，漫不经心地问："想想你做了什么？"

董大臀索性连这局游戏也不管了，扯过椅子又坐下，直接关掉游戏界面。

小岳看了两人一眼，见董大臀憋得整张脸通红。都是一块儿长大的好兄弟，他知道董大臀忍着脾气没爆发。

正好这局游戏结束，小岳走到沙发旁坐下，颇有一种当和事佬的架势："怎么了这是？松松睡觉呢，你发这么大脾气。"

徐生语气淡淡道："你问他。"

野格见气氛不好，竖起耳朵关注着那边的动静，还时不时回过头瞄上一眼。

董大臀气得不想说话，压了压嗓子："不是，我能做什么啊？"

"松松那胳膊青一块紫一块的，我一外人都看着心疼。你好歹还是他亲哥，管都不带管的啊？"

徐生偏着头看他，掌心的易拉罐被捏得微微变形："我让你管了？"

董大臀发笑："徐生，要不是拿你当兄弟，你看我会不会管！"

小岳听两人这么一说，瞬间明白了事情原委，毕竟威胁那小孩的事他也有份。

徐生这人嚣张，对人处事都带着三分火气，看着并不好惹，谁知道这样的一个人竟有个棉花糖似的弟弟。

徐生从不惯着徐松松的脾气，反而要求他温和谦逊，少与同学发生争执。别人家的小孩一到放假，整个镇子都是他们的身影，而徐松松只能待在店里写写作业、看看动画片。

徐松松上小学后，与同龄人的联系越来越少，成了软绵绵的闷葫芦性子，受了欺负也不敢吭一声。

"行了，你也别生气，阿生就这脾气。"野格小声劝着董大臀。

董大臀冷哼一声："我让着他的时候还少吗？"

其实董大臀比徐生还要大上一岁，不过平时两人走得近，压根儿没计较年龄的事，他也就一口一个"生哥"地喊着。虽然他大事小事都愿意让着徐生，但不代表愿意无条件被人踩压着。这样想着，他觉得自己未免也太窝囊了，简直毫无自尊可言。

徐生将易拉罐搁在旁边的小茶几上，暖黄的灯光落在脸上，眼睫毛微微扇动着。

过了片刻，他才迟迟开口："我没想跟你发火。"

董大臀也不接话，冷哼了一声，等着他继续说。

"说要剪人家头发那事，是你干的吧？"徐生不疾不徐道。

董大臀是懂徐生，这话不假，但徐生对他何尝又不了解呢？一个眼神足以看透对方的想法，两人之间存在着某种心照不宣的默契。

小岳咽了咽口水，干巴巴道："还有我。"

徐生偏着头睨他一眼，忽地笑了一声，真想抬手给他们鼓掌。

董大臀火气降下去不少，愤愤不平："我不给那小子点教训，看着松松被人欺负啊？"

徐生目光闪了闪，过了片刻才开口："我知道，但他得学会自己去处理人际关系。"

"难不成咱们还能陪他到七老八十？"徐生语气淡淡的，"再说，你带头去威胁个半大的孩子，又算什么事？"

"不嫌幼稚啊？"他学着某人的语气，"有什么事不能好好解决？"

董大臀沉默了。

"少干点混账事，别把徐松松给我带偏了。"徐生语气沉沉地补了句。

董大臀没反驳。这话确实没错，他们这一群人的未来会怎么样谁又说得准？徐松松也确实没办法一辈子都处于他们的庇佑下。

徐生稍稍坐直身子，语气里有些说不清的情绪："我不想徐松松跟我们一样。"

他能健健康康长大就好，如果可以，好好念书，离开小镇就更好。

一场短暂的闹剧收场，男生之间似乎很少道歉，几人又回到各自的电脑前，为眼前的生计奔走忙活着。

雨水落在枝叶上，凝聚成一粒粒晶莹的水珠。天空昏沉沉的，好像给人的眼睛盖上了一层灰蒙蒙的幕布。

阴雨绵绵，学生们也昏昏欲睡，上课的效率并不高。宋茱荑这堂课是新授课，"时、分、秒"的知识对于二年级的孩子来说有些抽象，所以这课上得就更加艰难。

刚上课没多久，她就发现徐松松今天的状态不太对。小孩儿的胳膊撑在桌面，面色苍白，一双眼无神地看着黑板。

直到做练习题时，徐松松彻底撑不住，最后趴在了桌面上。

宋茱荑恰巧看见这一幕，赶紧走下讲台，摸了摸他的脑袋："松松，怎么了?"

徐松松听见老师的声音,强忍着难受抬起头来。只是微微仰头,那种恶心的感觉就直冲胸腔,他抬起小手赶紧捂住嘴:"宋……宋老师……"

他怎么也憋不住,胃里一股暖流从下往上返,最后直接吐了出来。

徐松松原以为自己会直接吐在衣服上,睁眼却看到面前那双掬着的手白净又小巧。周围的同学"咦"了一声,纷纷捏着鼻子躲开,脸上露出嫌弃之色,只剩下宋荣荑和徐松松大眼瞪小眼。

"对不起,宋老师。"徐松松很懊恼。

"没事,你还吐吗?"宋荣荑有些担忧,也顾不上手心里的东西,"还想吐赶紧跟老师去厕所。"

见徐松松缓缓点了点头,宋荣荑赶紧领着他去办公室里的卫生间。帮徐松松洗漱整理完毕后,她才拾起香皂洗手。

她扯了纸巾擦手,发现小孩眼神木讷,有些不安地望着自己。

"还难受吗?"

徐松松摇摇头。

"喝点水吗?老师给你倒杯水。"

徐松松同意了。

看着宋荣荑四处翻找出纸杯,又蹲在地面从饮水机里给他倒热水,徐松松的心莫名软了几分。

这种感觉很奇妙,又很温暖。

宋荣荑将纸杯递给他:"喝吧,小心烫。"

徐松松接过杯子,小心翼翼地抿了口热水,最后对上宋老师温柔又担忧的神情,忍不住发问:"宋老师,您不觉得我恶心吗?"

宋荣荑愣怔几秒:"不恶心啊,你只是生病了。"

徐松松见她笑,心里暖洋洋的。

"让你哥接你回家休息吧?"宋荣荑抽了张纸巾递过去。

她刚刚摸了摸徐松松的额头,微微有些发热,还是需要尽快就医吃药。

徐松松皱了皱眉:"我哥不在。"

宋荣荑正打算翻开家校联系簿寻找徐生的电话号码,听徐松松这么说不免疑惑:"不在?"

"他去县城了,这几天都有事。"

想到徐生昨天确实也不在覃溪镇,宋荣荑更放心不下徐松松了。

为人师长者,犹如父母,这话并不夸张。

宋茱萸只好将人带去诊所,医生说只是普通感冒引起的肠胃炎,最后又给徐松松开了些感冒药。

放学后,宋茱萸将徐松松送到五金店门口时,徐生已经从县城回来了。门口停着辆黑色的摩托,头盔随意地扣在油箱上。

徐松松往屋里看了眼,并没见到亲哥的身影。

他抬手拽了拽宋茱萸的衣摆,软糯的薄毛衣外套捏着很舒服:"宋老师。"

宋茱萸疑惑地瞧他一眼,将短发别在耳后:"怎么了?"

"告诉你一个秘密。"徐松松吞吞吐吐。其实他着凉感冒就是因为昨晚翻来覆去睡不着,听着几个哥哥在楼下争吵,心里很不是滋味,好像……宋老师还误会他哥了。

宋茱萸眨巴眨巴眼,听到小男孩稚嫩的嗓音传入耳朵。

"我哥没有欺负夏小林,"徐松松犹犹豫豫道,"是董大哥和小岳哥,他们只是想吓吓夏小林,我哥真的什么也不知道。"

徐松松又补了句:"我也知道错了,以后会像我哥说的那样做,在学校好好跟同学相处,有问题找老师解决。"

这话刚说完,还不等宋茱萸反应,就见到后屋里走出来一个挺拔的身影。少年的头发又短了些,浓密乌黑,明暗对比,更显其眉眼冷峻。他将围裙半折系在劲瘦的腰间,瞧着与平时不太一样,不那么张扬,反而多了几分烟火气。

徐松松对着来人胆怯地喊了声:"哥。"

徐生走到两人身边,接过徐松松的书包,两指扣在书包带上,手背激起一条条青筋。

"又有事,宋老师?"他抬了抬肩。

宋茱萸能听出他语气里的调侃,原本已经快冒到嗓子眼的道歉又给硬生生憋了回去。

"松松有些感冒。"她语气平静。

徐生对上她的眼睛,只冲着她点了点头。

"药在他书包里,晚饭后记得按时吃。"她补充了一句。

不管了,误会也好,道歉也罢,有机会再说。宋茱萸跟徐松松挥了挥手,准备暂时逃离这个地方。

徐生敛着眉,目光落在她的背影上:"等下。"

宋茉萸回头就看见他不紧不慢地掀开围裙，从运动裤裤兜里摸出手机，脸上又挂着几分若有若无的笑，沉沉开口："加个微信。"

"做什么？"宋茉萸警惕。

徐生将微信二维码调出来，把手机屏幕举到她面前，察觉到她细微的表情变化："转药钱啊。"

"还是说，现在的老师工资已经高到令人无法想象了？"他的语气意味不明，"什么都能倒贴？"

宋茉萸想着每月不到三千的工资，有种心窝子被人戳了又戳的感觉。

不要白不要，好歹能喝两杯奶茶。她拿着手机扫了码，发送好友添加请求后，迅速溜走了。

"您慢走啊。"

街上驶过的汽车激起泥水，徐生懒懒散散地冲宋茉萸喊了句。

覃溪接连几天降雨，天气却越来越闷热，人的食欲也跟着消减。

餐桌旁的小风扇吹得呼呼作响，宋茉萸将擦了头发的湿毛巾晾在窗口，从冰箱里拿出最后一瓶橙汁。拧开瓶盖后，她凑近瓶口喝了一大口，嘴唇也被染得酸酸的。

晚风把蚊帐吹得鼓起，宋茉萸坐在床沿翻看手机，徐生在几分钟前同意了她的好友请求。

她随手点开他的个人资料，昵称是个单独的"生"字，头像也符合当代年轻人的审美，湛蓝大海边的孤寂背影，偏文艺。

跟徐生的身形非常吻合，大概率是他本人的照片。

但……显示没有开通朋友圈功能。

蓦地，手机微微振动，宋茉萸这才返回聊天界面，看见徐生发来的微信转账，金额为一百元整。

见页面顶端显示着"对方正在输入"，她将双腿稍稍屈起，左手撑在膝盖处，下巴枕在手臂上，等着新消息。

徐生：药钱，收下。

其实小镇的诊所看病拿药收费并不贵，普通感冒药的价格都在三十元以下，远远达不到一百元这么多。

宋茉萸大致了解小镇的物价，徐生作为本地人，没道理不清楚。

也不知道这人又偷偷使着什么坏。

宋茉萸：多了。

对方并没有立刻回复，过了片刻她才收到消息。

徐生：**感谢宋老师的照顾。**

怎么有种行贿、收礼的错觉？

宋茱萸：**钓鱼执法？**

她轻轻捏了捏耳垂，嘟囔着这人什么毛病，将付款记录截屏甩了过去。

宋茱萸：**一共28元。**

徐生：**那就存着他下次用。**

宋茱萸差点被橙汁呛到，她捂着嘴轻轻咳嗽两声，白皙的脸颊微微泛红。

这是亲哥能说出的话？盼点啥不好啊？

她靠坐在床头，抹了点身体乳，布丁牛奶味在房间里肆意蔓延，连着空气都变得甜丝丝的。

一切洗漱工作结束后，宋茱萸将薄毯盖在身上，侧躺在床上开始追剧。

时间在不经意间流逝，转眼间到了十一点。

她去饮水机接温水时，手机在睡衣兜里振了振。她将杯子搁在台面上，点亮了手机屏幕。

徐生：**不收吗？**

宋茱萸半蹲着，恰好可以看到小凳上的智能锁盒子。

她喝了点水，不紧不慢地回复：什么时候可以来帮我换锁？

徐生又将话题扯到那一百块上：**换锁不止这个价。**

宋茱萸拿着盒子晃了晃：我知道，再补给你。

又隔了很久很久，就在她靠在枕头上差不多快要睡着时，微信又弹出消息。

徐生：**明天来找我。**

宋茱萸困倦地看了眼，将手机调成飞行模式，裹着小棉毯迷迷糊糊地睡去。

隔天正好是周五，乡镇小学放学时间普遍偏早，四点钟就能瞧见一大片一大片的学生往校门外拥。作为班主任，宋茱萸还需守着学生将教室卫生彻底打扫干净，所以她离校时已是二十分钟后。

职工宿舍楼隔音效果不太好，宋茱萸想着趁时间还早，赶在天黑前将锁换好，以免打扰其他老师休息。

等宋茱萸走到宿舍楼下时，徐生早已经靠在摩托车旁玩手机了。

宋茱萸有些诧异地看着他，没想到他来这么早。

江苗又在给孩子喂饭,一抬眼就看见宋茱萸身后多了个小伙子。她三两步冲到门口,来回打量着两人:"小宋啊,这才下班呢?"

宋茱萸能感受到对方八卦的眼神,坦坦荡荡地说:"对,找了个师傅来换锁。"

"这样啊,那你先忙吧。"江苗回了屋里。

宋茱萸继续往楼上走。

一直走到宿舍门口,她才扭头看了眼徐生,好在他的神色依旧如常。

宋茱萸翻出钥匙准备开门:"要怎么换?"

徐生将挎在胸前的工具包取了下来:"先把门打开。"

宋茱萸老实照做,插上钥匙后,刚将门往里推开,突然想起一件严肃的事情来。

她立即转过身,把徐生挡在外面,又将门稍稍合拢些:"等一下,房间有点乱。"

"我进去收拾收拾,等我一分钟。"她窘迫地指了指门。

徐生无所谓地耸耸肩,朝里扬了扬下巴。

得到允许后,宋茱萸做贼似的将门扒开一条小缝,小鱼一般溜了进去。

"咚——"一声,门又被她重重合上。

其实宋茱萸进去并不是为了打扫整理,而是宿舍楼没有正经的生活阳台,所以她平常都把衣物晾在客厅的阳台上,其中当然也包含那些贴身衣物。倘若被陌生人撞见,那不得尴尬死了。

她的动作很迅速,开门时面上还带着点浅笑:"好了。"

最多两分钟吧,见姑娘笑盈盈地望着自己,徐生不免有点错愕。

"进来吧。"她把门完全打开。

与那晚不同,今日天色尚早,一眼就能看清室内的装潢。

徐生淡淡地往客厅里扫了眼,姑娘的房间收拾得很整洁,门口鞋架整理得一丝不苟,白色的地砖上也一尘不染。

"可以直接进来,不用换鞋。"

得到房间主人的允许,徐生也就没有再犹豫。他将工具包搁置在地面,拉开顶端的拉链,先将防盗锁掏了出来。

"会弄得乒乒乓乓响吗?"宋茱萸问。

"应该没啥噪声。"徐生老实回答。

他迅速拆开新锁的包装盒,将新锁体与原锁体进行比较,确认型号吻合之后,又从包里拿出螺丝刀,打算先将门把手拆卸下来。

宋茱萸压根儿不懂这些，只能守在旁边看他忙东忙西，想着待会儿帮忙递下工具什么的。

"要不要给你搬张凳子坐？"她又问。

"不用。"他沉声回答。

只见徐生半蹲着，双手灵活地将原门锁拆卸下来。等他微微一颔首，发现小姑娘也以同样的姿势蹲在一旁，满脸新奇地望着他。

他瞥她一眼："怎么，不放心，亲自监工啊？"

宋茱萸自然知道他又在打趣自己，索性托着腮一本正经地回答："不行吗？我也多学一门手艺啊。"

徐生扯了扯嘴角："能给宋老师上课的机会可不多。"

他将中轴放回锁体空位，准备换个反锁方向，然后伸手从工具包里摸老虎钳，却只摸到了冰冰凉凉的地板。

工具包不知何时被宋茱萸换了位置。

她乖巧地蹲在一旁，见徐生似乎要找东西："要什么？我帮你拿。"

"老虎钳。"

宋茱萸将工具包从身后扯了过来，埋头苦寻，最后拿了把橙红色的绝缘起子递过来。

"是这个吗？"

徐生颇为无奈地站起身来，往她身边走近几步，半蹲在她面前，一眼便看到了包里醒目的老虎钳。

他沉默了："有没有可能……你手上那玩意儿，叫起子？"

宋茱萸不羞不臊："哦，学会了，这是钳子，那是起子。"

徐生回到原位，身体微微前倾，继续摆弄门上的锁扣："学得还挺好。"

宋茱萸也不搭理他，自觉地将工具包移回了原位，守着他摆弄地面那一大堆零件。

徐生又从里面拿出扩口钻头，打算配合着手电钻在门上新开个孔。他手上的动作没有停，又想起另一件事来。

"你不用吃饭？"

宋茱萸抬起脑袋："为什么这么问？"

徐生往右边看了眼，如果他没记错的话，宋茱萸的宿舍应该跟一楼那位老师属于同个户型，开门右边即是厨房。可他刚刚拿老虎钳的时候，发现不到10平方米的厨房被改成了衣帽间，里面只塞了一个小号衣柜，墙角靠着一面全身镜。

"我不会做饭。"宋荣荑顺着他的视线看了眼,有些无所谓地回道。

徐生不由得皱了皱眉。说得挺理直气壮的,难怪瘦成这副模样。他又拿着小电钻走到门边,宋荣荑也跟了上去。

电钻慢慢靠近大门,发出刺耳的噪声,碎屑轻飘飘地落到地面。

宋荣荑默默靠近,紧接着说的那句话倒让徐生的心为之一松。

"那晚的事,对不起啊。"她盯着正在工作的电钻。

徐生再次按下电源键,在原地愣怔了片刻。明明听清了她的话,他偏偏还要再确认一遍:"你说什么?"

宋荣荑并非那种扭捏的人,做错了就是做错了。她后退两步,又说:"我说,对不起。那天没了解清楚事情的真相就指责你,所以想跟你道个歉。"

徐生慢腾腾地伸出左手,给她竖了个大拇指。

宋荣荑认为这怎么也算正正经经的道歉了,怎料最后被他给逗笑。

"道歉做什么,我又没生气。"徐生将螺丝塞进刚打的孔里。

宋荣荑说:"我不信。"

他偏头去拧背面的螺丝,用非常平淡的口气说:"不信拉倒。"

说来奇怪,她跟徐生之前压根儿没见过几面,虽然他看起来一副吊儿郎当的模样,却总能给她一种老成的错觉。他不太像这个年龄段的人,更奇怪的是,也不太像生活在这个小镇上的人。

徐生将最后一颗螺丝拧紧,发现姑娘亮晶晶的杏眼毫不避讳地盯着他看。

他的手慢慢挪下来,漫不经心地问:"一直盯着我做什么?"

宋荣荑依旧蹲着,双手托着腮做思考状,冷不丁问道:"你跟松松是亲兄弟吗?"

"看着不像?"他短促地笑了声。

"长得挺像的。"她不可否认。

虽然外貌有些相似,性格却差以千里。如果要用糖果形容他俩,徐松松就是颗奶油甜枣,而徐生嘛,更像是冰凉冷洌的薄荷糖。

她说:"松松要是能有你一半高冷,班里的孩子都得认他当大哥。"

徐生神色不明地睨她一眼。这是夸他,还是损他?

"我的意思是,希望松松可以勇敢一点,自信一点,遇到问题敢于承担。"宋荣荑又补了句。

"行。"他启动电子锁的开关,"我替你转告他。"

宋茱萸见徐生并非不讲理的人，商量着："那他能亲自跟夏小林道个歉吗？"

电子锁响起启动铃声，徐生抬手进行调试，声音懒散："那他不也被咬了吗？你不管？"

"管！我会让他俩给对方道歉。"宋茱萸拍着手站起来，"他们以后还是好朋友，你觉得行不行？"

"行，怎么不行？"他一脸闲散。

连绵的阴雨终于告一段落，小镇逐渐拥抱盛夏的炽热。办公室里的吊扇飞速运转着，宋茱萸搁下钢笔挠了挠右腿。

她微微垂下脑袋，发现又多了些深浅不一的红包，还有指甲留下的大片抓痕。

她从包里翻出花露水分装瓶，对着小腿喷了又喷。

浓郁的栀子香在办公室里肆意弥漫，宋茱萸捂着嘴干咳了几声，扭头便与门外的徐松松对上视线。

下课后喜欢来办公室凑热闹的学生不少，但徐松松明显不属于这一类。

宋茱萸对他招了招手。

只见小孩拿着个半透明的袋子，轻手轻脚地走进办公室，小声喊道："宋老师。"

"有事吗？"

徐松松将纸袋子递到办公桌上，脸颊有些发烫，小手紧紧拽着衣角："我哥说把这个给夏小林。"

宋茱萸打开袋子，发现里面装着一顶米白色的棒球帽。镇上可买不到这个尺码的帽子，应该是他们特地选的童码。

"希望他收下这个礼物，"徐松松的声音柔软又稚嫩，"原谅我们之前说要剪掉他头发的事。"

宋茱萸抬手摸摸他的小脑袋，连眉梢都挂上了几分笑意。

"松松，你能正视自己的错误值得表扬。宋老师相信小林会喜欢这份礼物的。"

徐松松笑了笑："我哥说道歉最大的诚意是想办法弥补，所以我希望小林能忘掉不开心的事。"

道歉最大的诚意是弥补。

宋茱萸很难想象这句话出自徐生之口，或许是因为他给人的感觉太过无所谓，才容易让人忽视掉他内心的柔软与诚意。一提到徐生，宋茱萸就忍不住发愣，又想到了换锁的那个晚上。

她无奈地捂住眼睛，企图将记忆全部清除。

在电子锁换好之前，一切都按照正常轨迹发展着，但宋茱萸设置好开锁的密码后，见徐生忙着收拾地上的工具，便问道："一共多少钱？"

徐生将包装盒一并塞进袋里，当作垃圾顺便带走："锁四百。"

宋茱萸不怎么相信，单凭这款锁的功能和材质远远不止这个价。

"批发价四百，不收你差价。"徐生看出了她的疑虑，又低声补了句。

"那工钱怎么算？"

徐生将鼓鼓囊囊的工具包提起来，单手拽上拉链："你看着来，给不给都行。"

宋茱萸并不想占学生家长的便宜，商量着："工钱算五十行吗？麻烦你跑了几趟。"

她想起手机刚刚落在了卧室里，说："我微信转给你。"

徐生看着她絮絮叨叨地讲了卧室，并没有回答她提出的问题。

"前面那一百我先退给你……"

她话音未落，就传来膝盖磕碰到硬物的声音，紧接着又是什么东西倒塌在地，发出一声闷响。

徐生本能地上前几步："怎么了？"

"别，别过来。"宋茱萸疼得倒吸了口凉气。

她进屋忙着找手机付钱，出门的时候，一个不留神，膝盖撞上了电脑椅，椅轮顺势往后一滑。少了支撑点，她一个趔趄，最后连人带椅齐摔在地上。

所以刚刚收下的衣物，现下全部散落在地面。

在她反应过来的时候，膝盖和掌心已经隐隐发疼了。

听着徐生要进屋的动静，宋茱萸又着急忙慌地跑出来，全然不知在走出卧室门时，她的鞋子挂到了内衣的肩带，还将整件内衣带到了客厅……

起初徐生的表情还算平静，在看清宋茱萸脚边那团东西后，所有淡定都在顷刻间崩塌、瓦解、飞散。

姑娘的纯色拖鞋下面踩着根浅色细带，旁边还有一团鼓鼓的不明物体——白色蕾丝边的浅蓝色文胸。

宋茱萸不明所以，只见徐生的耳根肉眼可见地迅速变红，一如六点半的绯红晚霞那么精彩。她垂眸一看，瞬间觉得大脑供氧困难。

若是偶然间撞见这类女性用品，徐生定然不会像现在这样大惊小怪，怪就怪在它奇葩的出场方式。

宋茱荑的脸也在那一瞬变得惨白,她着急忙慌地蹲下身,将东西捡起来藏在身后,有种此地无银三百两的感觉。

"你什么都没看见。"她淡淡道。

徐生浑身的热意渐渐褪下,平淡地"嗯"了声:"我什么都没看见。"

再留,无异于徒增尴尬。

徐生迅速后退几步,匆匆背过身去,连带着声音都有些沙哑紧绷:"锁要是有什么问题,你再联系我,我先走了。"

宋茱荑抿着唇一言不发,愣愣地望着他走到楼梯口,这才微微松了一口气,手头的劲儿也松了松。

"我其实有点近视,今天还忘了戴眼镜。"他默默补了句。

宋茱荑听到这话简直要抓狂!天啊,她不想要这句欲盖弥彰的解释。

"宋老师,"徐松松轻声唤她,"你眼睛不舒服吗?"

宋茱荑缓缓将手拿下,又眨了眨眼睛,顺着他的话往下说:"眼睛好像掉进什么脏东西了。"

她将桌上的纸袋递给徐松松,打算领着他去跟夏小林道歉。其实小孩子的情感特别纯粹、简单,只要有人正确地引导他们,孩子就会得到意料之外的成长与进步。

宋茱荑看着夏小林将棒球帽戴上,两个小孩相视腼腆一笑,约好体育课一块儿打羽毛球,她这几天一直悬着的那颗心,终于平稳地落了回去。

第二章 西瓜

上课的时间总是飞逝而过，宋荣荑从班上出来的时候，恰好碰到隔壁班数学老师戚雪在走廊上打电话。见她还有事情要处理，宋荣荑使了个眼色，打算自己先回宿舍。

戚雪见宋荣荑要走，赶紧腾出手拽住她，小声说："等我一起。"

宋荣荑做了个"OK"的手势："办公室等你。"

刚刚在教室待了两节课，她的小腿又鼓起了密密麻麻的蚊子包。她对着那几处狠狠挠了几下，喷了些没什么用的止痒花露水。

好在戚雪的那通电话讲得不算长，不然办公室里的蚊子又可以饱餐一顿了。

两人收拾好东西就挽着胳膊往校外走，对于这种亲昵，宋荣荑有些生疏，尤其是来到覃溪镇之后。

因为小镇上的同龄人太少，大部分老师的年龄又跟长辈差不多，宋荣荑每天回到宿舍都处于沉默的状态，这周倒多了个戚雪陪着她。

"你这几天怎么都没回家呢？"她侧过头询问。

据宋荣荑的了解，戚雪年纪与她相仿，而且还是本地姑娘，家就住在县城里，所以戚雪几乎每天都会跟其他老师拼车回家，很少在小镇上逗留，但这周周末，她出门扔垃圾时还碰见过戚雪。

"不回了。"戚雪撇撇嘴,很烦恼的样子。

宋茱萸猜测她估计遇到了什么棘手的事情,索性就躲在镇上图个清闲了,具体的原因也就没多问。

"茱萸,你晚上一般都吃什么啊?"戚雪寻求经验。

宋茱萸在脑海里过了一圈,诚实地回答道:"嗯,泡面、汤圆、饺子……各种速食吧。"

寻到同道中人,戚雪笑着拍拍手:"巧了这不是,我也不会做饭!但是,姐们已经连续吃三天泡面了,我真的好想换一下口味啊!"

宋茱萸正想问她要不要吃拌粉之类的,毕竟自己宿舍里还囤着一大箱,接着又听她提高了音量说:"要不我们去吃烧烤吧?柴市街那边有家炭火烧烤,瞧着生意还不错呢!"

生意确实不错,口味也还将就,但是宋茱萸不太愿意去,毕竟烧烤摊就在五金店的隔壁。

如果可以……她真的不想再跟某人产生任何联系。

"我最近有点上火,不太想吃烧烤啊。"宋茱萸跟戚雪商量,"我就在街角等你行不行?"

戚雪不同意:"不行!我一个人吃太罪恶了。一块儿去,我请你啊!"

宋茱萸欲哭无泪。

真的为难,但又磨不过戚雪。五分钟后,宋茱萸被她连拉带拽地拖到了烧烤摊前。

老板娘正整理着烤盘上的食材,前几日的雨棚并未拆掉,索性又成了遮阳棚,一举两得。

戚雪开始从冰柜里挑烤串,举着鱿鱼串问宋茱萸:"吃不吃烤鱿鱼?"

宋茱萸拣了串娃娃菜丢在盘里,悄悄往旁边的五金店看了眼,可以确认卷帘门是锁死的。

"不用,拿你想吃的就行。"她气定神闲地在几个素菜盘中纠结。

庆幸五金店今日歇业,她生怕徐朱从里面出来。

没等多久,两人就各自提着打包盒往宿舍走。

"你就拿这三串,能吃饱吗?"戚雪捏了捏宋茱萸没二两肉的胳膊,"你不会还跟我客气吧?"

宋茱萸本就对这类食物没什么兴趣,所以才挑了娃娃菜、海白菜、金针菇,各一串,拿多了,她吃不完也浪费。

"我上火嘛,吃几串意思意思就行了。"宋茱萸又用了刚刚的理由搪塞。

戚雪摇了摇头。

两人又讨论起班里发生的事情，一个劲儿吐着苦水。由于吐槽得太投入，宋茉荑压根儿没注意到迎面而来的高瘦小伙。

街道转角处，人行道本来就窄，中间还竖着根电线杆。

戚雪正打算拉宋茉荑一把，时间却来不及了，只能眼睁睁地瞧着她撞上去。

是鼻梁磕碰到肌理的触觉，很疼，宋茉荑捂住鼻子后退两步，仰着头看过去，是那张她极其不愿面对的脸。

徐生单手插在兜里，另一只手拿着手机，依旧是偏休闲的穿搭，短发利落，眉骨硬朗，额头微微发汗，锋利的眼尾微微上扬，看不出什么表情。

两人视线在半空中交会。

"没事儿吧，茉荑？"戚雪赶紧靠过来检查她的脸。

宋茉荑摆了摆手："没事没事。"

徐生盯着她泛红的鼻尖："注意看路啊，宋老师。"

"对不起，我们先走了。"宋茉荑仓皇地丢下一句。

算是打招呼，也算是告别。还不等徐生回应，她就挽着戚雪的胳膊火急火燎地离开了。

橘红色的晚霞染红了大半边天，让小姑娘泛红的脸颊多了层颜色。徐生默默看着她离去，总觉得身上留下了若有若无的香气，像栀子花香。

反应片刻，他才想起这熟悉的味道的来源——某知名品牌的驱蚊花露水。

宋茉荑跟戚雪的课表排课大致一样，两人约好了一块儿出门去上早读课。覃溪小学属于九年一贯制学校，除了小学，还有几个初中班。为迎合初中部的课程安排，小学部早读课开始的时间就偏早。

八点钟的课，两人磨蹭到接近七点五十才出门。

田野中是一片片绿油油的稻谷，数只蜻蜓在枝叶间停歇。晨风轻轻拂过，不少稻穗都跟着弯了腰，树上的蝉鸣与农舍的鸡鸣呼应着。

宋茉荑今日裹得严严实实，身着修身牛仔长裤，搭配短T恤，短发扎着半马尾，露出白皙的耳朵，整个人青春又活力。

"你穿长裤肯定会热！"戚雪评价一句。

宋茉荑当然知道热啊："热死总比痒死好。"

昨晚她祸祸了大半瓶花露水，腿上的红疙瘩始终消不下去，好多地方都挠破了皮，又疼又痒的，导致一整夜都没怎么睡着。

戚雪见她一本正经的模样,又看了眼自己露出的半截小腿,只好祈祷着:"希望蚊子大爷能放过我。"

宋茱萸笑道:"你自求多福吧。"

两人又看了眼手表,发现时间所剩无几,只能从快走变成小跑。

学生们开始早读,宋茱萸抽出讲台上的椅子落座,准备批阅昨晚的家庭作业。

夏日炎炎,还未到正午,气温已悄然升了上去。指尖碰到手臂,宛若触到烫手的岩浆。宋茱萸又隔着裤子挠了挠小腿,身旁的几只蚊子围着她来回打转。

一节课很快就过去。

下课铃响起没多久,戚雪瞧着宋茱萸垂头丧气地走进办公室。

"怎么了这是,又被你们班的孩子气着了?"

宋茱萸将红肿的胳膊递过去,一时不知该怎样形容此刻的心情。

戚雪拉着她的胳膊"观赏"一番,皱着眉头啧啧两声:"你这么招蚊子喜欢?"

宋茱萸有气无力地回座位坐下,从包里翻出所剩无几的止痒花露水,对着红肿的蚊子包喷了又喷。

"哎,你要不要试试我妈说的土办法?"戚雪提议。

"什么?"宋茱萸拧了拧眉,"你别是让我往上边抹口水吧?"

戚雪差点噎住:"你这也太恶心了。"

"你自己说的土办法。"宋茱萸瞥她一眼。

戚雪:"我妈说往身上抹风油精特别管用,保证蚊子不再黏着你。"

宋茱萸摇头拒绝,满脸都刻着"嫌弃":"得了,还是让我痒死吧……我真接受不了身上一股风油精的味道。"

戚雪见她态度坚决,只能耸耸肩,一时也想不出其他应对办法。

"宋老师。"门外响起学生的声音。

宋茱萸将手臂上的花露水抹匀,一抬头就瞧见门口的徐松松。

"什么事?"她招了招手。

徐松松慢慢走进办公室,从裤兜里摸出个椭圆形的小铁盒子,小手往前一伸,将东西放在她的办公桌上。

宋茱萸用教材扇了扇空中的花露水气味,拾起盒子看了眼:"这是什么呀?"

"我哥让我给你的。"

"你哥？"宋苿荑一愣。

就连戚雪也凑过来看，顺手将药盒接了过去。

"我哥说咱们这儿的蚊子特别毒。"徐松松仰着小脑袋，以自身为例现身说法，"像你这样的伤口，就必须马上涂药哦。一到夏天，我哥都会让我涂这个。"

宋苿荑刚刚粗略扫了眼，盒子上印着株绿色植物，好像是某类纯植物止痒膏。

徐松松瞧着她胳膊上大大小小的红印："宋老师，你赶紧涂上吧！不然胳膊可都被你掐坏了。"

这小孩的做事风格与徐生如出一辙，把话撂在这儿就走了，压根儿不等人回答。

戚雪把止痒膏还给宋苿荑，神神秘秘地问："学生家长啊？"

宋苿荑轻轻"嗯"了声。

她捏着药盒查阅着背面的配方表，都是紫草根、薄荷、当归之类的中药，药效嘛，就是简单的"止痒消肿"四个字。

戚雪嘟嘟嘴："你们班家长太贴心了吧，连止痒膏都能替你想到……刚刚那孩子怎么说的来着？他哥哥给的？"

宋苿荑见她笑得有些不怀好意，赶紧出言制止："戚老师，请你就此打住，别想有的没的，OK？"

戚雪讪讪地比了个手势。

宋苿荑觉得胳膊痒得难忍，索性拧开了药盒，死马当作活马医，抹了点膏体在红肿处。

舒适的凉意很快传来，还在皮肤上不断渗透。

"那小孩比较好面子。"宋苿荑随口解释，"估计是他想把药膏分享给我，就只好用他哥哥当幌子了。"

戚雪点了点头。

疼痒灼烧的感觉得到抑制，宋苿荑举着小铁盒看来看去。

收下这盒药应该没问题吧？大不了之后把钱补给他。

徐生给宋苿荑的止痒膏见效很快，这点倒是有些出乎人的意料。胳膊和小腿的红包很快消了肿，只剩下她挠破皮的地方长出了一些浅褐色的疤。

戚雪常住宿舍之后，宋苿荑也多了个伴。两人一块儿上下班，聊聊八卦、吐槽工作什么的，熟络得像是认识多年的好友。

时间一晃就到了六月底,周五开完例会,公布了期末考试的具体时间。

暑假将近,会议室里的老师们都忍不住鼓起了掌。

宋茱萸对这个假期不抱任何期待,走出会议室时,才发现同行的戚雪兴致也不太高。

"怎么愁眉苦脸的?"宋茱萸问。

戚雪想号叫:"不想放假!"

盛夏的阳光很足,即使傍晚时分,夕阳依旧晃人眼睛。

大榆树上的蝉叫得歇斯底里,宋茱萸听到戚雪小声说:"你知道我这半个月为什么不回家吗?"

宋茱萸摇摇头。

戚雪叹了口气:"还不是因为我男朋友催婚啊,现在我爸妈都跟他一条战线……"

宋茱萸听得一愣一愣的,作为同龄人,她还尚未体会过这种烦恼:"你不想跟他结婚吗?"

"也不是不想,"戚雪叹了口气,"可能我有婚前恐惧症。你家里人就不催你吗?谈恋爱、结婚、生孩子之类的。"

宋茱萸沉默片刻:"没有。"

她跟母亲的关系本就水火不容,再掺和些琐事只怕真的能打起来。

"好吧,真羡慕你啊,有这么开明的父母!"戚雪突然又想起一件事来,"哎,对了,你是阅完卷就回家吗?"

两人虽然建立起了深厚的友谊,但一直以来好像都是戚雪在说,宋茱萸只能算合格的听众,所以至今为止,戚雪甚至还不知道她是哪里人。

宋茱萸将遮阳伞压低了些:"不回。"

戚雪觉得不可思议:"暑假叫接近两个月呢,难道你家离得特别远吗?"

宋茱萸抿了抿唇,幽幽的目光落在热气腾腾的马路上,看不出她在想些什么。其实这几年,她真的很少提到那个家。

沉默片刻,她沉声回了句:"是挺远的,我是宜川人。"

两人将遮阳伞收了起来,踏进桥头那家小超市,打算买点周末所需的口粮。

戚雪掀开冰柜挑选雪糕:"宜川也不是特别远,你先坐研车去早城,再转动车,四个小时就到啦。"

宋茱萸也凑过去,挑了支葡萄味的冰棒,故意避开这个话题:"我吃这个。"

葡萄味的甜水在宋茱萸嘴里弥漫，甜腻的糖精味算不上美味，唯一的优点或许是能降降火。她捏了捏冰棒的塑料壳，舌尖扫过嘴唇，都甜丝丝的。

身旁的戚雪一边咬着奶油甜筒，一边又为身材发愁。

两人恰好经过石桥，紫色冰块被宋茱萸捏碎，化作一摊甜水扑了出来。她用纸巾擦了擦手背，抬头望过去，看见背着书包迎面而来的徐松松。

徐松松背对着斑斓的夕阳走来，沉重的书包压得他快喘不过气。宋茱萸见他头发都汗湿了，双眼无神，两手捂着腹部走得费劲。

她连忙将人拦下，蹲下来询问："松松？你怎么从这边过来啊？你家不是在柴市街后边吗？"

戚雪见这小孩状态不好，走近给他撑着伞，用手里的试卷给他扇风。

"宋老师，我肚子疼。"徐松松捂着腹部。

宋茱萸将他的手挪开，并未发现什么异常。

"怎么回事，你是不是吃坏什么东西了？"

徐松松擦擦额头的汗："没有。"

宋茱萸当然不会相信他这番说辞，正打算再问他具体情况，又被他打断了这个话题。

"宋老师，我可能想上厕所了。"他扭捏道，"我能先回家吗？"

夏日学生容易贪凉，多吃了冷食也说不准。见情况特殊，宋茱萸也只好先放他回家。

夜晚给天空笼上了层薄薄的黑纱，宋茱萸将清洗好的衣物晾在窗台上。马路上的路灯昏黄幽暗，偶尔会经过几辆车。

风扇对着她呼呼地吹，也降不下烦躁的闷热。刚刚洗漱完毕，她的后背又出了层薄汗。

忽地，手机铃声打破了宿舍的宁静。

是一串陌生号码，宋茱萸略微有些迟疑，发现是本市IP，她才按下了接听键。

"你好，找哪位？"

听筒里传来轻轻的呜咽声，徐松松的声音里满是哭腔："喂？是宋老师吗？我的肚子好疼，我快要死掉了……"

晚风带着些许闷热，微微一抬头，漆黑的幕布上是数不清的繁星。

宋茱荑透过后视镜观察着徐松松的情况，只见小孩在后座上缩成了一团，眉头紧锁，额头上冒着密密麻麻的汗。她才逐渐熟悉乡道的路况，握住方向盘的十指很僵硬，手心也跟着冒出层层冷汗。

这车是问江苗临时借的，因为与之前开过的车不太一样，宋茱荑不得不更谨慎些。

四十分钟前，宋茱荑接到了徐松松拨来的电话，他是用店里的老式座机打过来的。好在她刚接手这个班的时候，让学生们把她的号码抄在了数学书上，不然徐松松还真联系不上她。

小孩的声音有气无力的，听着都令人十分担忧。

宋茱荑听得心头一紧，赶紧换上衣服出了门，走到楼梯口时，才想起附近的诊所早就歇业。

倘若徐松松的情况比较严重，他哥哥又还没有回家，该怎么办呢？所以她才敲响江苗的门，借来了车钥匙。

五金店的卷帘门并没有锁，宋茱荑将门拉开一道小缝，冲着漆黑的里屋喊了几声。

始终没人应答，她只好走进去，这才发现徐松松虚弱地蜷缩在床上，疼得浑身都是汗水。

宋茱荑担心他是急性肠胃炎或阑尾炎之类的，情况紧急，马上将人带到了车上，打算去附近医院就医。

覃溪镇的地理位置比较特殊，到中心场镇的距离也很远。宋茱荑对比了下距离，打算直接将人送去县医院。

乡道狭窄，盛夏的枝叶尤其茂盛，树影落在路上阻碍视线，偶尔还会窜出几只野猫来。

直到开到平坦路段，宋茱荑又拨了通电话出去。等待几秒钟后，客服提醒拨打的电话已关机。而她给徐生发的微信，至今还没得到回复。

伴随着后座一浅一深的呼吸，宋茱荑最终顺利将人送到了县城。

门诊部值夜班的护士看见一位身形小巧的年轻女人小跑进来，还背着个半大的孩子。

徐松松哼哼着肚子疼，宋茱荑轻声安慰几句，直接将人背到了急诊科。

宋茱荑给值班医生大致描述了徐松松的病情，值班医生将小孩的衣物往上推了推，询问具体情况后开始例行检查。

护士则领着宋茱萸去外边补办手续:"你是孩子家长吗?"

宋茱萸回道:"我是他老师。"

护士惊讶地抬起头瞧了她几眼,猜测两人大概是附近寄宿制学校里的师生。

初步检查后,医生建议徐松松先去做个小儿腹部肠系膜淋巴彩超。

有了护士的帮忙,宋茱萸稍稍轻松些。

将徐松松送进彩超室后,她沉寂许久的手机终于响起了。

"喂?"

医院的冷气开得有些足,宋茱萸后背被冷汗浸湿。她方才寻了个座位坐下,这才发觉小腿在微微发抖。

徐生的嗓音依旧沉沉的,夹杂着晚风传进听筒,语气是难得的正经:"宋老师,这么晚打电话过来,是不是有什么急事?"

宋茱萸剧烈的心跳在听到他的声音后慢慢平复:"你现在在哪儿?"

"县城高速路口。"徐生那边很安静,又问,"是徐松松出什么事了吗?"

还好他就在县城。

"马上来趟县医院,我在急诊科等你……松松生病了。"

徐生愣在了原地,就像失音一般,也不知是被吓到了还是在故作镇定,过了好久才回道:"好,我马上过来。"

徐生赶过来时,徐松松恰好做完彩超检查。

医院的走廊上响起急促的脚步声,过了片刻,传来两声短促的敲门声。医生刚准备与宋茱萸分析徐松松的病情,指着检查报告单将要开口时,恰好被匆匆赶来的徐生给打断了。

宋茱萸只短暂瞧他一眼,继而跟医生解释:"不好意思,医生,这是孩子的家长。"

医生扶了扶眼镜,继续刚才的话题。

徐生轻步走进科室,直接来到徐松松面前。徐松松折腾到现在困得不行,乖巧地坐在会诊室的椅子上,迷迷糊糊地搂住了徐生的腰。他靠在徐生身上,委屈巴巴地叫了声"哥"。徐生揉揉他的脑袋算作安慰,继续听医生分析病情和病因。

彩超结果显示徐松松的肠腔有积气,并伴有积液,初步判定为重力撞击导致,保险起见,今晚需要住院观察。

从进诊断室起,一直到后面办理住院手续,徐生都处于极其沉默的状态。

宋茉萸就默默陪着两人走完所有流程。

待徐松松吃完药睡下后,时间差不多将近凌晨了。徐生细心地压了压被角,在他看过去之前,宋茉萸早已平淡地收回了视线。

"喝水吗？"还是他先开口,"我看楼下有台饮料自助售货机。"

徐生今天穿着一身黑,T恤领口被扯得皱皱巴巴。他说完,不等宋茉萸回答,就往住院部的楼下走去。

"不用。"她轻声补了句。

奈何徐生越走越远了,见徐松松睡得安稳,宋茉萸便带上了房门,也跟着他下了楼。

楼下大榕树旁立着台饮料自助售货机,徐生走过去,在一排排饮料中挑选着。夜风携带着消毒水的气味,宋茉萸吸着鼻子走过去,莫名产生了一种生理性的排斥。

"对不起。"身后响起姑娘沙哑的声音。

机子发出咚一声响,徐生弯腰取出一瓶酸奶。

他将酸奶递给宋茉萸,神情太过冷冽,看着有些不近人情:"怎么这么说？"

宋茉萸接过酸奶紧紧握在手里,紧绷的情绪险些失控:"其实放学那会儿,我就发现他不对劲了……"

她敛下眼睫毛,叹了口气:"我当时也没有多问,所以才拖得这么严重。"

徐生那双漆黑的眼睛干净无比,目光深深地看着她。

宋茉萸余光扫过去,注意到他手背骨节上新添的伤口都还没结痂。

"这不怪你。"徐生压着情绪,"怪我没提前赶回去。"

宋茉萸能听出他的语气不太好,但不清楚这股火气是不是冲着她来的。

徐生拿出手机在附近订了间宾馆:"不早了,我送你去休息。"

宋茉萸有些错愕。

徐生将手机订单举到她面前晃了晃:"走吧,我怕待会儿松松醒来找不到人。"

宋茉萸看了眼时间也没再推托。医院只有一个陪护位置,她留在这里也没有多大意义。

两人就这么一前一后出了住院部的大门。

徐生将宋茉萸送到了宾馆前台,瞧着大厅环境还不错才确认了订单。

宋茱荑将身份证递给了前台小姐姐。

"帅哥，你的证件一块儿给我。"

宋茱荑赶紧解释："我一个人住。"

前台有些抱歉地说："不好意思，您的房间是3509，左边电梯上去直达五楼。"

宋茱荑接过身份证和房卡。

徐生沉声开口："记得把门锁上。"

宋茱荑点点头。

"早点休息，有什么事立马联系我。"他抿了下唇，"电话随时都能打通。"像是在为先前手机处于关机状态做解释。

宋茱荑知道他心情不悦，也没再多言，老老实实地去了电梯口。

徐生见她走进电梯，又停留了片刻，才转身闯进无尽的黑夜中。

宋茱荑这一觉睡得很不踏实，梦里面徐松松的病情加剧，徐生捏拳重重砸在手术室外的墙面上，一下接着一下，双手血淋淋的……她立马就被吓醒了。

房间自带的充电器并不好用，手机充了整整一夜电量都还没满。宋茱荑看了眼时间，简单洗漱之后，退了房又去了医院。

赶到病房的时候，徐松松也已经醒了。小孩就躺在病床上，睁眼望着窗外，却不见徐生的身影。

"松松。"宋茱荑唤他。

徐松松很快扭过头，将被子扒拉到下巴，笑着跟她打招呼："宋老师。"

宋茱荑见他状态比昨晚好了许多，就打算先问清楚这件事情的原委。

"松松，昨天究竟发生什么事了？"

徐松松还有点不好意思，摸了摸脑袋才说："因为星期五了要放假，大家都急着回家，我也想快点回去看电视，一不小心就被吴鹏撞到了……肚子刚好磕到了课桌上。"

听他这样一说，宋茱荑大概就明白了。一到放学或放假，班上的孩子们都异常兴奋，急吼吼地推搡着往外跑。她之前多次强调过，要有序地离开，不要拥挤，没承想还是发生了这种安全事故。

徐松松又说："我和吴鹏都是不小心的……他昨天也跟我道歉了。"

宋茱荑叹了口气，安慰着："以后一定要注意安全，知道吗？"

"知道了。"徐松松乖乖点头，"我下次不会这样了，宋老师。"

徐生回来的时候，宋茱萸还在走廊上讲电话。她给吴鹏的家长讲了徐松松受伤这件事，对方也特别客气和愧疚，甚至还说愿意平摊医药费。

对方明理又大度，反而让宋茱萸的情绪更低落了，以至于徐生是什么时候走到她身边的，她都完全没有察觉。

直到徐生的声音传来，宋茱萸才稍稍缓过神来。

"什么时候来的？"他问。

"刚刚。"宋茱萸说完将头埋得更低了。

玻璃窗上挂着层薄雾，榆树上的麻雀在枝叶间来回扑腾，玫瑰色的晨曦洒满走廊。

"宋老师？"徐生发现有些不对劲。

宋茱萸没出声。

两人隔了些距离，徐生感觉她情绪不太对，但不知道这姑娘是怎么了。

"怎么了？"他又问。

宋茱萸的眼眶泛酸，双眼也逐渐湿润，心里很不是滋味。

其实她还挺害怕当班主任的，任务重、责任大，但既然已经走到这个位置了，她就想尽力把所有工作都做好。

如果她昨天再多强调几遍安全教育就好了，如果她再多花点时间关心下徐松松就好了，事情可能就不会发展成现在这样。

"你不会哭了吧？"见她不说话，徐生小心翼翼地问。

宋茱萸迅速擦掉眼泪。

"真哭了？"徐生有些无措，"我身上没带纸巾啊，要不把衣服借你擦擦？"

宋茱萸明明还丧着一张脸，又差点被他的话给逗笑，最后只能深深舒口气，抬起头来瞥他一眼。

徐生的视线落在她的盈盈泪眼上。可惜他安慰人的经验过于贫乏，只好摸摸鼻尖，一时间憋不出半句话来。

"我没想哭。"宋茱萸解释着。

"不知道怎么突然就这样了。"她的声线微凉，继续道，"我可能就是觉得没把这件事处理好。"

徐生看着她，小姑娘现在就像是犯了错的小学生，只顾着自我检讨。

"这事儿本来就是意外。"他很自然地说。

宋茱萸吸了吸鼻子。

"况且你已经做得够好了。"徐生偏头看着她,满是少年人的意气。

"不好。"宋茉萸摇了摇头。

"该做的你都做了。"徐生轻声劝慰着她,"不该做的,你也帮忙做了。大半夜的亲自送学生上医院,听徐松松说你还背着他跑了很远,真没几个老师能做到你这个份儿上。"

徐生看着她微微发肿的眼皮,郑重地补了句:"昨晚谢谢了,宋老师。"

少年的瞳孔中注满了清晨的阳光,越发透亮。

"都是我应该做的。"宋茉萸望着窗外落满金辉的枝叶,"松松没事就好。"

徐生难得笑了下,像哄着她一样,最后才沉沉地"嗯"了声。

两人在走廊上聊了许久才回病房。

其实从某些角度来看,徐生也算一个合格的家长,比如在照顾小孩这一方面。

宋茉萸看着徐生将病床靠垫升了起来,支起床上的小餐桌,将买回的早餐摆在上面。医生说徐松松目前不能多食,徐生就只给了他一盒温牛奶,又慢条斯理地剥了颗茶叶蛋递过去。

两兄弟相处模式很自然,并非徐松松生病他才故意为之。

宋茉萸的好奇心更重了,很多细小的问题一闪而过,比如他们的父母、家庭、成长经历之类的,但现在好像不是闲谈这些的时候。

徐生在床头柜上扯了张纸巾擦手,叮嘱徐松松必须把蛋黄一块儿吃完。他又将另外一份早餐稍稍挪开些距离,转身看向宋茉萸,语气平淡至极:"过来。"

宋茉萸以为他有事要跟她商量,所以几步凑了过去。

只见徐生指了指那份早餐:"麻烦宋老师陪他吃个早餐。"

宋茉萸莫名其妙,婉拒:"你吃吧,我现在没什么胃口。"

徐生却说:"我去楼下接人。"

宋茉萸:"……"

徐松松鬼鬼祟祟地目送亲哥离开,掰开茶叶蛋后,打算将那枚圆滚滚的蛋黄扔进垃圾桶。

宋茉萸赶紧阻止:"你哥说的,要全部吃完。"

徐松松撇撇嘴:"宋老师,能不能不吃呀?蛋黄真的很噎人。"

宋茉萸不反对这句话,因为她……也咽不下去。

但惯着他养成坏习惯就不好了，于是她小声劝道："就着牛奶慢慢吃，不然长不高。"

徐松松垮下脸："我不信。"

"别不信。"宋茱萸以自身为例，"那你觉得宋老师高吗？"

徐松松不敢接话。

宋茱萸无所谓地笑笑："还不快吃。"

徐松松咬下半颗蛋黄慢慢咀嚼，将剩下的早餐往她面前推了推，声音含混不清："宋老师，你也赶快吃吧，不然我也告诉我哥。"

宋茱萸当然无所畏惧，她又不怕。

但徐松松接下来的话又打了她个措手不及。

"到时候我就跟我哥说，宋老师嫌弃他头的早餐。"

宋茱萸失语：真有你俩的啊。

早餐应该是在医院附近的餐馆买的，是比较常见的中式早餐。但是徐生留下来的分量确实超过了宋茱萸的饭量，这些东西至少够两三个成年人吃的了。

宋茱萸也喝了盒温牛奶，吃了些豆沙小馒头，差不多就八九分饱了。剩下的食物她没碰，收拾好放回到柜子上，想着徐生回来还能接着吃。

徐松松吃完早餐就躺床上玩，病房里的另外两张床没住人，只有他与班主任面面相觑，真的好无聊！

宋茱萸看他在床上翻来覆去无事可做，沉思片刻提议道："你要不要玩会儿手机？"

徐松松两眼瞬间放光。

宋茱萸见他这么容易就上钩了，嘴角多了几分不易察觉的笑意。她继续往钩子上挂饵，问他："看会儿动画片，行吗？"

徐松松怎么抵抗得住？他重重地点着脑袋。

宋茱萸将手机从包里翻出来，手指在屏幕上滑了滑，递了过去。

徐松松虔诚地接过手机，一看："……"

他抬起小脑袋茫然地看过去，很少看见宋老师笑得这么开心，简直比窗外的阳光还灿烂。

手机上的视频已经开始播放："豆丁课堂现在开课啦！小朋友们，本堂课我们将继续学习……"

徐松松的脸黑了下来。

宋茱萸挑了挑眉："赶紧看视频学习。"

大概等了半个多小时，徐生才慢悠悠地回来。

宋茱萸原本计划跟他商量下怎么处理后续的事情，话还未出口却被突然闯进病房的一行人打断。

"松松，你怎么样了？"

"哎呀，我可怜的老弟，怎么又被人欺负了？快告诉哥，是谁？"

"你肚子还疼吗？"

宋茱萸默默退回到角落里，看着一群人朝床位拥过来。这几个咋呼的少年她都很眼熟，是常常混迹于徐生店里的那群人，基本与她打过照面。

一群人将房间围得水泄不通，吵吵嚷嚷的，宛若菜市场。

徐生被吵得脑瓜疼，半倚在病房门口，站姿非常随意，甚至有些不羁。

反观徐松松就挺适应这种热情。

"野格哥、小岳哥、董大哥！"徐松松礼貌地问好。

"小松，看看这是什么？"一道清亮的女声响起。

宋茱萸下意识地抬头看去，这才注意到房里多出来的女孩。

徐松松将女孩递来的玩具模型拥入怀里，立马高兴得手舞足蹈，小嘴都跟抹了蜜似的："谢谢嫂子，你怎么知道我想要这个飞机的？"

宋茱萸眼皮跳了一下。他刚喊的什么？嫂子？

"还是小松乖呀，嫂子没白疼你。"

被徐松松亲切称作"嫂子"的女孩伸手捏了捏他肉乎乎的脸蛋。

"徐松松。"门口的徐生出声阻止，脸上却挂着几分笑意，"少给我贫嘴。"

徐松松正值兴头上，才懒得搭理他哥，抱着模型欠揍地晃了晃身子。

几人又围着徐松松说了会儿话，还是小岳最先注意到窗边的宋茱萸。

"宋老师！"小岳中气十足地喊了她一声，"你这么早就过来了啊？"

经他吼了这么一嗓子，所有人的视线都不约而同地转向了宋茱萸。

宋茱萸微微放大瞳孔，挥挥手打招呼："早啊各位。"

"昨晚幸亏有你啊，不然松松再耽搁下去，身体指定吃不消的！"

小岳的语气很夸张，说得宋茱萸脸一阵燥热，莫名有些不好意思。

野格也冲她笑笑，两指并在额前敬了个礼："谢了啊，宋老师。"

在场的男生们注意力都落在了宋茱萸的身上，那个女孩也不逗徐松松玩闹了，转过身来跟宋茱萸打招呼。

"宋老师你好。"女孩嘴角轻扬，"我叫蒋菡，是他们的发小。"

宋茱萸笑了笑："你好。"

蒋菡的年纪应该与徐生一行人相仿，个子高瘦窈窕，穿着黑白横条纹的吊带背心，下面搭黑色的修身长裤，一双厚底马丁靴很好地修饰了她的腿形，笔直又耐看。

她的黑色及腰长发烫着蓬松的"木马卷"，一半头发扎着高马尾，耳垂上是一对圆弧金属耳饰，化着精致的烟熏妆，给人一种酷帅的朋克感。

宋茱萸很欣赏这类女生，太酷了。

反观她自己，昨晚匆匆出行，只穿着简单的白T恤、浅色的水洗牛仔裤和一双简单的运动鞋，早上用清水洗了把脸就赶了过来，活脱脱一现实版的小白菜。

两人简单地做了个自我介绍也算是互相认识了，蒋菡又转过身跟徐松松研究飞机模型。

宋茱萸与几人不太熟络，都只算得上打个照面的关系。她独自站在窗边，显得有些格格不入。

小岳是个自来熟的性子，转眼就找上了宋茱萸，跟她打探昨晚的情况。得知她独自将徐松松送到医院，又极其夸张地赞美了她一通。

半个小时后，宋茱萸总算是将这几人区分开来。

话多又人来疯的是小岳，个子不高，一米七出头，为人幽默风趣，特别喜欢阴阳怪气地学人说话，彩虹屁也吹得停不下来。

那个染着紫、绿色头发的人，外号董大臀，真实名字不详，但这外号宋茱萸实在叫不出口。这人平时也挺活泼的，只是今天不知为何，只说了寥寥几句话。

那位性格稍微内敛的叫野格，留着日系漫画男生的长发，五官还挺深邃立体，下巴上长了颗很显眼的痣，总体来说还是很有辨识度的。

宋茱萸与几人逐渐熟络起来后，办理出院手续的徐生才缓缓归来。

他扬了扬手里的单子，挑眉："收拾东西，走了。"

徐松松并没有带其他物件过来，怎样来的医院就怎么出院，手上只多了架飞机模型。

小岳几人都扬言要背他出去，最后他连亲哥都没有考虑，乖乖爬上了董大臀的后背。

几人走出病房准备下楼，野格双手揣兜走在前面，小岳兴致勃勃地跟蒋菡探讨着"男人是否喜欢芭比粉口红"这个话题，董大臀和徐松松一晃眼连人影都寻不见了。

宋茱萸就老老实实地走在后面。

徐生给药袋子系了个活结,慢悠悠地跟在她身后。医院走廊的白色地砖擦得很亮,足以倒映出身后少年瘦高的影子。宋茱萸的影子与他偶尔相蹭,偶尔贴合。

宋茱萸想着直接去停车场取车开回学校,并未打算在县城里多逗留。

走出住院部大门后,小岳突然折回来,与宋茱萸并排走着:"宋老师,你中午想吃点什么?"

"你们去吃吧,我先回覃溪。"她拒绝道。

小岳不依:"这怎么能行啊?你帮了我们这么大个忙,请你吃顿饭理所当然啊。"

宋茱萸摆摆手:"真不用,我才吃过早饭没多久。"

徐生在后面听到两人的对话,三两步走上前:"就你那小猫饮食,也叫吃了早饭?"

刚刚整理东西的时候,他留意到剩下的食物。好像就少了盒牛奶吧,其他东西压根儿没动过。

也不知道这姑娘是胃口浅,还是不好意思开吃。

徐生突如其来的打岔,差点让宋茱萸丢了思绪。正午的阳光很足,晒得她脸颊发烫:"我吃过的。"

徐生配合地点点头:"那我确实没看出来。"

"这不就对啦?"小岳也劝宋茱萸,"小宋老师你连早餐都没吃,中午一定要吃顿大餐了。"

"虽然说老师都是点燃自己、照亮别人的蜡烛,但蜡烛也得吃饱饭不是?"

宋茱萸又被小岳这套说辞逗乐了。

徐生见她微微弯了下嘴角,询问道:"想吃什么?"

宋茱萸看着两人诚恳又坚决的眼神,担心自己再拒绝,估计也会被架着去。

小岳眨眼:"火锅?"

徐生探头:"川菜?"

宋茱萸:"……"

"汤锅?"

"烤肉?"

宋茱萸很无奈:"你们决定吧,我都可以的。"

几人最终决定叫辆出租车，去附近的广场吃火锅。

董大臀有事要办，办完事直接去聚餐的地方。

野格、蒋菡、小岳、徐松松四人挤了辆车先过去，刚好剩下宋茱萸跟徐生两人继续等车。

临近饭点，等车并不容易。

斑驳的树荫下，宋茱萸半眯着眼寻找空车。徐生站得远，刚好头顶烈日，整个人都快晒熟了。

"你不热吗？"宋茱萸扭过头来看他。

徐生单手插兜："怎么？"

宋茱萸直接说："站过来啊。"

徐生看了眼她站的那块树荫，地方不大，他真要站过去，那两人也离得太近了。

宋茱萸怕他再晒下去会中暑："愣着干吗啊？"

徐生见她鼻尖挂着薄汗，顿了一秒才说："我昨晚没洗澡，刚刚又跑了两趟，现在浑身都是汗。"

宋茱萸总算明白他在别扭什么了。

"站那边容易晒伤。"宋茱萸又补了句，"再说我又不介意，大夏天的谁不出汗啊？"

徐生没说话，迎上她真挚的眼神。

好吧，被说服了，她居然还怕他这大老爷们儿晒着了。他压了压嘴角的弧度，若无其事地走过去，两人在树荫下并肩而立。

几人挑了一家网红老火锅店，还没进店就闻到了浓郁的牛油味。因为徐松松身体还未完全复原，所以单独给他点了份红糖小汤圆。

火锅店里摆的全是方桌，四周围着几张长条凳。小岳和董太臀坐到同一方，野格和徐松松占了一方，宋茱萸和徐生则默契地各占一方。

蒋菡从洗手间出来的时候，瞧着两人身边都还有空位。

宋茱萸一边回答小岳吃不吃鳕鱼这个问题，一边悄悄将身旁的空位置收拾了一下，以便于蒋菡选择座位。

蒋菡笑着走过来，直接拍了拍徐生的肩："那我就跟阿生坐。"

徐生满脸都写着困倦，挪开搭在他肩上的手，没什么情绪地说："你跟宋老师坐。"

蒋菡脸上的笑容瞬间凝固了。

徐生又随口解释:"跟我坐也不嫌挤得慌,过去。"

蒋菡耸耸肩,将头发撩到一边,只好在宋茱萸身旁坐下。

宋茱萸将倒满茶水的杯子递到她面前:"喝水。"

蒋菡接过水杯灌了一口,扯了张纸巾擦掉口红,侧着身跟宋茱萸寒暄:"宋老师,你多大啦?"

宋茱萸抿了口茶,又摸了摸脸颊,笑着问:"怎么了?"

"没怎么,就是感觉你很像高中生呀,没想到竟然会是小松的老师,你真的好厉害啊!"

宋茱萸放下杯子:"可能是我脸圆吧?"

"娃娃脸嘛,多可爱。"蒋菡不吝夸奖,又把话题转了回来,"我和阿生年纪差不多,今年都二十岁,你呢?"

似乎逃不开这个话题,宋茱萸只好如实告知:"我啊,不比你们,已经快二十四了。"

徐生给几人分配听装芝麻香油,默不作声地听着两人聊天。

"完全看不出来,你看着可比我俩嫩多了!"蒋菡很是惊讶,"尤其是阿生,他很容易晒黑,看着至少奔三的岁数。"

"奔三"的那位淡淡瞥了蒋菡一眼,并未出言为自己辩解。

宋茱萸只笑笑,又抿了口茶。

"那你看这样行不行?你又不是我的老师,叫宋老师就生分了,我叫你'宋姐姐'可以吗?"

宋茱萸当然没拒绝:"都可以。"

小岳和董大臀点的菜特别多,菜碟摆满了整张桌子,三层菜架也塞得满当当的。

全红油锅底的汤锅沸腾着,咕噜噜地鼓着泡泡。大家纷纷拾起筷子往锅里下菜,小岳突然嚷嚷着可以喝点啤酒。

服务员豪气地搬了整箱啤酒过来,冰的和常温的各一半。

宋茱萸赶在酒杯递过来前,连忙将嘴里的嫩牛肉咽下去:"我待会儿要开车,就不喝了。"

"我喝!"蒋菡接过那杯酒,一口气喝完后,大气道,"董大哥,继续给我满上!"

徐生这顿饭没碰酒,理由是摩托车还在县城,他必须把车骑回去。

几个喝酒的人边吃边聊,偶尔提到宋茱萸时,她就抬起头笑笑,然后继续埋下脑袋专心烫嫩牛肉吃。

用餐完毕,准备打道回府,一行人兵分几路。

蒋菡还没放暑假,需要独自回邻市;徐生有些事没处理完,故晚点再骑车回去;野格他们都要直接回覃溪,正好蹭宋茱萸的车顺路回去。

夏日高温可畏,乡道两侧的植物蔫蔫地耷拉着,车里也热得让人喘不过气。即使将冷气调到最大,也降不下滚滚热浪。

宋茱萸午后容易犯困,幸亏副驾的小岳陪她唠了一路。

徐松松吃了药上车倒头就睡,董大臀也陪着他睡得很香,野格戴着耳机玩手机游戏。

小岳跟宋茱萸分享着属于他们几个人的故事,他与董大臀令人爆笑的糗事最多,野格跟徐生的经典事迹倒是寥寥。

宋茱萸随口问:"那蒋菡呢?感觉你们的关系也挺好的。"

小岳老实道:"你说蒋大小姐啊?她也是我们镇的,桥头那家小超市知道吧?就是她爹妈开的。"

宋茱萸点点下巴,拨开左转向灯。

虽然只接触了一顿饭的时间,但蒋菡这姑娘给她的感觉很好,坦荡、热情、大方,有啥说啥、有事说事,不是那种拐弯抹角的性子。正是因为这种坦荡,她一眼就能瞧出蒋菡对徐生的不同之处,属于那种摆在明面上的特别。

提到这件事,小岳就乐得不行。他眨巴眨巴眼,开始卖关子了:"上午松松叫她什么,你听见没,小宋老师?"

嫂子,她听可太清了。

宋茱萸扯了个谎:"没注意。"

小岳笑着说:"松松管她叫嫂子。"

宋茱萸抿了抿唇,侧头看他一眼:"所以蒋菡是徐生的女朋友?"

小岳扯了扯安全带,每每提及这件事,他总会乐此不疲地翻旧账,甚至还经常以此打趣两人。

他接着给宋茱萸解释:"七八岁那会儿吧,我们总玩一种角色扮演游戏,叫骑士解救公主,不知道你听说过没?"

宋茱萸点头示意:"所以蒋菡是公主?"

"生哥是公主。"小岳的表情神神秘秘的,"嘿嘿,没想到吧?"

徐生是公主?这确实令人意外。

"生哥长相随他妈妈,在青春期之前,说他是美少女都有人信。游戏里的公主呢，必须被困在镇口那棵大榕树上。我们当中只有生哥能爬上去，所以我们都是解救公主的骑士。

"生哥就站在树上，任谁劝他下来都没用。直到蒋菡凑到树下说了一句，生哥二话不说就利索地滑了下来。"

宋茱萸："那他俩感情还挺好。"

小岳点点头："是挺好的，我们也是过了很久才知道蒋大小姐那时跟他说了什么。"

"她说了什么？"宋茱萸挺好奇。

小岳长叹了口气："她说，徐明昌又去外头喝酒了，一时半会儿回不了家。"

前方是一个很长的陡坡，宋茱萸一脚刹车踩得有点重，所有人都因为惯性向前倾，接着又被安全带硬生生地扯了回来。

"徐明昌？"她问。

小岳重新坐好，接着没说完的话继续讲："就是生哥那活着还不如死了的爹。"

"徐明昌酗酒，喝大了就打生哥和阿婶。他躲在榕树上不下来，就是为了少挨几顿打。"

宋茱萸难以置信地看着路面，这算是她首次接触徐生的过去，但与她之前想象的截然不同。

"之后蒋菡就咬定生哥是她的公主！所以她现在还偶尔逗松松，威逼利诱让人叫她嫂子。"

宋茱萸大致知晓了这个久远的故事，却不知这其实只是皮毛。

原本她还想再问问昨晚的事，比如徐生为什么不接电话，还有徐生手指关节上添的伤。奈何她现在脑袋晕乎乎的，思绪全飘到徐生父亲那里去了。

她好像找到了家校联系簿上，徐松松的父亲那栏是徐生名字的原因了。

将小岳他们送到五金店后，宋茱萸又去超市买了些零食带回宿舍。

江苗的声音从屋里传出来："哎哟，祖宗！你喝奶能不能慢点，又没人跟你抢啊！"

宋茱萸敲了敲敞开的大门，一眼就瞧见江苗伺候她闺女喝奶："江老师，我来还车钥匙。"

江苗赶紧走过来："你们班那学生没问题了吧？"

宋茱萸将钥匙递给她："医生让出院了，估计还得再休息休息。"

"你肯定被吓到了吧？这黑眼圈都出来了。"江苗关心道。

"吓得不轻，所以我准备上楼补会儿觉。"宋茱萸扯了扯背上汗湿的衣服，将手里零食递了过去，"给孩子买了点零食，也不知道她喜不喜欢吃。"

昨天晚上她给江苗转油费，奈何江苗死活都不肯收，所以她只好在回来的时候悄悄把油加满了，又给小孩子带了点东西。

"你这么客气做什么？"江苗推托。

宋茱萸实在乏得很，不顾江苗的劝阻，直接把购物袋塞她手里，转身上楼回去休息了。

"囡囡，跟小宋阿姨说谢谢。"江苗看着她的背影说道。

茜茜奶声奶气地喊："谢谢——阿姨。"

"不客气。"宋茱萸轻声回了句。

宋茱萸这一觉睡得格外沉，醒来时，从窗外吹进来幽幽凉风，纯白的纱帘随风飘扬着，阳台上的栀子散发出淡淡清香。她迷迷糊糊地打开手机，关闭了飞行模式，微信里又跳出不少未读消息。

班群里两位家长因孩子丢了书产生了争执，没了她这位班主任插手，各种吵骂信息都99+往上了。

宋茱萸在群里简单回复几句，说等星期一她去班里再处理。两位家长这才各退了一步，群里又恢复了以往的平静。

这琐碎又令人着迷的工作……

将消息往下拉，她发现与徐生的对话框也多了个小红点，发送时间是一个多小时前了。难道是徐松松有什么事？

宋茱萸忐忑地将聊天框点开。

是一条语音消息。

看着先前她给徐生发的满屏文字消息，显得这条语音稍稍有些……不对劲。

她犹豫片刻，点击了播放。

徐生："宋老师，期末测试三的最后一题怎么做呀？我读不懂题。"

原来消息是徐松松拿他哥的手机发来的。

宋茱萸：你把这道题拍照发给我可以吗？老师没带试卷回来，记不清具体题目了。

过了半分钟，对面又弹出一则语音消息。

宋茱萸自然而然地以为是徐松松发来的，直到那道熟悉又低沉的声音从听筒里传来，她差点连手机都拿不稳。

徐生的语调很散漫："他今天玩手机的时间超了。"

宋茱萸愣了愣。

还挺负责。

宋茱萸：行，那你让他明天记得留几分钟给我。

接着又弹出一条信息，还是语音的。

徐生："今日事今日毕。不知道宋老师现在有空没？"

宋茱萸：你不是说他时间超了？

徐生："视频讲解，我在旁边守着。"

她瞥了眼时间，北京时间 19:20 分，后山的夕阳甚至都还没落坡，卧室墙面映着橙红的霞光。

时间说晚也不晚。

徐生：如果你不方便，明天也行。

这次是文字。

宋茱萸看到这话松了口气，像是有人帮她做了决定，赶紧顺着台阶往下。

宋茱萸：明天吧，明天。

徐生又回了个"OK"的手势表情，两人也没再聊其他。

又是一个接近 39 摄氏度的艳阳天，单薄的扇叶卖命地工作着。小风扇在这个盛夏已经不顶用了，宋茱萸躺在凉席上，点开某二手平台软件，浏览了半个小时后，她在心中暗暗做了决定：等期末考试结束，就奖励自己一台空调！

今日镇上赶集，市场有卖当地鲜果时蔬的，戚雪一早就约宋茱萸出门了，打算囤点东西在宿舍里。

两人全副武装，遮阳帽、墨镜、防晒手套，捂得严严实实的，卖土特产的阿伯们、奶奶们都用怪异的眼神盯着她俩。

戚雪买了两个小西瓜挂在胳膊上，趁着宋茱萸挑选杨梅的间隙，走到人少的地方接了个电话。

宋茱萸买好东西才过去找戚雪。

戚雪鼓着腮帮子眨眨眼，一脸讨好的模样。

"停！自己的瓜自己提。"

"不是！茱萸。"戚雪可怜巴巴的，"我男朋友来接我回家吃饭，人已经到学校门口了。"

"那就回呗,你看人家还挺有诚意。"宋茉萸劝道。

戚雪扶了扶墨镜,苦恼地叹了口气,直接将两个西瓜塞到她手里:"那……这西瓜就拜托你了!我请你吃,别客气啊。"

宋茉萸:"……"

戚雪跟宋茉萸道了别,火急火燎地往学校那边跑,剩下宋茉萸提着两袋水果,愣在原地叫苦连天。

手里的东西压根儿提不过来,她将遮阳伞也放进水果袋,提着十多斤的东西从市场走出来。

"小宋老师?"

宋茉萸回头就瞧见一高一矮的两人隔着几米远的距离冲她挥了挥手。

小岳先走了过来,惊叹道:"还真是你啊!"

宋茉萸也纳闷,遮成这样你也能把我认出来?

接着小岳又说:"我都没认出来,还得是生哥啊!视力5.2那可不是吹的。"

宋茉萸看着小岳身旁的徐生,黑色短寸下是饱满又干净的额头,他挑着清湛的眉眼望着她,嘴角依旧挂着几分不正经的笑。

徐生见这姑娘提着两袋重物,手指头都被挤压成了青紫色,身体摇摇晃晃的,路都有些走不稳。

"我送你回去?"隔着深茶色的镜片看去,徐生似乎比平时温柔,可见滤镜的强大功能了。

"不用了,我自己能行。"宋茉萸死鸭子嘴硬。

她的胳膊快废了,真想直接将这两个西瓜一股脑扔河里。

徐生直接从她手上接过那两大袋东西。他的指尖冰冰凉凉,衣服上夹杂着洗衣粉的气味,清冽的龙井味撞进她的鼻尖。

宋茉萸的心脏仿佛在烈日下暴晒。

街道两旁聚集了各类小摊,还掺杂着商贩的叫卖声,一幅很是热闹的场景。

徐生提着两袋水果轻轻松松,他的个子很高,步子也跨得大,顺理成章地走在宋茉萸和小岳前面。

小岳问:"你怎么一个人出来买东西?"

宋茉萸压了压遮阳帽:"跟同事一块儿出来的,她临时有事就先走了。"

小岳啧啧两声:"这就不对了吧?临时放人鸽子,把我们宋老师单独留下,要是被坏人拐走了怎么办?"

"她有急事。"宋茉荑笑了笑,觉得他有些夸张了。

小岳看不见宋茉荑的眼神,但从她的语气中听出了质疑,看来还是有必要提醒下单纯的宋老师。

"人呢,并不会因为所处环境的质朴民风而变得善良。"小岳语重心长道,"来到我们这种地方吧,还是得多几分警惕。"

宋茉荑顺着他的话问:"警惕什么?"

小岳:"小则偷盗,大则色狼,这不好说……"

宋茉荑见他表情认真,莫名觉得有些搞笑。自她来覃溪起,并不认为这里有多好,同样,也从未觉得这里有多坏。

几人很快绕出正街,走到了三岔路口。主街上人声鼎沸,徐生没听清他俩具体聊了些什么。

不过,这姑娘跟小岳相处倒是很自然。与他,就不是这种感觉。

徐生思考了一路,不知道她是端着老师的架子,还是说拿他当学生家长刻意避嫌。

宋茉荑正被小岳逗得直乐,莫名被突然转身的徐生狠狠吓了一跳。

徐生敛了敛眉,依旧从她下半张脸的微表情判断出某些东西。

他就这么可怕?

"还要买其他东西吗?"徐生没什么表情地问。

这些水果都够她吃几天了,宋茉荑脑袋摇成拨浪鼓:"不买了。"

徐生的方向直面阳光,他微微眯了眯眼,冷淡地"嗯"了一声:"那直接回去?"

小岳笑着打岔:"那我俩一块儿送你回去。"

徐生瞥他一眼,看着情绪不高。

宋茉荑突然想起昨天徐松松问了她一道数学题目,也不知道他自个儿做出来没有。实话实说,她更怕所谓的"视频教学"。

"对了,松松那道题解出来没有?"

徐生没想到她会主动提起这茬,稍稍愣了下,半真半假地回道:"应该还没。"

宋茉荑几步走上去,仰起头注视他,隔着镜片看到他的虹膜宛若茶棕色的琥珀。

"那要不这样,我跟你们去趟店里,先把他的难题解决了?"

徐生将两袋水果提在左手,有些不自然地抬起右手按了按后脖颈:"这样会不会很麻烦?"

小岳又插嘴:"这哪会啊?小宋老师跟咱们什么关系啊?生哥你这话说得。"

徐生睨他一眼。

小岳立马体会到这个眼神的含义,耸耸肩赶紧将嘴闭上了。

宋茱萸想着一次性把事情处理完:"反正我现在也没其他事。"

徐生将手揣进兜里,微微点了点头。

小岳半路接到姑妈的电话,说家里的三轮摩托车坏了,让他立马过去看一看。他念职高时学的汽修专业,亲戚让帮忙也不好推托,挂断电话就赶了过去。

后面就只剩宋茱萸跟着徐生回了五金店。

店里的空调开得很足,徐生将卷帘门拉开时,室内冷冽的风直接窜了出来。

徐生随手将水果放在门口的收银台上,打开了走廊的壁灯。宋茱萸跟着他绕到过道,最后来到电脑桌旁。

"在这儿讲还是他屋里?"徐生问。

今天野格他们不在店里,桌面倒是比往常整洁。考虑到其他原因,宋茱萸选择就在电脑桌这边讲题。

那晚徐松松生病事发突然,她没考虑到其他问题就冲了进去。现在想来,两人多半住一间房,毕竟卧室里一左一右摆着两张单人床,可不好再贸然闯进别人的私人空间。

"徐松松,"徐生对着卧室方向喊了声,"把你的试卷拿出来。"

徐松松早就听到了动静,趴在门口听着,知道是宋老师来给他讲题。

"等一下,我找试卷。"

徐松松赶紧跑到书桌边,找了块橡皮胡乱擦了擦,又拿着试卷走了出去。

宋茱萸也不客气,拖了把椅子坐下。

徐松松将试卷平铺在桌面。

宋茱萸扫了眼题目,看着答题处隐约有些铅笔书写的痕迹:"这题你不会?"

徐松松咬咬牙:"不会。"

"我看你也思考过,为什么又把答案擦了?"

徐松松挠挠头："还是没想出来。"

徐生在卧室门口靠了会儿，翻出手机瞥了眼，转身又钻进了厨房。

徐松松剩下的这道题其实并不难，按照他的正常水平，哪存在解不出这种问题。

宋茱萸不管他出于什么目的，还是耐心地将题干与他仔细分说，理了理具体的解答思路。

"会了吗？"她问。

徐松松故作恍然大悟的模样："原来是这样，我懂了！"

宋茱萸一眼识破他蹩脚的演技，抬手轻轻捏了捏他的脸颊："这题你真不会？"

徐松松哑然失语。

"老实交代，想做什么？"宋茱萸仿佛揪住了他的小辫子。

徐松松的手指在试卷上抠了抠，亮晶晶的眼睛望着她，很不好意思地开口："其实……"

"嗯？"

徐松松声音很小："其实我就是想当面跟您说声谢谢，宋老师。

"谢谢您愿意来店里接我，谢谢您愿意背我去医院，谢谢您愿意对我这么好。

"宋老师，您是我最喜欢的老师！"

宋茱萸被小孩突然的"表白"吓到了。

"这是宋老师应该做的。"宋茱萸笑了笑，"关心爱护你们，本来就是老师的工作呀。"

徐松松还是不愿意承认其他，他就是要单方面宣布宋老师是世界上最好的老师。

她的背很窄很小，但是很温暖。

"你的心意我知道啦！"宋茱萸露出慈爱的笑容，苦口婆心道，"但是松松，老师也希望你能成为一个勇敢的男子汉，不要总是受伤让你哥哥担心，一定要学会保护自己，知道吗？"

"知道了。"徐松松咧着嘴笑，"宋老师，我去给您倒杯水。"

"不用了。"宋茱萸拒绝，"我准备回去了。"

此时徐生也从门口探出上半身，依稀能瞧见他腰上的半截围裙。

"先别走。"两兄弟异口同声。

宋茱萸眨眨眼，先瞧了瞧态度坚决的徐松松，又看了看一脸平静的徐生。

她看向徐生的眼神像是在询问——请问你又凑什么热闹？

"您得留下来喝杯水。"徐松松一脸傲娇。

"留下来一块儿吃顿饭。"徐生倒是自然。

"我不渴，也不饿。"她一一回绝。

徐松松第一个不同意："不行，我必须得谢谢您。"

徐生补了句："我们这儿谢人的方式，就是得请人吃一顿饭。"

他俩绝对是商量好的，宋荥荑有些失语，干笑道："先前不是才请我吃了火锅吗？"

"那是大家刚好凑一块儿，简单聚个餐。"徐生说，"今天这顿才是谢礼。"

宋荥荑被他说得有点蒙。

徐松松继续说："所以先喝杯水吧，宋老师。"

徐生耸了耸肩："你也不想我一直欠你个人情吧？"

两人一句接一句，堪比讲脱口相声，宋荥荑觉得自己跳进了一个巨坑。

徐生做饭的速度很快，没过多久，厨房里就传出让人食欲大增的香味。

宋荥荑也不想闲着，索性给徐松松补了几道题目，让他独自思考解答。

又过了几分钟，徐生从厨房带了张可以伸缩的小饭桌出来，他将桌椅支架拽出来，最后立在木质沙发旁。

宋荥荑好似看着试卷，余光却控制不住跟着徐生转。

等饭菜全部端上桌，徐生提醒两人："吃饭。"

徐松松带宋荥荑去洗手，回来的时候，徐生已经给他俩各盛了半碗汤搁在座位前。

小饭桌上摆放着简单的两菜一汤，将狭小的桌面挤得满满的。

徐生跟徐松松两人坐在木质沙发上，给宋荥荑留了个对面的位置，那里摆着把小小的椅子。

宋荥荑抿了抿唇、磨磨蹭蹭地落座。

小炒黄牛肉、凉拌青瓜、番茄鸡蛋汤，颜色鲜艳，香味浓郁。无论是卖相，还是味道，都属于偏上的水平。

"宋老师，吃牛肉。"徐松松将小炒黄牛肉往她面前挪了挪。

徐生一直没说话，垂着眼皮扒拉了一口白米饭。

宋荥荑夹了一小块牛肉放进嘴里，是非常浓郁的鲜香，肉质滑嫩，外面裹着层薄薄的汤汁，余味中夹杂着丝丝泡椒的辣。

宋荥荑不敢相信这道菜出自徐生之手，她咬着筷子琢磨：他是不是还有什么副业？比如厨子之类的？

"好吃吗？"徐松松替哥哥问。

宋茱萸赞不绝口："好吃！比好多餐馆里的大厨做得都好吃。"

徐生又扒拉一口饭，脸上依旧没有多余的表情，殊不知嘴角早就扬起一道好看的弧度。

"那您多吃点！"徐松松笑道。

宋茱萸又尝了口凉拌青瓜。

这个时节的本地青瓜最嫩，瓜皮不老还透着股清香。凉拌时放的调料不多，简单的盐、糖就足够，关键是最后滴上的香油又增添了青瓜的清甜爽口感。

她往前挪了挪小椅子，专心致志地吃饭。

徐生跟徐松松特别默契，两人在饭桌上很少发言，整得宋茱萸有些尴尬，她不太喜欢用餐时过于安静。

她晃了晃椅子："你们知道小饭桌吗？"

徐生抬眼看她，徐松松也很疑惑。

宋茱萸看着两人，继续说道："我上学那会儿，特别流行这种小饭桌，其实也就是午托班。家里住得远的学生，或者家长没时间做饭的学生，中午放学后就会坐在这种小饭桌边吃饭。"

小镇没有午托班，徐松松很好奇："那饭菜好吃吗？"

宋茱萸回味了下童年的滋味："嗯，不太好吃。"

"如果那会儿的伙食能有这么好，我也不至于挑食，就长这么点个子。"她鼓了鼓腮帮子，自嘲道。

徐生差点被蛋花汤呛到，他轻咳一声润润嗓子："所以你就一直在午托班吃饭？"

宋茱萸点了点头，轻描淡写道："之前都是在小饭桌吃饭，后面上了高中就有统一的食堂了。"

徐松松撇撇嘴："哇！宋老师您好可怜，赶紧多吃点补回来！"

宋茱萸戳戳碗里的饭粒，诚恳地夸起了徐生的厨艺："这是我在小饭桌吃过的最美味的一餐。"

徐生靠在沙发上，淡淡地看着她。一顿饭下来，两人的视线首次交汇。徐生的目光不偏不倚，更不会躲闪，终究还是宋茱萸先败下阵来，慌乱地避开了他的视线。

小岳跟野格他们接近傍晚才到店里来，卷帘门只拉开了一半，两人微微弓着腰钻了进去。

徐松松趴在桌面上写着作业，听见两人的动静后，扭过身子打招呼："小岳哥，小野哥。"

野格往屋里巡视一圈，没看见徐生的影子："生哥呢？"

徐松松敲了敲笔盖："在里边洗澡。"

仔细一听，浴室那边确实传来哗哗的冲水声。

两人各自在常用的电脑旁坐下，小岳还丢了根棒棒糖给徐松松。

"对了，小宋老师今天啥时候回去的？"小岳抿着糖随口问了句。

徐松松如实回答："吃了午饭以后。"

小岳瞳孔微微地震，嘴里的水果糖嚼得吱吱响："还吃了午饭？生哥做的？"

徐松松怀疑小岳哥是不是傻掉了："你觉得我能给他俩做午饭吗？"

小岳窝在椅子里转了一圈，阴阳怪气地冲着野格哀号："瞧瞧！我们这都快认识二十年了，至今还没吃过生哥做的饭啊。"

"比不得，比不得哩。"野格附和。

话音刚落，浴室门被人推开了，里面散出沐浴露的山茶香味。

徐生目睹小岳"精彩绝伦"的表情，擦了擦挂在短发上的水珠："又在放什么屁？"

此时卷帘门又被人微微拉开了些，董大臀提着东西立在门口，几双眼睛齐刷刷地看向他。

徐生冷冷地看他一眼，回到老位置坐下。

小岳跟野格面面相觑，只有状况外的徐松松站起身来冲他喊："董大哥，快进来！里面凉快。"

董大臀讪讪地笑了笑，进屋后又拉下卷帘门。

"生哥。"董大臀喊。

徐生懒散地应了声，就是不用正眼看他。

注意着两人的动静，小岳倏地明白过来，董大臀这是来找徐生赔罪的。

"那天晚上是我太冲动了，还差点把你们也扯进来。"

徐生嘲讽地勾了勾嘴角。

"我什么脾气你最清楚不过。"董大臀开门见山道，"要换作旁人，我也会管的，更何况那个人还是小薇……"

野格他们很清楚那晚的事，徐生甚至忙得连亲弟弟生病都顾不上。

徐生双手环在胸前,饶有兴致地盯着董大臀,冷冷淡淡地开口:"董湘匀,你想找死没人拦着,但我们还要在仇天手底下讨生活。你问问小岳他们,有人愿意跟你去蹚这浑水没有?"

徐生很少这么严肃,尾音很重,甚至有些咬牙切齿:"还真当自己是救世主了啊?"

董大臀靠在桌旁,极其烦躁地揉了揉头发,垂着脑袋不知道在想什么。

那天晚上,徐生在网吧给人装系统。念职高那会儿,他蹭过一些课,学得不精,完全是实操实练,不断摸索,才得到手上这份工作。他工作的效率不算高,常常一坐就是一整天。

忙了好几个小时,他盯着电脑的重启界面,捏了捏僵硬的后脖颈。正准备收工回覃溪时,手机在兜里微微振动,是野格打过来的电话。

那头情况紧急,野格问:"生哥,董大臀被一群人盯上了,你现在还在县城吗?"

徐生甚至连工钱都还没来得及跟人结,就风风火火地冲出了网吧大门。他骑着摩托车赶到时,一眼就看见董大臀被一群人团团围住,不远处还站着个年轻姑娘,头发、衣衫都乱了,绝望地望着董大臀那边。

原来是因为仇天的手下拦住了董大臀喜欢的女生段明薇,言语手脚都有些不干净,董大臀一怒之下就和他们发生了争斗。

徐生和仇天好说歹说,还说这次的网吧维护费用不收取了,还说他会亲自教训董大臀,对方才松口。

一群人夸张地退场,整个小巷都恢复了安静。

董大臀看向一旁的段明薇:"你回去吧。"

段明薇站在原地没动。

"回去吧。"董大臀挥了挥手,"记得走亮堂的大路啊。"

段明薇这才慢慢转过身,一路小跑,最后消失在小巷的尽头。

徐生扶董大臀起来。董大臀压着火气,手臂大力一挥,自己从地上爬了起来。

"你就这么听那姓仇的话?"董大臀歇斯底里地吼过去,"到底谁是你兄弟?"

徐生慢悠悠地站起身来,脸上没什么表情,被董大臀气得不想说话。

"行,是我没事找事。"他冷冷道。

随即翻出手机,他才发现不知什么时候按着关机键了。

董大臀颓丧不已。

徐松松很少见哥哥发这么大脾气，又见董大臀被骂得太惨，只好伸出小手钩住他的手指。

董大臀对着徐松松勉强一笑，愧疚得不行。

"我承认这件事办得不够漂亮，也不够妥当，"董大臀继续往下说，"但我并不觉得自己做错了。"

小岳和野格没开腔，不知道怎么劝他。

董大臀面露失落："我见不得她被别人欺负。阿生，你没喜欢过别人，所以你不会明白的。"他的声音越来越低，最后撂下一句，"放心，以后我不会再给你们惹麻烦了。"

说完，董大臀将摩托车钥匙揣进兜里，掀开卷帘门又走了。

徐生靠在沙发上没搭话，壁灯朦胧的光晕落在他身上，让他整个人都透露着一种倦态。

小岳和野格面面相觑。

徐生冷笑一声，对于董大臀这种"舔狗"式的喜欢嗤之以鼻。

"喜欢"具体是怎么一回事，他确实说不上来，即便在躁动不安的青春期，他也没精力去考虑这些。

吃什么、穿什么、怎么躲掉徐明昌的毒打、怎么还清徐明昌欠下的债、冬日里的伤口怎么才能快点愈合、徐松松生病了该怎么照顾……

他的生活离不开种种小事，似乎连活下来都变得很奢侈，这些才是他应该思考的问题。

所以，什么是喜欢？他从未体验过，也更不想知道。

屋里安静得可怕，徐生枕着胳膊出了会儿神。他这个位置正对着空调，吹得皮肤起了层鸡皮疙瘩。

"去把那西瓜切了。"货架上的绿皮西瓜反射着冷冷的光，徐生看了许久才开口。

小岳早就注意到货架上的西瓜了，就摆在正中间，宛若宝物被供奉在神台上一般。

"你啥时候去买的？"

徐生想起了宋茱萸："别人送的。"

记得那姑娘临走前，笑盈盈地匀了个西瓜给他，又婉拒了他送她回家的提议。当时，她那双杏眼灵动地注视着他，嘴角扬起清甜的笑："请你吃西瓜。"

小岳去厨房把西瓜切成了小块，随手找了个盆盛了出来，红色的瓜瓤晶莹剔透。

徐生咬了一块，很甜，眉心稍稍舒展。

夜晚静谧，夏蝉长鸣，在空调房里吃冰西瓜是属于夏日的专属浪漫。

徐生又在心底重复，他才不想知道什么是喜欢。

第三章 小饭桌

天气越来越热，草木越发葱茏，暑假也即将到来。

戚雪被男朋友接回家后，两人又如胶似漆的了。宋茱萸又回到了之前那种独来独往的状态。

这几天她也再未踏足过柴市街，小镇总共就三条街道，巴掌大点的地方，她却再没有碰到过徐生。

复习课非常枯燥乏味，宋茱萸每天都忙着批试卷和讲试卷，就连回到宿舍也闲不下来。生活并没有什么惊喜，反而越发平静寡淡。

这种情况持续到期末考试结束的那天晚上。

摩托车沉闷的排气声响彻夜空，宋茱萸将脸从泡面桶里抬起来，莫名想到那盘清爽的凉拌青瓜。

小风扇立在餐桌上，对着她"呼呼"直吹，温热的风丝毫不能缓解暑气，她当即打开手机 App 下单了一台空调。

临近黄昏。

晚霞在远处的天边翻涌，小镇落满金色的光芒，田野里时不时传来孩子的嬉闹声。

宋茱萸穿了一件吊带打底衫，搭了一条浅色牛仔短裙，又套了一件白色的防晒衣，趁着朦胧的暮色出了门。

她在宿舍一待就是好几天，今晚过后怕是要弹尽粮绝了，不得不出门再储备些吃食。

桥头的小超市东西种类不算多，都是些饼干、牛奶之类的。宋茱萸提着购物篮蹲了下来，仔细研究着品牌、配料表和生产日期。

她磨磨蹭蹭地挑了大半篮速食产品，又顺手在货架上拿了两盒薄荷糖，站起身准备去收银台结账。

"拿盒薄荷糖。"一个沙哑的声音传入宋茱萸耳里，闲散的语调带着冰凉的金属质感。

老板娘说："阿生啊！这都好几天没看见你了。"

徐生扫码付钱，笑道："这不是暑假了嘛，网吧机子损耗快，这几天都有点忙。"

"小菡前天也放暑假了，念叨着要去找你们玩呢！我这姑娘啊，真是一刻也闲不住。"

收银台响起收款播报，徐生将糖放进裤兜，只说："我有点忙，小岳他们倒是随时都在店里。"

宋茱萸躲在货架旁偷偷瞥了一眼，确认徐生已经离开后，拿了盒同款薄荷糖，提着购物篮走过去。

老板娘笑了笑，接过宋茱萸递来的商品，询问道："要购物袋吗？"

吊扇呼呼地转着，宋茱萸擦了擦鼻头的汗："拿个大袋子吧。"

徐生慢悠悠地走出店门，刚下台阶，就听到尾音拖长的绵软女声。

他的身体微微站直，还是转过头看了眼。

结完账，宋茱萸从购物袋里摸出那盒薄荷糖，一边拆包装，一边掀开冷气帘，最后剥了颗糖放进嘴里，顺手将垃圾扔进了门口的垃圾桶。她抿了抿嘴里的糖，极其满足地舒了口气，薄荷的冷冽和清香让烦躁的心情得以平复。

谁知她左脚刚踩到台阶，就听见有人喊了她一声："宋老师。"

宋茱萸的心怦怦加速，扭过头，才发现站在另一侧的徐生。他很少站得这么直，几乎快跟旁边的冰柜差不多高了。

"你怎么还在这儿？"她几乎是脱口而出。

徐生一只手插兜里，另一只手微微垂在身侧，脸上满是笑容："这么说你之前就看见我了？"

宋茱萸只好眨巴眨巴眼。

他直直盯着她:"咱们也算老熟人了吧,招呼都不愿意打一个?"

宋茱萸尴尬地扯扯嘴角:"那什么……要一起走吗?"

徐生见她岔开话题,便点点头:"走吧。"

路灯不知什么时候亮了,映照出一片昏黄。

宋茱萸提着购物袋,步子缓慢,徐生走得比她还要慢,两人保持着将近一米的距离,地上的影子却始终紧紧相依。

过了两分钟,徐生三两步跟了上去。

宋茱萸默默拧开矿泉水瓶盖,仰头喝了一大口。薄荷糖的后劲特别足,冰水从喉咙滚下去,刺激又舒适。

徐生观察着她的小动作。

半响,他偏过头问:"止痒膏还有吗?"

宋茱萸也转过头看他,这两天她落枕了,偏头、仰头实在太费劲。虽然不知道他怎么又提起这茬,但她还是老实回答:"还有一些。对了,还没机会谢谢你的药膏呢,比花露水好用多了。"

"嗯。"徐生又低声补了句,"用完了跟我说。"

宋茱萸点点头:"药膏多少钱?我现在转给你。"

"又不是什么值钱的东西。"

这话的意思很明确,徐生并不想收这个钱,宋茱萸又觉得尴尬了。

零星晚霞落在屋顶,泛着橙红色的光,流浪猫发出喵喵的声响,在垃圾箱里翻找东西。

沉默了半响,徐生没话找话:"没想到能在这儿碰见你。"

宋茱萸听他这么说,下意识问道:"为什么这么说?"

"放假了啊,你不回家?"徐生抬起手揉揉头发。

其实前几天他都跟网吧那边说好了,必须得留出半天时间回覃溪给徐松松开家长会。

徐松松上学这么久以来,他压根儿没把家长会当回事。只是不知道这几天怎么了,他莫名其妙钻了牛角尖,这家长会他还非参加不可。毕竟两个月的假期太长了些,长到他担心会横生什么变故,再看不到某人的盈盈杏眼。

宋茱萸又抿了一口矿泉水,垂着头不知道在想些什么,然后轻声告诉他:"我不回家。估计……暑假会一直待在这里。"

徐生很疑惑,松了松眉,也没问她不回家的原因。

"留在镇上可没什么意思。"他换了个话题,"你就一个人宅在宿舍?"

宋茱萸不在乎这些:"确实挺无聊的,不过我也可以追追剧什么的。"

徐生只点了点头，没接话。

不知不觉两人就到了岔路口，五金店跟教师宿舍不在同一个方向。

"太无聊的话，你可以来店里玩。"徐生盯着她看，迟迟才开口，"我……基本上都在。"

宋茱萸抿着嘴笑了笑，心情舒畅地挥了挥手："行！那我先回去了。拜拜。"

"拜拜。"徐生的余光一直追随着她的背影，不知过了多久才转身。

宋茱萸淘的二手空调是隔天到的，小镇快递行业紧跟时代发展，只是物流之类的稍微慢些而已。镇上没有单独的驿站，快递的数量也不多，都由桥头的小超市代收，取件之类的也还算方便。

超市老板娘早在午后就给宋茱萸打了电话，说她的货件太占地儿，催她尽快把东西取走。

只是那时太阳正烈，宋茱萸实在不想出门，最后磨蹭到七点多太阳落山才出去。

二手空调买得还算便宜，唯一的缺点就是不包安装。

宋茱萸路过桥头超市时，并没有急着进去，而是直接去了幽僻安静的柴市街。五金店的卷帘门虚掩着，从里透出的暖黄灯光一直倾泻到了马路的边缘。

宋茱萸几步走上前，抬手轻轻拍了拍门。接着，屋里响起窸窸窣窣踢椅子的动静，然后是深浅均匀的脚步声。

徐生从里面打开门，卷帘门卡在半空中。

宋茱萸笑眼弯弯，挥着小手跟他打招呼："嗨！"

灯光落在宋茱萸白皙的脸颊上，那双水润的杏眼望着他眨了眨，长睫犹如纤羽那般轻巧灵动，嘴角漾起小巧的括号，旁边还有不易察觉的阴影，像是酒窝。

"这么快就无聊了？"

宋茱萸两鬓被汗水打湿，柔软的短发贴在耳边。她微微喘了口气，问道："打开门看见我，你好像不是很惊讶？"

"大概能猜到。"徐生笑了下，不疾不徐道。

宋茱萸也笑了："这都能猜到？"

徐生轻咳一声，赶紧挪开视线："除了宋老师，其他人可没这么有礼貌。"

宋茉荑："这话怎么说？"

"小岳他们会直接进门，其他人要有事会直接踹。"徐生瞥了眼她白皙手掌上的灰。

宋茉荑一副受教了的表情："那我下次也用脚踹！"

"这么晚过来有什么事？"徐生一愣，接着又问。

宋茉荑讨好似的眨眨眼，一副让他自己猜的神情。

"门又锁上了？"徐生抱臂看着她。

宋茉荑摇头："不是。"

徐生问："那是什么？"

宋茉荑切入主题："不知道徐师傅这里……有没有安装空调这个业务？"

徐生笑着摊开手，一副了解的模样，转过身往店里面走："还真打算在这儿常住啊？"

宋茉荑跟着他往里面走了几步："那肯定呀。"

谁知刚刚才走到收银台旁，陈旧的金属味就被可口的家常饭菜香所掩盖。

宋茉荑吸了吸鼻子，好像是番茄排骨汤。救命，好馋！

"空调到了吗？"徐生回到小饭桌旁，"你先进来坐，等我几分钟。"

他似乎曲解了她的意思，以为她这会儿急着安装。

"刚到。"宋茉荑抹了抹鼻尖的汗，"现在也不急着用，你什么时候有空再过来一趟就行。"

徐生压根儿没听进后半句。

他弯腰掀开砂锅盖，抬起眼皮问她："宋老师吃饭了吗？"

浓郁的番茄汤实在是诱人，宋茉荑饥肠辘辘，口是心非地说："已经吃过了。"

徐生在木沙发上坐下，慢条斯理地给自己盛了碗汤："行，那你稍微等我一会儿。"

言下之意，就是让她找位置随便坐。

宋茉荑在收银台旁的椅子上坐下。

徐生开始吃饭，她就托着下巴偷偷打量他。他的吃相还是比较斯文的，但不是那种刻意的扭捏，一手拾筷，一手扶碗，动作自然，没有发出其他动静。

他不说话，甚至连手机都不看，就专心做好一件事，那就是埋头吃饭。

这一点还是挺让宋茉荑佩服的。

墙壁上的挂钟嘀嗒嘀嗒走着，伴随着偶尔响起的碗筷相触声。

宋茉萸看着看着就走了神。

不知过去多久，徐生轻轻咳嗽两声，沉沉开口："是不是得给我的吃相点个赞啊，宋老师？"

宋茉萸的脸瞬间红透了。

徐生的这句调侃道出了她的心声。她真的很难否认，他安静吃饭的模样确实有一种特别的吸引力。

"那你先去开个账号吧。"宋茉萸被他说得不好意思，只好抬起头看了眼挂钟，故作无所谓地说，"姐姐不仅给你点赞，还给你刷礼物！"

这话一出，徐生的目光明显沉了几分。

宋茉萸心虚地咽了咽口水。

"哦。"徐生没什么表情地将碗筷收回厨房。

"哦？"宋茉萸往后滑了滑椅子。

徐生再从厨房出来的时候，很不客气地瞥了她一眼，明显是不乐意了。

"姐姐你好厉害哦！"

宋茉萸立刻听出了他话语里的阴阳怪气，尤其是他加重了"姐姐"那两个字的发音。以此宣泄他的不满？虽然她也不是很清楚这不满到底是从哪儿来的。

其实她刚刚那句脱口而出的"姐姐"，并非想要占对方的便宜，只是徐生方才调侃她，这才说话没过脑子。这个称呼没其他的意思，只是普通自称中的一种，他不也经常把"老子"挂在嘴边吗？

宋茉萸非得跟他掰扯掰扯这个问题了："有问题吗？"

徐生擦擦桌子，语气不客气："没问题，我哪敢有问题。"

"那不就得了。"宋茉萸没意识到事情的严重性，继续搁那儿点炮仗，"你本来……不就是个弟弟吗？"

徐生索性把洗碗巾撂在了桌上，接着抬起冷厉的眉眼，深色瞳孔在暖光下更加冷淡。

他顺势后退了两步，靠在柜子上，语气不善："你说谁是弟弟？"

宋茉萸很无辜地摊摊手，故意往屋里巡视一周，意思很明显：这里就我俩，你说谁是弟弟？

徐生嘲讽地扯了扯嘴角："行，弟弟。"

宋茉萸一怔："不是，你突然生哪门子的气？"

还是说现在这些弟弟都娇气，说不得也碰不得了？

"我没生气。"徐生反驳。

宋茱萸很无奈地看向他，好好好，不仅生气，还拧巴上了。

"叫你弟弟又不是在骂人。"宋茱萸发挥着姐姐的耐心，"你虽然是松松的哥哥，但年纪确实比我小……"

徐生眼神冷淡地扫她一眼，听着她解释，谁知道这姑娘压根儿抓不住重点。

"你不至于要叫我阿姨吧？这样就有点过分了。"

徐生心梗住："……"

"所以我自称一声姐姐，你说说又有什么问题？"宋茱萸又绕了回去。

徐生这下彻底无语了，他懒懒散散地走出来，修长的身影越来越近，最后挡在了宋茱萸面前。

"没问题。"

宋茱萸以为他想明白了，随即拍拍手站起来·"这不就得了？"

徐生笑了下："时间不早了，姐姐您早点回去休息吧。"

宋茱萸连连后退几步，一脸蒙："你刚刚不是让我等你吗？"

这空调究竟还能不能装？

徐生直接倚在货架上："我可没说能装。"

宋茱萸表情一滞，看出他在闹脾气："喂，你不至于吧？"

徐生个子很高，两人一旦凑近，总会在无形之间给宋茱萸带来压迫感。

"那可太至于了。"徐生单手插在兜里，眼眸里仿佛倒映着粼粼波光，"我这人吧，最烦别人叫我弟弟。"

宋茱萸冷冷看着他，打算由着他继续闹脾气："那行呗。反正这镇上又不止你一个弟弟，我就不信没其他人能装空调了。"

小岳和野格将徐松松送回店里，两人催促着小孩赶紧先去洗漱。小岳刚准备坐下，手机就在裤子后兜里振动了两下。

宋茱萸：小岳。

宋茱萸：冒昧地问你个问题。

小岳很惊讶小宋老师居然会主动给他发消息，尤其还是在假期里。虽说前段时间跟她聊得还蛮好的，但加了微信后并没正式聊过天，今晚还是头一次。

小岳：有多冒昧？您说。

发完消息，他满脸嘚瑟地跟野格炫耀："知道现在谁找我吗？"

野格弯腰开电脑："谁会大半夜给你发消息？"

小岳一脸灿烂:"小宋老师!嘿嘿,没想到吧?"

他刚说完,宋茱萸又回了消息。

宋茱萸:你会装空调吗?

小岳:啊这……你确实问到我的短板了,我还真不太会装空调。

野格见小岳不说话了,问道:"宋老师找你做什么?"

"问我能不能装空调。"小岳很蒙。

"装空调?给教师宿舍装吗?这么说她没回家?"野格问。

两人静静对视一眼,猜测着宋茱萸还真有可能没回家,不然怎么会问这个问题,毕竟远水也救不了近火啊。

小岳:这事儿你得找生哥。

宋茱萸:他不给装。

小岳又给野格转播:"她说生哥不给装。"

野格也愣了,都知道徐生会装空调,他没道理不接这活儿啊。

宋茱萸:你们还有谁能装?

小岳:野格也能,不过业务没生哥熟。

"要不你去帮她装?我来给你打下手。"小岳想着这事儿不大,扭头询问野格的意见。

野格摸了摸下巴上的痣,琢磨着明天应该没事,倒也能去装。

"装什么?"徐生的声音冷不丁响起。

"小宋老师问我们能不能帮她装空调。"小岳老实说。

徐生趿拉着拖鞋,慢悠悠地走到木沙发旁坐下,往后垫一靠,合上眼皮,不知道在想什么。

小岳发消息问:不过,生哥为什么不给装啊?

"你为什么不给她装呢?"小岳询问当事人。

徐生捏了捏后脖颈,思考着怎么回答这个问题。

小岳的手机又振了振。

宋茱萸:他平时是不是特别容易生气?

宋茱萸:你们没少被他欺负吧?

宋茱萸:小气鬼!

徐生抬了抬眼,语气平淡:"没谈拢。"

这姑娘平时看着乖巧,没想到脾气还挺冲的,说不装就不装了,一句话不多说,临走前还真踹了卷帘门一脚。

综合两人的话,小岳猜测:他们莫非是因为价格才没谈拢?

070

小岳为徐生说好话：也没吧，生哥人还挺好的。难不成他收你高价了？

宋茉荑：这倒没有。我就是不知道这弟弟的脑子里在想什么。

小岳"扑哧"笑出声来，他还是头一次听人这么称呼徐生，毕竟他们平时都叫"生哥"叫习惯了。

宋茉荑：你们能装吗？能的话明早在小超市集合。

小岳偏着头问徐生："哎，生哥，你真不给装啊？"

徐生闲散语气中又带着点傲娇："谁爱去谁去。"

反正他不去，去了不真成弟弟了？

小岳拍拍野格的肩："行行行，你不去，我们去。野格，明早小超市集合，记得早点过来啊。"

宋茉荑跟小岳约了九点这个时间。到时候他们在小超市集合，空调外机加内机，估计也不轻，还得把东西先抬过去。

翌日。

宋茉荑醒来的时候已经日上三竿，烈阳从窗帘缝隙透了过来，卧室也逐渐升温，跟个大蒸笼似的，她完全是被热醒的。简单洗漱之后，她往头上戴了顶鸭舌帽，拿起手机就赶紧出了门。

谁知等她走到小超市的时候，并没见到野格和小岳的人影。

宋茉荑想着待会儿温度会更高，不喝水是不行的，所以打开超市门口的冰柜，拿了几瓶冰水去结账，顺便先把快递签收了。

"我取下快递。"她将冰水放在收银台上，低头翻短信里的取件码。

"宋姐姐？真是你呀！"

宋茉荑听见熟悉的声音，抬起头来，就看见了笑着与她打招呼的蒋菡。

"嗨。"宋茉荑笑着回了句，"你也放暑假了吗？"

蒋菡坐在收银台里化妆，对着粉饼盒的镜子叠了层口红，抿抿嘴，笑着说："对啊！我回来好几天了。咦，你暑假都不回家吗？"

宋茉荑随口扯了个理由，又给她念快递的取件码。

"昨天到的对吧？我去给你拿。"蒋菡边走边问。

"对。"宋茉荑看着蒋菡走进仓库。

蒋菡进了仓库才注意到宋茉荑的大件。

"宋姐姐，你买的是空调啊！这好重啊，能进来帮我抬一下吗？"

宋茉荑先把刚刚的水钱付了，又循着蒋菡的声音走进仓库。空调的内外机是分开包装的，一大一小叠在一起，就连拖出来都费劲。

两人商量着配合一下，蒋菡在后面推，宋茱萸扯着带子往前拉。

瓷砖的摩擦不算大，两人推着快递箱一寸一寸往外挪。宋茱萸背对着外面，蒋菡埋头往外推。快递箱垒得很高，两人看不见彼此，只有一同用力时，挪动距离才远点。

宋茱萸丝毫没注意到身后货架支出来的零件，她刚刚才退了一步，鞋底直接绊到铁轮。正好这时蒋菡往前一推盒子，宋茱萸完全站不稳，被压得直直往后倒去。

但迎接她的不是冰冷的地板，而是温热的人体靠垫。

徐生吃痛，闷哼一声。

蒋菡听到宋茱萸的动静，从快递箱后面探出身子："宋姐姐你没事吧？"

徐生双手抵在宋茱萸的胳膊下，像提小孩一般将她拽直了身子。

宋茱萸惊魂未定，冲蒋菡挥挥手："我没事……没事。"

说完，她转过身，瞧见情绪不太高的徐生。

高瘦的他挑了下眉，看着她，面色僵硬，沉默不语，看着挺吓人的。

蒋菡绕过快递箱跑了出来，直接扑到徐生面前，有些惊喜："阿生，你今天这么早啊？"

他淡淡地"嗯"了一声。

徐生的作息时间混乱得寻不出规律，但基本上只要晚上熬了夜，白天就别想再看到他的人影。所以蒋菡暑假回覃溪后，主动向母亲请缨，成天守在超市里蹲他。接连等了好几天，她甚至都想去找他了，没想到今天一大早就把人给等来了。

徐生转过身，走到收银台扫码："买点东西。"

蒋菡瞬间把快递的事抛诸脑后："这几天怎么都没看见你啊？"

"有事儿。"

"在县城？"蒋菡趴在玻璃柜上。

徐生只点了点头。

蒋菡不免有些懊恼："早知道我就去找你，先在县城玩两天了。"

宋茱萸在后面听着两人闲聊，时不时看一眼手机时间，想着小岳他们是不是睡过头了？要不要打个电话过去催催？

徐生随口应了蒋菡一句，闲闲散散地往宋茱萸那边走去。

只见他径直走到快递箱旁边，弯腰提起上面的塑钢打包带，拖着它往外挪了挪位置。

超市货架间的过道十分狭窄，两个快递箱叠着并不好操作，他索性把两个快递箱拆开，又扣住带子分两次往超市外面搬。

"你又干吗？"宋茱萸脱口而出。

徐生将白T恤的袖子卷了一圈，恰好翻卷到他的肩上。因搬着重物，他小臂连带胳膊的肌肉都微微凸起，血管与肌肉线条都叫嚣着，深肤色搭配这种曲线，莫名有种野性的美。

徐生自顾自地搬着东西，折回来搬另一个快递箱的时候，扫了宋茱萸一眼，眼神深邃得不像话。

"空调不装了？"

宋茱萸擦了擦汗："小岳他们呢？我跟他们约好了。"

徐生轻松提起纸箱："他们有事。"

宋茱萸抬眉："有事？"

"嗯。"徐生神色晦暗不明。

蒋菡见状也跟着跑了过来，顺手抬起快递的另一端，询问道："你要帮宋姐姐装空调吗？"

徐生没说话。

宋茱萸顺手提着收银台上的冰水，跟着两人走到超市门口："不是说不给我装吗？"

徐生不耐烦地叹了口气，把纸箱搬到台阶下面，冷冷淡淡道："做生意哪有挑客人这个道理？"

此时，小岳就在五金店里跟野格吐槽："你说牛哥这什么意思？"

野格很淡定："字面意思。"

小岳疯狂地摇头："看来小宋老师确实给生可整麥毛了！竟然连空调都不许咱们给她装。"

野格比较清醒："装还是要装的。"不过不是咱们去罢了。

超市门口的空调呼呼吹着冷气。

宋茱萸站在风口享受着凉意，实在没办法理解徐生的思维，只好盯着徐生停在门口的摩托车。

蒋菡也不知道发生了什么事情，总觉得这两人间气氛别别扭扭的。她看向徐生的侧脸："野格不跟你一起吗？要不我去给你帮忙吧？"

徐生左手撑在纸箱上，恰好正对着宋茱萸："不用，你看你的店。"

"行吧。"蒋菡心里不免失落，但也只能答应他，"那你要注意安全呀！"

徐生微微靠在纸箱上，日光过于毒辣，他连头发都被映成了栗色。他微微耷拉着眼皮，半眯着眼睛"嗯"了一声。

宋茱萸提着刚买的饮料走过去："你要一个人帮我装空调吗？"

徐生瞥她一眼，语气实在嚣张："我不一个人，难不成还半个人？"

这是在怀疑他的业务水平？

宋茱萸哽了一瞬，懒得跟他计较。

徐生先把空调外机搬到摩托车上，用黑皮橡胶绳固定到后架，还推了两下试试稳定性。

"你待会儿还是走河边？"他问。

"对。"宋茱萸点了点头。

河边种着不少柳树，茂密的枝叶成了夏日里的天然遮阳伞，从河边走过去也不至于那么晒。

徐生长腿跨上摩托："我把东西卸了再回来接你。"

宋茱萸若有所思地看他一眼："不用，我自己走回去就行。"

徐生拧了拧油门，头也不回地说："等你走过来黄花菜都凉了，别耽搁我时间。"

摩托车的引擎轰隆启动，排气管排出的废气卷起地面灰尘。

只在太阳底下待了两分钟，宋茱萸就快被晒晕过去了。

"回超市等，这里晒。"徐生话音刚落，摩托车跟离弦之箭一般冲了出去。

宋茱萸就站在超市门口张望，室内的冷气透过门帘飘出来。

蒋菡在里面喊她："宋姐姐，你进来等吧。"

方才两人的对话声不小，也没有避着蒋菡，想必她应该都听见了。

宋茱萸也没拒绝，掀开透明门帘走进超市，就站在空调底下等徐生。

蒋菡还在照镜子，语气平常地问："哎，宋姐姐，你跟阿生很熟是吗？"

宋茱萸从购物袋里翻出瓶茉莉西柚茶，拧开瓶盖，回了句："不是很熟。"

蒋菡压根儿就不信。

两人刚刚聊天的时候熟络自然，再拿徐生这辆摩托车来说吧，估摸着买了也有几年了，除了野格他们偶尔借着骑骑，其他人压根儿没资格碰，更别提徐生还主动载其他女孩了。

蒋菡又笑了笑："就感觉你们还挺亲近的。"

"就正常社交，谈不上亲近。"宋茱萸晃了晃购物袋解释着，"本来跟野格他们约好了装空调，但他们好像临时有事，最后又换成了徐生。"

蒋菡依旧笑着："是吗？那可能是我想多了。"

大概过了几分钟，超市外面传来摩托车的声音，宋茱萸隔着透明门帘看到徐生已经回来了。她跟蒋菡道了个别，掀开门帘往外走。

徐生坐在摩托车上，左脚轻点地面等着她。

宋茱萸走近后才真切感受到这辆摩托车的车型。很大，也很高，后座微微耸起，高度直逼她的腰部。

徐生接过购物袋，见她磨磨蹭蹭半天没上来，一眼扫去："上不来？"

宋茱萸看了眼面前的脚踏板，窘迫道："能上来。"

徐生见她两条腿来回挪动，愣是没找到合适的上车姿势。

"扶着我上。"徐生淡淡道。

宋茱萸也不想耽搁时间，纤纤左手落到他的肩上，踩上脚踏板往摩托车后座挪。

徐生感受到一种绵密的触感，宋茱萸柔软的手掌就覆在他肩上，冰冰凉凉的指尖不小心扫过他皮肤。

"走吧。"宋茱萸坐好，松手，离他远远的。

徐生拧了拧油门，载着宋茱萸往宿舍楼开去。他骑车的速度不算快，宋茱萸还是坐不稳，总觉得自己要往前面滑，也不知道这车后座是个什么构造。

好在宿舍离得不远，徐生把摩托车稳稳停在楼下的那刻，宋茱萸才松了一口气，她毫不犹豫地撑着他的肩迅速跳下摩托车。徐生将车锁好之后，又将工具包提上，两人往楼梯口走去。

快递箱早被徐生搬到了一楼，学校的老师们都已回家，宋茱萸算是这栋楼唯一的住户了。

徐生打算先搬空调外机，宋茱萸把购物袋搁在地上，想着帮他搭把手。谁知还不等她上手，徐生双臂提起机子就往楼上走。

宋茱萸喊道："我跟你一起抬吧？"

虽然说三楼也不算高，但爬楼梯与走平地始终不同，让他独自搬上去确实太为难人了。

徐生继续往上走："你把工具包带上就行。"

宋茱萸提着东西追了上去。

徐生一路走到宋茱萸的宿舍门口小停，把东西放下之后，他又去跑第二趟，宋茱萸也跟着往楼下走。

"你开门，"徐生回头看她一眼，"别跟着我，挡路。"

宋茉荑腹诽：真想捶死他。

她一边输密码，一边想，为什么之前会觉得徐生还算成熟啊？

她打算收回这个可怕的想法。弟弟始终是弟弟，就是欠揍。

宋茉荑打开房门没多久，徐生又扛着另一台机子上了楼，步伐轻松，甚至都没怎么大喘气。

宋茉荑立在门口看着。

徐生扯过他的工具包，低头询问："空调打算装哪儿？"

她往后看了一眼："卧室。"

徐生点点头，拉开工具包的拉链："那我进去了？"

宋茉荑没反对，侧身让他进去。

徐生的业务很熟练，从包里翻出剪刀，迅速拆开快递箱，然后把两台机子搬进了客厅。镇上干这一行的人不多，所以有需要安装空调、热水器之类的，大多数人都会找他。

他进卧室之前再次确认："直接进？"

宋茉荑跟着他，轻轻"嗯"了一声。

得到允许后，徐生才把空调搬进她的卧室。一推开门，淡淡的甜香就飘了出来，跟那晚闻到的气味一致。

她的卧室布置得比较温馨，房间不大，里面有张一米二的单人床，铺着米色的被单和浅蓝色的被套，颜色很清新，上面印着神态各异的小熊。

床的四周围着同色系的防蚊纱帐，对面摆着一张白木书桌，护肤品、书籍、电脑都井然有序地堆在上面。

"装这上面行不行？"徐生指了指书桌上面的空位。

宋茉荑没意见："你看着安排就好，我也不太懂这个。"

徐生点点头，让她把书桌上的东西先搬出去，以免钻孔时沾上墙灰和水泥。

安装空调主机并不难，钻孔只需几分钟，再将零件钉上，主机往墙上一挂，差不多就装好了。

宋茉荑的卧室正对太阳，所以温度特别高，徐生的额头很快就冒出一层汗，纯棉T恤也被汗水浸湿了，隐约能看见他后背肌肉的轮廓。

主机挂好后，徐生从斜梯下来，刚刚站稳，一个转身差点撞到身后的宋茉荑。

宋茉荑也是一顿，连忙往后缩了缩，像只受惊的兔子。

"又来监工啊，宋老师？"徐生挑起眉梢。

宋茉萸递了瓶西柚茶过去："没。喝水。"

"谢谢。"徐生接过水，人微微往后一靠，拧开瓶盖喝了一口，直接干掉小半瓶。

他握着茶瓶往客厅走，顺手将其搁在外面的餐桌上，又往卧室里面搬外机。

外机需要装在外墙上，宋茉萸以前也见过其他师傅工作，越高的楼层越危险。

徐生穿上安全背带，又将安全扣全部扣上，把安全绳另外一端拴在床脚上，双手往窗台一撑，直接跳了上去。

他扯了扯绳子，听见宋茉萸小声问："要我帮你扯着吗？"

宋茉萸总觉得她的床不太结实，怕徐生贸然爬下窗户会有危险，楼层虽然不高，但掉下去怎么也得瘸条腿。

要不她帮忙扯着另一端绳子吧？

"放宽心，宋老师。"

烈阳很刺眼，徐生将纱窗打开，拿上打孔机和外机架就往下滑。

宋茉萸不放心，赶紧趴在窗口往下看。明明被挂在烈日下的是徐生，她却始终揪着一颗心，七上八下的，默默注意着徐生的动静。

"放宽心"这句话语气很平淡，却能让她心底升起安全感。

还挺酷的，怎么回事？

外面传来断断续续的打孔声。徐生很快安装好左侧架子，左脚有了着力点，人也跟着稳了许多。待两边架子都装好后，他抬手扣住窗边，先将打孔机扔了进去，然后双手够住窗台往上借力。

这一翻上去，他就看见了宋茉萸。姑娘脸蛋红扑扑的，一双杏眼睁得很大，胆战心惊地看着他。

徐生有一瞬的失神。

"好了吗？"宋茉萸赶紧问。

他慢悠悠地爬上窗台，对上她的视线，两人离得特别近，他弯着嘴角"嗯"了声，说："把机子挂上去就好了。"

徐生将空调外机也拴在安全绳上，再次翻出窗台时，听见宋茉萸对他说了句："那你慢点啊。"

"好。"他回道。

徐生安装的速度很快，赶在正午之前完了工。进屋的时候，他顺手替她关上窗户,将遥控器装上电池,开机调出冷风来。

空调开始运转,凉丝丝的风从出风口吹出,宋茱萸额前半湿的碎发被风拂起。

徐生将遥控器放在书桌上,开始解身上的绳子和安全扣:"行了。"

宋茱萸看着他,感受着冷风带来的惬意:"谢谢。"

徐生无声地笑了下,把工具塞回包里,一边整理一边往卧室外面走去。

宋茱萸跟着他。

天气很热,徐生在外头晒得口干舌燥,随手拿起餐桌上的西柚茶,拧开瓶盖后就仰头灌水。

宋茱萸看着汗水顺着他的侧脸流到漂亮的下颔线,皮肤被晒得均匀透亮,喝水时喉结跟着滚了又滚。少年意气风发的同时,又添了几分不常见的野性。

宋茱萸眼睁睁看着他将整瓶水快喝完。

徐生拧好瓶盖,胡乱抹了把脸上的汗,懒散地盯着她看,又懒洋洋地发问:"怎么?"

宋茱萸盯了他半晌,最后指了指他的身后,吞吞吐吐道:"那什么……你喝的好像是……我的水。"

徐生顺着她的视线看去:"……"

徐松松很早之前就提议要在后院烧烤了,好不容易盼到放暑假,又磨了徐生好几天,亲哥总算松口同意了。小岳和野格提着大包小包的食材,徐松松怀里捧着两瓶碳酸饮料,风风火火地回到五金店。

野格将食材放回厨房,绕了一圈都没见到徐生的影子:"阿生呢?还没回啊?"

小岳将空调打开,温度调到最低,招呼着徐松松先洗了手再去拿雪糕,然后回道:"不知道啊。我们跑趟县城都回来了,他没理由还在外面吧?"

野格回到木沙发旁坐下,一眼就注意到茶几上搁着半瓶喝剩的饮料:"回了啊,东西都搁这儿呢。"

小岳举起那瓶茉莉西柚茶,难以相信这是徐生的东西:"生哥什么时候换口味了?"

野格耸耸肩,他怎么知道?

徐生不喜甜食,这种甜腻的水果茶出现在五金店就很诡异。

小岳好奇宝宝似的晃着那瓶西柚茶,直到徐生沉沉的嗓音从楼上传来:

"搁那儿别动。"

这会儿将近下午五点,只是五金店的卷帘门关着,压根儿让人辨别不出昼夜情况。徐生揉了揉凌乱的头发,睡眼惺忪地从二楼走下来,慢悠悠地挪到木沙发边。

楼下空调刚开,屋里有些闷热。他将拖鞋踢到两边,抢过小岳手里的西柚茶,又将它放回了原处,又一本正经道:"别乱动。"

小岳瞬间乐了:"不是,你至于吗?不就半瓶破茶嘛。"

徐生瞥他一眼:"要你管?"

野格也跟着起哄,转过头八卦地问:"妹子给的吧?这么宝贝着。"

徐生偏头笑得有些绷不住:"别管行不行?"

他的脑海里浮现出宋茱荑抿着嘴诧异的脸。

熟悉徐生的人都知道他有轻微的洁癖,谈不上特别严重,只表现在某些细节上,比如不乐意跟别人共用水杯、餐具之类的,就连跟徐松松的碗筷都是分开的。

之前董大臀偷喝了他的汽水,他又接着喝了几口,知道真相后浑身不舒服,硌硬了小半个月呢。

徐生也觉得自己挺奇怪的,在宋茱荑说出那瓶水是她喝过的时候,他并没有像往常那样产生生理性的排斥,反而很平静,甚至不觉得这是什么大事。谁料他还没来得及反应,那姑娘却先红了脸,临走前还把他喝过的水扔了过来。

徐松松坐在旁边拆雪糕盒子,向他炫耀着:"哥,我们今天买了好多好多肉!"

小岳也说:"今天市场上的牛肉还真新鲜!待会儿做成烤串肯定贼香。"

徐松松舔着雪糕:"还有五花肉、羊肉、鸡翅……全是我想吃的。"

小岳给野格使了个眼色,暗示他赶紧提正事。

野格接收到信号,咳嗽两声:"烤烧烤嘛,当然是人越多越好玩。那什么……阿生,我把董大臀也叫上了……还有蒋菌,都一块儿过来,咱们边吃边玩。"

徐生知道他俩想借此机会当和事佬,索性也由着他们,并没有出言反对,只"嗯"了一声。

小岳见他没反对,乐呵呵地站了起来:"那我先去把牛肉腌着,到时烤着才更有味儿。"

牛肉……

徐生托腮，好像有谁特别喜欢吃牛肉来着，宿舍里还都是牛肉味的泡面，可怜巴巴的。

"徐松松，"徐生抬头摸了摸弟弟的脑袋，"你想不想……"

徐松松吃得满脸都是奶油，疑惑地抬起头，等着哥哥的后半句话。

"再感谢宋老师一下？"徐生将后半句补充上。

野格听到这话差点被烟呛到，但还是装作什么也不知道的样子，溜进了厨房。

徐松松冲哥哥眨眨眼："邀请宋老师来吃烧烤？"

徐生感叹：这孩子不愧是跟着我长大的！孺子可教，一点就通。

他将手机从裤兜里摸出来，递到了徐松松手上，一副"你看着办"的模样。

宋茱萸在夜幕降临前走进了柴市街，手里还提着一大袋零食，深吸一口气，朝着五金店走去。

卷帘门半开着，室内的灯光透了出来。

她刚刚走到门口，恰好碰到准备出门的野格。少年身上还系着围裙，是徐生用过的那一条。

"宋老师！进去坐吧，他们都在后院呢。"

宋茱萸笑着点点头："好。"

"那你赶紧进去，我去超市买点东西。"野格丢下这么句，撒丫子往外跑了。

货架后面的电脑都没开，只留了盏昏黄的壁灯，没瞧见其他人的影子。

宋茱萸原先就觉得做生意和居家一体，未免过于拥挤，没想到还有个后院。

她拎着零食往屋里走，走到厨房门口时，徐生端着盘五花肉走了出来。

徐生略微一怔，眸光闪烁："来了？"

宋茱萸轻轻"嗯"了一声。

"跟我来。"徐生领着她往里边走，"他们在里面。"

宋茱萸小心翼翼地跟在他身后。

徐生将门打开，侧身让她先进去。

宋茱萸带着十二分的好奇心踏进后院，昏暗的环境豁然明朗起来，一个小巧的后院展现在她的面前。

院子不大，四周围墙旁是一圈花坛，里面种着苍翠盎然的花草树木，最左边还种着一棵小小的树，也不知道是什么品种。有防盗门的这面墙爬满了葡萄藤，藤蔓顺着支起的铁架生长，圈起一片片阴影来。

大风扇立在地面呼呼地吹着风。烧烤架和餐桌就摆在葡萄藤下，小岳正猫着腰点燃炭火，董大臀陪徐松松玩手机游戏，蒋菡忙着给菜品摆盘。

徐生将五花肉搁在桌上，看了眼愣在原地的宋苿萸："看看有没有你喜欢吃的。"

其他人闻言看过去，纷纷跟宋苿萸打招呼，只有蒋菡笑得有些僵硬，没想到宋苿萸也会参加这个局。

"随便坐。"徐生又给宋苿萸挪了把椅子。

宋苿萸将带来的零食放在桌上，社恐症都快发作了。她抬起头询问他："有什么我能帮忙的吗？"

"没有。"徐生直截了当。

可宋苿萸不想留在这里尴尬："那我跟你去厨房看看行吗？"

徐生扯了扯腰上的围裙，似乎明白了她的顾虑："厨房没空调。"

"我不怕热。"宋苿萸赶紧跟了过去。

厨房的面积确实不大，最多只能容下两人。

徐生走到洗碗池旁，拧开水龙头，换了池干净的水，偏着头看了眼宋苿萸。

她今晚将短发扎了一半上去，绾成小小的一团，整个人显得很有灵气。

徐生不动声色地收回视线，从冰箱的保鲜室里翻出袋青虾，倒进水池里开背剔除虾线。

"我来帮你洗吧。"宋苿萸说。

水池于徐生来说有些矮，他需要将腰弯得很低。

"没多的围裙了。"他解释。

宋苿萸眨眨眼："我又不会把衣服弄脏。"

"你乖乖站那儿就行。"徐生拒绝她，语气很温柔，像是在哄小孩了。

宋苿萸鼓着腮帮子，寻思着他是不是把她当成徐松松了。

一时无话，只剩下徐生拨动水流的声音。

"宋老师。"他又叫她。

宋苿萸："干吗？"

"少吃点方便面。"徐生扯着虾线，热心地提醒着，"那玩意吃多了降智，小心许乘法口诀都背不下来。"

宋苿萸气得想捶他，并且照着想法做了。徐生偏着肩躲开。

"阿生，虾洗好了没？"蒋菡拿着洗好的扦子跑回厨房，恰好撞见了两人嬉笑的场面。

徐生一手端着装满青虾的小盘子,另一只手里拿着一只虾在逗宋茱萸。

宋茱萸偏头去躲,伸手拽住他的手腕,抵着他不许再靠近。

蒋菡沉默了。

宋茱萸赶紧收回手:"洗好了,我来穿吧。"

蒋菡将扦子递了过去。

徐生收了收脸上的笑意,将整盘青虾递给蒋菡:"你们去后院,这儿太挤了。"

蒋菡不接他递过来的东西,勉强挤出个笑容:"宋姐姐,你先过去等我可以吗?我有话要单独跟阿生说。"

宋茱萸看了两人一眼,接过扦子和盘子,绕过门口的蒋菡,头也不回地往后面走去。

确认宋茱萸已经离开后,蒋菡才踏进厨房,走近一步,再一步,最后来到徐生的跟前。

她的声音颤了颤:"阿生,我有话跟你讲,怕待会儿喝多了说不清楚。"

徐生眼底的光一闪。

夏夜的风从葡萄枝叶间掠过,后院里响起轻微的簌簌声,地面倒映着几个凌乱的影子。

院里支起了烤架,小岳还弄了口电烤锅过来。

大家分工明确,围着烧烤摊忙得团团转,想法也出奇一致,坚决不让两个女生插手,叫她们去饭桌旁等着就行。

宋茱萸拗不过他们,只好摊了摊手,寻个空位坐下。

蒋菡就坐在她对面,眼睛微微泛红,只盯了她一眼,便扭头去了徐松松身边。

晚风卷起裙边,宋茱萸抬手把裙边抚平,百无聊赖地刷着微信消息。

身后烟雾缭绕,浓郁的烧烤味不断传来,辣椒面撒下去的时候,宋茱萸被呛得咳嗽了两声。

"烤鱿鱼好了!"小岳将烤盘端上餐桌,老仆人似的催促着,"蒋大小姐!松松!赶紧过来啊,准备开饭了!"

徐松松抛下手机小跑过来,蒋菡也不紧不慢地过来坐下。

野格端了几盘烤肉上桌,又拿了几瓶啤酒和一次性纸杯过来,小圆桌瞬间被挤得满满当当的。

烧烤架上的炭火没灭,徐生扯下围裙扔在一旁,提了张塑料凳子过来,在宋苿荑身边的空位坐下。

"来来来,先给大伙儿倒酒啊!"

小岳拿着开瓶器,上来就先开了十多瓶啤酒,给桌上的纸杯全部斟满。

小岳把纸杯递到宋苿荑面前时,徐生微微眯着眼问了句:"你喝啤酒还是饮料?"

宋苿荑大方地接过那杯啤酒:"喝酒吧。"

正式开吃前,小岳极具仪式感地组织大伙先干一杯。

一杯冰凉的啤酒下肚,宋苿荑的胃口也被打开。

野格将牛肉串往中间推了推:"来来来,尝尝阿生的手艺啊,不知道沾了谁的光,还能吃到他亲手烤的肉……"

满满一大桌子的菜,宋苿荑最先注意到这盘肉串,色泽鲜亮,佐料撒得非常均匀,加上葱花、芝麻点缀,不比烧烤店的卖相差。

宋苿荑拿起一串,顺着扦子轻轻咬下一口,外层酥脆,里层鲜嫩多汁,麻辣鲜香,手艺确实不错。

换作往常,最先吹彩虹屁的是董大臀和蒋菡。今晚也不知道怎么了,两人沉默地咬着肉串,竟然连一句话都不说。

"你烤的牛肉串可比隔壁烧烤摊的好吃多了……"徐松松嘴里包着牛肉嘟嘟囔囔。

宋苿荑很难不赞同,确实好吃得让她勾起脚尖。

徐生喝了半杯啤酒,侧过头瞥她一眼:"宋老师?"

"嗯?"宋苿荑含混地回应。

"好吃吗?"他随口问道。

宋苿荑竖起大拇指,诚恳地评价:"真香!"

徐生嘴角微微上扬,默不作声地喝完剩下的那半杯啤酒。

小岳见蒋菡的兴致不是很高,拿了一串青虾放进她的盘里:"蒋大小姐今晚这是怎么了?"

蒋菡拿扦子戳了戳虾头,视线落在徐生那边,平平淡淡道:"伤心呗,被人甩了,心情不怎么美丽。"

"咳……"

徐生被啤酒呛得轻咳一声,掀起眼皮瞥了蒋菡一眼。

众人皆怔。

野格夹了粒花生米丢进嘴里，以为蒋菡喝了酒，又要开始整活了，忙问："哪个不长眼睛的敢甩你啊？"

蒋菡有意无意地看向徐生："不知道啊。某人眼睛长头顶上了呗。"

野格摸摸她脑袋："酒解千愁。"

蒋菡跟他碰杯："我敬你，小野哥。"

宋茱萸拧了拧眉，两手捏着扦子，啃着上面的牛肉，鞋尖轻轻点在地面。

而当事人就坐在她的身边，压根儿不接话！

晚风吹得花坛里那棵小灌木沙沙作响，黄绿色的枝叶间有些白色小花，花蕊中散发出浓郁的香气。

宋茱萸随口问了句："那边种的那棵树是什么？"

她的声音不大，恰好落在徐生耳朵里。

他左手托腮撑在桌面上，犹豫片刻才回道："晚香玉。"

"晚香玉？"宋茱萸压根儿没听过。

徐松松刚好掰开一个鸡翅，猛拆亲哥的台子："就是夜来香。"

宋茱萸："……"长知识了。

"还挺香的。"她将扦子放回空盘里。

酒过三巡。

小岳刚刚开的酒喝得差不多了，桌上的烧烤也吃得所剩无几。

徐生拿了罐无糖可乐，食指抠住拉环，一提，汽水泡泡冒了出来。

他仰起脑袋喝了几口，又去烧烤架旁烤剩下的食材。

董大臀在摆弄那口烤肉锅，在上面煎了个洋葱圈蛋，蒋菡被选中成了试吃的小白鼠。

"我呸呸呸！"蒋菡赶紧将嘴里的东西吐了出来，"你别弄了行吗？到底想毒死谁？"

她抽了几张纸巾擦嘴，舌尖依旧沾满了盐粒，顺手拿起桌上的可乐罐咕噜咕噜喝了几口。

宋茱萸欲言又止，想提醒她这是徐生的。

不料可乐的主人恰好端着盘素菜走过来，将蒋菡的动作尽收眼底。

蒋菡把可乐放回原位，徐生先将素菜放到桌上，又盯着蒋菡看了几秒，最后捡起那罐可乐塞进她手里。

"干吗？"她吼道。

徐生往后退了两步，单手撑在桌子上，修长的五指正好落在宋茱萸面前:"我对别人的口水过敏。"

话说得很绝情。

这罐可乐,蒋菡是继续喝掉也好,或者直接倒掉也罢,反正他都不会要了。

宋茉荑盯着徐生指甲上的浅粉色月牙,想起他上午误喝她西柚茶的事。这理由也亏他想得出来。口水过敏?也不知道他会不会被毒死。

蒋菡瞪他一眼,又羞又怒,把剩下的半罐可乐拿走,气冲冲地扔进了垃圾桶。

又玩了一会儿,宋茉荑看了眼时间,差不多将近十点半,小镇已经静了下来。

徐松松自觉地去洗漱,然后休息了。

餐桌上又新换了一轮菜,以素菜居多。小岳抬了箱没拆的啤酒过来,颇有种不醉不归的意思。

宋茉荑就着烤藕片又喝了两杯。

野格嚼着花生米:"要不来玩游戏吧?干吃多没意思啊!"

小岳同意:"对啊!不然这酒都喝不下去了。"

"玩什么?"蒋菡属于那种喝酒容易上脸的人,这会儿脸蛋红得像熟透的虾。

整晚都没怎么开口的董大臀举手提议:"要不真心话大冒险吧?"

小岳又问宋茉荑和徐生的意见:"你们觉得呢?"

宋茉荑没怎么玩过酒桌游戏。

徐生按了按后颈,惬意地抬起下巴:"行。"

游戏的规则很简单,在桌子中间转空酒瓶,等酒瓶停下的时候,瓶口朝着谁,谁就得挑战真心话或大冒险,不愿意挑战的就罚酒。

第一轮。

瓶口正好对着蒋菡,她选择了大冒险,被迫吃了一块董大臀烤的洋葱蛋。

第二轮。

空酒瓶在中间旋转几周,眼看就要停到徐生面前。宋茉荑刚松了口气,瓶口又慢悠悠地指向了她。

"……"逗她玩呢?

这局由上局的挑战者发问,蒋菡直接站了起来:"宋姐姐,你选真心话还是大冒险?"

宋茱萸："真心话吧。"她可不想干些奇怪的事情。

蒋菡思考了几秒钟："行，请问你谈过几次恋爱？"

宋茱萸捏着酒杯，睫毛颤了颤。

徐生手放在桌下，随意扣着手机，坐姿随意又不羁，平静地等着她的回答。

宋茱萸实话实说："一次。"

徐生手上的动作一顿。

第三轮。

瓶口又指向宋茱萸，众人都拍手起哄，她还是选择了真心话。

小岳接着刚刚的问题："我来问，我来问！宋老师的初恋是什么时候？"

这个问题很巧妙，宋茱萸只有一段恋爱经历，那段想必也是她的初恋。小岳还挺好奇的，像宋茱萸这种乖得不像话的妹子，尤其还是人民教师，初恋会在哪个年龄阶段呢？

宋茱萸在大家期待的眼神中说出了答案："刚上大学那会儿吧。"

小岳恨不得刨根问底，奈何宋茱萸很清醒，压根儿不着他的道，半个字都不愿意再透露。

徐生没跟着起哄，觉得有些累了。

差不多玩到将近十二点，蒋菡已经喝趴了，跑厕所吐了好几回。徐生今晚没怎么碰酒，最多不过半瓶的量。

宋茱萸走过去寻他："我先回宿舍了。"

徐生仰视着她，看不清他眼里的光。他站起身："我送你。"

宋茱萸婉拒："我自己回。"

徐生走出黑暗，只说："太晚了。"

小镇不比市里，这个点到处都是犬吠，加上灯光昏暗不明，要独自走回宿舍，她打心底还是有点害怕的。两人又走的河边小路，田野里是成熟的稻香，还有永不消逝的蛙声。

徐生心里藏着事，满脑子都是宋茱萸提及的初恋。

宋茱萸搓了搓胳膊，琢磨着蒋菡在厨房究竟与徐生说了什么。

回来后，每每从泡面桶里抬起头来时，宋茱萸都尤其怀念那晚的烧烤。这天她勉强吃了一半下去，就连汤带面都倒掉了。

空调呼呼制冷，效果依旧一般，室外温度逼近 41 摄氏度，玻璃窗都快被强光刺破。

宋茱萸拉上深色窗帘，爬上床，竹席的冰凉传到小腿肌肤。她抱着枕头，伸了个懒腰，在午休与追剧中犹豫不决。

微信传来新消息。

许明莉：茱。

宋茱萸：莉。

许明莉：Yeah！

许明莉无聊时总会这样唤她，甚至还给两人起了个霹雳的组合名——朱丽叶。

宋茱萸：做什么？

许明莉：放假都半个月了，真不回来了啊？

宋茱萸：不回。

许明莉：你不回来我会很无聊。

宋茱萸：来。

她接着发了个定位过去。

许明莉：……村里更无聊，好歹回来跟我吃顿饭吧？

宋茱萸：懒得动。

暂且先不说转车有多麻烦，出去晃一圈都得脱层皮，她实在是不想为了一顿饭来回折腾。

隔了几分钟，许明莉又发来游戏邀请。

游戏是之前许明莉让宋茱萸下载过的，两人也没玩过几次，基本就是借着游戏平台语音聊天。

宋茱萸点开了分享链接。

宋茱萸：等下，好像需要更新。

游戏刚更新完毕，她就被许明莉拉进了游戏房间。

许明莉拖长音调："祖宗，你真打算一辈子都不回宜川了啊？"

宋茱萸将麦克风打开，听到"宜川"这两个字时，有种恍若隔世的错觉。离开不过才几个月，她却再没有多少归属之意。

她懒懒开口："不回啊，除非你开车来小镇接我。"

许明莉冷笑一声："这么说，为了跟你吃顿饭，我还得特意去考个驾照？"

宋茱萸轻轻"嗯"了一声，滑了滑右边的好友列表，有不少熟人都显示着游戏在线。顶端的柴犬头像闪耀着炫酷的边框，小岳那头已经开局七分钟。"
"懒得跟你说！你这狠心的女人！"许明莉唾骂她两句，开始匹配游戏。
宋茱英不太会玩，或者说压根儿不会玩，开局之后陷入了迷茫中。
许明莉带宋茱英玩的匹配模式，也不在乎输赢这些，她随便选了个角色，宋茱英那头却沉默了。
"快选啊，祖宗，时间快到了。"
宋茱英磨磨蹭蹭看了半晌，在游戏开始前的最后一秒，选了个她认为最好看的。
一局游戏不到十分钟就宣告结束，宋茱英从没这么心力交瘁过。
返回游戏大厅后，许明莉叹了口气，语气有些自责："Sorry 啊宝贝，我技术也有限。"
言下之意，宋茱英这个猪队友她实在带不动。
"那你自己玩。"
"别呀，我不是那个意思。"
许明莉又补了一句："如果有大神带我们就好了。"
宋茱英琢磨着能去哪里找大神带她们，这简直是异想天开。
其实刚下载这个游戏的时候，也有不少同学邀请过她，但基本上都是玩一局就会跑路的那种。
"那我开了哦。"许明莉清了清嗓子，"你这局就选……"
她话还未说完，系统显示"珠玉"退出了房间。

"呀，没想到小宋老师还会玩游戏？"小岳的声音从听筒传来。
宋茱英有些无措，自言自语道："欸，我怎么出去了？"
野格还以为她在问他们："刚刚小岳邀请的你，你同意之后就到我们的房间了。"
宋茱英抿抿嘴唇，恍然大悟。方才她正在看商城广告，突然弹出个邀请界面，一不留神就点到了同意。
小岳："玩吗玩吗，宋老师？"
野格："我俩带你。"
宋茱英犹豫片刻，默默问了句："我能把我朋友叫上吗？"
野格："可以啊。"
许明莉正欲打个电话去质问宋茱英，谁知游戏界面又弹出宋茱英的邀请信息。

许明莉进入游戏房间后，又开始暴躁："宋茱萸，狗不嫌家贫！老娘不就是带不动你吗？你至于跑那么快啊？"

宋茱萸："……"

小岳乐了："宋老师，这是你朋友吗？"

许明莉点开小岳的游戏主页，眼睛瞬间睁得老大："还真有大神啊！"

小岳说："低调低调。"

许明莉捏了捏嗓子："那开始吧，哥哥们。"

许明莉这个势利眼，有没有想过他俩是比她们小上三四岁的弟弟呢？

房主是小岳，他在大厅随便召集了一个路人，开始匹配游戏。

匹配局对于小岳和野格来说小菜一碟，开局两分钟他们这边就建立了很大的优势。宋茱萸心里想着这局怎么都能赢了，然而下一秒，她就被对面击败了。

许明莉替宋茱萸打抱不平："不是，对面都来人了，你好歹给茱萸说一声吧？"

野格："……"

宋茱萸："没事没事。"

接着野格又被对面抓了，许明莉无奈："你看下地图啊！"

失误几波后，对面优势起来了，宋茱萸成了敌方的提款机。

许明莉说："你不会玩，能别抢位置吗？"

野格也喊："我不会玩？"

许明莉说："你这战绩叫会玩？请问你长手了吗？"

野格说："那我还想问问你呢！"

小岳听着两人拌嘴，踢了身旁的野格一脚，关掉麦克风小声说："你跟妹子计较什么啊？人家还是宋老师的朋友。"

野格压根儿不听，丝毫不收敛，咽不下这口气："她先找碴的。"

宋茱萸看着自己惨不忍睹的战绩，赶紧去劝许明莉："明莉，你少说两句吧。"

许明莉说："你也闭嘴！"

小岳、宋茱萸："……"

这局游戏，果不其然还是输了。许明莉和野格吵得不可开交，两人加了个游戏好友，相约开房间PK，输了的人立马给对方道歉，所以原房间就只剩下宋茱萸和小岳两个人了。

宋茱萸又问："你还玩吗？"

小岳那头没有反应，想来是被她惊天地泣鬼神的技术折服了。

宋茱萸"嗯"了声，犹豫了片刻，问道："小岳，你还玩吗？"

"你还玩吗？"

徐生揉了揉惺忪的睡眼，桌上的手机显示着游戏界面，里面传来低软的女声。

他捡起小岳的手机，看到匹配房间里有个叫"珠玉"的玩家。

徐生回到木沙发上坐下，想起了说话爱拉长尾音的宋茱萸。

他抬手在聊天框里打字回道：你呢，还玩吗？

宋茱萸想了想，说："我都行。"

徐生往后靠了靠，点开了游戏匹配。

宋茱萸叹了口气，有些抱歉地说："对不起啊，我真的很菜，又拖累你们了。"

那边没说话。

她在英雄界面挑来挑去："我玩什么比较好呀？"

徐生敲字：玩你想玩的。

宋茱萸摇了摇头："其实我都不太会。"

徐生说：没事，你跟着我就行。

宋茱萸猜测小岳可能是不方便，所以没有开麦克风说话。她呢，游戏都玩不明白，更没精力去公屏打字，索性继续把麦开着。

游戏开局，徐生一边打，一边教宋茱萸，很快就有了优势。

宋茱萸很高兴，语气里都是小小的雀跃："刚刚咱俩配合得真好。"

徐生盯着手机屏幕的目光闲淡，不知不觉间勾了勾嘴角，继续敲字教宋茱萸玩。在他的鼓励和教导之下，宋茱萸越来越自信。两人配合得非常完美，很快就把节奏带了起来。但是没多久宋茱萸走错了路，被对面袭击，急得她往"小岳"那边跑，手都在发抖："小岳，快来救我！"

徐生操控着英雄往宋茱萸那边赶去，指尖轻轻点开麦克风："叫声哥哥就救你。"

他沉沉的音色中带着几分不正经，一时之间，宋茱萸以为自己出现了幻听。

小岳从厕所出来时，发现徐生清隽的眉眼间挂着些笑意。

"笑什么呢？"他一摸口袋，发现手机不见了。

"哎哎哎,我手机呢?"他滑着椅子四处翻找。

徐生握着的手机传来游戏胜利的语音播报,小岳赶紧跑到木沙发边坐下,注意到他的手机就在徐生手里。

"在你这儿啊?"小岳想将手机抢回来。

手机听筒里传来宋茱荑由衷的赞叹,语气特别夸张,尾音拖得长长的:"哇,你这也太厉害了吧!"

徐生倒是特别受用,脸上的笑容更大。他随手将手机扔还给小岳,背靠在沙发上,又低着头笑了起来。

小岳查看他的战绩,语气颇为嫌弃:"我说,之前又不是没有妹子夸过你……用不着笑得这么花枝乱颤吧,生哥?"

"你少管。"他才不会因为宋茱荑的夸奖就如此躁动和兴奋。

时间回到几分钟前,他半开玩笑半认真地说:"叫声哥哥就救你。"

宋茱荑哆哆嗦嗦地问:"……你是徐生?"

他只轻轻"嗯"了一声,带着队友从后面围过去救她。

宋茱荑身后的敌人对她穷追不舍,在她的血条即将消失时,徐生成功将她救下,还将对方一举拿下。

队友们纷纷打字:

——秀得啊,这波。

——哥哥好帅!

宋茱荑躲在草丛回泉水补状态,习惯性地将队友的话念了一遍,声音轻软盈耳:"哥哥好帅……"

徐生的心脏骤然停了半拍,耳根迅速染上烫意,惊喜与雀跃悄然间占领了他的思绪。

他笑着故意问:"你说什么?"

宋茱荑蓦地反应过来,她……她为什么要读这句话?好羞耻啊!

"我……我没说话啊?"

徐生笑个不停:"我都听见了。"

宋茱荑羞得想扔手机:"所以呢?"

"没什么。"他顿了顿,"下次夸我可以大声点。"

宋茱荑腹诽:臭不要脸!

徐生心情大好,所以小岳回来的时候才会撞见这么离谱的画面,他还以为徐生撞邪了。

宋茱荑看着久违的胜利标志,心情也跟着舒畅不少。

微信弹出新消息。

徐生：帅不帅？

宋茱萸怕他太飘：还行。

徐生单手回复：哥哥好帅。

真不想理这人，怎么还揪着这个不放了？她只是口误，口误！

宋茱萸将空调温度调低了一些，打算以午休为借口，不再跟他扯这些乱七八糟的。

宋茱萸：我要睡觉了。

徐生隔了半分钟才回：晚上过来一块儿吃饭。

不是问句，宋茱萸有点莫名其妙。

徐生又补充了一句：来不来？

宋茱萸：就我？

徐生：想什么呢？还有小岳他们啊。

宋茱萸思考片刻：吃什么？

徐生回：番茄牛腩，来不来？

宋茱萸：来，来来来！

徐生将手机屏幕熄灭，脸都笑僵了，有些无奈地搓了搓。

一旁的小岳终于看不下去了，他拧着眉有些抓狂："别笑了行吗？恶心死了。"

徐生将腿上的薄毯扔到他脸上，就差哼曲儿："爷的事，你少管。"

他站起身，回头补了句："晚上留下吃饭，跟野格说一声。"

小岳差点惊掉下巴，孔雀开屏他见过不少，这化身暖心"厨娘"的，他还真是第一次见。

莫非现在的主流演变成抓住女人的心就得抓住她的胃了吗？

小岳内心嗷嗷咆哮：为什么宝宝体会不到？

宋茱萸按照徐生在微信提醒她的时间，准时到达五金店门口。

卷帘门大大开着，小岳、野格他们坐一块儿陪徐松松看动画片。

野格眼尖，一眼看到了宋茱萸："宋老师，进来啊！"

宋茱萸轻车熟路地绕开收银台。里面开着空调，但是没关门，所以制冷效果不好，依旧闷闷热热的。

徐松松笑着打招呼："宋老师！"

"松松。"宋茱萸摸摸他的脑袋，非常慈爱地开口，"给你带了个好东西过来。"

徐松松很期待地眨眨眼。

宋茱萸笑着从包里翻出一沓试卷,摆在徐松松面前,问:"喜欢吗?"

她压根儿拒绝不了过来蹭饭,但是又不好意思混吃混喝,所以每次都会带点东西过来,以免显得太过失礼。水果、零食之类的都送过了,只好出此下策了。

徐松松咽了咽口水,心说:宋老师,您真的不用这么客气。

小岳看着徐松松颓丧的表情,险些笑岔气。他搂着野格的肩膀感叹:"宋老师,你这礼物准备得……那是相当合适啊!"

徐松松委屈道:"小岳哥!"

"别看哥啊,哥不会做这些题。"

宋茱萸让徐松松将试卷收好,语重心长地叮嘱道:"好好做啊,别浪费宋老师的一片苦心哟。"

徐松松不情愿地将试卷拿回卧室。

宋茱萸目送他离去,恰好与厨房门口的徐生四目相对。

徐生双手抱在胸前,靠在门框上,似笑非笑地看着她。

宋茱萸抿着唇笑,故作无奈地摊摊手。

今天人多,晚饭就布置在后院里。小岳搭餐桌,野格擦桌子,董大臀搬椅子,宋茱萸和徐松松就眼巴巴地等开饭。

准备就绪后,徐生开始往外端菜。

番茄牛腩煲,红红的汤汁将番茄与牛腩裹泡在砂锅中,浓香四溢,牛腩被炖得软烂滑糯,勾起了大伙的食欲。

捞汁海鲜拼盘,青虾、花蛤、蛏子等食材煮熟后淋上秘制酱汁,青柠与辣椒的色彩鲜艳,酸酸辣辣的最适合开胃。

除此之外,还有一盘小炒肉、凉拌青瓜、生炝西蓝花,还有一大锅莲藕排骨汤,将圆桌摆得满满当当。每人两个碗,盛汤和米饭,旁边摆着筷子和小汤匙,真有种午托班吃饭的既视感。

落座后,小岳非要让大伙用莲藕汤干杯,简直幼稚到出神入化的境界了。宋茱萸还是非常配合地碰了碰他的碗。

小岳又说:"感谢生哥!没您,我吃不了饱饭。"

徐生脸色淡淡地瞥他一眼。

众人笑成一团。

野格也说:"俺也是俺也是,谢谢生哥!生哥辛苦!"

董大臀将汤喝完:"我就不说了,香!"

一圈转回来,所有人的视线来到宋荣荑这里。她用汤匙搅了搅浮油,抬起晶莹的杏眼,瞳仁宛若山葡萄般耀眼。

"很高兴加入你们的小饭桌。"

晚餐在欢声笑语中度过。

小岳他们还有事要先走,徐松松乖乖地去洗漱,徐生收拾一堆烂摊子。

宋荣荑主动请缨:"我来洗碗吧。"

徐生准备系围裙,淡淡应了声:"没事,你坐着玩会儿。"

"我来吧。"宋荣荑神情很认真,再不让她干点活,可能真的要翻脸了。

徐生笑了一声,又叹了口气。

宋荣荑扯了扯他身上的围裙,与他打着商量:"徐师傅,徐大厨,想跟你商量一件事。

"你以后做饭的时候,能不能把我也计划上?嗯,当然,我不会白占你便宜的,按市场价交伙食费,行不行?"

徐生挑了挑眉:"前面半句可以考虑,后面的你要不再想想?"

宋荣荑明白他的意思。

"那这样,伙食费也可以用其他方式兑现,比如零食、水果,或者我给松松辅导、讲题,我还能刷盘子、刷碗,保证洗得比我的脸还干净。"

徐生松了松眉:"你真不会做饭啊?"

宋荣荑苦笑:"真不会……而且我最近快把泡面吃吐了。"

徐生语气意味深长:"行。我做啥你吃啥,不能挑食,不能点菜。"

宋荣荑点点头。

"给徐松松讲题可以,洗碗具体看你的操作水平,伙食费这个话题也免谈,不收钱。"

宋荣荑又点点头。

"暂时先这样。"徐生眼神略微带了些警告她的意思。

宋荣荑又开始扒拉他的围裙:"OK,我没意见。今天我来洗碗,您来验收成果。"

徐生把围裙摘给她,叮嘱道:"小心点。"

"收到!"

宋荣荑洗碗的动作还算娴熟,慢悠悠地打泡,慢悠悠地刷碗。她速度很慢,洗得仔细,徐生守在门口有些犯困。他换了个姿势,盯着她轻唤一声。

宋茉荑疑惑地抬头，回盯着他："干吗？"

"为什么想跟我……我们吃饭？"徐生确实很好奇这点。

主动提出一块儿用餐的想法，这不是宋茉荑的性格能做出来的事。

"你说这个啊？"宋茉荑把洗好的汤匙放在一旁，"因为你做饭好吃啊。"

徐生不可否认，就当她在夸他："没有了？"

宋茉荑又想了想："其实之前有很长一段时间，我对食物都提不起兴趣，算是某类厌食症吧。我对食物一向很挑剔，但你做的饭菜很符合我的口味。"

"还有就是你吃饭的状态。"

前面徐生还能听懂，怎么突然扯到他的状态了："我怎么？"

宋茉荑余光瞥见少年干净的眉眼，用最温柔的语气如实告知他："你看着很下饭。"

徐生的脚尖踢了下门框，嘴唇抿成一条线，故作冷淡地"嗯"了一声。

看着很下饭，这是什么意思？好看得让人赏心悦目吗？

这么说，她终于注意到他这张俊脸了？

第四章 乐园

将近上午十点半，宋茱荑闭着眼在床上翻了一圈，找到手机后按亮屏幕瞥了眼时间。暑假期间很少有家长来联系她，微信界面都是私人信息。

许明莉的消息排在最上面。

许明莉：下次别拉我进某些人的游戏房间了！

许明莉：我真的想把那个叫野格的玩意儿捏成渣渣！

宋茱荑笑得不行：怎么了这是？1对1还是没打赢？

许明莉：打别人打不过，打我倒有一套，真的气死我了！

宋茱荑翻过身，本来昨天就想跟许明莉解释一下，野格那局可能就是手感不好，实战1对1许明莉怎么会是他的对手？据她目前对徐生那个小团体的了解，五金店只能算作副业，主业确实有待考究，说不准还真是靠打游戏赚钱的。

宋茱荑：既然生气，以后别跟他玩就是啦！

许明莉一身反骨：老娘不信邪，看我今晚不在游戏里捶死他！

宋茱荑：……

洗漱完毕后，闲着无事可做，她随便点开了一部热播电视剧。姐弟恋题材，年龄相差七岁，男主属于那种嗷嗷叫的小奶狗类型，体贴入微，泪眼婆娑，一声声"姐姐"叫得宋茱荑都有些心花怒放。

微信有新消息提醒，宋茱萸点进微信界面，是徐生通知她去吃饭的。

徐生：喂，吃饭了。

宋茱萸不理解：喂？我有名有姓。

徐生：你没告诉过我全名，宋老师。

果然啊，奶狗弟弟只存在于影视剧里。

宋茱萸：学学人家叫声"宋姐姐"很难吗？那样多有礼貌。

徐生：姐姐？

宋茱萸眼瞳亮晶晶的：我不介意你发语音。

徐生看着她发过来的猫猫头表情，有些无奈地笑了下，接着按下语音键，还真发了条语音过去。

宋茱萸一愣，不应该啊，这么听话？

她按下语音条，少年嗓音干净清澈，又带着一丝丝沙哑，像是一杯后劲很足的果酒。

就是这语音的内容，听着让人不免火大。

徐生："赶紧过来吃饭，大姐。"

一身反骨，大姐，你才大姐。

午饭做得比较简单，两道家常菜，搭配一道汤。

与那天一样，三人就围坐在小饭桌旁吃饭。空调吹着冷气，芦笋汤非常清新，宋茱萸食欲大增。

徐生和徐松松两人几乎没什么话题，慢条斯理地吃饭喝汤，就连握筷子的动作都如出一辙。

宋茱萸咬了一片芦笋："你俩吃饭都不喜欢聊天吗？"

两人都停下动作瞧着她。

宋茱萸托腮："你们既不追剧，也不聊天，就单纯吃饭，不会无聊吗？"

徐松松高兴地拍手："宋老师您也想看电视？"

这可不是好习惯，别把小孩带偏了，她赶紧摆摆手："不看，我就问问。"

徐生略微抬头："那你想聊天？"

宋茱萸看着两人，目光瞬间黯下去："不想。"

就他俩这样，不把天聊死就怪了。

徐生依旧保持着刚刚的坐姿："那就吃饭。"

午餐结束，徐生接了个电话。宋茱萸主动钻进厨房，取下挂钩上的围裙系上，慢悠悠地整理着厨房。五金店的面积不大，她隐约能听见徐生在外面讲电话的声音。

"对，剩下的钱，上午都给您汇过去了。"

"我身上还留有一些……"

"就这么点钱，还拖了那么久，该不好意思的是我。还有我妈当年的事，真的谢谢您了，三姨……"

语气谦逊有礼。

挂断电话，徐生走了过来，靠在厨房门口。

无意听见别人的隐私，宋茱萸还挺不好意思的，举着白净的盘子问："洗得干净吧？"

"干净！覃溪有你了不起。"

宋茱萸失语。

徐生收收腿，缓缓站直身，看着有些疲态。

"你昨天又熬夜了？"宋茱萸瞧他一眼。

徐生点点头，揉了揉悄然间又变长的头发，一副要困死了的样子。

"那你去休息吧，不用你监督，我真的能洗干净！"

徐生无所谓道："这不是怕你一个人无聊？"

宋茱萸擦着盘子，心想：问题是你在这里也没有好到哪里去啊。

"晚饭稍微晚点。"徐生又徐徐开口，"待会儿我去补个觉。"

宋茱萸将碗筷摆好："放心，保证收拾好，门也会给你带上。"

"那我上楼了？"徐生有些不放心，声音宛若带着混响，沙哑得不像话。

宋茱萸补了个"OK"的手势。

原以为徐生直接走了，结果不到半分钟，他又折了回来，就站在门外偏头往里看，露出英挺的侧脸，笑得十分欠揍。

"哎。"他又唤她，"晚上带你去个地方。"

宋茱萸好笑地盯着他："去哪儿呀？"

"跟我去了不就知道了？"徐生垂眼打量着她，漆黑的瞳孔比深崖还蛊惑人，"所以去不去啊，姐姐？"

宋茱萸原本还有些犹豫，但瞧着徐生冷淡的五官，还有嘴角若有若无的薄笑，再加上他刻意压低嗓音喊的那声"姐姐"，真的极具诱惑力。

要命了，这人故意的！

"我为什么要跟你去未知的地方？而且这附近是深山老林，你想把我拐卖去哪儿？"

宋茉荑避开他的视线，最后又补充一句："大概几点钟？"

徐生轻笑一声，抬手揉了揉她毛茸茸的头发："晚点再告诉你。"

话音刚落，他就收回手上的动作，背过身先上楼了。

宋茉荑一人愣在原地，半晌反应不过来。狗胆子挺大啊，没大没小的，竟然还敢摸她的脑袋。

宋茉荑把厨房收拾好之后，还把电脑桌也擦干净了。提上厨房和后厅的垃圾袋，她轻手轻脚地掀开卷帘门，从里面钻了出去。

外面太阳很大，宋茉荑背过身关门，手脚并用地将门往下压，身后冷不丁响起一道女声。

"宋姐姐？"

宋茉荑合上门，提上垃圾袋，左手抬起遮住强光，看清了马路对面撑着伞的蒋菡。

蒋菡脸上闪过一丝诧异："你来找阿生的啊？"

"对，有点事。"宋茉荑不想提吃饭这件事。

蒋菡情绪有些绷不住，明明天气炎热，她的心却好像在顷刻间下了一场暴雪。宋茉荑拎着垃圾袋从店里出来的动作过于自然，难道阿生与她……怎么可能？她是小松的老师，还年长他们几岁。

"你没带太阳伞吗？"蒋菡的语气有些苦涩，"要不我送你回去吧？"

宋茉荑将防晒服的帽子戴上，婉言拒绝："我自己回去就行，你忙你的，先走啦。"

蒋菡凝望着宋茉荑瘦小的身影，顺着强光，越来越远。

宋茉荑回到宿舍后，打算午休会儿等徐生通知，奈何她在床上辗转反侧，怎么都没有办法入眠，就像小学生的春游综合征。有点期待是怎么回事？他会带她去哪儿？

小镇的活动范围真的太小，这半个多月来，她除了吃饭就是躺平，确实过于无聊了。

时间将近五点多，烈阳开始缓缓落山，宋茉荑满屋子瞎晃，又去照了照镜子，头发好像有点油。

是不是得洗一下？

她拿上浴巾冲进浴室，洗完澡出来的时候，看了眼微信，没有新消息。梳妆镜旁放着两支闲置许久的唇釉，反正还挺早的，那要不就再化个妆？

一切准备就绪，刚好收到徐生的微信。

徐生：来吃饭。

宋茱萸：好。

宋茱萸赶到五金店时，店里只有徐松松一人，他专注地扶着小碗，用勺子慢慢地喝粥。

徐松松见到她很惊喜："宋老师，您今晚好漂亮！"

"谢谢。"宋茱萸捏了捏徐松松的脸，在他身边坐下，猜测旁边的那碗粥是给她的，"你哥哥呢？"

徐松松回道："洗澡。"

听着浴室传来的动静，宋茱萸将小碗挪到面前，拾起勺子开始吃饭。

晚上是徐生洗的碗，宋茱萸就陪着徐松松看了集动画片。

徐生从厨房出来的时候，发现一大一小守在电脑旁看得津津有味，丝毫没注意到他走了过来。

"走吧。"他看了眼时间，催促道。

两人异口同声："看完这集！"

徐生倒是没阻止，在后面的木沙发上坐下看手机。两人兴致勃勃地讨论剧情，他也偶尔抬起头看上两眼。

将近八点，沉闷的摩托车机械声在街上扰起一阵躁动。小岳和董大臀的嬉笑声传来，一集动漫也恰好落幕结束。

野格拉开门："什么时候走？"

宋茱萸撇过头看着外面，熟悉的一行人让她略微放松，还好不是她与徐生的单独之旅。

徐生在柜台拿上摩托车钥匙，弯腰在两人面前挥了挥手臂："走了。"

宋茱萸站起来，扯了扯裙子："走吧，松松。"

徐松松挎上小背包，掂了掂里头的零食，异常兴奋地冲向门外，往董大臀怀里撞去。

宋茱萸跟着往外走，徐生断电后走在最后。

五金店门口停着几辆摩托，大同小异的型号，统一黑白灰色调。

宋茱萸把浅黄色的帆布包挎在肩上，笑着跟小岳他们打招呼。

蒋菡也在队伍之列就显得毫不意外了，毕竟他们几人关系要好，宋茱萸反而觉得自己有些格格不入。

高高瘦瘦的少年们是小镇老街上最佳的风景线，青涩的同时又明朗。他们都是偏休闲的穿搭，最简洁的T恤、衬衫让他们穿出种别致的清新感，就连董大臀亮眼的发色也被头盔遮挡。

蒋菡依旧是又甜又酷的穿搭,黑色吊带配高腰破洞牛仔裤,腰间是同色系的铆钉皮带。她戴着一顶白色头盔,亭亭立在一辆摩托车旁,看样子是她自己的车,酷飒到令宋茱萸无比羡慕。

徐生将卷帘门锁好,与几人在街上会合。一行人黑压压一大片,场面看着有些壮观。

董大臀将徐松松抱上摩托车,扭头询问几人:"要出发了吗?"

野格也跨上车,看了眼宋茱萸:"你们谁载宋老师过去?"

野格跟小岳共骑一辆车,董大臀车上已经载了徐松松,眼下只剩蒋菡与徐生的后座空位。

蒋菡垂下浓密的眼睫毛:"宋姐姐跟我一块儿吧?"

宋茱萸当然没意见,笑着向蒋菡那边走去。

徐生看了眼跟前的宋茱萸,左手揣进兜里,捏着钥匙晃来晃去,不知道在想些什么。

宋茱萸接过蒋菡递给她的头盔,准备跨上车时,听见徐生压低嗓子喊了她一声。

"哎。"宋茱萸回头去看。

徐生看似无所谓地拍拍后座:"要不你跟我一块儿?"

宋茱萸一愣,不太明白他的意思,一双眼落满灯光,望着他的侧脸。

野格发动引擎:"宋老师跟阿生也行。"

小岳也说:"对,蒋大小姐你待会儿走中间,生哥载着小宋老师殿后,大家也好有个照应啊。"

蒋菡扶了扶头盔,沉默不语。

宋茱萸来回审视两人,犹豫不决,无法抉择。

徐生盯着她看了半晌,扬起眉梢:"愣着干吗?过来啊。"

蒋菡觉得徐生的笑令她难受又难堪。

她自顾自地跨上车,语气故作轻松:"那宋姐姐去阿生那儿吧!我这技术载人其实还有点悬。"

蒋菡都已经发话了,宋茱萸只能回到徐生身边。

徐生见她手里提着头盔,跨上车后,瞥了眼她裙下白皙的腿:"头盔戴好,侧着坐。"

宋茱萸照做,费劲地爬上车。

几人将车掉头，往小镇外的水泥大路驶去。

与镇上坑坑洼洼的小路不同，水泥马路虽没有柏油马路丝滑，但胜在路面平坦开阔，车速还是很容易提上去。

宋茱萸一只手按着膝盖，另一只手死死拽住徐生的衣摆。沿路的风景很美，她却没心思去看。温热的晚风刮过两人的耳际，除去疾风呼啸和摩托的轰鸣，就再也听不见其他的了。

宋茱萸坐不稳，总觉得自己在往下滑。风沙迷眼之时，她终于忍不住开口："可不可以慢点？"

"已经很慢了。"徐生说。

已经跟其他人拉开很长一段距离了。

宋茱萸叹了口气，语气委屈巴巴的："可是我坐不稳啊，裙子还会掀起来。"

徐生笑了："所以为什么穿裙子？"

"鬼知道你要带我跑这么远……还非得骑车。"她有些恼怒，放大了些音量。

车速明显降下不少。

"要直接告诉你了，还要怎么拐走你？"

此时正好驶入急转弯下坡路段，突如其来的加速，吓得宋茱萸加大了手上的力度，离谱到直接捏住了徐生紧致的腰。

徐生也被宋茱萸的动作整蒙了。

柔软的掌心紧握他的侧腰，与扶肩的触感完全不同。他也说不上来，总之心头一阵躁。

"你还真不客气啊？"徐生问。

居然直接上手了。

宋茱萸觉得小命比尊严重要，甚至不客气地在他腰上捏了下，故意反问："你不会在害羞吧，弟弟？"

"再乱叫把你扔下去。"

徐生生气时腰部跟着微微发力，宋茱萸能感受到他腰侧的肌理，属于劲瘦那一挂的，线条清晰又紧致，隔着衣服都能感受到绝妙的手感。

宋茱萸偷偷脸红的同时，不得不感叹年轻就是好啊。

因为悄悄做了坏事，她不敢往深处想，连忙岔开话题："我们到底去哪儿？"

徐生语气淡淡的："深山老林。"

宋茉萸笑了:"我才不信。"

后面这段都是平地。一般来讲,越平的地方就越繁华。

夜空中的星星跑得好远,躲进浅淡的云霞中,像是覆上一层薄薄的纱,给盛夏夜晚镀上一层滤镜。

水泥马路空旷宁静,发动机呜呜低鸣。两颗心脏离得很近很近,扑通扑通声此起彼伏。

宋茉萸的目光追随着少年的背影。

这个盛夏似乎很热烈。

大概又跑了十多分钟的路程,经过了这附近的中心场镇。即便这样,街道两旁也是人烟稀少。穿过街道,摩托车又向镇外驶去,沿着平坦宽阔的马路通往越来越隐秘的地方。

没过多久,宋茉萸抬起头望向不远处。她惊讶地拍了拍徐生的肩膀:"那是摩天轮?"

徐生也往那边看去:"是。"

宋茉萸兴奋的同时又觉得不可思议:"小镇上居然还有摩天轮?"

"有,不过马上就要歇业了。"徐生望向黑漆漆的园区,"大半个月没开门了吧。"

宋茉萸不免失落:"因为没有游客吗?"

徐生"嗯"了一声:"小镇不比县里,这里人流量不大。摩天轮这种只赔不赚的买卖,没有人愿意继续接手。"

宋茉萸抿抿唇,觉得这确实挺可惜的。

又继续往前行驶了几百米,摩托车最后停在一片荒芜的旷野边上。

宋茉萸跳下摩托车,揉了揉酸痛的胯骨,目光被卡通大门上的四个大字所吸引。

"梦幻世界"是个即将废弃的游乐园,广告牌匾的色彩搭配很夸张,整体瞧着极具年代感。鼻子掉漆的小丑守在门口,露出荒唐滑稽的笑容。宋茉萸的腿颤了颤,莫名想起刚刚看的那集悬疑动漫。

董大臀领着徐松松走过来:"进去吧。"

夜色笼罩的游乐园寥无人烟,如果没有他们在,宋茉萸估计会尖叫着火速逃离。

徐生见她发怔,问道:"不想进去看看?"

不想,好吓人。宋茉萸站在原地,难以迈出下一步。

徐生似乎看透了她的心思一般："你不会在害怕吧？"

宋茱萸拽紧帆布包："怕什么？"

"我哪知道你在怕什么？"徐生好笑地看着她。

说完，徐生几步上前，往园区大门阔步走去，从口袋里拿出一串钥匙，进了保安室的门。

宋茱萸望着黑压压的大门，心里怵得越发厉害。她闭着眼减缓心理压力，安慰自己，进去瞧瞧也没多大的问题。

深呼吸，3、2、1——睁眼。

"梦幻世界"的牌匾亮起五颜六色的霓虹灯，园区里的设施也犹如被施了魔法一般，眨眼间恢复了生机，控场的激光灯来回扫射。浅黄色灯光转了一圈，最后落在视线难以触及的角落。少年清湛修长的身影逆着光，一步一步踏出了黑暗，犹如神明缓缓登场。

宋茱萸的呼吸连带心跳骤然停滞。徐生笑着看向她，连眼角弯起的弧度都趋近完美，甚至无法复刻。

两人目光相触时，听见小岳笑得夸张："真让你装到了！生哥！满分！"

徐松松围着董大臀来回转圈，高兴得手舞足蹈起来，嚷嚷着要赶紧进去玩。

徐生从灯光下款款走来，宽松的T恤被风轻轻掀起一角，脖颈上的方形冰糖钻项链随着他的步伐微微摆动。

宋茱萸难以掩饰她的意外："你不是说这里快歇业了吗？"

"是快歇业了。"徐生说。

也不清楚今晚是不是这座即将荒废的游乐园的最后一刻生机。

宋茱萸带着满满的不可思议，跟着野格他们踏进了游乐园的大门。

野格与她解释："阿生去年接过游乐园的电路维修工作。"

去年雨季特别漫长，游乐园的电路系统出了点问题，很多设备频频发生故障，叫过不少电工师傅来看，徐生就是其中的一员。

"难怪他也会知道总电闸的位置。"宋茱萸小声道。

野格捏了捏下巴，日系长发与他的适配度很高，整个人呈现出一种冷调的白，有种青春文艺片的感觉。

"对。"野格笑着继续跟她说，"其实松松早就想过来玩了，一直没找到合适的机会，这都拖到游乐园快倒闭了。"

宋茱萸又问："我们就这么进来，不太好吧？"

"阿生已经跟游乐园的老板说好了。"野格看了眼徐生，"这里，今晚借给我们。"

身后吵吵闹闹的，宋茱萸回头看过去。徐生拽着徐松松的书包，两兄弟不知道在说什么，又争吵得面红耳赤。

宋茱萸觉得自己还挺幸运的。

生意不怎么好，游乐园杂草丛生，不远处是黑压压的重峦叠嶂。晚风卷起地面的枯枝枯叶，梧桐树上传来窸窸窣窣的蝉鸣，荒凉的同时又给人一种绝处逢生的生命力。

乐园里的娱乐设施种类较少，一眼便能看完全景，都是比较常见的旋转木马、秋千、碰碰车之类的。旋转木马只有一层，犹如一座豪华宫殿，绚烂的灯光映照在大小不一的座椅上，木马高低起落之间，覆上如梦如幻的朦胧感。

"董大哥，我想坐旋转木马！"徐松松跑到铁栅栏边趴着，指了指上面的一匹白马。

董大臀大笑："等哥选一匹最炫酷的。"

小岳也跟着跑了过去，几人胡乱擦了擦坐垫上的灰尘。野格恰好在主控台旁，等他们都坐好之后，按下了启动按键。电铃响起，伴随着欢快的儿歌，转盘上的木马开始转动，绕着中间华丽的柱子起伏着。

宋茱萸从帆布包里翻出手机来，给徐松松拍了张照片。小孩特别配合地比了个剪刀手，笑得连眼睛都寻不见。

玩一轮旋转木马的时间，大概五分钟。宋茱萸胳膊撑在栅栏上，看得有些意兴阑珊。

徐生穿过破旧的木马宫殿，绕回到宋茱萸身边，学着她的姿势趴在旁边。宋茱萸偷偷打量着他冷峻的侧脸，很快又收回视线，望着远处的层层山峰。

徐生挥着手跟徐松松互动，目光并没有看向宋茱萸，说的话却只能让她听见："要不要去逛逛？"

宋茱萸也没有看着徐生："去哪儿？"

"去哪儿都行。"徐生侧过头看她一眼，视线又回到正前方。

"那他们呢？"

"不管他们。"徐生脸上漾着笑意，神神秘秘地扬了扬下巴，"他们继续，咱们走。"

宋茱萸见那几人忙着自拍，没有注意到他们这边，小跑几步跟在了徐生后面。

两人逐渐远离旋转木马区域，远得只能听见小岳他们的笑声。

徐生放慢了步子："看看，想玩什么？"

宋苿荑绕过碰碰车场地，又看了秋千几眼，最后走到摩天轮底下。

摩天轮的位置比较偏远，在临近园区的边界线地段，长满深深浅浅杂草的草坪踩上去很舒服。

"想玩这个？"徐生跟在宋苿荑身后。

从小到大，宋苿荑去过各类主题游乐园，跟朋友玩过不少项目，唯独没碰过摩天轮。因为转动的速度过于缓慢，吊舱在顶端停留的时间偏长，对于有些恐高的人来说，简直就是精神上的折磨。

但今晚，她莫名地很想试试，于是也说出了心里的想法："我想试试。"

徐生率先走到摩天轮底下的控电室。

"啪嗒——"一声，摩天轮太空舱里的灯光亮了起来，巨型齿轮上的灯组也开始工作，霓虹灯来回闪烁变幻，像是黑夜的眼睛。

徐生注视着小姑娘的背影，晚风扬起她深栗色的短发，露出修长莹白的后颈。白紫相间的碎花吊带连衣裙卷着边，她的每一步都走得格外坚定。

宋苿荑走到乘车点时，徐生又去了趟控制台。摩天轮的车厢亮起灯，开始慢悠悠地转动起来。

"直接上？"宋苿荑问。

徐生扬眉，指了指站台的图标："等下个吊舱转过来，你再慢慢上去就行。"

摩天轮运转速度缓慢，但宋苿荑还是错过了下个吊舱："你要不要陪我一下？"

徐生不动声色地笑了下："行。"

宋苿荑松了口气："那我待会儿先上，你去下个吊舱。能看见你人就行，就当作你陪我了。"

吊舱再次转到乘车点，自动门缓缓打开，宋苿荑小心翼翼地跨了进去。她转身在右侧座位坐下，吊舱继续转动。

忽然，吊舱剧烈抖动两下。徐生赶在关门前挤进了她所乘坐的太空舱。

宋苿荑被这阵颠簸吓住，直愣愣地坐在那儿，一动不动。徐生扶着舱壁在她对面坐下，长腿往前微微一伸，表情镇定得像什么都没发生。

一双黑白棋盘格帆布鞋落在了眼前，宋苿荑问："你做什么？"

徐生侧了侧头，慢悠悠地说："陪你。"

"没让你在这儿陪我。"宋苿荑瞪他。

徐生乐了:"陪你待一块儿还不好啊?"

随着摩天轮的转动,吊舱升得越来越高,周边的景物逐渐变小。宋苿黄的心跟着微微下沉,她捂住胸口,微微侧头,压根儿不敢直视外面。

见她抿着唇一言不发,徐生意识到有些不对劲:"你不舒服?"

宋苿黄瞥了眼玻璃窗外,立刻收回视线闭上眼,咽了下口水:"有点恐高。"

徐生往她那边倾了倾,有些担心她的状态:"恐高你还玩摩天轮?"

吊舱越升越高,宋苿黄的心跳也越来越快:"我上来许愿不行吗?"

"许愿?"

宋苿黄淡淡"嗯"了一声,语气里多了少女的憧憬与期待:"离天空近一点,愿望更容易被听见。"

也更容易实现。

"想不到宋老师还信这些?"徐生的语气里满是揶揄。

被徐生打岔后分散了部分注意力,宋苿黄明显没有刚才那般紧张了,她的心情稍稍舒缓:"人活着本来就要有点念想,这样才能支撑我们全力以赴,不是吗?"

徐生点头:"是这个道理。"

越往上视野越开阔,甚至可以看清附近的村落。为了达到最佳观景效果,吊舱里的灯光越来越暗,紫灰色的淡光落在宋苿黄薄薄的唇瓣上。

近在咫尺的距离,让徐生眼神里多了些燥热。

她轻声问:"徐生,你的愿望是什么?"

宋苿黄的杏眼里注满盈盈的光,浅紫色中透出朦胧又深沉的蓝。是她先提及愿望这件事,却突然把问题抛给了徐生。

他微微怔住:"什么?"

"愿望啊。"宋苿黄耐心道,"你可别告诉我,你这人没什么世俗的愿望。"

徐生微微仰着头,盯着她,不假思索道:"有啊,短期内的愿望,希望能顺顺利利把徐松松拉扯大。"

"没了?"

徐生"嗯"了一声:"贪心一点,希望他会是个善良坚强的人吧。"

宋苿黄扑哧一笑:"就没有其他的了?比如说属于你自己的愿望。"

"没了,暂时就这个。"徐生双臂撑在座椅上。

宋苿黄抿唇:"那就祝你所想皆成真。"

摩天轮越升越高,高空给人压力的同时,也给予了人兴奋,乐园的灯火美得让人有些恍惚。

徐生瞥了眼玻璃窗外:"你呢?"他还挺好奇宋茱萸克服恐高情绪,非得乘坐摩天轮要许的愿望是什么。

吊舱即将转到最高空,宋茱萸闭上了眼睛,坐得笔直端正,好似虔诚的信徒。

等她再睁眼时,发现徐生专注地看着她,甚至还忘了收回视线。他丝毫不避讳,漫不经心地轻咳一声。

暗紫色的吊舱像偌大的酒瓶,乘客被迫深陷于类似酒精带来的迷醉与后劲。

"许了什么愿?"

宋茱萸故作轻松地眨眨眼:"说出来就不灵了。"

"喊。"徐生收了收腿,"我也并不是很想知道。"

宋茱萸也学他"喊"了一声,手撑在窗上,克服心理恐惧俯视窗外。

许愿那几秒很短暂。她渴望那个人不再沉睡的想法一度发疯似的汹涌蔓延,直至濒临崩溃的临界点。

徐生注意到她苦涩地扯了扯嘴角。究竟是什么样的沉重愿望,才会让她的眼神注满无望?

"天空已经听到了。"他想了下才说。

宋茱萸发现徐生凑了过来,用匮乏的词句安慰着她:"所以无论你许了什么愿,最终都会实现的,宋茱萸。"

这是徐生第一次叫她的全名。她被他一本正经的态度吸引的同时,又想嘲笑他的古怪发音。

"宋……珠玉?"她重复一遍。

徐生抬眉:"不是说你有名有姓的吗?"

宋茱萸笑着捏了捏小臂:"但是听发音,你压根儿就没叫对!"

徐生确实不知道她的全名,之前从她那个同事口中听过一次,与她的游戏昵称好像有点相似。

"不是宋珠玉?"

"不是啊,你在逗我笑吗?"

徐生的眉头皱起,恼火地看向她。

"是宋茱萸啊。"宋茱萸将手机拿出来,翻到与他的微信聊天框,将这三个字发送过去,又把屏幕举到了他面前。

108

徐生故作深沉地欣赏品鉴一番："你家里怎么给你取这么个破名啊？仨字有俩，我都不认识。"

宋茱萸："你就装吧，我不信你连小学都没念过。"

徐生将胳膊枕在后脑勺，往靠垫上倚了倚，对她的嘲讽满不在乎，脑海里飘过那句"遍插茱萸少一人"。

他笑了笑，想不通为什么会有人用重阳花起名字。

"那让我猜猜。"徐生提起另外一茬。

"猜什么？"

"你的生日。"

宋茱萸抬起脸："无奖竞猜，说吧。"

徐生掀起眼皮看她，淡淡道："九月初九。"

宋茱萸笑着踢了他的鞋一脚，并没有否认他的答案："那还行，至少还有个小学文凭。"

徐生傲娇地别过头："瞧不起谁？"

静谧的乐园里，摩天轮孤零零地旋转着。

宋茱萸又问："那你呢？为什么叫徐生？"

徐生轻轻抖了抖腿，大概思考了几秒钟，语气随意到像是在胡说八道："生，字面意思，生命力顽强。"

宋茱萸盯着他："寓意挺好的。"

徐生被她赤诚的眼神盯得浑身不舒服，就像小猫用爪子狠狠挠了他几下。

"我那会儿才几个月大吧，他每天都喝得醉醺醺地回家。有天晚上直接发酒疯上脚，把我从床上踢到了地上。估摸着是撞到了某根脑神经，我到了六七岁才学会说话。但你看我现在还不是活得好好的，是不是生命力顽强？"

徐生说这段话的时候神态很放松，眼里的光却黯淡下来。

这个"他"是谁？他的父亲吗？宋茱萸猜测。

"后面上户口登记，是我妈给起的名，单名一个'生'字。她说这个'生'字好啊，代表的是生命，也会是希望。"

这是徐生第一次跟她提及其他家人。她怕提问显得太过冒昧，只能笨拙又小心地安慰着："这个名字很特别，是对你的期盼和祝愿。你妈妈一定是个很温柔的人。"

徐生收回枕着的手臂，转为环抱在胸前的姿势，有些夸耀的意味在里头:"那必须的。"

吊舱往下旋转,宋茱萸慢慢站起身来,瘦瘦小小的身影挡在徐生面前。

她站在玻璃大门旁,不知在想着什么。摩天轮像嘀嗒嘀嗒的时钟,缓缓地走了一圈,时间悄然流逝。

吊舱逐渐移至平地,宋茱萸看到站台下的徐松松拼命地朝她挥手。

徐松松也想要徐生陪他玩摩天轮,但是被亲哥无情拒绝了。徐生嫌坐这东西太矫情,慢悠悠的,还转得头晕,玩一次顶天了。

小岳在一旁劝说道:"松松,别说你了,我长这么大都没见你哥坐过摩天轮,要不还是小岳哥陪你坐?"

宋茱萸听到小岳的话,耳根一热,连着心都颤了颤。

徐生是第一次坐摩天轮吗?就为了和她许愿?

董大臀和野格他们也安慰徐松松,都说愿意陪他去玩一次。

徐松松很快就被大伙儿说动了,也不在意自家亲哥是否一起了。

徐生从等候站台跳了下去,背影匆匆地去了趟控制台。等几人玩一圈下来,他就将摩天轮的电源尽数切掉。

宋茱萸跟着野格他们往前走,只剩下徐生跟蒋菡走在最后边。

徐生从控制台出来时,发现蒋菡还在原地,似乎是在等他。

"不走?"

蒋菡勾了勾红唇:"专门等你啊,看不出来?"

徐生垂着眼皮,蓦地笑了一声,无所谓地叹了口气:"走吧。"

两人很快与大部队拉开距离,宋茱萸再也听不清他们在谈论什么。

徐松松在秋千旁停了下来,宋茱萸也寻了位置坐下,她两手拽着旁边的绳子,踮着脚慢悠悠地晃来晃去。

她选的位置非常凑巧,恰好可以看到两人停留在不远处。

徐生站在原地,尽管是蒋菡那般高挑的女生,他依旧需要低头看着对方。

两人不知道在说什么,有说有笑。蒋菡还从徐生手里抢了一颗糖,又将糖纸塞到他手里。

宋茱萸看了两眼,又着急忙慌地别开了视线。她故意与小岳他们搭话,让自己不要胡思乱想。

过了几分钟,徐生和蒋菡才与众人会合。见宋茱萸在秋千上有气无力地晃动着,徐生单手拽住绳子,试着将她往前推推,秋千加速来回晃悠。

"你俩干吗呢?磨磨蹭蹭的。"小岳不满。

蒋菡在小岳旁边坐下:"没什么,就聊了会儿天。"

宋茱萸回头瞥了徐生一眼。他手里还捏着糖纸,折得方方正正的。

徐生又推了推秋千,宋茱萸直接出声制止:"别推我。"

徐生以为她只是随口一说,想着继续逗逗她,扯着绳子又推了几下。

宋茱萸拽着绳子用脚够地,鞋底在地面狠狠摩擦。

"都说了别碰我。"她瞪过去。

徐生讪讪地收回手,往半空中一摊:"没碰了,别生气。"

大伙都以为宋茱萸被徐生推搡的力度吓到了。野格说:"你说你推她干什么?人家自个儿玩得好好的。"

宋茱萸不搭话。

徐生很无奈:"我真没用力推。"

小岳也帮腔:"你没用力,小宋老师怎么会生气?"

蒋菡今夜的眼妆很浓,细碎的亮片犹如碎钻闪眼。她用胳膊环住秋千上的两条绳子,说:"宋姐姐哪经得住你这么推呀,真还当是咱们小时候吗?恨不得把人都推飞出去……"

宋茱萸审视两人一眼,指尖死死掐在帆布包的肩带上,生硬地牵出一个笑:"你们玩,我去那边逛逛。"

在她转身那一瞬,徐生的手掌覆上了她瘦削的肩,捏她的力气并不大,粗粝的指腹磨着她的皮肤。

"这荒郊野岭的,你一个人去哪儿?"

"我就在园区逛逛。"宋茱萸别过肩,语气不耐烦。

属于他掌心的干燥随之而去。

徐生收回手上的动作,有些懊悔方才的冒失。得,就她生硬的语气来说,似乎比刚刚更生气了。

野格拦着徐生:"你就让她去。"别火上浇油。

小岳把秋千荡到宋茱萸面前:"发现好玩的叫我们哦,小宋老师!"

宋茱萸点点头,目光扫过众人,算是答应了。

绕过干涸的喷泉池,干瘪的塑料瓶与其他垃圾躺在池中,青苔沿着池壁爬了一层接一层。栅栏像个圈,围住了造型诡异的小房子,里面透出蓝粉相间的光,幽暗似涌泉,映出粼粼波光。

房顶有块掉漆的匾,可以看得出写着"留声机"三个字。

宋茱萸丝毫没有犹豫,绕过铁栅栏走了进去。

"留声机"内部像个小型海洋馆,屋顶的圈圈光晕像是墨西哥粉色水母,翻涌着,波动着。有几台类似复古唱片机的摆件分布在几个角落,宋茱萸靠近,读了读上面的使用说明。

请您按下电源启动键,选择具体留声模式,即可开启时空隧道。

宋茱萸按了按绿色的启动键,却没有反应,又往里面看了圈,正转身准备出去时,发现徐生倚在门口,不知道他什么时候跟了过来。

粉蓝的光映在他的侧脸上,他微微站直身子,用平淡的语气告知她:"电源打开了,你玩吧。"

说罢,徐生没多停留,先离开了。

宋茱萸垂下眼睑,又回到了那台机子旁,默默按下启动键。

"您可以跟我分享您的秘密或心事,我会为您保密,同时生成分享暗号。"

宋茱萸恍然大悟。这台机子的意义就是存档心情或秘密,多年后也能凭借暗号查阅当时记录的心情。但它更适合少男少女表白,告知对方暗号的同时,也告知了对方自己的心意。

宋茱萸一边吐槽着这浓烈的青春疼痛气息,一边又毫不犹豫地按了下一步的操作键。粉色的光晕太过浓烈,她对着留声机的录音孔缓缓开了口。

从"留声机"里走出来后,夜空开始飘起小雨。夏雨总是浓墨重彩,说来便来的,但宋茱萸预感今晚这雨下不大。

徐生在几米外等她。他半蹲着,用糖纸的折角在地上画圈。

宋茱萸走过去,徐生抬头望她一眼:"玩好了?"

她轻轻"嗯"了一声,看着那张皱巴巴的糖纸。

还舍不得扔,看来是打算当珍品收藏了?

"要回去了吗?"徐生站起来跺了跺脚,"待会儿估计雨会下大。"

她想反驳这雨下不大,最后只咽了咽口水,一字不提。

两人冒着小雨并肩往回走。

"以前想着你是老师,感觉还挺有距离感的。"徐生有一搭没一搭地跟她说话,"相处后发现,你这人吧,跟小姑娘没啥区别。"

宋茱萸侧头看他。

"摩天轮上许愿,留声机说心事。你知道吗?几年前,这两个设施排的队伍最长,都是附近学校的女孩。"

"你这是在影射我老呗?"

徐生笑了笑："那可不敢，这是夸你呢！保持着一颗天真烂漫的少女心。"

"哦，那还真没听出来。"

徐生不在意她的阴阳怪气，扑哧一笑，又拆了片口香糖塞进嘴里。

"要吗？"他把余下的糖递过去。

宋茉荑摇了摇头。

她瞥过去一眼，只见徐生把两张糖纸叠在了一起。

收集一张还不行，得两张成双成对捏一块儿才行？

"要不要给你一张纸巾？"她随口问。

徐生不解："做什么？"

她扬了扬下巴，指向他手上的东西："包起来。"便于保存。

"不碍事，待会儿出了园区就有垃圾桶。"他说。

垃圾桶？

宋茉荑眨眨眼："你一直把它拿手上，就因为没垃圾桶？"

徐生反问："那不然呢？"

宋茉荑停下脚步，不以为然："我还以为你想珍藏。"

"我有毛病？珍藏垃圾？"徐生意味深长地"哔"了一声，在她额头上不轻不重地敲了下，"一天到晚胡想什么呢？"

宋茉荑揉揉额头："那谁知道呢？"

万一某些人有特殊癖好也说不定。

徐生顿了一秒，忽然笑了起来。

两人继续往前走，经过刚才路过的空喷泉池时，他又说："看看那个池子！之前是音乐喷泉，现在却装垃圾，有什么感想没有？"

宋茉荑别过头："没有。"

"人人都往那池子扔垃圾，这里很快就会臭气熏天。或许还有人乱扔烟头，山风一过，整片地都会燃起来，那么这座废弃乐园将不复存在。我这是尽最小的能力，守护一代人的回忆。"徐生笑了起来。

很"中二"的一段发言，宋茉荑却听出了他的赤诚之心。她微微勾起嘴角，学他之前那句话："厉害，覃溪有你了不起。"

徐生话锋一转："所以你刚刚为什么生气？"

宋茉荑仰头看他，总觉得他是明知故问，又或者是她情绪讨于敏感。

是吧？她究竟在生哪门子气，所以脱口而出的答案变成了："我没生气。"

徐生放慢了步伐，郑重地点了点头，闪过一个得逞的笑容："好好好，你没生气。"

回覃溪的路上，雨势越来越大。
为了安全起见，徐生将车速降得很低，可依旧避免不了下坡路上的侧滑。
宋茱萸在后座还挺害怕，脑海里都是飙车党坠入悬崖的新闻报道。
"慢点，慢点。"她强调。
视野不怎么好，徐生抽了抽嘴角："二十迈了，姐姐。"
宋茱萸拽紧他的衣角，怕影响他，索性选择了闭嘴。
雨滴扑在两人的身上，宋茱萸能感受到他衣角渐渐湿润，像刚从洗衣机里翻出来一样，皱皱的。
下一秒，徐生腾出手拽住她的手腕，往他腰上一扣，一气呵成，丝毫不拖泥带水。宋茱萸好像全身都被烫了一下，要不是念着他还在骑车，她真想一拳头挥过去。
察觉到她的手又往身后慢慢挪，徐生提醒道："搂稳了啊，摔了我可不负责。"
宋茱萸："……"

最后徐生安全地把宋茱萸送到了宿舍楼下。
骤雨已经停歇，宋茱萸将头盔递给了他："帮我还给蒋菡。"
徐生接过头盔扣在油箱上："回去洗个热水澡，记得冲袋感冒冲剂。"
"你也赶紧回去吧，松松还在等你呢。"宋茱萸挥了挥手。
戴着头盔的他眉眼深邃，英挺的鼻梁上挂着水珠，不知是雨还是汗，漆黑的眼眸像是吞人的沼泽地。
徐生冲她扬手："行，上楼吧，早点休息。"

洗漱完毕后，宋茱萸瘫在椅子上吹头发，手机里还放着那部没追完的剧。
时间不早了，已经将近凌晨，微信却弹出了许明莉的消息。
许明莉：你偷偷去游乐园？
宋茱萸很惊讶：你怎么知道？
她好像没跟许明莉提过这件事。
许明莉发来一张图片。
宋茱萸将吹风机按停，随手扔在桌上，点开图片看得格外仔细。
照片的画质很模糊，是放大镜头拍摄出来的。

114

老旧的摩天轮，吊舱灯光昏暗，少女双手微微撑着玻璃门，欣赏着美丽的夜景。软座上的少年双手环在胸前，微微仰起头，毫不避讳地注视着她。

——是她跟徐生。

宋茱萸脑海里忽然蹦出一句话：你在桥上看风景，看风景的人在楼上看你。

许明莉：那帅哥是谁？如实招来。

宋茱萸默默点击图片保存：你哪儿来的照片？如实招来。

许明莉倒是不避讳：在野格的朋友圈看到的，我一眼就认出了你。

宋茱萸惊讶：你什么时候还加了野格的微信？

她可都还没有野格的微信。

许明莉：为了约着打游戏呗，就加了个好友，方便联系嘛。

许明莉：不过，那小子技术还真不赖，有当陪玩的潜力。

许明莉：停停停，先别岔开话题，那帅哥什么情况？

宋茱萸捏了捏眉心：野格的朋友，也是我学生的家长。

宋茱萸：严禁胡思乱想。

许明莉：喊。野格约我打游戏了，你来不来？

这么累还有精力打游戏？年轻就是好呀。

宋茱萸：乏了，睡了。

许明莉又问：那我去了啊。还有个问题，野格长得帅不帅？

宋茱萸想笑：你就跟人打个游戏，还管人家帅不帅？

许明莉：他要是足够帅，输了，我也不发脾气。

宋茱萸：帅的帅的，玩去吧！

实话实说，野格的外貌跟穿搭确实都挺吸睛的，风趣有梗的同时，很会体贴照顾人。

宋茱萸想着想着，又偷偷点开存下的照片，足足品味了两分钟，得出结论：拍得还挺像那么一回事的。

第五章 诱饵

夜幕中是星星灯火。

宋茱萸加快了步伐,转身走进五金店。诱人的饭菜香气透了出来,徐生和徐松松等在小饭桌前。

"去洗手。"徐生专注地看手机,连头也没抬起来。

宋茱萸直接进了厨房,拧开水龙头。被夏日晒得滚烫的水流冲向手背,她寻思着最近几天的晚餐是不是过于早了点儿?

她坐下后,徐生将筷子递过来,注意到她额头的细汗,问道:"你跑过来的?这么热。"

宋茱萸翻了个白眼:"不是你火急火燎地催吗?"

徐生笑着递了张纸巾过去:"晚上我还有事。"

今天的菜品配色很清新,山药清炒木耳、红油肥牛卷,还有道丝瓜花蛤汤。

宋茱萸喝了口乳白浓郁的汤,抬起头来发现徐生还在看手机。屏幕的白光中透出几行绿色,看样子是在回人微信消息。

她默不作声地夹了片山药塞进嘴里。

徐生把手机熄屏后扔在身后,拾起筷子吃饭,速度比之前更快。

"待会儿你要出去吗?"宋茱萸询问。

木沙发上的手机又连连振动几下,徐生捡起手机翻看,然后说道:"我去趟县城。"声音听上去有些疲惫。

徐生吃饭很少看手机,宋茱萸很清楚这点,但这几天他有些反常。

她看着他眼底的乌青,问:"又通宵了吧?黑眼圈都熬出来了。"

徐松松咽下嘴里的饭菜,抢答:"他这几天晚上都没回家哦!人也越来越丑了。"

宋茱萸被这小孩逗笑,徐生抽空剜了他一眼。

徐松松无奈地耸耸肩,并不觉得自己说错了:"宋老师,你觉得我哥最近是不是变丑了?"

宋茱萸顺着他的话,坦坦荡荡地盯了徐生片刻。头发长了没去打理,眼神有些疲惫,还好没蓄起胡茬,不然小上狗可就成流浪狗了。

徐生捏捏脖颈,抬头问她:"真丑了?"

宋茱萸故意欲言又止,又一本正经地评价:"嗯,有点丑。"

徐生懊恼地搓了搓脸,暗暗低骂了几句。

"放心,后面肯定能养回来。"他保证。

宋茱萸抿嘴笑:"这几天你在忙什么呢?"

徐生的表情生无可恋,避重就轻地回了句:"有件事着急处理,等这几天忙过就好了。"

宋茱萸点点头,也没再问下去。

徐生风风火火地吃完饭,去柜台上拿摩托车钥匙,叮嘱徐松松晚上早点休息。

他将头盔扣上,声音闷闷的:"你也早点回宿舍,不想洗碗就搁厨房,等我回来再洗。"

"我洗了再回去。"

"都行。"

说完,徐生拉开卷帘门就往外走,发动摩托车引擎,骑着车先离开了。

宋茱萸将厨房收拾好后,又守着徐松松洗漱,一切整理好之后,将垃圾也带了出去。

回宿舍的路上,柳枝伴着晚风轻轻摇晃着,田野中的作物都结了层露珠。

寂静的夜里,她的手机铃声蓦地响了起来。

徐生的声音从听筒传来,伴随着呼啸的风声,低沉的声线贴耳灌入:"如果我明天中午赶不回来,你能不能去店里帮我照顾下徐松松?"

其实徐生那通电话算是给宋茱萸的预告——他真的赶不回来。

冰箱冷藏柜里的冷气扑面而来，宋茱萸盯着里头的食材出了神。

徐松松在厨房门口看她："宋老师，你在找什么东西？"

宋茱萸转身："松松，中午想吃什么？"

徐松松不敢相信自己的耳朵："宋老师，今天你做饭吗？"

宋茱萸点头："虽然你哥哥今天有事，但咱们也不能把自个儿饿死，对吧？"

徐松松不相信她能做出什么像样的饭菜来。

犹豫半晌，他开口鼓励："你做什么，我吃什么。"

宋茱萸干劲十足，开始捣鼓食材。在敲毁第三颗鸡蛋后，她索性用水冲了冲手，将碗里的半块蛋壳偷偷捡了出来。果然做饭这种活不是每个人都能做。

徐松松守在电脑旁看动漫，厨房源源不断传来气味，关键还是臭臭的。香香软软的宋老师，做饭怎么会是臭的啊？徐松松拽了拽裤腿，在心底疯狂咆哮：哥，你快回来！

继中午那道番茄炒蛋惨烈失败后，屋里依旧弥漫着诡异的气息，同时也让宋茱萸彻底打消了亲自下厨的想法。晚上她是提着几袋泡面过去的。

徐松松看着口味不一的泡面，反而松了一口气。

宋茱萸以为他在叹气，摸摸他的脑袋安慰："我下午特地看了视频，学了泡面的花式吃法。"

徐松松眨了眨眼，泡面应该不会难吃到哪里去吧？他决定再相信宋老师一次。

结果宋茱萸在厨房捯饬了半晌，最后端了两盘黑乎乎的炒泡面出来。

她递筷子过去："放心，我没下毒，就是卖相差了点！真的不难吃！"

徐松松咽了咽口水，鉴于宋茱萸期待的目光，他夹了几根面塞进嘴里，又硬着头皮咀嚼几下。

味道难以形容，直冲天灵盖，谁吃谁上头。

徐松松实在没忍住，捂着嘴干呕了一下。

宋茱萸默默收回他面前的盘子，转身往厨房走去："我再去给你泡一袋吧。"

徐松松泪眼婆娑："对不起，宋老师。"

宋茱萸哭丧着脸："是老师对不起你。"

待她一走进厨房，徐松松赶紧拆了盒牛奶，一口气喝了大半盒，企图压住嘴里的余味。

徐生将近晚上十点才回覃溪。掀开卷帘门,室内的灯尽数关掉了。屋里是沉闷的热气,还有夜风携来的淡淡花香。

后院的门似乎还开着。徐生将头盔搁在桌上,往后院走去。

路灯在院里投射出昏黄的光晕,晚香玉发出黯然的幽香,葡萄架上枝繁叶茂,一串串青涩的果实垂在半空中。枝叶落下密密的阴影,竹躺椅上蜷缩着一个瘦小的身影。

他慢慢走近,发现宋茉荑已在竹椅上睡熟。她偏着头靠在椅背上,短发贴在粉扑扑的侧脸,微微嘟着唇,浅浅呼吸着。

徐生点了两盘蚊香,摆在竹躺椅附近,转身折回浴室洗漱。

等他洗完澡出来时,宋茉荑已经醒了。她迷迷糊糊地举起手机,揉揉眼睛看了看时间。

宋茉荑伸了个懒腰,从躺椅上慢慢挪下去,正准备穿鞋的时候,蚊香冒出的细烟飘到了她面前。她下意识地扭头往后看,正好与徐生对上视线。

徐生一边擦头发,一边往她这边走,最后停在了宋茉荑面前,在另一张躺椅上坐下。他的发尖还是湿润的,换了身干净的衣物,问道:"醒了?"

宋茉荑轻轻"嗯"了一声:"你才回来吗?"

徐生声音很轻:"有一会儿了。"

"怎么不叫醒我?"宋茉荑揉了揉头发,"我怕松松的胃会不舒服,跟之前那晚一样,所以又待了一会儿。"

徐生笑了:"你给他吃了什么?"

宋茉荑有些不好意思:"泡面。"

"这有啥?他没那么娇气。"

宋茉荑强调:"真的无敌难吃,我怕他食物中毒。"

徐生的眼里布满血丝,下巴也冒出一圈浅青的胡茬:"小老爷们儿吃点泡面就胃疼,不至于。"

宋茉荑被"小老爷们儿"这个古怪的用词逗乐了。

"那我先回去了。"宋茉荑晃了晃腿。

"你困吗?"

"不困啊,刚刚睡了快两个小时。"

徐生眼尾微微上扬:"那再坐会儿,等下我送你。"

宋茉荑没拒绝,温温吞吞地靠回了躺椅上。

"很累吧？这几天。"

徐生："有点儿。"

她随意闲谈着："我看五金店平时也没什么事，你跟小岳他们是不是还有别的工作啊？"

徐生看着她，语气平常地说："嗯，指望这店赚钱，早饿死几百回了。

"店是我妈留下来的，开着方便街坊乡亲，所以一直没关。小岳在隔壁镇的修车行当学徒；野格爸妈在亲戚家的果园当果农，收果子的时候忙，野格也会去兼职；小董是家里老幺，比我们要自在些……

"除了这些，他们偶尔还兼职当当游戏陪玩。

"我其实也差不多，在网吧待的时间更长些。"

"网吧？"宋茱萸问道。

"就修修电脑装装系统什么的，来钱稍微快点。我们都只念了职高，也干不了其他工作。"徐生如实说道。

月光落满小院，流浪猫在围墙外面争食打架，发出"喵呜"的扑腾嘶叫声。

其实宋茱萸的脑袋里还有很多问题，又怕突然提出来有些冒昧，犹豫两秒钟，想想还是算了。

徐生见她欲言又止："想说什么就说呗，反正也闲着，就当聊天了。"

宋茱萸盯着他漆黑的眸子，小心翼翼地组织着语言："嗯，就是……"

"有啥说啥。"徐生被她吞吞吐吐的模样逗笑了。

他的坦荡给足了她勇气，宋茱萸这才试探性地问出口："为什么去了职高？因为学习差？"

"当然，我只是随便问问，你要不想说也可以不说的。"她又迅速补了句。

徐生伸了伸长腿，几乎没怎么迟疑地回道："学习也还行，分数能上普高。"

宋茱萸静静等着他的后话。

"我妈生病走得突然，还欠了不少医药费，我爸向来都不管事，后面跟亲戚出去打工，还搜走了家里所有值钱的东西，什么都没剩……就留了个徐松松给我。"

宋茱萸的眸光闪了闪，多了些难以言喻的同情。

"不是卖惨啊，当时还真挺难的。"徐生笑得有些苦涩，"我要去了普高，去了县城，就得住校，学费什么的先不提，首先考虑的是徐松松该怎么办。"

宋茱萸能体会到他当时的处境，一个十四五岁的少年，父母都不在身边，还得照顾年幼的弟弟，该多么为难和绝望啊。

"去职高是最好的选择。"徐生望着漆黑的天空,"学门手艺,以后总不会饿死吧,离家近还能照顾徐松松……"

"挺好的。"他长长叹了口气。

宋茱萸盯着他的一举一动,同情之余又多了几分心疼。

"已经很厉害啦。"她笑着,企图让凝重的气氛变得轻松。

徐生微微弓着背脊,凑近她问:"这就厉害了?"

"对啊!"宋茱萸认真地说,"会修电脑就已经很厉害了。"

在这种境地能做到这样,真的很厉害了。

她并不赞同用学历去评判一个人。就拿徐生为例,他为人坦荡正直,工作业务又广泛,会修电脑还会做饭,就像个"百事通"。实话实说,好多高校里的男大学生都比不上他,有学问只是加分项,但并不是评判人的唯一标准。

徐生轻笑:"厉害什么厉害。"

宋茱萸摊手:"真的,不信算了。"

他漆黑的眸子很会勾人,嗓音沙哑得不像话:"信,怎么不信。"

"那你最近在忙什么呢?"宋茱萸又起一茬。

徐松松说徐生这几天都早出晚归,甚至还会夜不归宿,难不成在忙些见不得人的勾当?

徐生敛眉,微微向前倾身,冲她勾了勾手。

宋茱萸见他神神秘秘的,还真是见不得人的?好奇害死猫,她老老实实地往前凑。

两人霎时离得很近很近。

徐生单手撑在身前,声音沉沉的,充满了蛊惑,面上还挂着淡淡的笑意,吐气间是淡雅的乌龙茶香。

他问:"很想知道?"

宋茱萸怔怔地注视着他,视线从他的眼睛一寸一寸慢慢挪到薄唇上,最后轻轻"嗯"了一声。

徐生被她盯得顿感燥热,轻咳一声,避开她的视线:"往县里跑还能做什么?当然是为了赚钱啊。"

宋茱萸心一梗,往后退了退,拉开两人的距离:"我当然知道你在赚钱。"

可为什么突然这么拼命呢?她百思不得其解。

徐生始终不愿意说实话,避重就轻地胡扯了两句后,就说先送她回宿舍休息。

宋茱萸并没有像小姑娘那般刨根问底，不愿意说就拉倒。

两人一前一后往教师宿舍楼那边走着。

桥头的垃圾箱几日没清理了，散发出难以言喻的恶臭味，宋茱萸几乎是跑着逃离那段路。

刚走到河边小路，两团小小的黑影朝着宋茱萸扑过来，吓得她惊慌地往后窜，又躲到了徐生的身后。

"什么……什么东西？"宋茱萸扯着他的衣角，紧张得有些语无伦次，语气却还在假装镇定。

徐生扭头瞥她一眼，笑得有些欠揍："哪里有东西？我没看见。"

宋茱萸小心翼翼地扒拉着他，探过头往小路上看了眼，只有月光下婆娑的树影，再没有其他的。

难道是她眼花了？

宋茱萸从徐生身后绕出来，不放心地确认："你真没看见吗？"

"没看见。"徐生回答。

河畔吹来的风带着些鱼腥味，算不上好闻。

宋茱萸依然心有余悸："那为什么我总觉得后背发凉？"

徐生故作思考状，停下来，往她背后看了眼，瞳孔里的光瞬间黯淡，面部表情僵硬得像个假人。

宋茱萸也往后看，确认没奇怪的东西后，又听见他不轻不重地补了句："既然觉得发凉，那就赶紧把你背上的小女孩放下来啊。"

宋茱萸又一怔，反应过来，双腿瞬间就软了。

"啊——"她直接扑到了徐生跟前，掐着他的胳膊，又重重捶了两拳。

因为恶作剧得逞，徐生由着她捏呀掐的，反正也没觉得多疼。

"你烦不烦人啊！"宋茱萸冲他大吼。

徐生笑得直不起腰，见这姑娘双眼紧闭，脸色惨白，也不打算再逗她了："没有，没东西。"

宋茱萸拽着他的胳膊，死活不撒手。如果条件允许，她甚至想挂他身上去。

徐生伸出手，挑起她的下巴，将她巴掌大的小脸扭正，视线对准空荡的小路。

"睁眼。"

"我不！你又要吓我！我跟你讲啊，徐生，今天我们就耗死在这河边了，

122

谁也别想回家。"

徐生被她逗得连连发笑。他的手还捏着她的下巴,又微微俯身,凑在她的耳边安慰道:"真没其他东西。我刚刚逗你的,那是两只猫。"

宋茱萸的疑虑有所打消,却依旧无法停止恐惧。她这人吧,胆子说大不大,说小不小。徒手拍蟑螂、打蜘蛛丝毫不带犹豫的,偏偏就怕牛鬼蛇神这类不切实际的东西,从小到大甚至连一部完整的恐怖片都没看过。

徐生侧头贴在她的耳边,吐气似挠痒痒:"不骗你,睁眼啊,姐姐。"

宋茱萸微微睁开一只眼:"那小女孩呢?"

徐生耸耸肩:"没有小女孩,只有小猫小狗。"

宋茱萸赌气地撒开手:"你这人真挺过分的。"

她待会儿还要独自回宿舍,那么大一栋空落落的楼,还只有她孤零零一个人,徐生还这么吓唬她,看来今晚彻底不用睡了。

她急匆匆地往前走,徐生就跟在她身后,没走几步就擒住了她的胳膊。

宋茱萸想甩开那只手,听见徐生轻轻地"嘘"了一声。

他伸手往某个方向指了指:"看桥下,就是刚刚那两只猫。"

宋茱萸往那边看过去,好像还真有两只猫。两只黑灰相间的中华狸花猫,一只体格大,一只略显娇小。

徐生将手揣进兜里,胳膊上酥酥麻麻的,还有她方才掐他的痕迹。

"其实……"宋茱萸回过身看着他,"我还有个问题。"

徐生屏息以待。

宋茱萸慢慢靠近,停在他身侧,微微踮起脚,悄声问:"你最近……是不是……"

她将左侧的头发别在耳后,脸颊持续发热发汗,激发了发丝上的馨香,这气味猛烈撞击着徐生的鼻腔。

"很缺钱?"宋茱萸把话说完,又退回了原地。

你最近是不是很缺钱?

徐生抽了抽嘴角,眼底是难以掩饰的失望。他刚刚究竟在期待什么?

"嗯,很缺。"沉默半晌,他沉沉开口。

终于肯说实话了。

宋茱萸抬起眼睫毛,很认真地问:"缺多少?"

徐生双手枴臂,跟着她往前走:"五千。"

宋茱萸停下脚步,抿着唇仰望他,眼底是皎洁的月光,郑重其事地提议:"那我可以先借给你。"

教师宿舍楼就在前面，徐生也停下了步子。

他嘲讽地弯了下嘴角："说借就借？知道我拿钱做什么去吗？"

"应该不是做坏事。"她断言。

徐生喉咙发紧："这么相信我啊？"

宋茱萸笑得落落大方："我不觉得自己会看错人。你总不能为了区区五千块跑路吧？何况你那宝贝弟弟还在我手里呢。"

徐生若有所思地垂下眼。

宋茱萸知道他在顾虑什么，贴心地劝着："你这几天早出晚归，不就是为了挣那五千块吗？但说句难听的，你就算不眠不休累死自己，也很难在短时间里凑齐这笔钱吧？"

宋茱萸缓声说："如果是为了应急，我借给你又有什么问题呢？"

徐生被她三言两语说得有些松动。

"你可以先考虑考虑，后面给我答复也行。"宋茱萸冲他挥挥手，"我先回宿舍了啊。"

徐生叫住她："你不问问原因？"

宋茱萸捂着嘴打了个哈欠："你要想说早就说了啊，我一直追问又有什么意思？"

徐生也跟着走了过去，两人停在宿舍楼下。

昏暗的灯光里，宋茱萸听到少年疲倦地开了口："钱是帮野格凑的。"

宋茱萸皱眉："野格怎么了？"

前几天他们不是才一起出去玩了吗？野格当时也没什么反常啊。难道他在哪儿欠了钱？

徐生的表情逐渐僵硬，还是与她讲了这几天发生的事。

时间静止了几秒。

宋茱萸醒过神来："摔断了腿？"她完全没想到事情发展得这般戏剧化。

"最近桃园的桃子熟了，熟得快烂得也多，野格就去果园帮忙，谁知道把腿摔断了。去县医院检查，医生说是腓骨骨折，要做手术打钢板。"

宋茱萸有些同情野格，又问："手术需要多少钱？"

徐生也不瞒着了："一万多吧，野格家才装修完，父母一下子拿不出这么多钱。我手头也没剩多少，跟小岳他们凑了点，加上野格自己的，手术费倒是凑够了。我主要是担心住院费，还有租轮椅和拐杖、后续的康复治疗，哪哪都需要花钱，就想着再凑一些。"

稻田里的蛙声不断，不知名的小飞虫撞到宋茱萸的鞋面。

她想起去游乐园的那天中午,听见徐生跟亲戚打电话,好像提到了还钱之类的字眼。都过得紧巴巴的,一时间哪能拿出这么多钱?
"那五千够吗?"她不放心地问。
徐生又算了遍:"应该差不多。"
宋茉萸盯着他眼下的乌青,莫名燃起一丝于心不忍,或许又可以称作心疼,她觉得自己这种想法太荒唐。
"那你先回去休息,我待会儿把钱转给你,野格的事你不要太忧心了。"
徐生透过黑夜凝视她,心脏宛若被一股无形之力狠狠攥住。
宋茉萸对他一笑:"赶紧回去吧。"

徐生回到五金店以后,瘫坐在木沙发上。屋里闷得他头昏脑涨,困顿得几乎难以支撑。
微信嗡嗡跳出消息——
宋茉萸向你转账 5000.00 元,请查收!
徐生犹豫片刻,最终点了收款。
徐生:谢谢。
徐生:算我欠你的。
隔了几分钟,宋茉萸回了个微笑的表情包。
宋茉萸:晚安。
徐生靠在沙发上,想着这些年来,他总小心翼翼地把心藏起来,免得被别人寻到攥得死死的。但刚刚宋茉萸没有缘由地偏信于他的那一刻,他突然想将整颗心捆起来,然后塞进宋茉萸的手里。

野格出院那天,董大臀借了辆车去县城接他回小镇。把车停到医院附近后,董大臀去附近吃早饭,徐生则去住院部跟野格会合。
野格的手术很成功,只不过未来几个月都还需要定期复查。
徐生踏进病房的时候,野格正坐在轮椅上收拾背包。徐生一句话没说,直接走过去接过他的活,往背包里塞衣物、毛巾。
野格愣了下,抬起头问:"这么早?"
"还早?再晚点过来,估计你都到覃溪了。"徐生捏着后颈笑了下,"就这些东西吗?"
"嗯。"野格解释道,"其他的我爸妈早带回去了。"
徐生点了点头,往四周巡视一圈,准备拉上拉链。

野格看着他的动作,目光流转间带着微光:"住院费是你给的对不对?还有这轮椅……"

"嗯。"徐生淡淡道。

野格有些摸不着头脑,自己太清楚徐生的情况了,平时赚的钱都用来还债了,余下的只够跟徐松松的日常开销,他一时间上哪儿凑这么多钱呢?多半又是拼死拼活地多接活儿。

野格看向打着石膏的腿,心里很不是滋味地叹了口气。

徐生展了展眉宇:"钱是我给的没错。"

他停顿片刻,又补了句:"不过是借的。"

野格很意外徐生会开口向人借钱。

这完全不是他这个倔骨头能做的事。

徐生这人吧,说得好听点,叫有股傲气,但这种傲放在穷苦百姓身上,那多多少少就显得有些倔了。

徐生身上的重担他们都看在眼里,不仅要还他爹妈欠下的债,还要把徐松松拉扯大,真的很不容易。

别人或许不知道,但是野格很清楚,徐生本有机会继续上大学的,但他犹豫再三却选择了先工作,想着无论如何都必须把欠的债先还了。

野格当时也劝过他:"如果是因为钱的事,我们可以帮你想办法,去大学见见世面也好啊。"

"我妈的医药费还没还清呢。"徐生要考量的就不止这些了,"滚雪球啊?越欠越多。何况徐松松也快上小学了,正是离不开人的时候。"

其实,徐生也曾向亲戚求助过,但应了"人穷没亲戚"那句话,没人搭理他们。钱没借到就算了,还被叔婶冷嘲热讽。自那以后,他再不愿麻烦任何人。

日子最苦的那会儿,他们兄弟俩险些被饿死,徐生都不曾再向亲戚借过钱。所以野格感动啊,同时又很想知道这笔救急的钱究竟出自谁手,居然能让徐生打破原则。

徐生提上东西,推着野格往外走。

野格还是问了句:"钱问谁借的?"

徐生神色有些不耐烦,自顾自地推着他继续走,企图逃避这个话题。

野格偏头追问:"蒋菡?"

徐生依旧沉默。

野格不死心:"你该不会是问仇天借的吧?那人不知道要收咱多少利

息！"

徐生低下头瞥他一眼，不动声色地丢下三个字："宋茱萸。"

野格猛地吞了下口水，喉结跟着上下滚动，有些不敢置信："你说宋老师？"

徐生不轻不重地"嗯"了一声。

野格彻底惊了。徐生借钱本就让人匪夷所思，这居然还是跟宋老师借的啊？

野格抚了抚下巴，容他先思考片刻，现在究竟是个什么情况。

电梯门口里三层外三层，全是等着下楼的病人和家属。野格坐着轮椅没办法，两人对视一眼，打算再等下趟电梯。

两人乘电梯下了楼后，趁着太阳还没那么晒，赶紧去了停车的地方。

但车钥匙还在董大臀那里，一时也没办法上车，两人一站一坐，索性等在树荫下闲聊。

野格还是很关心借钱这事："你主动跟宋老师提的？"

徐生叹了口气："没，她主动提的。"

野格拨了拨头发："不应该啊，这事没人告诉她。"

徐生微微眯着眼，好像在想什么："不知道啊。"

可能他前几天太忙了，无暇顾及她与徐松松，所以才被瞧出了端倪。

野格又说："那你帮我跟她说一声，钱我会尽快还的。"

徐生沉默了片刻才回道："不急，用我的名义借的。"

这话野格算是听明白了。

徐生把这笔债务分得很清，他会想办法先把钱还给宋茱萸，野格再慢慢还给他，所以这事就不着急。

一辆出租车"嗖"一下从面前飞驰而过，卷起了地面厚重的灰尘。

野格突然想明白了一件事，于是自顾自地笑了起来。

徐生不解："吃了满嘴灰，有那么高兴？"

野格意味深长道："你喜欢她。"

是肯定句。

徐生怔了半秒，惊愕地扫了野格一眼，又重重咳嗽了两声。

野格笑了笑，有种看破天机的爽感。他挑了挑眉："别装哑巴，你就回答，我说得对还是不对？"

日光太热烈，晒得人睁不开眼，马路上的汽车川流不息。

徐生此刻脑海里的画面定格在那双闪烁的杏眼上，算是默认。

野格笑得愈加放肆，这可是徐生二十年来第一次承认自己喜欢上了某个女孩子。

"喜欢就去追啊！我觉得宋老师对你……多多少少也有那么点意思。"

徐生并不是没想过这些，那晚失眠他想了一整夜，最后得出个结论：这不现实。

"不是喜欢就有用的。

"给你个选择的机会，你会留在覃溪吗？小镇是什么情况，咱俩都清楚。这里于她而言只是很短暂的过渡，于我而言却是要扎根一辈子的地方。

"难不成要把她绑在这里吗？"

徐生做不到，不想将他的喜欢变成鱼缸，从而困住本该属于海洋的鱼。

野格与他的想法完全不同，觉得人类的感情原本就是沉重的："是，覃溪可能留不住她。那我们呢？我们还这么年轻，总归有出去闯闯的资本吧？"

"说到底……"野格猜测道，"阿生，你是没底气吧？"

徐生的心悄然抽搐一下。

"你在逃避，你在害怕，你怕她不喜欢你。"

徐生依旧嘴硬："我怕什么？"

野格用手肘撞了他一下："要不赌一把？"

一贯镇定的徐生却慌了神，有些警惕地看野格一眼："赌什么？"

"难道你就不好奇，"野格勾过他的肩，"宋老师到底喜不喜欢你吗？"

将近中午十一点，宋荛荑才迷迷糊糊地睡醒。昨天徐生就给她发了微信，说今天的午饭会稍微晚点，他们要去县里接野格回来。她一边刷牙，一边看未读消息，发现通讯录那边多了个小红点。

点开新的好友添加请求，备注一栏显示"野格"。

宋荛荑没多想，点了同意。

野格发来新消息：哈喽！

宋荛荑回了个表情包过去。

野格：钱的事，谢谢你，宋老师。

宋荛荑：客气，人难免会碰到个急事。

出于礼貌，她又问了野格的现状：你的腿，好些了吗？

野格：手术很成功，定期复查就好。

宋荛荑洗漱完，冲了半杯牛奶燕麦，本以为这段聊天就此结束。

野格又发来了新消息：阿生让你收拾准备出门，我们差不多快到覃溪了。

宋茱萸：OK。

她想着徐生回五金店后可能还需要再准备食材，所以又在宿舍磨蹭了一会儿才出门。

上午太阳特别足，接近正午时却阴了下去，但天气更加闷热，仿佛置身于大蒸笼里。

宋茱萸走到五金店，刚刚掀开卷帘门，就听见后院传来的动静，气氛早早就欢腾了起来。

董大臀忙着把电风扇搬到院里，小岳蹲在地上接插板插头。

"过来坐，宋老师！"野格热情地招呼着。

宋茱萸边点头边走过去，路过厨房门口时，撞见徐生和蒋菡在切青瓜片。

蒋菡先发现她："宋姐姐！"

徐生扫了宋茱萸一眼，沉默地挥着手里的刀。

不打招呼就算了，居然还懒得给个正眼。宋茱萸觉得他莫名其妙，笑着跟蒋菡打招呼，接过两瓶冰镇饮料。

野格滑着轮椅过来，瞥了几人一眼："都堵在厨房干什么呢？赶紧把菜端出去，待会儿再慢慢聊呗。"

宋茱萸捧着饮料转身时，听到蒋菡指挥徐生："阿生，土豆片切薄点！我喜欢吃薄的，你又不是不知道……"

宋茱萸恍了恍神，一个没注意，就踢到了脚边的垃圾桶，一个踉跄后险些被绊倒。

好在野格眼疾手快，赶紧扶了她一把："没事儿吧，宋老师？"

"没事，吓我一跳。"宋茱萸惊魂未定。

野格把垃圾桶挪到一旁，又回头往厨房望了眼，发觉徐生正盯着他握在宋茱萸胳膊上的手。

徐生的面色很平静，却掩饰不住眼里即将涌出的火星子，臭着一张脸，明摆着他现在极度不爽。

后院的餐桌上摆着电烤锅，四周的盘碟里放着各类食材，菜品丰盛程度可以媲美烤肉店。

宋茱萸把两瓶冰镇饮料放在桌上，又去帮忙摆放碗筷和凳子。

小岳掀起衣角擦了擦汗水，将风扇电源接通之后，一阵阵温热的风吹来。他大声嚷嚷着："可以往烤锅里刷油了！"

宋茱萸拿着小刷子蘸油。

野格把烤锅的电源打开，想从她手里接过油碗和刷子："我来吧，你坐下休息。"

"刷层油我还是会的。"宋茱萸苦笑。

难道她惊天地泣鬼神的厨艺，已经落到尽人皆知的地步了？

"待会儿温度高了油容易溅出来，你细皮嫩肉的估计得掉层皮。"

油碗被野格抢了过去，刷子却还在宋茱萸手里，两人笑着僵持不下。

下一秒，宋茱萸的左肩被人不轻不重地撞了下。

她侧过身就看到端着土豆片的徐生。

少年下颌微微扬起，神色依旧冷冷淡淡的，语气更不善："劳驾，让让。"

野格有些好笑地瞥了徐生一眼，故意拉着宋茱萸坐到他身边，有意无意地制造了些接触。

一盘土豆被徐生砸得哐哐响。

宋茱萸深感莫名其妙，就看着他闹小孩脾气。

蒋菡把藕片摆到桌上，然后在徐生身旁落座："可以开始烤了吗？我快要饿死了，呜呜！"

小岳和董大臀也落座。餐桌稍稍有点挤，就给徐松松单独支了个小饭桌，烤好后给他盛点过去就行。

徐生开了两瓶冰啤酒自顾自地喝，也不怎么说话，只偶尔用夹子翻翻锅里的菜。

"阿生，"蒋菡扯了张纸巾擦嘴，"帮我夹片烤牛肉。"

徐生用烧烤夹戳了戳锅里的牛肉，瞥她一眼后，收回手："自己弄。"

"没点绅士风度。"蒋菡没好气地接过夹子，报复性地往碗里放了好几片肉，"活该你找不到女朋友啊。"

小岳喝了口啤酒："蒋大小姐，你这话就不对了吧？我们生哥要想吃烤肉，妹子都抢着排队帮他烤……"

话音未落，小岳就被徐生踢了一脚。

"疼啊，实话还不让人说啦？腿都差点让你踹废了。"

董大臀给他夹了块猪蹄："闭嘴吧！吃哪儿补哪儿，赶紧咽了补回来。"

小岳哼哼几声，直接上手啃猪蹄。

宋茱萸没怎么搭话，偶尔喝上几口饮料。

野格的伤口没恢复，压根儿碰不了烧烤，索性揽下了烤肉的活儿。他笑着翻动锅里的食材,也不知道究竟在美什么。

"宋老师,吃鱿鱼!"

"谢谢。"

"宋老师,吃虾滑!"

"谢谢。"

"宋老师,五花肉!生菜在你右边……"

野格烤肉的速度非常迅速,宋茱萸面前的小盘被堆得满满的,宛若一座小山。

蒋菡打算起身再夹点土豆,怎料徐生破天荒地接过烧烤夹,目光幽深地扫了饭桌对面那两人一眼,将几片刚烤好的牛肉扔进了蒋菡的盘里。

蒋菡两眼放光,音色很亮,激动又夸张:"谢谢阿生!就说你不会那么小气嘛!"

宋茱萸刚拒绝了野格递来的烤年糕,冷不丁又听到蒋菡这么一嗓子,也抬起头朝对面看过去。

只见徐生单手托腮,眼睫毛微微垂着,没什么表情,又给蒋菡夹了几片土豆。

小岳也把盘子推过去,嬉皮笑脸地喊:"阿生,人家也要嘛。"

几人插科打诨间,野格又给宋茱萸续了杯橙汁。

她眉眼弯弯,报之一笑:"谢谢。"

徐生脸色沉了沉,冷冰冰地回了小岳一句:"要什么要。"

小岳也不生气:"干吗啊?偏心眼儿啊?"

董大臀叹了口气,夹了几片土豆给小岳:"你这人是不是就贱?见不得别人成双成对是不是?"

说罢,他又夹了两块鸡翅搁小岳碗里,语重心长道:"赶紧吃,也只有哥疼你了。"

小岳仰头喝了杯啤酒,装模作样地哭丧着脸,选择化悲愤为食欲,大口吃肉。

午餐看似和谐,实则暗潮汹涌。

宋茱萸很蒙,不知道这风浪究竟来源于哪里。尤其是徐生一百八十度大转弯的态度更让宋茱萸摸不着头脑,明明前两天都还好好的,也不知道哪里得罪了他。

午餐结束。

小岳他们留下来收拾后院，徐生则去收拾乱成一团的厨房。

宋茱萸闲着没事做，在里屋吹了一会儿空调。听着厨房哗哗的水流声，她拿着水杯走向厨房。

她凑到门口，将杯子递过去："能给我倒杯水吗？"

徐生用抹布擦着餐盘，嘴唇抿成了一条直线，仿佛没听到她的话。

宋茱萸逗他："你聋了？"

徐生瞥了眼身后的烧水壶："自己倒。"

见他认认真真生气的模样，宋茱萸竟然觉得有点可爱……她是不是没睡醒啊。

"喂，你就是这样对待你的债主的？"她又故意搭话。

徐生终于对她这句话有了点反应。

他接过水杯，目光牢牢地盯了她两秒，又抿了抿唇，转过身给她倒了杯温水。

"给。"徐生的语气还是冷冰冰的，"债主！"

宋茱萸接过水杯喝了两口，余光偷偷打量着他冷峻的眉眼。

她眨眨眼："水温满分，谢谢了啊，弟弟。"

听到这个称呼，徐生并未暴跳如雷，而是不动声色地扯扯嘴角，露出一个嘲讽的笑容："不客气，姐姐。"

宋茱萸又喝了两口水，鼓着腮帮子瞧着他。

反常，实在太反常。

"宋老师。"

闻言，宋茱萸扶着门框回过头来，野格不知什么时候来到了她身后。

她转过身，靠在墙面上："怎么了？"

野格往厨房里探了一眼，微微压低了音量，语气倒是非常诚恳："听说月底县城艺术中心要承办个音乐节，会有不少热门的乐队和 Hip-Hop 歌手，你想去看看吗？"

宋茱萸对嘻哈类的音乐没多大兴趣，太躁了，便找了个理由搪塞："月底我要准备开学的事情，可能没时间去了。"

野格劝她："所以才要抓住假期的尾巴啊！正好蒋菡有熟人，送了我们几张票。去看看又不亏，万一很好玩呢？"

"你的腿出去也不方便吧？"

"医生说少坐轮椅多用拐，利于恢复。"

宋茱萸腹诽：今天真的是撞鬼了，怎么一个个都怪怪的？

她严重怀疑野格也被"夺舍"了，午餐时端茶送水就算了，现在又邀请她去看音乐节……也说不上来，就觉得某些事情正朝着诡异又难以把控的方向发展。

宋茉荑拧了拧眉。

她又听到野格继续说："给我个机会吧，一起去音乐节玩玩，就当谢谢你了。"

两人在走廊窃窃私语，丝毫没注意到厨房里的某人竖起了耳朵，眼巴巴地听着外面的动静。

一面墙并不隔音，两人的聊天内容尽数被徐生听去。他拾起铮亮的碟子擦了又擦，听见宋茉荑柔声回了句："行吧，那等月底再说。"

徐生按着碟子使劲搓了搓，白瓷碟照出他愤愤不平的表情，他的心堵得想摔几个盘子。

待宋茉荑离开后，徐松松回卧室午休，小岳他们下午还有工作要忙。

野格猫在电脑椅里，专心致志地捏着鼠标，左手指尖敲击着键盘，悠然地玩着电脑游戏。

徐生迅速洗了个澡，除去一身油烟味，踩着拖鞋走到木沙发旁，扯了个抱枕顺势躺下来，空调风吹得胳膊凉凉的。

野格打完手头这局游戏，以为徐生已经睡着时，徐生却冷不丁地开口："你到底想干吗？"

野格一愣，故意反问："你指什么？"

徐生声音闷闷的："你知道我在说什么。"

野格笑了："你是说宋老师？"

徐生将抱枕从脖颈后取出，顺手盖在肚子上，把胳膊垫在后脑勺下，试图让自己沉下心来。

野格又开了局游戏，习惯性地摸摸下巴："我说我想追她，可以吗？"

徐生皱了皱眉，翻身，直接将抱枕朝野格扔了过去。

野格的后背被绵软的抱枕砸得并不疼。

"我认真的啊，没跟你开玩笑。人家宋老师性格温柔不说，还乐于助人，肤白貌美，基本趋近满分吧。哎！你说她愿意借钱给我治病，是不是对我也有点不一样啊？"

徐生听得冒火，差点冒出脏话："人贵有自知之明。"

"但也不能抹杀我追求美好的权利吧？你自己不追，还不许我去？未免太霸道了吧！"野格说得尤其认真，差点让人信以为真。

徐生将胳膊环抱在胸前，只觉得耳旁一阵轰鸣，似乎有什么笼罩住他，让他只能恍恍惚惚地合上眼。

野格又不死心地补了句："你不说话，我就当你同意了啊。

"让我想想，明天要不先约她看个电影？哎呀，也不知道小宋老师喜欢看什么类型……"

徐生情绪不高："闭嘴！"

野格笑出了声。

继那顿烤肉之后，宋茱荑觉得野格彻底疯了。

微信消息一整天轰炸个不停。

野格：晚饭后一起散步吗？

野格：你最近有没有想看的电影？

野格：最近有个游戏特别有意思。

……

直到某天在五金店的厨房里做饭的人换成了主动请缨的野格，宋茱荑彻底绷不住了。

黄鼠狼给鸡拜年，醉翁之意不在酒。这让她不得不自恋地幻想，对方是不是对她有点什么？

不行，得找机会跟野格说清楚。

音乐节在八月的最后三天举行，蒋蒿送的是几张通票，随便哪天过去都可以。

野格提前发消息问宋茱荑哪天有空，奈何她想去的欲望并不强烈，就一直拖着没有准确回复。

直到某天，不知道野格从哪里打听到教师开学会议的具体时间，直接给她发了条微信过来。

先是一张图片，拍的是音乐节门票，还附带一条消息。

野格：音乐节明天就结束了，别辜负蒋蒿的好意。

宋茱荑彻底没理由再拒绝了。

音乐节主办方将大热的歌手的表演时间都排到了下午六点后，野格将节目表研究得很透彻，让她四点多来五金店会合。

这天下午，宋茱荑午睡后洗了个澡，简单涂点防晒霜就出门了。

五金店的门口停着辆七座面包车，小岳趴在副驾窗口冲她挥手，笑得一脸灿烂。

宋茱萸松了口气，赶紧小跑过去。

"上车吧，小宋老师。"小岳扬了扬下巴。

宋茱萸今日穿得很休闲，拉开车门后，利索地钻进了后座，取下头上的灰色鸭舌帽盖在膝盖上。

车厢里的冷气开得很足，董大臀负责开车，小岳坐在副驾，宽敞的后座只有她与野格两人。

没看见徐生，也没看到徐松松。

"那我们就出发了？"董大臀打开转向灯，将车驶入主路。

小岳把手覆在冷气口："出发出发，待会儿晚了检票要等很久。"

宋茱萸从两人的交谈中再三确认，万分庆幸这是一场集体活动。

野格丢给她一床薄毯。

"谢谢。"

野格在玩游戏，只回了声"客气"。

董大臀一边开车，一边跟小岳说某某乐队的女贝斯手身材火辣，某某女Rapper性格特呛。

宋茱萸无事可做，顺带听了点八卦："你们都很喜欢这类音乐吗？"

小岳摇了摇头："也就董大臀喜欢，我本来都不想去。"

宋茱萸笑了下："怎么想通的？"

"还不是因为野格，我要再不同意啊，他估计得绑着我去。"

宋茱萸笑了笑："这话怎么说？"

小岳回头看了眼："野格说今晚有很重要的事，需要咱们兄弟去做个见证。"

宋茱萸瞥了眼野格，暗自咽了咽口水，干笑："什么事啊，这么隆重？"

"这小子死活不肯透露，非说等到晚上就知道了。"小岳又摇摇头。

宋茱萸屈膝，指尖在薄毯上点了点，鼓着腮帮子胡思乱想。

做个见证？她忽然觉得心口堵得慌。

"可惜了，生哥不来，少个人就没那么有意思了！"小岳嚼着口香糖，温暾地补了句。

宋茱萸抬起头来，装作随口一问的模样："他有事吗？"

"忙着呢。"小岳不紧不慢道，"仇天，你有听生哥提过吗？"

"有点耳熟，徐生好像就在他网吧做事吧？"宋茱萸想了想。

小岳接着说:"对啊,这不快开学了嘛,网吧生意不好做。仇天又在附近盘了家KTV,叫生哥过去帮忙盯着电路改装。"

董大臀也跟着唏嘘:"生哥能来的话,肯定好玩。"

宋荣荑抿抿唇,没接话。

野格一局游戏结束,调回了微信界面,迅速发了条消息过去。

野格:人我可带过去了啊。

野格:真不来?

差不多快到艺术中心了,他才收到对方的回复。

徐生回了简短两个字:不来。

距离艺术中心还剩几千米路,交通已经开始堵塞,网约车和出租车在狭窄的街道龟速前进。

董大臀比较熟悉附近的路况,直接把车停到一条小巷里,几人步行至园区检票口。

身边时不时路过粉丝群,他们化着高饱和又亮眼的妆容,手上捧满了各类应援物。

宋荣荑压了压帽檐,跟着小岳他们去检票口,她的票在野格那里。

检票员脸上贴着夸张的应援贴纸,非常热情,送了宋荣荑不少应援物。

几人绕着园区逛了大半圈,才远远看到高耸的舞台。

宋荣荑一路过来,发现不少人都拿着粉色小旗子,似乎是某个乐队的粉丝群。

她瞥了眼自己手里的蓝紫色小旗,看到上面印着醒目的Logo,"Blue Monday"。

几乎没什么人给这个乐队应援,看样子应该比较冷门。她严重怀疑刚才的检票员是这个乐队的忠实粉丝,多少掺了点私人感情在里面,才一股脑送了那么多应援物给她。

两边舞台离得不算远。

左边的舞台上是当下大热女团的Rapper在表演,台下男粉活跃又疯狂。

董大臀和小岳往那边跑去,这里只剩宋荣荑跟野格两个人了。

其实他们之前的关系还挺和谐,但最近宋荣荑总刻意避开他,气氛自然而然就尴尬起来。

"你想去哪边?"野格问她。

对面舞台上的男艺人唱了首慢歌,嗓音醇厚抒情,宋荣荑勉勉强强还能欣赏,所以指了指与小岳他们相反的方向。

暮色降临,舞台上的灯光投射出绚烂的光束,升降台上的火焰特效又给这个夏天增添了几分热度。

宋茱萸并未挤进粉丝扎堆的舞台边,而是隔得远远地望着大屏幕,听着全场大合唱,轻轻跟着打节拍。

后面几乎都是清一色的 Hip-Hop 歌曲了,歌手们很会带动气氛,宋茱萸安静地站在原地,跟周围的人完全不是同个画风。野格也无奈,两人各怀心思,台上唱的什么,压根儿听不进去。

"要不要去喝点东西?"隔了半个小时,野格终于绷不住了,打算换个话题缓和一下气氛。

LED 屏的光闪得宋茱萸睁不开眼,她微微眯着眼睛,用手里的海报扇扇风,还是同意了这个提议。

酒水销售台是临时搭建的,旁边立着不少赞助商的广告牌。
吧台前面排了很长的队伍,野格问:"宋老师,想喝什么?"
"我去买吧。"宋茱萸见他拄着拐杖不太方便。
"没事。"野格摆摆手,"排队这种事怎么好意思让女生亲自来?"
宋茱萸知道磨不过他,扫了眼广告牌:"柳橙汁吧。"
"行,估计还要排会儿队。前面人挤人的,你就在这里等我。"
人流泛出源源不断的热气,香水味、汗味夹杂,闷得人心堵。
宋茱萸擦了擦额前的汗:"好。"
宋茱萸默默退到后面的树下等着。她单手捧着应援物,垂下头开始回微信。

突然,她被人狠狠撞了下,酒水瞬间浸湿她的衣服。
她一抬头,发现三四个年纪不大的男生挡在了面前。
为首的男生模样不错,长着一双滥情的桃花眼,眼神和语气都很轻佻:"对不起,小姐姐。"
宋茱萸呼吸减弱,扫了几人一眼。
她只穿了件浅灰色的背心,下面搭着黑色修身短裤,鸭舌帽挡住了大半张脸。

"注意看路行吗?"宋茱萸抬手擦了擦衣服上的酒渍。
桃花眼笑了笑:"啊,实在是对不起。要不这样,咱们加个微信,衣服干洗费用算我的,或者我赔你一件?"

宋荣荑感觉手掌黏糊糊的,有些不耐烦了:"不用了,你们走吧。"

余下几个男生开始帮腔:"加个微信又没什么,就当交个朋友,我们请你喝酒啊!"

"不用了。"宋荣荑往后退了两步。

几人将她围住纠缠不放,宋荣荑突然反应过来,那杯酒多半也是这几个小混混故意往她身上洒的。

宋荣荑有些生气:"说了不用,我朋友在等我。"

她转身打算去前面找野格,又被那桃花眼直接拦住:"小姐姐,别这么凶嘛……"

话还未说完,那只咸猪手就被人狠狠拍开,取而代之的是白皙纤细的手指,指甲盖上画着青蓝色调的水墨画。

"人家不乐意加联系方式,你还在这儿磨叽什么,不嫌丢人吗?"

低分贝烟嗓太过抓人,宋荣荑感激地看向面前的女人。

她一身米白色包臀连衣裙,腰肢纤细,肤色比衣裙还要透白几分。

女人扶了扶墨镜,饱满的红唇微张:"有帕金森就在家躺着吧,连杯酒都端不稳,还跑出来做什么?"

几个男生做的事大家心知肚明,冷不丁被她摆在明面上骂,一个个瞬间面红耳赤,觉得面子有些挂不住。

"关你什么事啊?姐姐。"桃花眼语气不善。

女人一巴掌挥了过去,声音响亮:"不想被告性骚扰,就麻溜地给我滚!"

宋荣荑被她的动作吓得不轻,赶紧挡在跟前,怕将事情闹大,待会儿不好收场。

桃花眼用舌尖顶了下腮帮子,笑得流里流气:"臭娘们儿真动手是吧?"

他冲身边几人使了个眼色,作势要将宋荣荑她们围起来。

"不道歉,今天你俩都别走。"寸头男补了句。

宋荣荑无措地看向这几人,想着识时务者为俊杰,要不就道个歉了事吧?毕竟真要动起手来,她们两个女孩子也不是他们的对手。

桃花眼带着兄弟们步步紧逼。就在宋荣荑的道歉即将脱口而出时,小岳和野格几人疾步赶了过来,为首的是一身黑的徐生。他颈上是冷金属项链,没有多余的表情,更显眉眼冷峻。

宋荣荑眸光闪了闪,像抓住了救命稻草般。

徐生直接走到桃花眼他们身后，捏着寸头男的肩，轻轻松松地将人一把扯开，闲散地站到宋茱萸身边。

他的个子比其他人高很多，胳膊的肌肉线条特别明显，身材劲瘦，高高大大的身影极具安全感，表情冷冷的，更像惹事的刺头儿。

"你是谁啊？"对面有人问。

徐生单手揣兜里，不屑地笑了声："我还没问你是谁呢。"

小岳赶紧将他们隔开："欺负妹子算什么啊？"

桃花眼瞪徐生一眼："兄弟，劝你别管闲事。"

徐生嘴角又扯起一抹嘲弄的笑，将左手从兜里拿出来，自然地搭在宋茱萸瘦削的肩上，将人往怀里轻轻一搂："我倒是想问问，你非得要我女朋友的微信，又算是个什么事？"

女朋友？

宋茱萸的思绪瞬间乱成一团。

"你有事没？"徐生看着她，粗粝干燥的手指轻拍她的肩，好似安抚。

宋茱萸在他怀里仰起头来，心脏在胸腔里一阵狂跳，慌乱得就快露出马脚。她企图用屏息来掩饰这种慌乱，却发现怎么都没办法忽视他灼热体温的存在。

"没事。"宋茱萸低声回了句，只觉得领口黏腻得难受。

"一个人跑这么远做什么？"徐生又补了句，语气温柔宠溺。

醒醒！他只是在演戏。宋茱萸企图叫醒自己。

桃花眼见徐生的动作自然又亲近，暗自琢磨着这俩说不准真是一对。

"不打算道个歉？"徐生沉沉地看向他。

桃花眼压根儿不为所动，甚至比了个友好手势。

野格他们压根儿按捺不住，徐生也直接几步上前，对着桃花眼的肩推搡过去。

战火一触即发。两边正僵持不下，几位穿搭风格相似的高个男生也从人群中绕了过来。他们宽大的纯黑T恤上印着蓝紫色的Logo，连发型都打理得精致无瑕，戴着统一的黑口罩，化着精致的眼妆。

为首的男生看着年纪偏小，几乎没正眼瞧在场的其他人，径直朝着宋茱萸身旁的女人走去。

"榴姐，怎么回事？"

被唤作榴姐的女人摘下墨镜，踩着十二厘米的Jimmy Choo（周仰杰）经典闪粉细高跟，摇曳着身姿往前走了两步："你们怎么过来了？"

"Arthur（亚瑟）说你电话打不通，我和小迪他们检查设备，没想到在这儿碰到了你。"

女人揉了揉弧度完美的发尾，微微挑眉，平静地转身，觑着桃花眼那一行找碴的人："你刚刚说什么？道歉？"

七八个男生迅速将桃花眼他们围住，主次地位一眼就能辨个高低。

真要打起来，桃花眼他们也吃人数上的亏。寸头男最先反应过来，拱手道："开个玩笑嘛，美女姐姐，别动气。"

其余两人也笑着打圆场："对啊，见两位姐姐长得漂亮，就想交个朋友，是我们冒昧了。"

宋茱萸也没料到对方欺软怕硬到这种程度，见风使舵的技术简直炉火纯青。

"把我朋友衣服弄湿，也只是交个朋友？"女人的语气满是嘲讽。

徐生这才察觉到宋茱萸的衣服湿了一片，极其不耐烦地扫了寸头男他们一眼，目光凶狠得宛若一只狠厉的狼。

同伴赶紧用手肘撞了下桃花眼："赶紧给这位姐姐道个歉。"

桃花眼虽然也很不爽，但明白眼下并不是强出头的时候，所以非常敷衍地说了句"对不起"。

几人道歉后，互相使了个眼色，打算溜之大吉。

见宋茱萸他们没拦着，几人如过街老鼠一样飞速窜进人群，再也寻不见人影。

"走吧，楹姐，后台等你。"几个男生提了提脸上的口罩，冲着女人扬了扬下巴，示意她得闲赶紧跟去。

"好，你们先去。"她说。

宋茱萸走到女人面前："今天真的太谢谢你了。"

女人展颜一笑："小事而已。"

她看着宋茱萸握在手里的应援旗帜，漂亮的五官多了一些俏皮："喜欢 Bule Monday 啊？眼光不错。"

宋茱萸看了眼手里的东西，不免有些尴尬和局促。她压根儿不认识这个乐队，正打算解释时，又听见对方轻声说："有缘相识，我叫祝楹。"

宋茱萸也回之一笑："你好，我叫宋茱萸。"

"我待会儿还有事，就先走了。"祝楹见眼前这姑娘实在可爱，临走前忍不住逗她，"还有一件事，你男朋友也很酷哦。"

两边舞台都处于候场阶段，祝楹的声音不小，周围的人都听见了。

望着祝楹与朋友离开的身影，宋茱萸完全不敢抬头看徐生。

不是男朋友啊，祝楹搞错了。

野格瞥了眼尴尬的两人，嘴角噙着一抹笑意，退到一旁打量着他们。

董大臀目送美女远去："哇，这姐姐身材好正啊！"

小岳也点头："确实太有气质了，不仅是身材，还有那张脸，你要说她是明星我都相信！"

董大臀回过神来："你刚听见那小子说的没有？他们是过来检查设备的，说不准这美女姐姐就是音乐节的表演嘉宾呢！"

宋茱萸听着两人的对话，有点想加入这个话题，只怪祝楹实在太飒太美了。奈何徐生就在她身旁，两人还尴尬着呢。

徐生压根儿没注意他们这边，也没有所谓的尴尬，独自在后面打了通电话。

舞台的射灯全场循转，主持人又开始推进流程，为下一个登场的嘉宾做介绍。

宋茱萸微微转身，撞见徐生将手机放进裤兜里。气氛灯投在他的脸庞上，瞧着竟然有些温柔。

他慢慢靠近，目光落在宋茱萸身上，温热地吐字："跟我来。"

徐生直接将宋茱萸带去一个临时棚。

蒋菡戴着工作牌，手里提着个纸袋，在人群中来来回回观望。见到徐生和宋茱萸过来，她连蹦带跳地挥挥手。

"宋姐姐。"蒋菡将纸袋塞到宋茱萸手里。

宋茱萸看见棚上贴着"工作人员休息室"的标志，手里被塞进东西都没反应过来。

蒋菡又瞪徐生："你慢死了，待会儿被组长发现我又会被骂！"

徐生笑了笑："哪知道休息室在这边，你电话里也没说清楚啊。"

宋茱萸突然反应过来，原来他刚刚那通电话是给蒋菡打的。

"音乐节结束再聊，我要先走了。"蒋菡似乎很着急，也没说什么，赶紧往另一头跑去。

宋茱萸掀开纸袋一角，发现里头装着件衣服。

徐生淡淡道："里面有更衣室，去把衣服换上。"

宋茱萸往棚里瞥了眼，又问："蒋菡的吗？"

徐生知道她问的是衣服："验票九点结束，这会儿出去就进不来了，蒋菌正好带有多余的。"

转念一想，他也不确定宋苿荑是否介意穿别人穿过的衣物，索性又补了句："你要不想穿她的，我带你出去买。"

宋苿荑摇摇头："不用，替我谢谢她。"她并没有那么娇气。

"那我进去了？"她指了指身后。

徐生"嗯"了一声："我在外面等你，有事给我打电话。"

宋苿荑点点头，又把手里的应援物递给他，转身钻进了休息室里面。

这会儿音乐节正进行到高潮阶段，所有工作人员忙得不可开交，休息室里根本没有其他人。绕过整齐排列的躺椅，她一眼就看到了女化妆室，赶紧掀开帘子走了进去。

纸袋里是件崭新的纯黑 T 恤，尺码偏宽松，衣摆对她来说有点长。

宋苿荑将衣服换好后，对着化妆镜把衣摆扎在腰间，不至于显得太过滑稽。

整理完毕后，她对着镜子拍了拍自己惨淡的素脸，后悔下午没有化个妆再出门，身上甚至连支口红都摸不出来。她将短发夹在耳后，把鸭舌帽扣到了头顶，拎着纸袋就往外走。

走出休息室，园区热浪翻滚，动感的音乐将全场人都带到极致的欢腾。

徐生却不知道去了哪里。

宋苿荑翻出手机，给他发了条消息：我好了。你人呢？

手机微微振动，不是徐生的回信，而是许明莉的连环轰炸。

许明莉：宝贝，跟你打听个事。

许明莉：那野格最近什么情况啊？

许明莉：他在忙什么吗？这几天都没叫我打游戏。

宋苿荑正想给她回复，一抬头，就看见野格面带笑意，单手拄着拐杖，朝着她慢慢走来，怀里还捧着一束……红玫瑰！

疯了！

宋苿荑舔了下嘴唇，把心里的想法给许明莉回复过去：疯了！！！

她将手机放回裤兜里，左右巡视几圈，打算往舞台那边跑路。

她落荒而逃，野格追过来，奈何他腿脚不利索，就显得心有无力了。

"宋老师！"他大声叫停，"你跑什么啊？照顾下伤残人士呗。"

宋苿荑愣在原地，忽然想起他腿还伤着这一茬。

野格快步走到她面前，那捧玫瑰花上闪着小灯，星星点点的光就落在

142

他眼里。

宋苿荑被迫抬头，神色非常不自然，干笑两声："好巧啊。"

野格还喘着气："不巧。"

宋苿荑心中如有一万匹羊驼奔腾，莫非这就是小岳说的需要见证的那件事？

可这红玫瑰都来了，不是表白还能是什么？

"宋老师。"野格又往她面前走了几步。

宋苿荑连连后退，裤兜里的手机很不合时宜地疯狂轰炸她。

野格打算先开口，却被宋苿荑直接制止了："等等，我有事跟你说。"

野格先是一愣，随后点点头。

"首先很高兴能在覃溪交到你这个朋友，所以你不用对那五千块耿耿于怀。这段时间我回复你的信息，也是出于朋友间的情谊，可能让你产生某种误会了。"

野格没什么表情，示意她继续往下说。

"然后呢，我今天来这个音乐节，只是想打消你心里的顾忌，也顺便找个机会跟你说清楚。钱真的不着急还，你也不用刻意优待我。

"我说的，你能明白吗？"

野格似懂非懂，装模作样地继续问道："那你愿意借钱给我，我就觉得你……"

宋苿荑连连摇头："你可能真的误会了。我借钱给你，是因为你是他的朋友。"

被夜色笼罩的大榕树后，隐匿着一个高瘦的黑影。他左手点在手机上啪嗒啪嗒响，却在听到最后一句的时候，停住了所有的小动作，浑身僵硬。

"因为你是徐生的朋友。"宋苿荑强调道。

听到这里，野格忽然笑了。宋苿荑瞪着双杏眼一脸疑惑地望着他。

"好，我知道了。"

野格的神情很难看透，宋苿荑一度怀疑自己被耍了。

她又往后退了几步，想要赶紧逃离这里："那我去那边看表演了。"

野格没阻止："行，我们待会儿来找你。"

宋苿荑赶紧背过身，絮絮叨叨念了好几遍"见鬼了"。

待宋苿荑离去，野格也绕到了大榕树后面。树干又粗又大，挡住了舞台那边投射过来的光，黑夜中只剩徐生唇边的点点火星。

徐生瞥他一眼，笑骂了他几句，声音沉沉的。

"刚刚的话听见没？"野格问道。

徐生扬起眉梢，不说话，表情却说明了一切。

野格单脚跳过去捶他："人家宋老师那话说得清清楚楚，借钱给我是因为你，因为你徐生！还不明白吗？"

舞台那边又传来阵阵欢呼的热浪，显得大榕树后面更加静谧。

徐生沉默，不肯接野格的话。

野格恨铁不成钢："没见你这么怂的！"

徐生不羞不恼，思考片刻，不紧不慢地开口："不是怂不怂的问题，我跟她就是不可能。"

"我不想只顾当下。"他又补了句。

说得明白一点，就是他与宋茱萸之间隔着隐形阶层，而且这道阶层似乎还很难跨越。

市里面来的老师与小镇里的无业青年，这画风硬凑一块儿也不和谐。他走不出小镇的同时，也不想将她长久耽搁在这里。

如果宋茱萸现在对他有点特别的感觉，那估计也是新鲜感居多。见多了城里根正苗红的好青年，突然碰到他这个拿不出手的浑蛋，难免会产生一些好奇。

换句话说，或许是乖乖女的叛逆，就想试试他这一款呢？

她只是短暂地迷了路，但他不能将她往这条不归路越带越深。

"人这一辈子就那么长，你瞻前顾后，会活得很累。"野格劝道。

徐生压根儿听不进去，清醒的同时也越来越后悔，后悔自己之前太过冲动了。

野格又用胳膊肘碰他。

徐生往旁边侧了侧身，颇为嫌弃地盯着野格手里那捧玫瑰，笑道："土死了。"

说完，他便往小道旁的垃圾桶走去，野格也小跑着跟上去。

徐生刻意离野格远远的。

野格不解："干吗啊？要不是为了你，我会买这破玫瑰？"

徐生简直不能用正眼去看："要么离我远点，要么你把花扔了。"

野格龇牙咧嘴地把花扔在路边，拍了一张照片后，几步追了过去："讲真的，谈个恋爱而已，又不是结婚，或许真的可以跟宋老师试试呢？"

徐生不听："再提这事我就翻脸了。"

快餐恋爱他才不稀罕，要真认准一个人，那一辈子都得是她。

宋苿荑转身去了舞台那边，奈何人潮汹涌，压根儿找不到小岳他们，她只好独自在园区里乱逛。

她看了眼时间，距离音乐节结束还有半个小时。按节目单的安排，现在还剩一个舞台，由压轴表演嘉宾进行收尾。

宋苿荑打算先去主广场那边。

三三两两的人群却逆着方向往回走，宋苿荑很纳闷，难不成表演提前结束了？

只见女粉丝们哭丧着脸，嚷嚷着要找主办方退票。

从她们断断续续的对话中，宋苿荑大概知道了是什么情况。似乎是压轴表演的乐队临时改了行程，放了音乐节这边的鸽子，从而引起大批粉丝的不满。

宋苿荑倒是无所谓谁来表演，依旧自顾自地往舞台方向赶去。

"小姐姐，别去了，R-2 的表演取消，压轴临时换人了。"

有粉丝热心地告诉她这个消息。

宋苿荑笑了笑："我过去找我朋友。"

临时退场的乐迷越来越多，她逆着人群走得很艰难，很快就被挤得满头大汗。

耗时十多分钟，她终于来到了主广场的舞台附近。

主持人开始在台上念串词，望着台下越来越少的观众，他的表情也很不自然："各位乐迷少安毋躁，在这里，我谨代表薄荷音乐节主办方向大家道歉。由于 R-2 乐队成员行程发生冲突，今晚的表演临时取消。"

台下喧哗声一片，嚷嚷着虚假宣传。

"那么接下来的时光终点站，将由华语新兴乐队 Blue Monday 为大家带来精彩的表演。"

宋苿荑想起她的应援品不就是这个乐队的吗？

她又回头张望几圈，还是没寻见小岳他们的身影。她隐隐有些担忧，他们不会先走了吧？

舞台灯光骤然熄灭，伴随着一阵急促的鼓点，聚光灯缓缓照亮舞台中心。LED 屏幕上投射着黑幕背景，然后出现蓝紫色的乐队 Logo，"Blue Monday"几个英文字母顷刻间绽放成深蓝色的火焰。

表演正式开始。

主唱身着深色连帽衫，帽檐将眉眼遮了一大半，背着把同色系的电吉他。他调了调麦克风的高度，偏头露出精致的下颌线。

前奏响起，主唱拨动电吉他，用独特的嗓音缓缓开唱。

不知不觉间，台下的风向渐渐发生了转变，不少人掏出手机搜索这个乐队的相关简介。

宋茱荑沉浸于音乐的世界，猛然发现台上的鼓手和贝斯手有点眼熟。

好像是刚刚来寻祝楹的那几个少年？

还真被董大臀说中了，他们就是今晚的表演艺人，只可惜祝楹并不在这个舞台上。

宋茱荑正惊讶的时候，一根塑料旗杆戳了戳她的胳膊，是 Bule Monday 的应援旗帜。

一回头，是徐生。

"你怎么找到我的？"宋茱荑又惊又喜。

现场音乐声太大，徐生压根儿听不清她在说什么。他只好往她身边靠了靠，偏着头询问一声。

宋茱荑双手撑在嘴边，踮起脚加大音量："我说，你怎么找到我的？"

徐生一愣，他也不知道啊，人挤人的广场上，偏偏一眼就注意到了她。

他看她一眼，臭屁道："因为我高。"

宋茱荑被他逗笑，觉得他真的不要脸面了。

她接过他手里的旗帜，高高地举起手臂，蓝紫色的应援旗在人群中飘动。

小旗帜没晃多久，身后一个红发女生拍拍她的肩："你是这个乐队的粉丝吗？"

宋茱荑脸不红心不跳地应了句："对啊。"刚刚才"粉"的。

红发女生很惊讶，举着手机给她看："你在哪里挖到这么冷门的乐队啊？不过水平还真的不错，我之前都没听说过他们。"

"用心就会发现。"宋茱荑宛若老粉一样"安利"，"他们很厉害的，认真在做音乐，入粉绝对不亏。"

徐生看她一本正经地回答别人，眼睛亮亮的，像只灵气的小鹿，他不知不觉跟着扯了扯嘴角。

红发女生激动地点头："他们的主唱 Arthur 真的好帅，满满的少年感！姐姐看得心花怒放了。"

宋茱荑也顺着她夸了几句。

两人又聊了两句，然后继续看表演。

就冲祝槛方才那句缘分，宋苿萸也要把这半小时的热情拉满，挥着小旗子蹦到表演结束为止。

Bule Monday 一共表演了三首歌曲，节目效果算是拉得满满的，不少跑路的观众又半路折了回来。

乐队退场时，现场甚至响起了整齐的口号。

主持人回到台上做告别仪式。

"非常感谢各位乐迷莅临本次薄荷音乐节的现场，同时也非常感谢所有工作人员。感谢大家陪伴薄荷的每一年，本次的主题是时空隧道，希望这次音乐节能成为各位的美好回忆，储存在浩瀚的宇宙时空中。

"接下来，跟大家有个小小的互动。镜头随机停拍，最后出现在 LED 屏幕中的乐迷，你们可以与朋友、爱人拥抱或是亲吻。

"薄荷与你们永远同在！"

主持人话音刚落，镜头就开始在观众群来回晃动，最后定格在不同的人身上。

第一组镜头给了一对闺蜜，两人对着镜头紧紧拥抱。

第二组镜头给了一对情侣，两人对着镜头深深拥吻。

第三组镜头晃来晃去，最后停留在宋苿萸与徐生那里。

宋苿萸想，莫不是自己方才挥旗太过惹眼？

宋苿萸抬头看到屏幕中最熟悉的脸，直接从脸颊红到了耳根。

反观徐生，他目光深深地看着她，眼神堪比汹涌的海浪，像真要将人活生生吞进去一样。

宋苿萸双手捧着发烫的脸颊。

主持人见两人情感生涩，于是带头起哄："帅哥美女，镜头给你们了！请抓紧时间，接吻还是拥抱？"

宋苿萸觉得自己热得不行，像一只快要爆炸的气球。

徐生的视线游离到她的唇边，灼热的呼吸喷薄而来，喉结也跟着滚了一下。

"那，要不抱一下？"他问。

宋苿萸脸烧得厉害，镜头还一直对着她。

她轻轻闭上眼，睫毛也跟着颤了颤，丝毫没有犹豫，张开手臂环上了少年的腰。

徐生愣了一秒才微微俯身，单手扶着她的肩，另一只手揉了揉她毛茸茸的脑袋，发丝轻软陷入他的指尖，两人贴身紧紧相拥。

身边的人开始欢呼起哄，嚷嚷着"亲一个"！

宋茱荑压根儿不敢抬起头来，只好将脸埋在徐生紧实的胸膛前，听着少年怦怦的心跳。

湿热的呼吸透过衣服传到他的皮肤，她明显感觉到徐生更加僵硬了。

一个不深不浅的拥抱，定格在镜头的最后。

宋茱荑连脖颈都红透了，像是酒精过敏一般，环抱徐生的双手扣得越发紧了。镜头似乎特别偏爱他俩，不断拉长，拥抱还在继续，犹如一对陷入热恋的情侣。

周围的人都这样评价。

蒋菡整理纪念品的动作也在这一瞬间顿住了，鼻头酸涩不已，就连心脏都一阵阵地抽疼。

她的衣服她不会认错，徐生她更不会认错。所以他并不是不想谈恋爱，只是选择对象并不是她。她的每一次主动，看起来就像是笑话。

出游那晚，徐生明明与她讲得很清楚，可她就是死心眼啊，认准一条路就想走到黑。毕竟他们相识这么多年，她始终相信他会看到她的，所以她大着胆子索要了一个拥抱。

徐生却说："你这样我会很为难。"

LED屏幕上的画面好像深深刻在了脑海里，挥之不去，原来一个拥抱那么简单啊。

她之前总猜测自己或许是特别的。

初三毕业那年，她在家里发了好大脾气，甚至用绝食来威胁父母，总算换来了他们松口，愿意借钱给徐生继续念普高，他却直接拒绝了。

徐生多高傲的一个人啊，他不想在她这儿丢面儿，所以才婉拒了那笔学费。

可是他接受了那五千块，与认识不到半年的女孩产生了金钱上的羁绊与牵扯。

原来撇清关系才是不喜欢的表现，对比过于明显了。

蒋菡自嘲地笑了笑，深呼吸几次后，搬起手头的纸箱继续往前走。

回覃溪的路上，宋茱荑无比庆幸小岳他们提前离开了。如若让熟人撞见方才他们拥抱的那一幕，她肯定会害羞得直接跑回小镇，否则哪能像现在这般坦然地与他们同处。

董大臀握着方向盘，问道："生哥今晚也不回啊？"

宋茱萸点点头："他说 KTV 的事情忙过之后再回来。"

一提到徐生，她的脸又悄悄发烫。

那个拥抱结束之后，音乐节也宣告完结，观众开始散场。来回走动的人群犹如倍速后的背景画面，只剩两人停滞在原地。

"回去吗？"徐生微微低着头。

宋茱萸压根儿不敢看他的眼睛，只好僵滞地点点头。两人也跟着人群转身，往园区外面走去。

人挤人的潮涌中迸发着夏日热情，三十九摄氏度的天气，还有滚滚无尽的汗水，比过往二十余年都更为炽热。

陡然间，宋茱萸被飞奔的人影撞得一个踉跄，下一刻又跌进了徐生的怀抱。

"撞疼没？"徐生的手搭在她肩上，携着她远离后方的人群。

她的胳膊被撞得很酸："还好。"

徐生又朝附近看了眼，收回贴在她右肩的手，缓缓滑落，垂至一旁。

干燥的体温似乎还停留在她的皮肤上，她竟生出一种眷恋不舍之意。

"人多，别走丢了。"徐生没有多看宋茱萸，拽紧了她的手腕，拉着她穿过人山人海。

他的手掌宽大而温暖，这条路拥挤且漫长，他却自始至终从未松开过她的手。

宋茱萸抬头偷偷望向他，路灯的灯光落在他的侧脸，狭长的眼尾好似镀上一层浅金色，清俊得让人挪不开视线。

如果能十指相扣就好了，她想。

"宋老师，你很热吗？"

小岳突然开口，打断了宋茱萸的回忆。

宋茱萸下意识摸摸脸颊，有些心虚："还好吧，不是……很热。"

小岳点点头："我看你脸很红。"

宋茱萸很无措，尴尬一笑："或许……是有那么一点点热吧。"

小岳和野格别开脸，默契地闭嘴偷笑，不敢发出一点声音。

回家后，宋茱萸洗漱完毕，躺在床上怎么都睡不着。大脑过于兴奋，像台坏掉的留影机，循环播放着徐生的侧脸。

她再次按开手机,发现已经是凌晨两点了。

思虑再三,宋茱萸又打开了微信,找到徐生的对话框,发了一串数字过去。

不等回复,关机,她强迫自己睡觉。

徐生此刻也还没睡,当即就点开了那条消息。

宋茱萸:2207282246。

徐生百思不得其解,这串数字的意义究竟是什么?似乎没有规律,像是某类密码。

喝多了?

他找不到其他理由。

徐生一边琢磨这串数字的含义,一边往KTV楼下那家二十四小时便利店走去。

他从冰柜里拿了罐可乐,又泡了桶泡面,往空的折叠桌椅旁一坐。

等泡面的那几分钟,徐生拨通了宋茱萸的电话,语音提示对方电话已关机。

他无奈地"啧"了一声,又给野格拨了通电话。

"阿生,大半夜打电话给我做什么?"

徐生取下泡面叉子:"她……到家了?"

野格当即就猜到了这个"她"指的是谁,无语到极致:"我说哥,你这反应也太快了些。到家都两个小时了,你现在才想起问?"

"她是清醒的?"徐生问。

野格:"回去的时候是清醒的,现在就不知道了。怎么了,出啥事了?要不要我过去看看?"

"那倒不用。"徐生吃了口泡面,将疑问抛了出去,"2207282246,你知道什么意思吗?"

野格有些蒙:"2207……什么玩意?"

徐生将叉子放回泡面桶,食指勾开易拉罐拉环,喝了一大口可乐:"微信发你了。"

"行行行,那先挂了,我研究下再回你。"

徐生将电话挂断后,兴致缺缺地吃着泡面,一罐可乐快喝完的时候,野格才回了条微信过来。

野格:什么密码之类的吧?

徐生:……用你说?

野格：谁发给你的，你问谁啊。
徐生：她。
野格阴阳怪气：她？名儿都不舍得叫，哟哟哟，还她呢。
徐生：你烦不烦人？
野格：你俩最近有弄过密码啥的吗？
徐生想了半天：没有，就前面给她换了把密码锁。
野格：？？？
野格：宋老师这么生猛啊？让你大半夜直接去她家？
徐生想捶他：密码锁只能设置六位数的密码。
野格：忘了这一茬，可惜了，实在可惜了。
两个男人捧着手机开启头脑风暴。
野格：可能她就是喝高了？
徐生：……
算了，等白天再问。
徐生转头，目光落到便利店门口的摇摇车上，车型像只巨型的粉色水母。
徐生沉默片刻，极淡地笑了笑，在心里沉沉骂了一声。
游乐园的留声机。

午夜的风吹得人更迷糊。
徐生骑着摩托车去了趟废弃游乐园，将车停好时，发现游乐园大门不知什么时候被上了锁。
他围着检票口的围墙转了圈，双腿原地蹲跳几下，一个助力攀上了围墙上的防盗钢筋条，两臂往上借力，直接翻到了墙上，接着一个转身，平稳落地，直奔时空留声机的位置。
"请选择留下记忆或者读取记忆。"
徐生按下读取记忆的绿色按钮。
"请输入我们之间的暗号。"
那串数字徐生早就熟记于心，他凭着记忆将暗号输入进去。
"暗号输入正确，欢迎共享我的秘密。"
留声机的出声孔微微震动几下，接着里面传来两声轻柔的咳嗽声。
"早已经忘了想你的滋味是什么，
因为每分每秒都被你占据在心中。
你的一举一动牵扯在我生活中的隙缝，

别对我小心翼翼,
别让我看轻你,
跟着我勇敢地走下去……"
一首简单又舒缓的情歌。

宋苿荑的音色清冷恰似珠玉,像是在独自述说心事,加上留声机的时空音效,像是夏夜里一汪甘冽的清泉。

私藏着少女心事的留声机里,那句"别对我小心翼翼"直击徐生的心脏。

有种情绪在不断蔓延、肆虐。

别对我小心翼翼,让我走进你的心。

可就在拥抱的那三十秒,他已下定决心告别她。

第六章 亲密

九月初，迎来了新学期。

宋茉荑醒来就看见了未接电话，是徐生打过来的，但她没有回拨过去。

开学第一天，按照惯例会举行开学典礼，各班班主任给学生进行开学教育。

人一旦忙起来，时间就会悄然流逝，完全不给人胡思乱想的机会，转眼就到了下午放学的时间。

宋茉荑带领学生进行大扫除，彻底整理完毕之后，才挎上包匆匆往校门外走去。

她埋头用湿纸巾擦手，再一抬头就看到徐松松背着书包站在校门口的楼梯上。

他乐呵呵地冲她挥了挥手。

"宋老师！"

宋茉荑几步走近他，把脏纸巾扔进垃圾桶："松松，你怎么还没回家？"

徐松松扯着书包带："等你呀，一起回家吃饭。"

最近这段时间徐生太忙，她早就恢复成以往的状态，在宿舍吃点速食吊着命，差不多都忘了这一茬了。

上学期间总到学生家里蹭饭，被其他家长撞见影响不太好，之前那种相处模式，似乎不能再进行下去了。

"走吧，我先送你回去。"她拍了拍徐松松的脑袋。

某些事情始终需要去面对，无论是一起吃饭，还是她展露的心意，都需要一个答案。

好在距离放学已经过去一段时间，只偶尔在主街上遇见三两个学生。他们穿过柴市街小巷，五金店就近在眼前了。

"你哥哥回覃溪了？"宋茱荑问。

徐松松点点头："我今早来上学的时候，桌上就已经摆好早餐了。"

走到店门口时，宋茱荑发现店里还站着个老伯，徐生则半蹲在地上收拾工具包。

"哥。"徐松松喊了他一声。

徐生将工具塞进包里，微微侧头看了一眼，女人白净的裙子落在他面前。他没搭话，继续收拾工具。

老伯浑身沾满泥浆，冲着两人局促地笑了笑："徐生啊，今天晚上能装好吗？不然我这觉都睡不踏实……"

"可以，就是时间会稍微晚点。"

老伯摆了摆手："能装上就行！最近镇上可不太平啊，总是丢东西哩！昨晚隔壁李老头的东西就被偷了。"

徐松松听得津津有味："李爷爷什么东西丢了？"

老伯接着说："院子里的鸡少了两只，鹅也少了几只，就连晾在阳台上的衣服都被顺走了。"

"偷衣服做什么呀？"徐松松完全不能理解。

徐生站起身来，把工具包拉链拉上，又睨了徐松松一眼："小孩儿哪来这么多问题？"

徐松松撇嘴："问问也不行？"

徐生接过他的书包，笑着胡说八道："还能做什么？把衣服撕了当绳子，捆着鸡和鹅跑呗。"

宋茱荑："……"好有道理。

徐松松恍然大悟，语气颇为认真："那我可要把后院晾的衣服收好了。"

徐生将工具包拎在胸前，也很严肃地点了点头。

老伯明显也被这番说辞给折服了，他拍了拍徐生的胳膊："能走了吗？"

"马上，您去车上等我。"

老伯又扭过头看了宋茱荑一眼，步履蹒跚地爬上了门口的三轮车。

徐生拿上卷尺绕过收银台，终于将视线放到了她身上："饭菜做好了，在厨房。"

宋茱萸抬头看他："你要出去？"

徐生只浅浅"嗯"了一声，不言其他。

宋茱萸的心思敏感细腻，立刻察觉到他态度的转变。换作之前，他肯定会解释出门的目的，而不是一个简单的语气词。

尽管胸口闷闷的，她还是补问了一句："出去做什么？"

徐生步子迈出去一半，原本打算直接走人的，听到她的话又停了下来。

"去帮杨伯装防盗网，你和徐松松先吃饭，不用等我。"

话音刚落，徐生头也不回地跨上了三轮车，轻车熟路地打火，启动车子往镇口的方向走了。

宋茱萸目送他离开后，转身进了店里，招呼徐松松去洗手准备吃饭。

厨房里摆着几盘菜，用碟子盖着保温。她走过去掀开上层的碟子，有啤酒鸭、芦笋虾仁、香菜拌牛肉，锅里的汤还冒着滚滚热气。

很丰盛，丰盛得有种最后一餐的错觉。

饭菜一如既往的美味，宋茱萸却丝毫没有胃口，只兴致缺缺地吃了几口。

晚餐结束后，徐松松翻着新书预习，宋茱萸把碗筷收进厨房洗了，把给徐生留出来的菜放进冰箱。做完这一切，她觉得自己好像该走了。

徐生晚上回来的时候已经将近十点钟。掀开卷帘门后，他看到后院的门敞开着，壁灯也还亮着。他把工具包放回柜台，垂头看了眼满身灰尘，还有漆黑粗糙的十指，索性直接去了后院。

宋茱萸拿了把蒲扇，靠在竹椅上扇着风，合着眼，一副等他回来的模样。听到徐生的脚步声后，她猛地直起身来，扶着椅背，回头看他一眼。

"忙完了吗？"她挥挥蒲扇。

徐生的眼神很飘忽，依旧只"嗯"了一声。

"要吃饭吗？给你留了菜，在冰箱保鲜室。"

徐生去另一边坐下："还不饿。"

宋茱萸见他拍了拍裤腿上的尘土，指腹和掌心又黑又脏，靠近手腕的地方添了道不浅不深的划痕。

他的头发很长了，没理，唇下多了片浅淡的乌青，眉宇间满是疲态，但那双锋利的眼依旧神采奕奕。

"那你要先去洗澡吗？"她又问。

徐生的双腿敞开,手肘撑在膝盖上,侧着头说:"不用。"

"有事?"他又问。

宋茱萸坐得规规矩矩的:"嗯,有事。

"昨晚我给你发的微信,你有看到吗?"

徐生避重就轻道:"没看懂。"

宋茱萸被他无所谓的态度弄得很无措。

她缓了缓,又问:"那你想知道是什么意思吗?"

徐生尽力保持常态,没接话。

"那是游乐园留声机里的暗号,其实那晚我录了一首歌,是准备唱给你听的。"

徐生抬了抬手:"我很少听歌。"

宋茱萸心里酸楚不已,就连四肢都僵硬了,像被人抛进了冰水里,只剩下沉重的无力感。

"我现在也可以唱给你听。"她说。

徐生不敢直视她:"不早了,我送你回去吧。"

宋茱萸的犟脾气一下就上来了,她将蒲扇重重搁在椅子后面:"我不走,先说清楚!"

徐生毫不在意:"说什么?"

她的嗓子干疼:"那我来说,你听着就好。

"徐生,我承认自己对你有意思,但如果你没这个心思的话,这份喜欢我也会大大方方地收回。你完全可以放心,我不是那种死缠烂打的人,所以我就想知道,你对我是什么意思。"

徐生没料到宋茱萸会这么直白地说出这些。毕竟留声机里那首歌表达的心意,他早已经真切地感知到了,只是她此刻的话更坚定坦诚地直戳他心窝。

"不现实。"他只回答了三个字。

宋茱萸强忍哽咽之意,既然要说,那就说清楚:"怎么就不现实?咱俩是牛郎织女吗?能让你这么纠结。"

徐生压抑着情绪:"现实就是我现在这副模样,满身尘埃,落魄邋遢,一手的老茧,看不见未来。这就是真实的我,你真的能接受吗?"

宋茱萸几近崩溃:"我能接受啊。"

徐生内心本就不坚定,于是开始发狠:"现实点吧,宋茱萸,我们走不长久的。"

"你凭什么就断定我肯定会走？现实又是什么？你告诉我啊，徐生。明明很简单的问题，何必弄得这么复杂？我又没让你承诺未来。"宋茱萸红着眼眶质问，心道：你不相信，我可以为你留下来吗？

徐生也红了眼，但还是逞强："看吧，你压根儿没考虑过以后的事，拍拍屁股就能潇洒走人。所以能别玩我了吗，姐姐？"

宋茱萸的眼泪像断线的珠子往下掉，她侧过身，死死咬着下嘴唇，最后用接近漠然的眼神望着他，笑了："好，你说的。以后我不会再来店里，我们就止步于老师与家长的关系，除此之外再没其他，更没有后悔的余地。"

宋茱萸慌乱地穿鞋，整理衣物，不再多看他一眼。

走至后院门口时，她听到徐生低声补了句，声音哑得不像话："你还是债主，钱我会尽快凑给你。"

宋茱萸顿了几秒钟，缠绕两人的最后一丝关系也在顷刻间瓦解崩盘。

她继续往前走。

真好啊，债主。

回宿舍的路上，宋茱萸抹了一路的眼泪。树上的蝉似乎为了应景，叫声也是半死不活的。她走的速度很快很快，扑面而来的风也拦不住她。她觉得自己一定是疯了，才会跟徐生说那些。

她带着情绪冲到宿舍楼下，一个没注意，被突然冒出的黑影吓了一大跳。

是个五十来岁的中年男人，枯老的双手背在身后，神态诡异地望向宿舍楼，嘴里絮絮叨叨念着些什么。

听见宋茱萸的动静，他缓缓回过头来。

宋茱萸这才看清，却又被他的模样吓得不轻。晚风吹进他深陷的眼窝，脸颊上全是沟壑般的皱纹，嘴唇张张合合，眼神非常空洞地看着她。

宋茱萸也朝那边看了眼："你……找谁啊？"

中年男人傻笑，露出缺口与牙龈，脸部肌肉往下坠："江苗……是不是住在这里？"

江苗？

宋茱萸古怪地盯着他，这人也不像是学生家长，怎么会大半夜来找江老师？

想着多一事不如少一事，宋茱萸忙摇摇头："不认识，你回去吧。"

"哦，好，谢谢。"他僵硬地道谢。

宋茱萸压根儿不敢耽搁，控制不住浑身的战栗，她搓搓手臂上的鸡皮疙瘩，赶紧跑上了宿舍楼，关门，落锁。

次日晚上，天气湿热。

宋茱荑洗漱后，打算把洗好的衣物晾在阳台上。她将盆子搁在地面，踮着脚将窗帘卷起来，往外一瞧，突然就愣住了。

楼下的路灯晦暗，还闪烁个不停。昨晚那个人又站在宿舍楼下，一袭暗紫色雨衣，脚下是同色雨靴，一动不动地立在黑夜里，视线朝着一楼的窗口，令人心生惧意。

尽管他并没有察觉到探出头的宋茱荑，宋茱荑依旧胆怯地蹲了下来，伸手去够床沿的手机，给江苗拨了个电话过去。

"小宋？这么晚了有事吗？"江苗声音低低的，估计是怕吵醒熟睡的女儿。

宋茱荑蹲靠在墙面上："江老师，宿舍楼下有个奇怪的人，一直盯着你窗口的方向。"

江苗也是一愣："你别吓我啊，大半夜的。"

"我不至于拿这事跟你开玩笑。"宋茱荑很严肃。

江苗不信邪，小心翼翼地翻下床，连拖鞋都顾不上穿，径直跑到窗户边，掀开了紧闭的窗帘。

宋茱荑听到了她起床的动静："你小心点，别被他发现了。"

江苗趴在窗口朝外面看了圈，然后大大地松了口气："小宋，你是不是看恐怖片了？这外面哪来的人影，差点没把我给吓死！"

月色透过黑云，若隐若现，宋茱荑闻言也站了起来，扣着纱窗往楼下看，路灯下的确空无一人。

"我刚刚明明看到了……"

江苗安慰她："肯定是你眼花啦，盖好被子早点睡，别胡思乱想，自己吓自己！"

夜色浓厚，只剩风吹和草动，连只路过的猫猫狗狗都没有。

地面干燥，又怎么会有人身着雨衣呢？

宋茱荑也只能作罢："那可能真的是我眼花了，你一定要把门锁好再休息。"

"嗯，锁着呢，放心！"江苗打了个哈欠，"早点休息，晚安。"

挂断电话后，宋茱荑将衣服晾在窗外。

她也没犯困啊，方才真有个人影，怎么突然又消失了？

她没敢再深究，只觉得瘆得慌，匆匆关上窗帘就躺上了床，浑然不知缩在墙角下的黑影又缓缓走了出来。

很快就迎来独属于九月的漫长雨季，淅淅沥沥下个没完没了。

今天是宋茉英与徐生断联的第五天。前些天徐松松还经常偷跑到办公室，问她为什么不一起吃饭，是不是跟他哥吵架了。宋茉英没跟小孩说实话，随便找了个理由敷衍过去。

徐松松半信半疑，隔天依旧来找她。磨了三四天，发现她态度坚决，压根儿就不为所动，他这才打消了这个念头。

放学后，瓢泼大雨如约而至。

宋茉英撑着伞往校外走，雨水逐渐浸湿她的脚背，水洼中绽放一朵朵涟漪。

"小宋！"

还没走出校门，宋茉英就碰到了江苗。她没撑伞，浑身都已湿透，眼眶红肿，分不清脸上究竟是雨还是泪。

宋茉英赶紧小跑过去，将伞举到两人头顶。

"你看见茜茜了吗？"江苗抓着她的胳膊声嘶力竭地问道。

茜茜是江苗的女儿，三四岁的年纪，特别讨人喜欢。若在宿舍楼碰上宋茉英，她总会"阿姨阿姨"叫个不停。

宋茉英拧了拧眉："我没看见过她呀，今天还没回过宿舍。究竟发生什么事了？"

江苗手都在抖："茜茜不见了！"

宋茉英瞬间情绪紧绷，轻声安抚着江苗："你先别着急，她会不会跑到什么地方去玩了？"

"咱们整栋宿舍楼，还有她爱去的活动室，我通通都找遍了……你说这么大的雨，她一个小孩子能跑去哪儿玩啊？"

宋茉英陪着江苗在学校里找了一圈，刚好了解完事情的具体经过。

按江苗的话来说，茜茜应该走丢没多久。彼时母女俩恰好吃完晚饭，江苗出门扔垃圾，让茜茜在家看电视，回家就发现孩子不见了。垃圾站距离宿舍楼不远，来回最多不过五分钟，如果茜茜真是偷跑出去，那也应该走不远。

"咱们先回宿舍楼附近再找找。"宋茉英提议。

江苗彻底没辙了，只好听从她的建议，再折回去找一遍。

两人冒着大雨往回赶，宋茱萸在教师宿舍的微信群里发了通知：江苗老师的女儿疑似走丢，麻烦各位老师帮忙看看各个角落，如找到茜茜请立即电话联系我！感谢！

住这栋楼的老师们都比较热心，在她们两人赶回去时，院里的人三三两两撑着伞，都高声呼唤着茜茜的名字。

江苗小跑过去，拉着陈咏问："怎么样，有找到茜茜吗？"

陈咏体型偏胖，出汗过多，导致整张脸都油光水亮的："真没看见啊！江老师，那小妮是不是跑出去找你了？"

"我就出去扔个垃圾，她要是出门找我，我肯定能看见……"江苗抑制不住眼泪。

陈咏安慰她："你先别着急，大伙都在帮你找呢。刘老师他们上楼顶看去了！"

见江苗连连鞠躬道谢，宋茱萸用力搀扶着她，然后又往院里扫了一圈，琢磨着茜茜还能藏在什么地方。

陈咏摆摆手："你也别客气，我去后面农田看看，咱们先找到孩子最要紧！"

江苗的衣服湿透了，宋茱萸扶着她往楼里走。临近她家门口时，楼梯间的感应灯亮了。

"江老师，你宿舍不是装了监控吗？"宋茱萸突然想起来。

之前通信公司搞优惠活动，办卡送宽带和监控，江苗家里有小孩，监控就装在宿舍里。

江苗猛地敲了敲脑袋："我这脑子！对，对对，有监控……"

宋茱萸松了口气："你赶紧先把监控调出来看看。"

江苗慌乱又无措，拿出手机查监控，双手捧着手机抖个不停，越忙越乱，急得疯狂跺脚，最后只能交给宋茱萸来翻查。宋茱萸根据江苗的描述，三两下将监控的时间调到了今天下午。视频有些模糊，角度也有限制，只拍得到宿舍门。

江苗整理好厨房的垃圾，叮嘱了茜茜几句，匆匆忙忙出了门。

前两分钟没什么异常，茜茜乖巧地坐在沙发上看电视，直到两分二十秒时，门口似乎有些小动静。茜茜往门口瞥了眼，又继续盯着电视屏幕。两分四十秒，从门外扔进来一颗玻璃珠。茜茜终于按捺不住了，蹦跳着往门口跑去，捡起那颗珠子踏出了门，后面就再也没回来过。

"看来是茜茜自己跑出去的。"宋茱萸将手机还给江苗。

江苗有些哽咽:"那玻璃珠会是谁扔进来的?"

那会儿她正在外面扔垃圾,逗茜茜出去的,肯定另有其人。

宋茉荑又找其他老师问了一圈,他们均表示那段时间不曾下过楼。她安抚江苗先坐下休会儿,又拾起手机查看监控视频,很快注意到江苗回宿舍的时间与茜茜出去的时间仅仅差了两分钟。

宋茉荑将想法说了出来:"按理说,如果这会儿茜茜已经跑出了院子,肯定会在半途中跟你碰上的。"

江苗浑身发抖:"没有,我回来的路上没碰见任何人。"

宋茉荑靠在门口,脑袋里突然出现了一个可怕的想法。但这仅仅是猜测,需要证据去证明,否则就成了阴谋论。

"江老师,你听我说,如果茜茜真被陌生人诱拐离开,那你回宿舍找她的那段时间,她人肯定还在院里,或许被人藏起来了也说不定。"

"短短两分钟,想带个小孩离开,并不是件容易的事。我猜测,很可能是你离开宿舍楼外出寻找茜茜,那个人趁机将她偷偷转移了。"

江苗压根儿想不到这么多,扯着宋茉荑的手臂痛哭流涕:"那我该怎么办?茜茜不见了,我该怎么跟她爸爸交代……"

宋茉荑拍拍她的背:"我们去镇中心再找找,实在没有消息就立刻报警!"

一行人在镇中心翻来覆去寻找丢失的小孩,动静很大,没过多久消息就传开了。街坊邻居们奔走相告,说有个老师的女儿丢了。

宋茉荑和陈咏挨家挨户地询问,闯进了人流量较少的柴市街。两人顺着街道一路问过去时,徐松松恰好从卷帘门里钻了出来。

"宋老师!我一听声音就知道肯定是你!"徐松松惊喜道。

宋茉荑累得连个笑容都挤不出来,一边询问,一边比画:"松松,你回来的时候有看见一个小妹妹吗?个子大概在你肩膀下面,穿着条蓝色公主裙,扎着两个小辫儿。"

徐松松皱着眉思考几秒,又摇了摇头:"没看见。"

宋茉荑没敢多耽搁,招呼陈咏赶紧去问下一家。两人转身之际,店里又探出个高瘦的身影来。

陈咏回头:"哎哎,小宋,这家还有大人,咱们问问再走!"

宋茉荑回过头,视线不偏不倚,恰好与徐生的撞上。

下一秒,又避开。

短短几日,他瘦了不少,头发也短了不少,五官轮廓更显锋利,一双冷厉的眼微微上挑,有种被人扰了清梦的不爽。

陈咏跑过去问:"小伙子,你有没有看见一个这么高的小女孩……"描述性的语言还未说完,徐生直接打断他的话,声音冷淡:"没见过。"

陈咏失语:"……行吧,打扰了啊。"

徐生这几天都没怎么合过眼,浑身上下又累又乏。他轻轻地往宋茱萸身上看了眼,又一脸冷淡地钻进了店门。两人的视线再未交汇。

"哥,你跟宋老师真的不打算说话了吗?"

徐松松跑到电脑旁坐下,以他目前的思维很难理解两人的状态。

徐生压根儿不想回答他的问题,颓丧地往木沙发里一躺。

"她来做什么?"他问。

徐松松摊手:"找人呀。"

"具体找谁?"

徐松松抓了抓头,磕磕巴巴的,说不清楚:"是找谁来着?好像找个穿蓝色公主裙的妹妹……"

这边正说着话,小岳从外抽开门,咋咋呼呼地冲进店里:"哎哎,听说了吗?学校有个老师的小孩丢了!"

小岳拉出电脑椅坐下:"现在镇上的人都在传小孩被人拐走了,还有人说是掉进河里让水给冲走了呢。"

徐生微微拧起眉头。

徐松松特别好奇:"那个小妹妹真被淹死了?"

小岳弯腰开电脑:"说不准啊,听说在河边找到了一只童鞋。

"宋老师跟着他们跑遍了整个镇子,忙得上气不接下气,小脸也惨白惨白的,估计连晚饭都没顾上吃吧……再寻不到人,他们就要去附近的村子找人了。"

小岳这话看似自言自语,实则是故意讲给某人听的。

"那我们也出去帮宋老师找吧。"徐松松最听不得人受伤、离世的事。

徐生忽然坐直了身子:"你添什么乱?"

小岳也说:"就是就是,你出去就不怕被坏人拐了?"

徐松松坐在原地,不敢轻举妄动了:"那你们去帮忙呀!"

小岳瞥见徐生捏着后颈,故意装作不在乎的模样,说道:"跟咱们可没关系,你说是吧,生哥?"

徐生极淡地笑了声，自顾自地上楼去了。

教师宿舍楼出来有座小桥，桥下是环绕全镇的河流。昨晚开始大面积降雨，河里的水位迅速高涨，漫盖了沿岸的水草。

此时小桥边被人围得水泄不通。

宋茱萸赶过去时，大雨还在继续下。

江苗跪在岸边哭得险些背过气，要不是有其他老师拦着，她估计也要跟着跳河了。

宋茱萸扒开看热闹的人群，走到江苗身边半蹲下。

江苗侧头看向她，早已心如死灰："小宋，茜茜……茜茜没了，我应该好好守着她的。"

宋茱萸替江苗抹去眼泪，看了眼她手中的白色凉鞋，猜测这应该是茜茜的。

"江老师，你冷静点，听我说好吗？"宋茱萸拍着她的后背顺气，"茜茜不一定掉河里了。"

江苗缓缓抬起头，眼神中重新燃起希望："你说真的？"

围观的村民们忍不住泼冷水，简直就是在往江苗心口戳。

"鞋都在河边，人肯定没了啊。"

"这水这么深，掉进去就没命。"

"造孽哦，人不晓得被冲到什么地方了哩！"

江苗又捂着胸口掉眼泪，宋茱萸从她手中接过凉鞋，恶狠狠地剜了周围的人一眼。

她的杏眼微微泛红，像极了一只失控的小兽，嘶吼道："闭嘴！"

陈咏他们也被这姑娘的气势吓到了。

"看热闹不嫌事儿大对吧？事情没发生在你家小孩身上，就非得往别人身上戳刀子？"

周围的人全都噤声。

宋茱萸只招呼了这句，赶紧回过头来，拿着那只鞋调整位置，先是鞋尖对准河流。

"你刚刚过来的时候，鞋子是这样摆的吗？"

江苗摇了摇头。

再是鞋尖对准其他地方，甚至鞋底朝天。

"是这样的？"

江苗点点头,稍稍改动了下鞋的方向:"大概是这样。"

宋茱萸抿了抿唇:"那就对了。如果茜茜真掉进了河里,鞋一定会朝着坠落的方向,但如果像是这样凌乱地摆放,极有可能是她在反抗过程中掉落的。"

她紧接着又补充一句:"当然,我也不能保证鞋的位置之前有没有被其他人动过。"

陈咏插了句:"对,先不着急下定论,等把人找到再说。"

宋茱萸抬头看他,恳请道:"陈老师,麻烦你先报下警。"

陈咏跑到后面安静的地方打电话。

宋茱萸将江苗扶了起来,对着其他老师勉力一笑:"各位老师们,在警方来之前,我们也不能松懈,还请各位继续搜寻茜茜的下落。早点找到孩子,让她少几分危险。"

周围的村民们纷纷让路,老师们撑着伞继续寻找茜茜的下落。

宋茱萸方才发火事出有因,但也明白眼下正是急需人力之际。最了解覃溪地理位置的,莫过于广大村民。

如有人愿意出一些力,这件事可能会简单很多。

"各位乡亲们,方才多有得罪。古有圣人言,'不独亲其亲',你们的孩子交到我们手里,作为老师,我们对他们关爱有加。现在江老师的女儿下落不明,如有重要线索,还请大家及时告知!"

说完,宋茱萸对着村民们深深鞠了一躬。

村民们也没多说什么,有些热心的人加入了搜寻的行列,更多的人则是看够了热闹选择回家。

宋茱萸将江苗交给陈咏:"我再去附近找找。"

雷声与雨声连成一片,闪电将黑夜劈出一道口子,乌云密集,暴雨如瀑。

风吹得树枝张牙舞爪,伞也阻挡不住无止境的雨水。宋茱萸浑身都被浇透,衣物贴着肌肤黏腻难受。

她举着开着手电筒的手机,在附近村落里挨家挨户地问,惊起连绵不绝的犬吠,又胆战心惊地退回围墙后面。

原以为这年头丢小孩的事不再常见,谁知她会在这个偏远小镇亲自当了一回见证人。

宋茱萸独自一人,并不敢走多远。隔着无尽的田野,隐隐约约能瞧见同事的电筒光,像是黑夜里的眼睛,让她多了几分安全感。

她双手紧握伞柄，绕过路旁的竹林。霎时，一道闪电劈了过来，带来一束刺眼的光。

宋茱荑吓得赶紧捂眼，等她将手从脸上挪下去时，发现十米外有处老房子，年久失修，摇摇欲坠。

她慢慢靠近，往泥泞的小院看了眼，注意到长条凳上搭着件皱巴巴的雨衣。

她举着手机往里探了探，手上动作猛地一颤——是一件紫色雨衣。

闪烁的路灯和紫色的雨衣……

宋茱荑突然想明白了某些事情。

她赶紧打开手机，给陈咏他们拨去电话。

"嘟——"

听筒里只响了两声，拨号却突然结束。宋茱荑看了一眼，手机显示信号弱，根本无法再呼叫。

她继续拨电话，匆忙转身，打算先与他们会合再商议对策。

一回头，闪电再次划过夜空。

那张布满沟壑的脸再次出现在她眼前，深陷的眼窝看上去很空洞。

他竟没有发出一点声音！

宋茱荑吓得连连后退。

那人步步紧逼，嘴角的肌肉深深下陷，浮出一个阴冷无比的笑。

宋茱荑后背隐隐发凉，浑身冒出鸡皮疙瘩，发了疯似的往回跑。

谁知那人动作很迅速，轻飘飘宛若鬼一样，猛地一个扑身，将宋茱荑强行压倒在地。

手机和雨伞都掉在了地上。

宋茱荑翻身滚到一旁的草地，那人又狠狠扑了过去。两人的体型和力量都相差甚远。

他擒住宋茱荑的后颈，将她的脑袋重重撞至地面。暴雨和泥泞糊了她整张脸，皮肤擦碰在碎石上又是一阵刺痛。

他又笑了几声，不断重复动作。

宋茱荑不再扑腾，直到慢慢失去意识，整个人彻底昏死过去。

徐牛从楼上走下来时，小岳正吃着葡萄皮。

"干什么去啊，这么大雨？"小岳盯着屏幕问。

徐牛换上鞋，将手机放进裤兜里，掀开卷帘门，沉沉开口："买糖。"

小岳丝毫不给他留面子："超市关门了，这会儿你去哪里买糖？"

暴雨顺着屋檐飞溅到徐生的衣裤上，他并不搭理小岳的取笑，甩了甩手中的雨伞："看着点徐松松。"

小岳将葡萄果肉咽下，回过头望着他："真要去啊？要不我跟你一块儿？"

"不用，我去看两眼就回来。"不等小岳回答，徐生转身出了门。

他将卷帘门重重合上，撑开伞，毫不犹豫地走进了大雨里。

路上，徐生给宋茱萸拨了几通电话，系统的机械女声提示："您拨打的电话暂时无法接通。"

他总觉得有些不安，加快步伐朝教师宿舍楼走去。

刚走到小桥边，徐生碰见折返回来的陈咏和老李，两人着急忙慌地往宿舍楼走。

徐生拦下他们："请问宋茱萸老师在哪里？"

陈咏与老李面面相觑："哎，你看见小宋没？"

老李摊手："没注意啊，是不是陪着江苗呢？"

两人领着徐生去了宿舍楼。一楼宿舍只剩江苗一人，完全没看见宋茱萸的影子。

徐生巡视一圈，目光阴晴不定，冷淡的眉眼间刻满不爽："人呢？"

陈咏有些慌了，赶紧给宋茱萸打电话，也听到了一样的语音提示："关机了？！"

老李提醒："你赶紧问吴老师，看小宋会不会与她在一块？"

陈咏刚刚点亮屏幕，吴老师他们也绕回院子，吐槽着警察怎么还没到。

老李赶紧跑到楼道口问："看见小宋没？"

三人均摇摇头，不知道发生了什么。

吴老师疑惑："她不是跟你们一块儿吗？"

老李擦了擦脸上的水："哪能啊？我跟陈主任一块儿呢。"

见几人忙着推卸责任，压根儿没人顾及宋茱萸这个大活人，徐生脸色很难看，薄唇抿成一条线，怒极反笑："你们可真行，大半夜的，让她一个小姑娘单独去找人？"

徐生又拨了通电话过去，这时她的手机已经关机了。雨水顺着小腿一路向下，他却丝毫没有感觉。

陈咏干笑着："雷雨天气，信号不好，电话打不通也正常。"

听到这话，徐生微微抬起头怒视几人，连着下颌线线条也越发紧绷。

他讽刺一笑，声音更哑了："正常？"

这哪里正常？他现在看着满屋子的人都不正常。

江苗情绪稍稍缓过来了些，赶紧催促陈咏："陈老师，麻烦你们再去找找小宋。她一个小姑娘跑远了，说不准会有危险啊。"

徐生心中有气，也没敢多耽搁，提着伞就冲出了门。

陈咏也跟了出去："小伙子，你去哪儿？"

徐生头也不回："找人啊！"

陈咏和老李也放心不下，叮嘱江苗留在宿舍等警察过来后，连忙把裤腿挽起来，都跟着徐生跑了出去。

乌黑的云层来回翻卷，狂风携着暴雨砸在地面，水泥马路上全是泥浆和枯枝。

徐生看了看电话记录。第一通电话在十多分钟前，提示暂时无法接通，多半是信号原因，现在却显示已关机。可能出现两种情况，要不就是她手机没电自动关机，要不就是更坏一点……关机是故意而为。

徐生的步子越来越快，将注意力转到茫茫黑夜中。他几乎不敢继续往下想，极度担心宋苿荑会出什么意外。

陈咏和老李两人几乎是一路小跑才勉强跟上他的节奏，累得上气不接下气。

"哎，小伙子，你等等我们啊！"

徐生压抑着心里的怒火，后颈连着肩膀都因紧张变得僵硬。

老李又喊："嘿，我说这人，倔得跟什么似的！你跑那么快有用吗？你知道小宋方才走的哪个方向吗？"

老李的声音中气十足，一字不落地落进徐生耳里。他呼吸逐渐加深，最终停下了步伐。

徐生回头问："她走的哪边？"

老李丝毫没意识到事情的严重性，故意卖关子："这我哪儿知道？"

徐生心底那团火彻底被他的话点燃了，顺着导火索不断燃烧，最后直接抵达爆炸点。

徐生快步冲了过去，揪着老李的衣领将人往跟前一提，紧握的拳头抵着他的下巴，愤恨地问："你觉得我在跟你开玩笑？"

陈咏赶紧将人拦着，企图安抚暴躁的徐生："别内讧别内讧，两个姑娘都等着咱们呢，吵架耽搁时间。"

见徐生不为所动，陈咏又朝着右边岔路指了指："那边，小宋往那边去的!"

徐生浑身都湿了个透,没什么表情地收回了手,侧脸看向陈咏指的方向,迅速走了过去。

老李盯着徐生的背影正欲开骂,又被陈咏捂嘴给拦了下来。

"少说几句。"

"不是,这小子挺冲啊,我欠他钱了吗?"

"嘘嘘!别嚷嚷了,赶紧把小宋找到,不然那拳头真要落在咱们脸上了。"

"我是她保姆吗?非得盯着看着……"

陈咏拖着不情不愿的老李继续往前走。

两人也很纳闷,怎么一转眼的工夫,宋茱萸就消失不见了?明明刚才隔着这片油菜田还能瞧见她手机的灯光就在对面来回扫射呢。

宋茱萸是被潮湿冰冷的地面冻醒的。

额头上的血水往下流,遮住了她一半眼皮,凝在睫毛上有些影响视线。此刻也顾不得疼痛,她偏着脑袋去蹭衣袖,快速擦掉眼皮上的血渍。

再睁眼时,她打开手机电筒才看清身处的环境。

黄泥土的地面凹凸不平,四周也是同样的泥壁,还不停渗出冰凉的液体。温度极低的同时,还让人难以呼吸。

她抬头朝上看,是深色的塑料薄膜封顶。洞口距离地面约三四米,封口被重物压得实实的。

腐烂的菜叶味不断传入鼻腔,宋茱萸突然明白过来,自己被关在了地窖里!

身后传来窸窸窣窣的动静,似乎有什么东西碰到了她的后腰,宋茱萸赶紧别过头去。

是茜茜的脚趾触到了她。

小孩被丢在了她身后的角落里,除了小脸脏兮兮的,好在身上没有其他伤口。

"茜茜。"宋茱萸往身后挪了挪。

她不敢弄出太大的动静,担心将那个奇怪的人再引过来。

"茜茜。"宋茱萸伸手去蹭。

茜茜睡得很迷糊,偶尔蹬一蹬小腿。宋茱萸连续叫了她好几声,她都没有醒来的迹象。

尽管在秋老虎猖狂的九月天，但地窖的地面和墙壁都是冰的，气温低得两人的寒毛都立起来了。

宋茱萸用脸贴了贴茜茜的额头，滚烫，发烧了。

她艰难地直起身抬头望去，胯骨和侧腰都隐隐作痛，思考着怎么出去的问题。

那人只绑了她的双腿，猜准了这种高度且四周光滑平整的地窖，她在负伤的情况下，几乎不可能爬得上去。

可惜她连对方绑走她们的意图都不清楚，又拿什么去当谈判的资本？

难道就只能等死吗？

徐生顺着路旁的竹林一路往下，再往前就到青羊村了。

这个村落被县里设为重点关注的脱贫村，住在这儿的人多数都是穷了几代的贫困户，流氓、赌鬼、懒人遍地都是。

徐生心里涌出不切实际的想法，整颗心都备受煎熬，生出一种令人窒息的焦虑。

他暗自祈祷着：她可千万别来这边。

徐生打开手电筒，开始挨家挨户地敲门。陈咏和老李也跟着他的节奏，去找隔壁的几家人询问情况

"张奶奶，有没有瞧见个小姑娘？"

"王赖子，有没有看到个姑娘？"

"刘伯伯，看见过这么高的姑娘没？"

……

不出所料，所有人都表示没见过宋茱萸。

这个村的住户不到二十户，其余都是空置许久的旧房子，他们很快就向每家每户打听了个遍。

陈咏疑惑："你说她是不是先回去了？"

老李又拨了电话，依旧处于关机状态。

雷雨交加的午夜让人不寒而栗。

老李叹了口气："再找找吧，一个大活人总不能叫人绑了去吧？说不准摔到某个沟里了。"

折返的途中，陈咏特地注意附近的滑坡和沟壑，甚至连竹棚也没放过，冲着里头叫宋茱萸的名字。

经过一栋烂房子时，徐生稍稍往里瞥了一眼。

老李解释："这里荒了十几年，压根儿没人住。"

徐生自然知道这里的情况，奈何老李一副说教的模样，莫名又激起了他的逆反心理。

徐生不顾两人阻止，直接绕过围墙，走至废旧小院的栅栏旁。

院里杂草重重叠叠，堆着不少碎瓦片，屋檐下随意扔着张长条凳。

将小院环视一周，并未发现什么异常。

下一秒，徐生注意到了那件雨衣。

陈咏扒在围墙边，明显也发现了不对劲："那儿有件雨衣？"

老李也凑近："这院子是谁的来着？"

陈咏和徐生异口同声地说："罗瞎子的。"

罗瞎子今年五十来岁，覃溪镇的人几乎都知道他。家里常年贫困，早些年妻子抛夫弃子跟人私奔，只留下他跟三四岁的女儿相依为命。后来他女儿生了几场重病，久病难治，小小年纪就夭折了。

"罗瞎子不是消失好些年了吗？听说是去深圳赚大钱了。"

"那这雨衣又是谁的？"

徐生听着两人窃窃私语，直接绕过围墙进了院子。

"有人吗？"他的声音却被雷声掩盖。

陈咏他们也跟着走了过去，又冲着楼上喊了几声，还是没人回答。

徐生走至门口，准备推门而入，老旧的木门却突然被人打开。

又一道闪电划过，门口出现罗瞎子那张苍老的脸。

徐生一愣："请问有没有看到个姑娘？"

罗瞎子唇边的皱纹扯了扯，左眼眼神空透，偏着头打量几人一眼："谁家年轻姑娘大晚上跑这儿来？"

"你们找错地方了。"说罢，罗瞎子就要关门。

陈咏劝徐生："这人神神道道的，别跟他浪费时间了，咱们再去前面找找。"

徐生转过身走下台阶。

年轻姑娘？他刚刚可没这样形容。他问的是小姑娘，罗瞎子怎么会想到年轻姑娘呢？

徐生立马又跑回去，急匆匆地推门砸门。

"哎哎哎！"陈咏喊他。

门被砸得哐哐响，罗瞎子打开一道门缝，透过缝隙往外瞟他："你……做什么？"

徐生用力抵着门:"我进去看看。"

老房子年久失修,木门脆得不行,经不住徐生的推搡。

陈咏和老李压根儿拦不住他,这个年龄段的小伙子浑身蛮力,他用肩膀撞了几下后,木门就被撞开了,吱吱呀呀的。

徐生宛若着了魔一般,在罗瞎子屋里反复搜寻,任何角落都不曾放过。

"你们做什么啊?"罗瞎子气得拍大腿,"我这房子都快被你们拆咯!"

徐生直接将人按在门框上:"人呢?"

宋茱萸隐约能听见屋里的动静,声音细微模糊,她仔细辨别着,好像不止一个人?

罗瞎子拧着徐生的胳膊反抗,将人往外推。

奈何徐生安稳地站在原地纹丝不动:"我问你,人呢?"

老李去拉徐生:"有话好好说,别着急动手。"

也不知道他突然发哪门子的疯,非得将罗瞎子的家给抄了,难不成宋茱萸真在这里?

宋茱萸竖着耳朵听,发觉外面有人在争吵。她冲着上面大声呐喊,但对方似乎注意不到她。

地窖里氧气稀缺,空间密闭,她的声音也变得沙哑低沉,呼救的声音根本传不出去。何况她不清楚地窖的具体位置,万一跟外面的人离得很远又该如何?

动静越来越小了,该怎么办?

宋茱萸在椭圆的地窖中满地爬,寻找能用的工具,除去一堆腐烂的土豆,压根儿找不到任何东西来。

她忽然灵机一动,拾起土豆往地窖封顶狠狠砸去。薄膜微微动了动,没其他实质性效果。

屋里,徐生真与罗瞎子动了手,两人很快扭打在一块儿,看得陈咏二人心惊肉跳。

徐生还在不断逼问罗瞎子,刚刚注意到他手背的擦伤,这才越发起了疑心。

像冥冥之中存在某种感应,指引着徐生来到这里。

雨势逐渐变小，不远处响起尖锐的警笛声，黑夜中闪烁着耀眼的蓝红色灯光。

陈咏和老李使了好大的劲才将两人分开。

"赶紧住手，警察已经过来了。别待会儿人没找到，反而把自己搭进去了。"

黑夜似乎要将徐生拉进无底深潭，他胳膊上冒出一根根青筋，一道响雷代替了他的怒吼。

徐生被陈咏拖着往外走。

心沉下来那一刻，就连风声也止住了。宋荣荑究竟会在哪儿？

"突突——突——"

徐生扭过头问陈咏："你有没有听见什么？"

陈咏停下："没有啊，只能听见罗瞎子在哀号。"

徐生的眼神闪了闪："不对，你仔细听。"

陈咏恨不得揪着耳朵："真没声音啊。"

徐生满院子胡乱翻找，分明就有其他声音，他不可能听错的。

"突——"

奈何院里除了杂草，压根儿没有其他东西，究竟什么地方在发出声响？

警车停在罗瞎子的院门口时，徐生转身看过去，忽然感觉到脚底地面那块微微下陷，而且这处的杂草沾了不少泥土。

"在这儿！"他吼了声。

将堆积在预制板上的泥泞全部推开后，地窖的盖板浮现在众人面前。

陈咏协助警察将盖子打开，里头遮着一层保温膜，阻断了盖面的通风口。

宋荣荑不知外面的情况，打开地窖的人是敌是友她更不清楚，更多的是"赌"的成分。

深色保温膜被掀开时，她捏了捏指尖，仰头往上看。

霎时间，风声、雨声、警笛声，一股脑儿传到四米深的地底。宋荣荑心跳停滞了片刻，然后大口大口呼吸起来。

"地窖里面有人！"警察对着同事喊。

余下两名警察迅速冲进屋里，立刻将罗瞎子控制住。

徐生凑近窖口，一眼便瞧见瑟缩的宋荣荑。他丝毫没有犹豫，撑在壁口直接跳了进去。

"哎哎！"陈咏拉都拉不住他。

徐生沉沉落地。

宋茱萸微微愣了片刻，是大脑缺氧出现的幻觉吗？徐生的脸看着太不真切。

她眨了眨眼，开始不住地发抖，眼泪给瞳孔遮上层朦胧的雾气，紧接着就如决堤的洪水奔涌而出，情绪在骤然间失控。

徐生强装镇定，几步走近，蹲下，将人拥入怀里。

熟悉的乌龙茶味潜入鼻尖，宋茱萸感受到徐生的体温，他竟真真切切地出现在她面前。

徐生揽着她瘦削的肩，整颗心被狠狠刺痛。她方才抬头望向他的那一瞬，他清楚看到了她额头上触目惊心的伤口，还有脸颊与衣衫上的血渍，巨大的痛感席卷而至，远比自己受伤还要疼。

宋茱萸埋在他的胸口啜泣，徐生拍着她的背轻声安慰。

警察冲着下面喊："她们有事没？"

徐生怕声线暴露自己的情绪，沉默地替宋茱萸解开小腿上的绳子。

陈咏帮忙拿施救工具："看样子是没事，警察同志，咱们先把人救上来再说。"

宋茱萸身上有几处骨折，额头的伤口也需包扎处理；茜茜身上没什么伤，就是受到惊吓导致高烧不断，大伙儿都担心她会留下心理创伤。

警车位置不够，陈咏开车载几人去医院。

江苗将宋茱萸扶上车，随后也抱着茜茜落座，徐生就站在车子旁边。

陈咏偷偷猜测两人关系："小伙子，你去不去？"

徐生看了眼宋茱萸，发现她侧着脸假寐。

他后退几步，说："我不去，麻烦你送她们去一趟。"

宋茱萸睫毛动了动，始终没有开口说话。

陈咏给两人挂了急诊号，随即在县医院进行检查。

宋茱萸的肋骨轻微骨折，腰部充血肿胀，青紫色的皮肤鼓出来大片，额头右侧破了条接近两厘米的口子，缝了几针后进行了包扎。

不排除重击后会出现脑震荡现象，所以医生建议她住院再观察两天。

江苗给茜茜喂了点退烧药，小姑娘又睡下了。

住院的事情处理好之后，警察又赶到了病房中，例行简单的笔录调查，后续细节等明日再来询问。

作为异性，陈咏留下也不方便，最后只能让江苗照顾两人。

小雨渐渐停了。

宋茱萸与茜茜是相邻的两张病床,江苗担心路灯光会影响她们休息,就把窗帘和两床间的隔帘都拉上了。

但宋茱萸怎么都无法入睡,好不容易睡着了,噩梦又不断侵袭。梦里,她还被关在潮湿的地窖中,冻得止不住地发抖。

直到一双温热的大手小心翼翼地握住了她的手,宋茱萸的身体才慢慢回温。

再睁眼时,她才感觉手背被压得麻麻的。

不知道徐生什么时候来的,他坐在椅子上守着她,她总觉得还在凌乱的梦里。

"醒了?要喝水吗?"徐生的嗓音很沉。

她忍不住与他置气:"你救我做什么啊?"她的嗓子也没好到哪里去。

梦里的徐生特别温柔,就那样乖乖看着她,也不会故意惹她生气。

她流着眼泪抽回手,转过身去:"债主没了,你不应该很高兴吗?"

徐生一怔,还来不及解释,就察觉到宋茱萸浅淡均匀的呼吸声。

她好像又睡着了。

徐生默默地思考这个问题。他会开心吗?答案是否定的。他明明担心得快要死掉了。

明天和意外,究竟哪个会先一步到来呢?他之前总觉得跟宋茱萸没有明天,但在意外来临之时,却给他当头一击,令他慢慢清醒过来。

徐生替宋茱萸掖了掖被子,慢慢走出病房,将门带上。

夜风灌了满怀,他还要什么理智?

宋茱萸后面睡得很沉,直到上午医生来查房,她才被护士给唤醒。

一番例行健康常规检查后,茜茜目送身着白大褂的医生离开,心底的恐惧才得以解除。江苗对着茜茜默默使个眼神,茜茜才小心翼翼地挪到宋茱萸的床边。

"小宋阿姨。"茜茜奶声奶气地唤道。

宋茱萸把手机搁在身旁,非常耐心地跟她说话:"怎么啦?"

茜茜凑近,抬起圆乎乎的胳膊,指着宋茱萸额前的白色纱布,语气非常担忧:"你这里还疼吗?"

宋茱萸故意皱着眉逗她:"嗯,好疼,你帮阿姨吹一吹可能就会好一点。"

茜茜当真踮起脚，噘着小嘴，宋茱萸也很配合，往她身边靠了靠。

"呼呼——"

茜茜后退一步，眨眨大眼睛："小宋阿姨，茜茜要谢谢你。要是我被坏蛋抓走，就再也见不到妈妈了。"

宋茱萸看了江苗一眼，见她特别不好意思地别开了脸："好的，宋阿姨知道了，茜茜不用客气。"

江苗看了眼时间，走过来抱起茜茜："饿了吧？医生说你这两天饮食要清淡，我先去外面给你买碗粥吧？"

宋茱萸没拒绝。

母女俩走后，她捡起手机，凹凸不平的屏幕摸着特别不顺手，想着等出院了要去换部新手机。

她与许明莉说起昨晚的遭遇，避重就轻省略了很多细节，依旧把许明莉急得半死。

许明莉：你现在感觉怎么样？

宋茱萸：还行，估计得破相。

许明莉：天哪，老娘最爱的那张脸！！

许明莉：拍张照片我看看。

宋茱萸躺在病床上来回看，总觉得在这个环境下自拍有点奇怪。

宋茱萸：贴着纱布呢。

许明莉：快点！要不然我真得冲过去了。

宋茱萸磨不过许明莉，举起手机按下拍摄键。她往身后的枕头一靠，比着招牌剪刀手，拍了张照片发过去。

徐生刚靠近病房门，就注意到她对着镜头笑得有些没心没肺。

短发挡住了她大半张脸，露出精致小巧的鼻尖。

宋茱萸放下手机，余光扫到门外的人。她侧头往那边看过去，只见徐生嘴角噙着笑意。

他不自然地轻咳两声，提着保温饭盒往里走，声音低低的："兴致挺高。"

是在嘲讽她自拍？

宋茱萸睨着他，好心情没了一半。

徐生把饭盒搁在床头柜上，居高临下地瞧着她："这么看着我做什么？"

宋茱萸捏了捏被角："你又来做什么？"

奇怪，她为什么要用"又"这个词？她至今难以判断，那会儿究竟是梦境还是现实。

他掌心的温度很真实，却又那么不切实际。

徐生忙拆开饭盒盖："送饭。"

宋茱萸不想领这份情，别扭地抱着双臂，语气也丝毫不客气："不用，江苗去楼下帮我打包粥了。"

徐生表情依旧淡淡的，将小勺子往她手中一塞。

宋茱萸不接受，抬起头瞪他。

一双杏眼染着细碎的光，纱布绷带占了半张脸，原本粉润的唇失去了血色，甚至有些干裂和掉皮。

她这样瞪着双眼，不仅没有实质性的威慑，反而看着委屈巴巴的。

徐生看着她，态度不自觉软下来："我喂你？"

宋茱萸目视他手背上的青筋："我上次说得很清楚，咱俩井水不犯河水，也没有后悔的余地。

"你现在又是什么意思？"

徐生缓缓端起餐盒，语气颇为认真："那是你一个人说的，不算数。"

宋茱萸舔了舔唇："耍无赖啊？"

徐生大大方方地"嗯"了声，一副理所当然的模样。

他用小勺舀了粥，晾了一会儿，递到宋茱萸面前："张嘴。"

宋茱萸闻到清粥的甜香，忽然间就觉得饥肠辘辘，别别扭扭地说道："我自己吃。"

徐生还是不收手："张嘴。"

宋茱萸无奈地抬头："我又不是小朋友，也没缺胳膊少腿。"

"但你是病人。"徐生嘴角勾起一道漂亮的弧度，"张嘴。"

清粥上点缀着青菜碎，看着清新可口，宋茱萸根本抵挡不住美味的诱惑，抬手扶着徐生的手腕，用极其别扭的姿势吃了这口粥。

江苗左手牵着孩子，右手拎着打包的粥，在门口撞见这一幕，险些以为自己走错病房了。

宋茱萸嘴里的粥还没咽下去，只怪干饭太过忘我，压根儿忘了江苗这一茬。

她只好别过脸去咳嗽，企图缓解尴尬。

"怎么吃上了？"江苗盯着徐生。

徐生倒是无所谓，又给宋茱萸喂了口粥过去，解释着："我这边也刚刚做好,所以就送了些过来。"

宋茱萸后背发热,不断给徐生使眼色,奈何他跟看不懂暗示一样。

这这这……还有别人在呢,简直有失体统。

茜茜以为宋茱萸挑食:"小宋阿姨,你快吃吧,多吃青菜身体才会棒棒呢。"

宋茱萸接过徐生手里的勺子,放回餐盒里,干笑着:"没有挑食哦,阿姨只是吃饱了。"

茜茜成了监督员:"要全部吃光光才行,哥哥你快喂她吃完!"

徐生脸上笑意更甚,又舀了勺粥投喂过去,还纠正茜茜的称呼:"她是小宋阿姨,我是小徐叔叔,下次别叫错了。"

宋茱萸吞下粥:"……"真服了,厚颜无耻。

江苗只好将粥放到一旁,觉得眼前的男生有些眼熟,细细一想之前好像见过两面。她见两人举止有些亲密,心中燃起了八卦之火,忍不住向宋茱萸打听。

"那什么,小宋啊,这位帅哥是……不给我们介绍一下吗?"

宋茱萸一怔,接着脱口而出:"远房表弟。"

徐生顿时黑脸。

"我是他表姐,家里人托他多照顾我。"宋茱萸怕江苗起疑心,又添油加醋补了句。

"表弟啊?"江苗抱着女儿,来回打量两人,想姑娘脸皮薄,可能是不好意思,索性也不拆穿了,所以顺着她话说,"这么一看,你俩确实长得还挺像的。"

宋茱萸接着往下说:"对啊,亲戚们都这么说。你说是吧,表弟?"

徐生咬牙切齿:"怎么不是呢?姐姐。"

经宋茱萸这么胡乱解释一通,徐生待在病房也变得合情合理了。

几人聊了一会儿天,江苗见外面天气不错,就带茜茜去住院部楼下逛一逛。

病房里又只剩徐生与宋茱萸两人独处。

便宜"表弟"开始给宋茱萸削苹果。他握水果刀的动作很标准,削下的皮又薄又晶莹,连续不断,最后落进垃圾桶。

徐生把苹果切好递过去。

"谢谢表弟。"宋茱萸接过。

徐生微表情暗含不爽，却刻意忍着没发作。

宋茱萸咬了口苹果，看着他吃瘪的模样，心情莫名大好起来。

见徐生不说话，宋茱萸又问："你昨晚是不是来过医院？"

徐生微微掀起眼皮，不置可否："怎么？"

宋茱萸叹了口气："感觉在梦里见过你。"

徐生长腿敞着往椅背上一靠，想知道她要说些什么："然后呢？"

"你真没来过啊？"

"没来。"

宋茱萸故作遗憾，将脆苹果咬得嘎吱响："那多半是梦了，我还记得你偷偷亲我来着。"

徐生当即否认："你放屁。"

宋茱萸得逞地笑了："我就说你来过吧。"

"又诈我呢。"他音色低得蛊惑人。

偷亲是他能做出来的事？要亲也得光明正大的。

"来过就来过呗，干吗死活不承认？"宋茱萸想扔苹果核。

徐生顺手接过来扔掉，在柜子上抽了张湿巾，靠近，抬起她沾满苹果汁的手。

他用湿巾替她擦手，细致到每一根手指、每一道指缝，接着不紧不慢地开口："要不，我们试试吧？"

宋茱萸视线恰好落在他的唇上，明明离她耳朵的距离很近，却觉得这句话听着不真切。

"试试？"她问。

徐生把她的手放下，将湿巾扔进垃圾桶，离她很近很近。

宋茱萸想起他那晚纠结的点："你不是觉得不现实吗？"

徐生压根儿没办法忽视她的眼神："现不现实，不得试试才知道？"

"也不怕我走了？"宋茱萸抛出关键一问。

两人视线再度重合。

徐生想得很清楚了，慢慢回道："不怕。"

宋茱萸向前倾身，冲着他笑："真不怕啊？"

这是深思熟虑之后的答案，他当然不怕："无论你做什么决定，我都会无条件赞同。

"是去是留，全照你的意思做。你什么时候腻了，或是烦了，要走就走，我绝不拦着你。"

宋茱萸伸手揉揉他的脑袋，刚理过发的头顶发茬很硬，刺得她的掌心酥酥麻麻的。

"看不出来。"她揶揄地笑道。

徐生最反感别人触碰自己的脑袋，却没阻止宋茱萸的动作，只轻轻问了句："所以行不行啊？"

宋茱萸收回手，揉了揉侧腰，对着他甜甜一笑："行，怎么不行？"

试试就试试吧，谁管后来呢？

徐生的心一阵乱跳，也跟着她咧嘴笑。

他的视线带着灼热的温度，深色的瞳孔宛若深情的狗狗眼。

宋茱萸被他盯得有些害羞。

徐生强装镇定，坐直身才问："所以中午想吃什么？女朋友。"

第七章 · 烟火

学校给宋荣英批了小半个月的病假,暂时由戚雪代课。

茜茜被绑走的原因令众人唏嘘不已。

罗瞎子被警方缉拿扣押后,最后将事情的始末交代清楚。

罗瞎子是覃溪镇本地人,早年间失偶丧女,后面精神状态跟着出了问题。他上个月从深圳返回小镇,在村民活动中心偶遇江苗母女俩散步,将天真活泼的茜茜错认为自己已离世的女儿。

江苗当时正陪着茜茜玩滑梯,罗瞎子不知从何处窜了出来,迅速抢过茜茜抱在怀里,直接将小孩吓得哇哇大哭。江苗火气有些大,对着罗瞎子骂了一通,最后把女儿抱回了宿舍。

旁边看热闹的人告诉他:"罗瞎子,这不是你婆娘和孩子,你别是癫病又犯了吧?人家是学校的老师,姓江……"

罗瞎子因思女过度,惦记上活泼的茜茜,最终还是走上了岔路。

而宋荣英只是恰好撞破他的计划,所以才被绑着一块儿藏进了地窖里。

村干部也来找江苗商量和解过,但都被她一一回绝,事情最终按程序规章进行起诉,交由司法机关审查定论。

在住院的这段时间,徐生对宋荣英的照顾事无巨细。两人偶尔会躲着探病的众人偷偷拉拉小手,接着默契地避开视线,脸上的笑意比蜜都还要甜。

好在并未让小岳他们瞧出什么端倪。

出院这天,天气凉爽。

宋茱萸靠在椅子上玩手机,徐生忙前忙后替她收拾东西,谁叫某人乐意惯着她这个病人呢?

许明莉在微信上跟宋茱萸闲聊:茱,我觉得这事还挺严重的,你真不跟阿姨说一声吗?

宋茱萸:没必要。

许明莉以为江苗在医院陪护:一直都是你那同事在照顾你吗?那可真得好好谢谢人家啊。

宋茱萸看了眼弯腰整理背包的徐生。

宋茱萸:不是。

许明莉:???

十多年友情的敏锐力不是吹的。

宋茱萸并不打算瞒着好友:其实后面都是男朋友陪着的。

许明莉一百个问号轰炸过来。

宋茱萸能脑补出许明莉精彩绝伦的表情来。她笑着把手机熄屏,抬头,发现徐生拎着包正看着她。

"笑什么呢?"徐生扬眉。

宋茱萸没回答这个问题:"收拾好了?"

徐生淡淡地"嗯"了一声:"直接回去?"

宋茱萸走到他身边,把稀碎的手机屏幕举到他眼前晃了晃:"去趟商场吧,我换个手机。"

徐生垂头看着她:"行。"

宋茱萸将手机塞进包里,非常自然地挽上他的小臂,灼热的皮肤和紧实的肌肉真叫人脸红。

她轻飘飘地补了句:"顺便请你吃个饭。"

徐生轻咳一声,内心暗潮汹涌,她怎么能挽得这么自然?

两人往病房外面走,宋茱萸又问他:"你想吃什么?"

徐生差点僵在原地:"都行。"

小巧软绵的手不知不觉钻进他T恤的袖口,她怎么还上手捏他的肉啊?

宋茱萸一脸淡然,依旧讨论这个问题:"我想吃粥底火锅,你能吃这个吗?"

"能。"徐生的声音更不自然了。

两人并肩走进电梯,狭小的空间里并没其他人,气氛安静得有些诡异。

宋苿荑又捏了下:"我看你好像也不健身,胳膊肌肉还这么硬,确实有点儿东西啊!"

这时电梯门打开。

徐生却不接话了。

其实宋苿荑只是单纯的手欠,之前和许明莉挽着胳膊走,她们也会互相捏对方的软肉。

只是不知道徐生怎么突然又黑了脸。

两人打车去附近的购物广场,工作日加上时间尚早,商场里并没有太多人。

"先去吃饭?"徐生问道。

宋苿荑往四周望了望,正打算开口,徐生却上前一步,直接半蹲在她的跟前。她吓得后退小半步,才注意到散开的鞋带。徐生的动作很快,将她的鞋带绑好后,又站回了原位。

"谢谢。"宋苿荑轻声说道。

徐生笑着回了句:"不用跟我客气。"

宋苿荑有点脸红:"要不先去看手机吧?现在去吃饭好像太早了。"

商场呈弧形设计,徐生熟悉路,领着宋苿荑去了手机专卖店。

各类新品上市,导购花式推销,宋苿荑纠结半天后,看上一款中规中矩的。

这款手机是她前面用的那款的升级版,导购忙着跟她讲解新功能,徐生则在中途离开了半分钟。

不想多耽搁时间,宋苿荑直接定下:"那就这款吧,白色。"

导购顿时喜笑颜开,转过身,有同事递来个礼袋,还冲他使了使眼色。

导购顺手接过来:"好的,这边已经给您包好了。"

宋苿荑本来还在研究其他款,听到这句话赶紧回过头,下意识地问:"这么快吗?"

导购将礼袋递过去:"您确认一下?"

宋苿荑半信半疑,接过礼袋。

接着,导购语气夸张地补了句:"美女,您男朋友对您可真好呀!二话不说就把钱给掏了。"

宋茱萸愣了愣,这人怎么就把钱给付了呢?

她盯着徐生,他却装作无事人一样,怎么都不再看她。

确认好手机型号和发票收据无误后,她又扫了眼货柜里的标价,这才将礼袋挎在了手腕上,和徐生走出店面。

刚走出去,她就去翻旧手机:"我微信转给你。"

"什么意思?"

她埋头翻找两人的聊天界面:"我还想问你什么意思呢。"

她刚才不想在店里争论,是担心拂了他的面子,所以才故作自然地"接受"了这份赠礼。

她刚刚点开转账框,手机就被徐生一把夺过。

"还给我。"她伸手。

徐生直接将屏幕熄掉:"说了不用。"

宋茱萸耐心地跟他沟通:"我想换手机是我的事情,叫你一起又不是让你买单的。"

徐生反驳:"我给我女朋友买单有问题?"

"没问题。"宋茱萸有些无奈,又不想伤他的心,"吃饭这些,你想买单我没意见,但是换个手机并不便宜。"

原本两人确定关系也没多长时间,一个蛋糕、一束玫瑰、一场电影,她都能接受,但真要收下好几千块的手机,那她又成什么人了?

"你不是才还完亲戚的钱吗?"

宋茱萸的言下之意很明显,徐生怔了一下。

她又马上解释:"我不是故意打探你的隐私,那天不小心就听见了。"

"手机的钱我自己能付,你别因为这点钱又把自己累趴下了。"她说得特别诚恳,几乎毫无保留。

徐生看着她笑了下:"怎么,心疼我啊?"

"对呀,心疼死了。"宋茱萸忍着脸红继续说,"所以手机我真不能收。"

"昨天刚结了工钱,"他也不肯退让,"一部手机还是买得起的。"

宋茱萸幽怨地望着他:"徐生……"

"就当礼物。"徐生直接将她的旧手机放进裤兜,"送了就是送了。"

宋茱萸急了:"徐生!"

"随便你怎么说,你的转账我也不收。"徐生搂着她的肩,强行将人带走,"吃饭去,饿了。"

"徐生！"宋茱萸彻底生气了。

"你请我吃饭，我不跟你抢。"

宋茱萸没说话。

徐生捏了捏后颈，话锋一转："我问你啊，我是谁？"

"徐生啊。"她老实回答。

"我说，我是你的谁？"

"男朋友啊。"

"这不就对了？男朋友给你买东西天经地义，你要是实在觉得不好意思……我完全不介意你抱抱我，算作感谢。"

"你厚颜无耻。"宋茱萸笑骂。

"抱不抱？"其实徐生说完耳根都有点发烫。

宋茱萸头摇得像个拨浪鼓："不抱！"

但见宋茱萸真的不抱，他又有种要泪洒现场的悲怆："姐姐嫌弃我。"

眼见吃午饭的餐厅近在眼前，宋茱萸慢慢背过身去，柔声细语犹如软剑，直接戳进徐生的心窝子："嗯，是很嫌弃。"

徐生就像被雷劈了一样。

粥底火锅店里的食客不多，两人挑了个靠窗的位置，服务员很快把菜单递了过来。

宋茱萸坐下，接过菜单，见徐生站在对面没有落座，于是问："怎么了？"

徐生将背包扔在空椅上："你先点菜，我出去一趟。"

宋茱萸不解："又去结账？"

徐生话锋一转："那不行，这顿说好是姐姐请的。"

宋茱萸笑得不行，冲他扬了扬手。

"去洗手间。"他丢下这句才出了店门。

宋茱萸慢慢收回视线，拾起圆珠笔专心点菜。在她的印象中，徐生似乎不挑食，所以她也没询问他的口味，就点了些商家的招牌菜品。

等菜的过程中，宋茱萸把新手机翻出来研究。

许明莉还在轰炸她的微信。

许明莉：萸啊，你是真把自己搭村里了！

许明莉：男朋友帅不帅啊？

许明莉：发张照片我看看！要素颜的！刚拍的啊！

宋茱萸：他不化妆，谢谢你啊。

许明莉：等我放了年假杀过来一探究竟！

许明莉：所以说到底他长什么样啊？不会是村里那种憨厚的男人吧？一口气能掰几亩地苞米的那种？

宋茱萸笑疯：就……摩天轮那个。

许明莉：那也看不清啊。

宋茱萸跷起二郎腿：非得看清人家男朋友做什么？

许明莉：喊！不给看拉倒，我找野格去。

宋茱萸想问一问她跟野格究竟是什么情况，这时服务员正好端着锅底走过来，她连忙把包装盒之类的挪到一旁。

刚熬出来的白粥锅底浓稠细腻，源源不断地冒出腾腾热气，宋茱萸拍了张照片发给徐生。

她单手托着腮，等徐生回复，轻声哼了两句舒缓的旋律，抬头往玻璃墙外面望去。

电扶梯离粥底火锅店不算远，而围栏旁边就立着两道身影，高大俊逸的身影旁是丰腴白皙的倩影，两人面对面似乎在聊些什么。

——是徐生和蒋菡。

服务员开始上烫火锅的菜品，店外两人大大方方地聊天，宋茱萸倒也没胡思乱想，保持着原来的姿势看着外面。

也不知道徐生说了什么，蒋菡竟探出头来往火锅店这边看了眼。

宋茱萸赶紧别开了脸。

奇怪，为什么会有种做贼心虚的感觉？

浓稠的米汤锅底愈加沸腾，宋茱萸把火调到最小，在小碟子里调配蘸料。

两分钟后，徐生回到店里，在她对面落座。

宋茱萸将其中一份蘸料推到他面前，随口问了句："蒋菡有事找你啊？"

徐生接过碗，拆开筷子："没啥事，刚好碰上了，就聊了几句。"

宋茱萸拾起茶杯抿了口，目光淡淡地落在他脸上："这样啊。叫上她一块呗。"

她的语气很平静，跟往常差不多，并没有阴阳怪气或是夹枪带棒。

徐生将筷子搁在碗面，托腮看着她，确认道："生气了？"

"我刚刚真是去厕所了，回来的时候恰好碰到她。商场新开了一家音乐酒吧，她跟宝贝来过边探店。"

他话里的意思非常明确，并不是特意去碰的面。

宋茱萸搅搅蘸料，略微挑眉，笑了："我说什么了吗？"她尝了下咸淡，

"别把我当成小女生。"

"你不就是小女生?"徐生反驳。

宋茱萸故作老气横秋的模样,将火调大:"注意用词啊,姐姐再怎么都比你多吃几年饭。"

徐生夹了几片牛肉烫进锅里,扑哧一笑:"就你这胃口,就算多吃上十年,饭量也不见得比我多。"

宋茱萸翻了个白眼,拉长语调"哦"了声,把蘸料碟推到他前面。

徐生把烫好的嫩牛肉夹进她的碗里,两人边吃边闲聊。

吃完饭后,两人一块儿回了覃溪。快到教师宿舍楼时,宋茱萸又提了一嘴手机的事情。

"徐生,手机我可以收下。那之前的五千块,你也不许再提了。"

徐生不想搭话,将她送到门口:"那不一样,欠你的和送你的,能混一块儿谈?"

话毕,他有些生气地走了。

宋茱萸还没来得及叫他,微信跟着弹出转账信息。

徐生:**请收款。**

宋茱萸盯着那串数字迟迟没动。

低气压一直持续到晚上,就连替宋茱萸送饭的人都变成了小岳。

宋茱萸旁敲侧击:"他,有事出去了吗?"

小岳只挠挠头,如实回答:"没有啊,在店里。"

宋茱萸欲言又止,小岳一眼看出了她的不对劲。

"小宋老师,你是不是想问为什么是我来送饭?"

宋茱萸死鸭子嘴硬:"也不是。"

小岳把饭盒递到她手里,一边打量着她的反应,一边语重心长地说:"生哥受伤了呢!"

"受伤?"她险些没绷住。

"对啊,生哥的少男心碎成了渣渣!就跟吃了炮仗没两样,一副被女人甩了的表情。"

宋茱萸:"……"你别瞎猜。

小岳又说:"唉,希望这火气别波及我就行。"

"对了,一定要把饭吃完啊!没其他事,我就先回了。"

小岳没多停留就走了。

宋茱萸点点头。

送来的饭菜非常清淡，照着病人的口味准备的，宋茱萸没吃两口就饱了。

小镇的夜晚总是悄无声息地降临。

宋茱萸躺在床上玩手机，想着要怎么做既能顾及对方的感受，又不占对方便宜。想了很久，她最终打定主意——也买个礼物给徐生。

这似乎是最可行的办法，但难就难在究竟送什么。

夜里突然响起一道惊雷。

卧室里一片黑暗，闪电的白光穿透白色的窗帘，隔着黑暗直劈到她的眼前。

宋茱萸吓得往后面缩，头撞到了墙壁，疼痛感袭来，她瞬间就清醒了。

外面开始下暴雨。坠进水田的雨声和偶尔两声的蛙鸣，像是又将她带回那个昏暗潮湿的地窖。

宋茱萸从枕边拾起手机，凉丝丝的晚风让人不寒而栗，她眯着眼看了下时间。

23:45，时间尚早，才睡下不过一小时。

她将微信打开，盯着徐生的头像愣了好一会儿。

此时徐生刚走出浴室，顺手把桌上的手机点开。

宋茱萸：你睡了吗？

徐生：还没，怎么？

宋茱萸：可不可以给你打语音啊？

宋茱萸：外面下雨了。

她正想补句"如果你有事就算了"，消息还没发出去，屏幕就弹出了语音通话邀请。

"想我了？"徐生顺势坐在床沿，吊儿郎当地问她。

"嗯。"她的声音闷闷的，似乎窝在被子里，"想你想得睡不着。"

徐生一怔，没想到她会这样回答。大雨拍打在窗外的旧雨棚上，他很快恢复正经："做噩梦了？"

"嗯，算是，梦到雷直接劈到了我脸上……"

宋茱萸被罗瞎子绑走那晚，也如现在这般狂风暴雨。出院时，徐生去问过医生，医生说遭受了这种意外，可能会伴随短暂的创伤应激障碍，例如对雷雨天气的恐惧。

徐生捏了捏后颈，语气很认真："要不要我来陪你？"

宋茱萸一愣,掀开脸上的被子:"可是我现在躺下了。"

徐生似乎也意识到这句话有些不妥,指尖在手机背面磕了磕:"我来你家门外陪着你,你看行不行?"

"不用。"宋茱萸只是逗他,"你陪我聊会儿天吧,说不定我就能睡着了。"

徐生将胳膊枕在后脑勺上:"行。"

"雨好像越来越大了。"

徐生往窗外看了眼,赞同地"嗯"了声。

"要不我给你讲个睡前故事吧?"宋茱萸又提议。

徐生被她逗笑了:"不是你睡不着吗,怎么给我讲故事?"

宋茱萸捂着嘴打了个哈欠:"这不是怕你也睡不着嘛。"

"行,洗耳恭听。"

宋茱萸顿了几秒:"今天要给小徐讲的故事叫《睡美人》。"

徐生打开手机的扩音,躺到了床上。宋茱萸清冷低软的声音随之而来:

"在十四世纪的欧洲,国王和王后诞下小公主爱洛,但她自幼就受到了黑暗女巫的诅咒,是无法解除的沉睡魔咒。在爱洛公主十六岁那年,有位王子为爱披荆斩棘,最后打败了黑暗女巫,用真爱之吻解救了公主。"

《睡美人》算是《格林童话》中的经典篇目,徐生肯定也读过这个故事,但他女朋友讲故事的能力似乎有限啊。

他无声地笑了下:"这就讲完了?"

未免太过敷衍,三两句话就概括了整个故事。

宋茱萸将被子拉过头顶,压抑伴随黑暗忽然而至,心尖宛若被细小的针扎了一下。

"世人都以为公主和王子会幸福美满地生活下去,殊不知王子却为爱永久躺在了刺骨的冰棺里。"

徐生翻身的动作一顿:"什么意思?"

"打破沉睡魔咒的方法,并不是所谓的真爱之吻,而是利用王子转移诅咒,让深爱上公主的王子心甘情愿为之赴死。

"最终王子永久沉睡。

"从此公主另寻良人,结婚生子,幸福美满。"

顿了顿,宋茱萸吸了一口气,问道:"你说公主是不是很坏?"

徐生回味着赋予了崭新主题的故事:"恐怖童话吗?"

宋茱萸:"算是。"

"不算坏吧。"徐生没想过他也会有跟姑娘讨论童话的这一天,"王子是心甘情愿的啊，既然他只能永久沉睡，让公主继续追求幸福，又有什么问题呢？难不成非得陪他一块儿死吗？"

宋茱萸闭着眼笑了出来："你是不是恋爱脑啊？"

徐生也跟着笑："如果我是王子，肯定不会怪她。但有一点我不接受。"

"什么？"宋茱萸来了兴致。

徐生故弄玄虚停在关键处，打定主意不将话说完："以后再告诉你。"

"我现在就想知道。"宋茱萸睁眼盯着屏幕，催他，"你成心不想让我睡了是吧？"

徐生只笑不语。

"不接受什么？不能爱上别人？徐生？"

徐生看了眼窗外："雨好像停了。"

宋茱萸："你别岔开话题。"

但徐生就是不继续这个话题。两人又天马行空地胡扯了一会儿，半个小时后，宋茱萸逐渐有了睡意。

徐生看了眼时间："不早了，不知道宋老师的睡意酝酿出来没有？"

"有点困。"她的意识模模糊糊的，"你把刚刚的答案告诉我，我立刻睡，秒睡！"

时间仿佛在寂静中凝结，只剩她浅淡的呼吸。

徐生又一个翻身坐了起来，望着漆黑的夜，迟迟才开口：

"如果沉睡的人是我。

"希望她偷偷幸福就好，但不要让我知道，因为我会吃醋。"

宋茱萸笑了笑，用最温柔的语气恐吓他："恋爱脑，小心倒霉一辈子。"

徐生笑了下："不怕，我乐意。"

宋茱萸回学校上班这天，恰好撞上星期五，也是她课表排得最满的一天。

好在戚雪的教学风格比较严厉，一帮调皮猴子不至于太翻天，宋茱萸也并不需要花太多时间去整顿纪律。

放学前，宋茱萸再次跟学生们强调了"未成年防拐骗"的安全教育内容，最后才将他们陆续送出了校门。

她回办公室的时候，徐生拨了个语音过来。

"怎么啦？"复工第一天，宋茱萸累得声音都变了。

徐生那边有点吵，夹杂着野格他们的吵闹声："还没下班？"

"刚刚放学，回去拿包。"宋茱萸推开办公室门，小岳嚷嚷的声音刺得她耳朵疼,"你们是要出去吗?"

她好像听到他们在讨论帐篷和背包之类的。

徐生笑了声:"露营基地,去不去?"

听到她锁门的动静,徐生瞥了眼兴奋的小岳:"你直接来店里,还是先回宿舍?"

宋茱萸停下脚步,将教室的玻璃窗当作全身镜,转了一圈似乎并无不妥:"我现在过去找你们,会不会太早了?"

徐生的语气里是压抑不住的开心:"不早,你来就是。"

昨夜大雨将小镇冲刷得非常干净,灰尘扑人的街道得到了改善。街上多了辆卖水果的三轮车,宋茱萸一样买了点提过去。

刚走到五金店门口,她就撞见小岳拽着两个背包走出来。

"宋老师,你终于回来了!"

宋茱萸扬起手里的两袋水果:"这些直接放车上吧?"

小岳将背包扔进后备厢,接过她手里的水果,开始狂吹彩虹屁:"还是宋老师贴心,水果都给咱备好了。"

徐生拎小鸡崽似的将徐松松从店里提了出来,目光凌厉,语气严肃:"别逼我把你扔出去。"

宋茱萸双手抱在胸前,远远观望着两人,也不知道这两兄弟又为何争执。

徐生今日依旧是白色T恤打底,黑色阔腿短裤,灰黑色调的运动鞋,外面搭了件白色短袖衬衫,微微敞着,锁骨若隐若现的,浑身上下都是青春气息。

他单手揣在裤兜里,有些不耐烦地盯着徐松松,一副下一秒就要动手的架势。

"我不去了!"徐松松吼道。

"爱去不去。"徐生也不惯着他。

宋茱萸有些好笑地看着两人。

小岳又去哄徐松松:"别惹你哥啊,否则真把你扔这儿。"

徐松松委屈得都快哭了,但一想着待会儿有好吃的好玩的,这口气也只能默默咽下去。

徐生走近宋茱萸,刻意保持了点距离:"穿裙子会不会冷?"

宋茱萸也垂头看:"应该不会吧?"

九月底秋老虎正猖狂,正午时分热得人中暑,又怎么会冷?

徐生由着她:"行,上车吧。"

还是上次音乐节用的那辆七座面包车。

宋茱萸最先上车,选了最后一排靠窗的位置坐下。徐生上车后,把中间位置上的水果扔到一旁,一脸闲散地在她身边坐下。

董大臀和小岳坐最前排,野格和徐松松坐第二排的位置。最后一排的黑暗之中,藏着宋茱萸和徐生。

董大臀摇下车窗,打开导航,准备开车去往目的地。

"我们去哪儿?"宋茱萸小声问。

"去爬山!"徐松松抢答。

宋茱萸皱着脸看向徐生:"……"

身边的人动了动,肩膀不偏不倚,恰好贴着她的肩:"桃明山。"

小岳扒着座椅往回看,奈何后排光线太暗,压根儿看不清那两个人的表情:"对,桃明山扎帐篷,听说还能烧烤、打牌,最重要的是看日出!我看了天气预报,明天的天气特别好!日出绝对一绝!"

看日出啊,还挺浪漫。

宋茱萸浅浅笑了下。

"你刚刚跟松松在吵什么?"她又问。

董大臀看热闹不嫌事大:"生哥这人不够意思呗,竟然偷看我们松松写的日记……"

"我没有。"两兄弟异口同声。

两人都在撒谎。

"你不许再翻我的书包。"徐松松回头警告。

徐生笑了声:"谁乐意看似的,下回自个儿洗啊,写个日记都有错别字。"

"啊——"徐松松在车里抓狂。

整车人都笑了。

小岳和董大臀忙着给徐松松出谋划策,宋茱萸一路上嘴角没落下过,笑得连小腹都跟着微微发酸。

她放在膝盖上的手,不知不觉间被徐生紧紧握住。

两人离得很近很近,宋茱萸特别怕"地下恋情"被人撞破,急忙给徐生使眼色:被发现怎么办?

徐生不为所动,甚至捏着她的手指玩,无声地说:看不见。

宋茱萸强装镇定继续跟大伙聊天,徐生靠在座椅上,单手玩着手机。

她的手机嗡嗡响了两声。

徐生：给你写情书，你会不会收？

宋茱萸：不会。

徐生加重手上的力度，捏着她拇指上的软肉。

宋茱萸吃痛，依旧不松口。

宋茱萸：不收。

宋茱萸：毕竟某人连我名字都认不全。

徐生默不作声地收回手，往旁边的空位挪挪，眼神里表达的意思很明确——你看不起谁？

桃明山在本地小有名气，整体为山地地貌，景区的植被覆盖率很高，夏天避暑和冬天看雪都是一绝。

九月的天黑得较晚，车程接近两个多小时。快开到山顶的那段时间，车里只剩下舒缓的音乐，后排的人都靠着座椅睡着了。

宋茱萸是被晚风唤醒的。

车窗不知何时被放下，风与车不断追赶着，植物的清新与泥土的芬芳充斥着整个车厢。

徐生见她眼神都还未聚焦："醒了？"

宋茱萸往窗外看了眼，声音带着刚睡醒的沙哑："到了吗？"

董大臂已将车速降缓，在山顶的平路上悠然行驶。徐松松拉着野格讨论方才看见的松鼠。

"快了。"徐生一双长腿被拘得难受，膝盖偶尔会碰到她，"我们先去露营基地，估计还有十来分钟。"

宋茱萸揉了揉眼睛，听到即将到达目的地，瞬间清醒了不少。

山顶宛若一片苍茫的草原，沿路的草坪上有未下山的游客，还有牧民和成群结队的牛羊。

所谓的露营基地其实就是山顶单独划分的某个片区，周围设有铁栅栏之类的防护，草坪上是一顶紧接一顶的固定帐篷，相邻两顶帐篷的距离隔得远，还算有较大的私人活动空间。

宋茱萸他们一行人不算多，最后只租了一顶固定帐篷，将车上携带的物品搬进去存放即可。

"生哥，把后备厢的帐篷递给我！"小岳喊了声。

徐生把几个黑色的背包先递了过去，又去后备厢拿帐篷和天幕。宋茱英跟着凑了过去。

"还要再搭个帐篷吗？"她问。

徐生将行李拽出来："就搭在这旁边，活动范围大点。"

"一起弄吧。"宋茱萸想搭把手。

"这个重，容易划到手。"徐生笑了两声。

其实宋茱萸也不会搭帐篷，只能把这项艰苦的工作交给他们，自己则猫着腰钻进了固定帐篷里。

她将里边整理一番，又把零食、水果全都摆到了小茶几上。

小岳抱了箱酒跑进来。

"还有酒？"宋茱萸惊讶。

小岳炫耀着："没酒能叫露营吗？"

宋茱萸往地毯后面爬了爬，给小岳挪出放酒的位置，再次感叹这辆面包车是真能装啊。

一切准备就绪后，她掀开帐篷帘子往左边看了眼。米白色的三角帐篷已经支好，同色系的天幕与这边的帐篷相接，与丛山旷林的适配度很高。

徐松松在草坪上撒欢打滚。

徐生走过去，立在宋茱萸身边，额头冒出些细汗，冲着几人的成果扬了扬下巴："怎么样？"

"很酷，帅得没边儿。"宋茱萸眨眼。

徐生低头看着她笑："低调。"

宋茱萸一巴掌拍他肩上："你不装会死啊？"

她赤着脚踏出一步来，掏出手机蹲在地上拍照，顺便提了个小小的意见："上面再挂点星星灯，到晚上肯定特别有氛围感。"

徐生眯了眯眼，懒懒散散地说："行，下次给宋老师安排上。"

宋茱萸撑着膝盖站起来，慢慢走到他身边，举着刚拍的照片给他看："好看吗？"

"挺特别的。"他说。

她的构图方式不常见，只露出帐篷的一角，还有黯淡无光的天空，二者色彩对比特别明显，有种说不上来的感觉。

"你俩聊什么呢？"野格似笑非笑地瞥了两人一眼。

徐生一本正经地回道："跟宋老师探讨摄影。"

野格翻了个白眼，一副"信你我就是傻子"的表情。

徐松松在草地撒完野才后知后觉地跑过来，拍了拍肚皮："我饿了！"

宋茱萸看了眼时间，已经将近九点。

很明显，在场的人都没吃晚饭，全是空着肚子过来的。

"里面有零食。"宋茱萸摸摸徐松松的头。

徐松松拽着她的衣摆，往帐篷里的茶几上瞅，似乎并没太多兴趣。

他扭头问董大臀："董大哥，你不是说桃明山可以烧烤吗？我想吃烤鸡中翅了。"

"不在这儿。"董大臀指了指前面。

桃明山禁止游客私自燃火烤肉，所以设立了单独的烧烤摊位。

"那你能带我去吗？"徐松松撒开手。

董大臀没拒绝，转过身问大伙："一块儿去吧？方便挑挑菜品什么的，留个人在这里看着东西就行。"

宋茱萸提议："我留下吧，你们去吃，我最近饮食忌口多。"

小岳将手机放进裤兜里："行，那你有想吃的，给我们打电话。"

察觉到徐生没有动静，董大臀又问："生哥不去吗？"

徐生将胳膊撑在帐篷支架上："累了，歇歇，你们去。"

野格一副早已看透的模样，提高音量："行吧，那你留下来陪宋老师。她单独守在这里，肯定会害怕的呀。"

徐生并不搭理他，径直绕过门口的宋茱萸，率先进了帐篷。

宋茱萸送走众人，做贼心虚地站了两分钟，确保他们短时间内不会再回来，这才温温吞吞地钻进了帐篷，走到防潮垫上盘腿坐下。

徐生在回微信消息，宋茱萸往茶几前挪了挪，拆了包巧克力饼干，往嘴里塞了一片。

"吃吗？"她将饼干递过去。

徐生摇了摇头："你吃。"

宋茱萸闲着没事做，就想着投喂小狗。她捏了块饼干出来，递到他的嘴边："张嘴。"

徐生不为所动："太甜了。"

宋茱萸也坚持，眨巴眨巴杏眼："我手好酸哦。"

她又说："饼干好重哦。"

徐生似笑非笑地看她一眼，有些无奈地叹了口气，只好乖乖张嘴，吃下了那块饼干。

直到第二块饼干被递到他眼皮子底下，徐生将手机熄屏随手扔在了茶几上时,才反应过来,这姑娘多半是自个儿玩得有些无聊了。

他侧了侧身子,将旁边的背包提到跟前,拉开拉链从里面取东西。

宋茱萸像仓鼠似的嚼着饼干,见他翻出一套飞行棋来。

"玩不玩儿?"徐生晃了晃骰子。

宋茱萸将饼干搁下:"他们不在啊。"

飞行棋就是要人多玩才有意思嘛。

徐生摇了摇手里的骰盅,若有所思地将它往地毯上一放,又把茶几搬开了一些距离。

"那就玩两个人玩的。"

"什么?"

徐生往宋茱萸跟前靠了靠,将骰盅立在她面前:"不生气挑战。"

宋茱萸将膝盖屈起,左手搁在上面托着腮:"规则是什么?"

"咱俩比点数大小,赢的人可以提问,输的人必须回答,而且是如实作答。"

"然后呢?"宋茱萸瞳孔放光。

"无论对方的回答是什么,提问的人都不可以生气。"

宋茱萸大概明白了游戏规则:"所以这游戏虐两方啊?无论输赢。"

徐生低低地回道:"敢不敢?"

宋茱萸盘腿坐得端端正正,捡起骰盅,发问:"那要生气了,怎么办?"

某人很自信:"反正我不生气。"

宋茱萸在骰盅里留下一颗骰子:"行,单点比大小啊,我先摇。"

漂亮,五点。

她把骰盅递过去:"你有六分之一的胜算。"

骰子沉闷的晃动声响起,徐生掀开骰盅前开口说:"赢定你。"

宋茱萸弯腰凑近确认。晦气,真是六点。

"愿赌服输呗。"她耸了耸肩,又警告一句,"你想好了再问。"

气哭了她可不好哄。

徐生又往她面前移了两寸,两臂搭在她身侧,好像快将她圈入怀中。

他几乎没有思考就发问:"你那初恋……"

宋茱萸差点陷入他的瞳孔陷阱:"嗯?"

"牵过你手没有?亲过你没有?"

宋茱萸不认:"这是两个问题了,到底回答哪个?"

徐生此刻很紧张,却故作轻松地往后仰了仰:"后面那个。"

他局促的模样实在可爱，宋茱萸莫名有些想笑，也真的笑了出来。

这个笑，在徐生看来就不是这个意思了。

他冷冷地开口："光回忆这么一下，你都能笑出来？"还笑得那么甜蜜。

宋茱萸笑得更欢了，没想到他惦记着上次的真心话大冒险，也不知道这个问题他到底在心里憋了多久。

"快说啊，他亲过你没有？"他催促。

宋茱萸实话实说："亲了。"

徐生将双臂抱在胸前，默默地往后退几步，尽量克制着即将失控的表情，但并没有实质性作用。

行，亲就亲了呗，没什么大不了的，不就是亲个嘴嘛。

不是，他为什么要问这个问题啊？好想骂人。

宋茱萸抿了抿唇："还玩吗？"

徐生去够他的手机："你自己玩吧。"

宋茱萸的视线紧紧跟着他："生气了？"

"没有。"他拆了颗糖扔嘴里。

宋茱萸凑近去拉他的手："说好不生气的，你这人怎么玩不起啊？"

徐生不让她碰，也没有说话。

她轻声解释："就亲了脸，蜻蜓点水，一小下。"

徐生挑起眉："听你这语气，似乎还挺遗憾的。"

宋茱萸彻底被他的醋劲折服了。她半跪在地毯上，往他面前移了移，伸手捧起他的脸，两人目光相对。

她说："我在哄你，你给个面子呗。"

徐生赶紧避开了视线，薄唇紧闭着，不吭声。

"你还要生气呀？"宋茱萸捏捏他的脸，"那要不这样吧，我也让你亲一下？"

徐生听到这话也不躲了，任由她在脸上又捏又掐。

他抬眼，目光牢牢锁住她的唇："你说的。"

她点点头："我说的。"

徐生忽然笑了下，偏头凑近她耳边："那请问姐姐，你能接受哪种程度的亲？"

他的声音低低的，宋茱萸听得浑身发麻。

徐生抬手握住她的肩，顺着她的双臂滑下，冷峻的脸越靠越近，最后就那样毫无预兆地贴上她。

"这样?"他的唇在她脸颊落下一吻。

宋茱萸被徐生燥热的气息圈着,被撩拨得有些失语,支支吾吾地说不出半句话。

徐生的视线挪到她的唇瓣上,温热的气息喷在她的锁骨上。

"还是这样?"属于徐生的气息喷在宋茱萸脸上。

倏地,她的唇上多了两片冰凉,紧接着又变得温热潮湿,夹杂着薄荷糖的冷冽,她连心尖都是麻麻的。

徐生的脸近在咫尺,他偏着头在她唇上印下一吻,鼻尖恰好蹭到她的脸,羽毛般挠了她一下。

宋茱萸没想过他会这般胆大,一双杏眼睁得圆溜溜的,鹅绒般的长睫随着目光颤了颤。

她赶紧拉开彼此的距离。

徐生见她用手背挡住了下半张脸,嘴角勾起了笑意,声音又沉又哑:"后悔了?"

宋茱萸后背一缩:"没有。"

"闭眼。"他低沉的嗓音极具吸引力。

宋茱萸的视线从他的双眸往下移,最后停留在他的唇峰上。鬼使神差之下,她仰头,闭眼,最后主动贴上了他的唇。

徐生眼睛都亮了,他略微偏着头,领着她加深了这个吻。

宋茱萸没尝试过这种亲吻,只能跟着徐生的节奏走,好像浑身的力气都被抽走,她有些跪不住。

徐生察觉到她的吃力,腾出另一只手往她腰间探,勾着她的腰轻轻松松把她扯进怀里。他紧紧圈住她的腰,两人严丝合缝,再容不下其他。

强劲的薄荷味一次次冲击她的大脑神经,她想她以后都不敢吃这种糖了,就怕恍惚间会想到徐生,想到这夜的吻。

小岳他们回来的时间很凑巧。

野格一掀开帐篷的帘子,发现两人离得远远的,有一搭没一搭地聊着天。

任谁也猜不到方才发生了什么事。

董人臀手里提着两个打包盒,贴心地给徐生他们带回来些。

看着裹满酱汁和辣椒面的烤串,宋茱萸默默退到后面的小凳子旁坐下。

小岳开了瓶酒:"宋老师,要喝点吗?"

看着冒泡的玻璃瓶口,宋茱萸确实有点心动。可还不等她开口回答,徐生直接替她做了决定。

"她不喝。"

小岳不理会:"人家宋老师都没发话呢。"

也对,自己还有些消炎药未吃完,现在碰酒精这些确实过早,宋茱萸只得咽了咽口水:"你们喝。"

徐松松趴在软垫上昏昏欲睡,小岳他们继续喝酒撸串,宋茱萸闲着无事做,摸出手机来看微信。

她拉着聊天框往下滑,一对情侣头像在列表中尤其显眼,而头像的主人是许明莉和野格。

宋茱萸:你要不要解释下,这是个什么情况?

许明莉发了个无辜的表情包。

宋茱萸瞥了眼吃串的野格:你别告诉我是巧合。

许明莉实话实说:行吧,我俩在网恋。

宋茱萸难以理解:你俩在游戏里遨游了几天,这么快就恋上了?

宋茱萸其实有点想劝她,网恋这玩意并不真实。尤其是许明莉这种恋爱脑,失恋了要是没个一年半载,基本上走不出来的。

许明莉:网恋还需要什么特别的感觉吗?

许明莉:只要对方声音不那么难听,不爆丑照,我真的完全可以。

许明莉:话说我至今没敢和野格视频,就怕见了真人绷不住,把人给甩了。

许明莉:但是我最近还真挺喜欢他的。

许明莉:等有机会去镇上找你,能见见活人是最好的。

宋茱萸问出灵魂一问:如果你能接受现实中的野格,后面打算怎么办?两人的距离过于遥远,连见面的机会都屈指可数。

宋茱萸:不觉得不现实吗?

许明莉乐了,反问:那你呢,觉得这一段现实吗?

宋茱萸:还行,但不算真切。

许明莉:如果,我是说如果,你必须回宜川来,那镇上的小男友又打算怎么处理?

宋茱萸还真被她这个"如果"给问住了。

人生漫漫总是充满了各种变故,真的能一直留在覃溪吗?自己确实还有很多事情没有解决。

想要留在镇上,首先要过的是妈妈那一关。

许明莉：他有没有去宜川的打算？

宋茱荑又被问住了。

她并不想道德绑架徐生，让他因为所谓的爱情而退让，从而改变他原来的人生规划。

他这人吧，挺简单纯粹的，没有好高骛远、大富大贵的梦，愿望也简单至极。

说白了，他这人没有野心。

但最吸引她的，可能也就是这一点。

徐生的身上带着小镇的独特印记，就像关山下苍翠欲滴的密林，脚踏实地地扎根，坚韧，不折不挠，经得起大风大浪，这样足以一世安稳顺遂。

带走徐生，或许就跟带走这里的山林一样，艰难又不切实际。

小岳他们似乎看出了宋茱荑在走神，将小茶几收拾收拾后，邀请她过来玩纸牌游戏。

问题的答案还没得出，宋茱荑被迫终止思考，搁下手机与他们玩游戏。

宋茱荑跟徐生挨着坐，他用手肘轻轻碰了碰她："刚刚想什么呢？这么入神，叫了两遍你才听见。"

宋茱荑单手摸牌："思考人生哲理。"

"哦？"徐生笑了笑。

宋茱荑小声补了一句："比如，怎样将帅气的男朋友带回家？"

酒过三巡之后，一群人被酒精闹得困乏至极，小岳直接趴茶几上倒头就睡。

露营基地提供的固定帐篷房还算宽敞。几个男生在地毯上躺得东倒西歪，没过一会儿，里面就响起了此起彼伏的鼾声。

徐生几乎没什么醉态，见董大臂的腿搭在了徐松松的腰上，非常贴心地把那条腿搬下去，又照着他的屁股踢了一脚。

宋茱荑怕吵醒他们，只能用手捂着嘴偷笑。

徐生将他们"整理"好后，走到她的身边，下巴朝外扬了扬："我们出去吧？"

帐篷里面酒气肆意，还有烧烤的油水味，混在一起并不好闻。宋茱荑点了点头，跟着他走了出去。

两人立在帐篷外，仰头呼吸着新鲜空气，山顶的风冰冷又温柔，吹跑了脑袋里的瞌睡虫。

徐生往她身边靠了靠，毫无预兆地搂过她的肩，整个手掌都贴在她的胳膊上："冷不冷？"

宋茱萸费劲地仰起脖颈才足以看清徐生的五官："还好，不怎么冷。"

"你怎么这么高？想看你一眼都费劲。"宋茱萸缩回脑袋。

徐生捏了捏她的脸，弯腰与她平视："我第一天这么高的？"

这就嫌弃上他了？

宋茱萸脖子发酸："之前没觉得你这么高。"

露营基地附近的小树上都挂着暖黄色的灯，照得草地毛茸茸的一片，小草被晚风毫不客气地吹起。

"那我们宋老师有多高？"他低下头问。

宋茱萸往他身上挤了挤，抬手环住了他的腰，手不老实地在他侧腰游离。

"必须说实话吗？"

徐生笑了声："都可以。"

宋茱萸很清楚自己的实际情况，她这身量想往上虚报都很难："嗯……一米六，不到。"

准确来说是一米五八，那穿鞋不就一米六了嘛。

感受到呼在她头顶的气息，不用看都知道徐生在笑她，更何况搭在她肩上的胳膊都在抖。

宋茱萸恶狠狠地掐他腰："徐生同学，现在嫌弃我矮可没用，人是你自个儿选的，且偷偷后悔去吧。"

"谁说我后悔了？"徐生又在她柔软的头顶上揉了揉，"宝贝着都还来不及。"

宋茱萸觉得脸上一热。

徐生俯身看着她，漆黑的瞳孔点缀着灯光。

徐生看了眼时间："待会儿还要早起，你要不要先睡一下？"

这段时间的日出比较早，五点半的样子就能见到清晨的云霞了。

宋茱萸确实有点困："可是我还没有洗漱。"

徐生给她拆了两瓶矿泉水，让她简单漱漱口、擦擦脸后，把她送到隔壁的三角帐篷里。

睡袋、毛毯、枕头，装备都是齐的。

宋茱萸钻进睡袋里，不放心地抬起头："那你去哪儿？"

徐生给她放下帐篷帘子："害怕了？"

宋茱萸并不想嘴硬："是有点。"

徐生笑着叹了口气，轻声安慰着他的姑娘："我又不走，就在门口守着。"

宋茱萸目光直直地望着他，方才在外面站了一小会儿，她的小腿到现在都还是冰的，可见山上的温度并不高。

"你在外面会感冒的。"她将手伸出去，在地毯上拍了拍，"要不你也进来？"

"你知不知道你在说什么？"

宋茱萸笑着逗他："我当然知道啊，收留无家可归的男孩。"

徐生也笑着说："你睡，我就在这里守着你，这点冷我扛得住。"

凌晨五点多。

茫茫黑夜即将变得透明，林间裹满了层层浓雾，草坪上积满了晶莹的露珠，翻卷的云朵中多了些橙粉色的霞光，旭日悄悄探出一角。

小岳迷迷糊糊地穿上鞋，掀开帐篷帘子去了趟厕所。用冷水洗了把脸后，他精神抖擞地回到了露营基地。

他回来的时候，董大臀也醒了，就坐在帐篷门口的木台上刷短视频。

小岳进去拆了瓶矿泉水，仰着头直接灌下大半瓶："欸，生哥呢？"

地毯上只有徐松松和野格两人还睡着。

"不知道啊，我刚刚出来也没见到。"

该不会……

小岳轻手轻脚地走到三角帐篷旁，发现徐生就坐在帐篷外休息。

小岳压着嗓子喊了声："生哥？"

徐生睁开惺忪的睡眼，揉了揉凌乱的头发，耷拉着眼皮，表情还有些蒙，问了句："什么？"

"你……"小岳结巴了。

董大臀也是一脸震惊，生哥怎么在宋老师的帐篷外睡？

等等，生哥前面貌似是在追宋老师，这么快就……

董大臀眨眨眼："到底什么情况啊？"

徐生知道纸迟早包不住火，于是回道："我俩在处。"

小岳："处什么？"

徐生瞥他："你说处什么？"

董大臀"啧"了一声："处对象啊，白痴。"

小岳又问："什么时候的事？"

徐生："她住院那会儿。"

董大臀勾着他的肩："生哥，你不够意思啊，这都过了大半个月了，要不是我们撞见，你们还打算瞒多久？"

徐生想，大概会一直瞒着吧。

谁知道他这一觉会睡得这么死，被他们撞见自己坐在这里。

徐生又说："这事儿咱们知道就行，别往镇上乱传，徐松松那儿也别说。"

镇上就那么大点地方，消息一旦传了出去，就是尽人皆知的程度。他倒是没什么需要顾忌，就怕给宋茱萸招来流言蜚语。

终究是多年兄弟，徐生话里话外的意思，小岳和董大臀都明白，两人发誓绝不泄露。

"那野格，我们什么时候告诉他？"董大臀问。

徐生捏捏后颈："他应该早知道了。"

这头正说着野格呢，他就从帐篷走了出来，两只鞋反穿着，一屁股坐到了三人旁边。

"一大早开会呢？"

小岳意味深长地使了个眼色："那事你知不知道？"

野格莫名其妙地看着他。

"哎。"小岳眼神瞥向三角帐篷。

野格后知后觉反应过来，一副天机被道破的表情："能不知道吗？"

这段关系能成，全都靠他好吗？不然还不知道徐生要拖多久呢。

小岳没控制住音量，突然喊了一嗓子："不行，生哥得请吃饭！"

野格和董大臀都做了个噤声的动作，几乎异口同声地制止他："宋老师还在睡觉。"

小岳赶紧捂着嘴，只敢用气音讲话："行行行，当祖宗供着。"

自桃明山回来。

徐生总想方设法寻找有意思的地方，满足女朋友提出的"关于约会一百件小事"的愿望。

宋茱萸从来没有想过，平淡的小镇生活也会有生动有趣的时候。

比如在赶集的这天，集市上有手工陶艺摊。

徐生带她去捏了一对情侣陶瓷杯，还有几个风格诡异的盘碟。只不过实物至今还未得到，这让他俩不得不怀疑，未成形的泥坯是不是被老板给扔了。

九月底的小镇，会有摘不完的水果。

漫山遍野的野生猕猴桃、无花果，让人眼花缭乱，压根儿摘不过来。村里住着位瘫痪多年的老人，他的老房子恰好背靠后山，成片的野生猕猴桃树就生长在那里。

每年村委会都会组织志愿者帮老人采摘、售卖猕猴桃。徐生带宋苿荑去参加了今年的第一批志愿者服务活动。两人跋山涉水，翻越重重山头，最后摘了二十来斤猕猴桃，尽最大的能力献出了爱心。

每月十五，镇上的妇女们会结伴去附近的庙里拜观音娘娘。那座观音庙香火特别旺盛，拜完后还能买到阿嬷们做的各类点心。

宋苿荑最喜那款绿豆皮的鲜化果子。徐生不吃甜食，也被她硬塞了几块，因为阿嬷们说吃了这类贡品可以沾沾福气。

小镇没有所谓的"禁烟令"，家家户户若是有喜事，都会在自家小院放烟花庆祝。看见徐生将超大号烟花筒从车上搬下来的时候，宋苿荑惊讶得合不拢嘴。

她忍不住调侃："徐大爷，整这么多烟花，您八十大寿呢？"

徐松松也兴奋地嚷嚷："唔唔唔！我哥今天八十岁了！"

宋苿荑笑得不行。

徐生笑着蹲在地上拆包装："那就当过八十岁的生日，提前跟宋老师庆祝了。"

宋苿荑故意逗他："就这么肯定我会陪你到八十岁？"

徐生笑着看她，眼里是止不住的爱意。

"砰"的一声，烟花升上天空，华丽的焰火在夜空中舒展，星火分散，犹如彩带飘洒，绽放成绚丽多彩的繁花。

徐松松忙着在角落里玩仙女棒。

宋苿荑捂着耳朵，钻进徐生的怀里。

徐生紧紧地搂着她的肩，两人都抬头凝视夜空，眼底落满绚烂。

"那提前祝徐生老爷爷八十岁生日快乐！"宋苿荑踮着脚对他讲。

"同乐同乐。"

烟花逝去的那一瞬间，宋苿荑忽然想起什么事，小脸严肃起来："徐生。"

徐生弯着腰侧耳听她说："嗯？"

"你八十岁那年，我都八十三了。"她的语气似乎不怎么高兴。

徐生慢慢站直身子，与她面对面，双手稍稍扶着她的肩，低头深情注视着她。

"恋爱关系就好比两人共翻一座山,半道上快坚持不下去的时候,始终都会有个人来拉你一把,所以这区区三岁又能代表什么呢?宋茱萸,能跟你一起变老是件很浪漫的事,管他七十三还是八十三呢。"

宋茱萸仰头含笑望着他:"等我真的到了八十岁,你还能说出这种肉麻的话?"

徐生偏头:"你不信?"

宋茱萸摇头:"不信。"

"那就等我陪你到八十岁,"他一字一句,尤其诚恳,"我会证明给你看。"

今年农历的九月初九比较晚,炎热的气温降了下来,三天两头降雨,潮得连衣物都晾不干。

一周前,徐生就明里暗里跟宋茱萸打探,想知道她今年打算怎么过生日,想要什么类型的礼物,但她死活不肯透露。

初八这天,徐生双手抱臂审视着她:"你根本没把我当男朋友。"

宋茱萸埋头吃饭:"你别找碴。"

"我找碴?"徐生提高音量,"反正我知道别人的女朋友会主动跟男朋友要礼物。"

"你还藏着其他男人是不是?"他挑眉。

宋茱萸差点被汤呛到,抽了张纸巾擦嘴:"你胡说什么?"

徐生连饭都吃不下,用湿漉漉的眼睛望着她:"那你想要什么礼物?"

宋茱萸实在拿他没辙。

前面徐生才送了部新手机给她,她到现在都还没想好还什么礼给他。如果再收一份生日礼物,不知道如何才扯得清,她不习惯让男生一直付出。

"我真不缺什么。"她声音轻轻的,还托着腮扮可怜。

徐生给她选择:"那再放次烟花?"

宋茱萸有些无语:"三天前才看了,哥。"

"化妆品?包包?香水?"

宋茱萸接连摇头。

徐生这闷气来源于自己,早知道就先留些花样,等她过生日的时候再用,怪他前面太着急表现了。

"我知道了。"宋茱萸喊住他,"我想吃杧果千层!"

徐生侧眼瞧她:"就这?"

"我想吃你亲自做的,不知道徐大厨可以吗?"

她常吃徐生做的饭菜,各种菜式皆有尝试,菜品也色香味俱全。但是甜品嘛,还从未在餐桌上出现过,对他来说或许是一种全新的尝试。

"这还不简单?"徐生不以为意。

宋茉荑笑着盛汤,开始提要求:"杧果要新鲜的,动物鲜奶油不要太甜,有条件的话可以加点紫米。"

徐生面上假装不在意,手却缓缓从兜里摸出手机,开始搜索她点单的杧果千层。

各类短视频的教程都非常详细,徐生大概翻看几个,信心满满地抬头:"保证让你满意。"

将近傍晚,小岳和野格掀开五金店的卷帘门,顿时被里面散发的香气整糊涂了。

浓郁的黄油味代替了原有的陈旧气息。

小岳见鬼似的冲进厨房,清甜的杧果味和软甜的淡奶油味更加浓厚,徐生系着围裙在灶台摊千层皮。

见一层层淡黄色的面皮平铺在盘里,小岳没来得及说话,就将手伸了过去,却被徐生一个眼神给制止了。

"火急火燎地叫我们过来做什么?"小岳还是偷了块杧果丁塞到嘴里。

徐生将千层皮放进盘里:"试毒。"

野格也探头看了眼:"合着我俩是你的小白鼠啊?"

"把我们叫过来,就为了试吃煎饼?"小岳虚着眼看。

守在厨房里的徐松松快笑死了,小岳哥怎么这么笨,他都知道这是在做蛋糕呢。

徐生将余下的面糊都倒进不粘锅里,叉腰盯着小岳,眼神要杀人般:"什么地方像煎饼?"

野格摸摸徐松松的脑袋,笑得不行:"这叫千层蛋糕,不懂别乱说。"

小岳的表情一言难尽,难道"完美小厨娘"业务再次拓展,开始在甜品行业驰骋了?

他问:"你又不乐意吃甜食,做蛋糕干什么?"

撑邪了?

徐生顾及着锅里,压根儿不想理他。

倒是野格更通透一点,露出看破一切的笑,语气里满是打趣:"应该是某人最近过生日。"

"谁啊？"小岳问。

"我知道，我知道！是宋老师生日。"徐松松抢答。

小岳顿时就明白了。

徐生把厨具收拾到一旁，准备叠放千层皮和各类材料。

"什么时候啊？咱们要不要出去吃个饭庆祝下？"小岳靠在门口。

"明天。"徐生开始往面皮上挤奶油。

乳白色的奶油铺满千层皮，他拿出刚买的刮刀抹平奶油，然后在奶油上放了些杧果碎，又加了层血糯米，如此反复。

"你俩明天把徐松松弄走。"徐生头也不抬。

"你俩过二人世界？"小岳追问。

"嗯。"徐生语气风轻云淡。

被点名的徐松松不高兴了："为什么要把我弄走啊？"

野格安慰他："大人的事情，小孩子不会懂。"

徐松松嘟起嘴："谁说我不懂啊？我哥跟宋老师在谈恋爱，别以为我不知道。"

闻言，几人都看向了徐生。

野格笑得不行，用手肘撞了撞徐生的腰："听见没，注意一点啊，别把小孩子带坏了。"

徐生愣怔了片刻，继续处理杧果千层，企图用沉默缓解尴尬。

千层蛋糕做好的时候，小岳和野格在外面玩游戏，徐松松守着电脑看动画片。

徐生将切好的千层分给几人后，回到木沙发上坐着，等待结果。

小岳抽空瞥了一眼，盘中甜品造型精致，顶端点缀着杧果丁和椰蓉，奶油上还插着清香木叶子，瞧着还挺像那么一回事，馋得他的少女心都咕噜噜冒泡了。

"有需要改进的地方立马跟我说。"徐生给他们安排任务，"我怕她明天会失望。"

想到宋荣萸说她惦记这口千层都快大半年了，徐生就越发想将事情办好，不容许出现任何差错。

徐松松直接抱着盘子啃："好吃！又香又甜！"

野格舀了一勺放到嘴里，语句苍白地评价道："确实挺好吃的。"

徐生将手撑在太阳穴处:"有没有什么问题?"

"我有。"野格举手。

"说。"

野格很认真地说:"就里面这糯米吧,再软点可能更好,我嚼着有些塞牙。"

小岳笑着怼他:"有没有一种可能,你的牙缝比较大?"

徐生没搭话,默默将这点记在心底。

徐松松三两下把千层吃完了,举起空盘子:"我还要。"

"拳头要不要?"

野格劝徐生:"小孩子嘛,他如果还想吃,你就给他再吃一块呗。"

徐生管得严:"不行。"

谁让徐松松晚上吃了两碗白米饭,再吃都得积食了。

徐松松可怜巴巴地问:"那明天能给我留两块吗?"

"看你表现。"

第八章 别离

卷帘门被敲响时,徐生恰好洗完澡出来。

旧铁门被人砸得哐哐作响,他瞥见手机上的未接电话,总共十三通,全都是宋茱荑拨过来的。

他将卷帘门掀开时,外面的路灯尤其昏暗,怎么都看不清她的脸。

他莫名想到几个月之前,也是这样的夜晚,她敲响了陈旧的门,也叩响了他沉沉的心。

"怎么,门又被锁了?"他含着笑问。

宋茱荑却在听见他声音的那刻,情绪彻底绷不住了,扑进他坚实的怀里。

徐生隐约有些不安,安抚般地顺着她的发丝,故意逗她:"想我了这是?"

话音刚落,他就察觉到胸口衣衫有些湿润。

宋茱荑一句话也不肯说。

徐生扶着她的肩,将人从怀里拉出来,盯着她泛红的眼睛。

"哭了?"他抬手抚她的脸。

眼泪毫无预兆地从她眼眶里掉下来,正好砸在他手背上,还带着余热。

徐生一下就慌了:"怎么了?"

情绪犹如洪水决堤,宋茱荑胸口剧烈起伏着,抓着徐生的小臂请求:"徐生,你能送我去趟县城吗?"

"现在?"他低声问。

"就是现在。"她有些慌乱无措,"可以吗?"

"可以。"徐生立即答应,也没问她缘由,"你在这儿等我,我先去借车。"

宋茱萸望着他挺拔的背影,握紧了拳头,指甲嵌入皮肉里。

徐生走路的速度很快,不一会儿就消失在黑暗中。

半个小时前,宋茱萸刚准备好课件,关掉电脑,手机铃声恰好响起。

手机扔在床头充电,她跑过去拔出手机,来电人是许明莉。

两人一般都是用微信联系,这么晚她怎么会突然打电话过来?宋茱萸按下接听键的时候,心中升起不妙的预感,眉心也跟着跳了下。

"喂?"

许明莉跑得气喘吁吁的:"茱,你是不是把阿姨的电话拉黑了?"

"嗯。怎么了?"宋茱萸伸了个懒腰。

来覃溪之后,她就跟原来的圈子断了联系,其他朋友一概不知她的去向,甚至连母亲杨琼华的电话都被拉黑处理了。

许明莉拦下一辆出租车,钻进后座,报了地名:"师傅,到市医院!"她又举着手机对宋茱萸说,"你赶紧回宜川一趟!医院那边说宋杭刚刚醒了。"

宋杭……

宛若隔世的两个字,猝不及防地出现。

"你说什么?"宋茱萸浑身都在发抖。

"宋杭啊!他醒了。"许明莉催促司机加快速度,"具体什么情况我也不清楚,等到了医院再联系你。你想办法马上回来一趟吧!"

宋茱萸收到消息后就出了门。

波平如镜的河面倒映着婆娑的树影,路灯下是一片片打着圈儿的飞蚊。

微风拂过的世界是无声的,跟杨琼华闹得最僵的那段时间,宋杭也曾将宋茱萸堵在这种昏黄的路灯下。

他会一遍接着一遍,不厌其烦地开导她。

他最常说的话是:

"宋茱萸,你这个阶段有逆反心理很正常,我能理解,但是你不能这样对你妈。"

"宋茱萸,师范专业对女孩子来说是个不错的选择,你没必要跟阿姨闹这么大脾气。"

"宋茱萸……"

宋杭总是这样一板一眼地唤她。

宋茱萸怎么也想不明白,宋杭为何总维护着杨琼华。

"宋杭,你该给她当亲儿子才对。"她吼他,"还有,请你别用长辈的口吻来训我,我听着犯恶心。"

……

今年,是宋茱萸与宋杭相识的第六年。

前半年两人相处总是夹枪带棒、水火不容,这位没有半点血缘关系的哥哥,让她在敏感的青春期愈加叛逆。

谁也想不到,后五年,宋杭却成了她最亲近的倾听者——

他在一成不变的白色病床上,一躺就是五年。

自那以后,再没人愿意做和事佬,缓和她们母女俩的关系了。

"宋杭"两个字到后面甚至演变成一次次矛盾的导火索。

宋茱萸将卷帘门拉下锁好,慌乱间突然踩到鞋带,踉踉跄跄地往前扑,险些摔倒在大街上。

徐生将她的失魂落魄看在眼里。

他等她将安全带系好才换挡,拨开转向灯,淡淡地问了句:"去哪儿?"

宋茱萸低着头在手机上看火车票:"火车站。"

徐生瞥了眼她裤兜里冒出头的身份证,并未开口多问,驱车带她去往目的地。

两人从未这般沉默过,车里只剩挂坠摇晃的声音。宋茱萸隔会儿就看眼手机,忐忑不安的,似乎等着谁的电话。

这个点,路上的车少得可怜,徐生把车速提了起来,没过多久,就看见县城灯火通明的高楼大厦了。他绕开容易堵车的路段,将宋茱萸送到火车站进站口。

宋茱萸又看了眼时间。

"几点的车?"他问。

宋茱萸解开安全带:"十一点五十。"

徐生将手搭在方向盘上,恰好对上她哭过的眼睛。他的指尖无意地点了点,故作轻松地问了句:"来得及……打算去哪儿?"

"回宜川。"她说。

徐生蓦地怔住了。

之前闲聊的时候，他们也聊过这个话题，宋荣荑告诉过他，她是宜川人。对这个陌生的城市，徐生此刻莫名产生了强烈的抵触情绪。

宋荣荑掰开车门扣，一条腿已经跨了出去，徐生忽然又叫住她："注意安全。"

她下车将车门关上，隔着车窗挥手："好，你开车慢点。"

"到了记得给我打个电话。"他叮嘱着。

"好。"

自始至终，徐生不敢再问其他的，心底燃起她要离开的想法，这种恐惧怎么都收不住。

你会回来的吧？

他想问，只是不敢开这个口，他怕得到不想要的答案，只好隔着黑夜默默看着她。

宋荣荑终于等到翘首以盼的电话，甚至都忘了回头看徐生一眼，拿出身份证就冲进了检票口。

望着她远去的背影，徐生升起车窗，喃喃自语："会回来的吧？"

会回来的吧……

一场期待已久的"意外"将原本的计划都撞破了。

宋荣荑在二十四岁生日这天，回到了日夜难梦的故土。她赶到医院的时候，将近凌晨五点了。

天将明，淡淡的消毒水味浮在空中。推开病房门的感觉陌生而又熟悉，室内传来刻意放低音量的谈话声。

病房里的两人听见门口的动静，谈话声戛然而止。许明莉和杨琼华站在窗口，看见风尘仆仆赶来的宋荣荑，皆是一怔。

"荣荑。"许明莉冲她招招手。

宋荣荑喘了几口气，往病床的方向走，一步一顿，费了好些力气才看清病床上的宋杭。

他跟往常一样合着眼，面色苍白毫无血色，嘴唇干裂出几道细微的口子，脸颊瘦得几乎凹陷了下去，很憔悴的模样。

"不是说已经醒了吗？"宋荣荑的声音很低。

"刚刚才睡下。"许明莉轻声告知她，"前面半个小时精神着呢，拉着我跟阿姨说了好一会儿话。"

杨琼华扯了扯流苏薄披肩，对宋茱萸没什么好脸色。她双臂环抱在胸前，姿态一如既往的凌人："出来说，别打扰小杭休息。"

望着女人姣好的仪态，宋茱萸僵硬地扯出一个笑，苦涩的同时带着一丝嘲讽。

也习惯了，反正无论她做什么事情，在杨琼华眼里都是打扰。

许明莉见她们母女俩连个眼神交流也没有，赶紧走过去搂着宋茱萸的肩，打着圆场："咱们先出去吧，出去再说。"

两人走出病房的时候，杨琼华早在走廊尽头等着她们了。

安全出口的提醒标泛着绿光，杨琼华拉过许明莉的手，在她手背上拍了拍，面上挂着客套的笑容："明莉，你也跟着忙活了大半宿，辛苦啦，赶紧回家休息去吧。"

"阿姨您客气了。"许明莉瞥了眼宋茱萸。

宋茱萸抿着唇不吭声，盯着渐渐变明亮的天空，脑袋里不知道在想什么。

许明莉知道她们母女的关系水火不容，两人阔别大半年没见面，现下正是需要沟通之际，也是妥妥的修罗场，她再留下也不合适。

"那我先回家了。"许明莉笑了笑，"阿姨您注意身体，别太忧心了。"

临走前，许明莉勾了勾宋茱萸的胳膊："我晚点联系你。"

宋茱萸垂下眼睫毛，轻轻"嗯"了一声。

许明莉离开后，母女俩依旧保持同种站姿，谁都不肯先开口打破沉默。

宋茱萸是无话可说，但她很清楚杨琼华心底憋着话呢，就等着火引子靠近，一点必着，又跟她闹个天翻地覆。

她余光中都是母亲的影子。

宋杭醒得实在太突然，但杨琼华并无半分狼狈，就连那头茂密的长鬈发依旧打理得一丝不苟，始终端着专业舞者的古典气质。

沉默半响。

"我还以为你要在乡下躲一辈子。"

杨琼华开口第一句就让宋茱萸无话可接，语气中的鄙夷更是毫不掩饰。

"您知道我躲的并不是他。"宋茱萸嗓子疼得厉害。

杨琼华明白宋茱萸话里的意思，冷笑了一声，微微侧过身打量着女儿。宋茱萸依旧是那副犟得要死的模样，不过那张蜡黄小脸相比之前，倒是多了些气色。

"行了，你去病房陪小杭吧。"杨琼华并不打算与宋茱萸闲扯，"上午舞蹈团还有彩排，我忙完再过来。"

她又摆出母亲的那种宽容大度，宋茱萸最反感她这姿态，所以只埋着头应了一声。

宋茱萸守在病床前小憩了一会儿。
脑海里装的事又杂又乱，迷迷糊糊间，她做了个短暂无序的梦。
梦到四五岁的时候。
她被带去母亲工作的舞蹈团里，小小的一团缩在练功房的角落，望着镜面里的杨琼华翩翩练舞。
杨琼华高挑窈窕，是名专业的民族舞者，屡获舞蹈类大奖，想将女儿培养成接班人。奈何宋茱萸先天条件欠佳，又吃不了练功的苦，杨琼华恨铁不成钢，对她怎么都喜爱不起来。
母亲对与宋茱萸同龄的弟子关爱有加，但对她只剩责骂与忽视。练功房和舞蹈团是她噩梦的开端。她在无限嫉妒别人的同时，又恨自己没继承母亲那份天资。
又梦到十来岁的时候。
她的文化成绩依旧过不了杨琼华那关，各类教辅资料、补习班拥挤地渗透着日常。
小孩的天性就是贪玩，她逐渐受不了枯燥压抑，在朋友的鼓动下，第一次逃掉了补习班，去游乐园疯了整个下午。
青春叛逆期恰好撞上暴躁更年期，快乐更是需要付出代价的，杨琼华不能容忍她这次"造反"，对她施以小小惩戒。
宋茱萸却因此尝到了甜头——叛逆似乎能兑换快乐，还能兑换母亲的关注。
还梦到杨琼华再婚那年。
宋茱萸的父亲早已离世多年，冠了快十五年的姓氏骤然间被更改为"宋"，她似乎成了母亲讨好继父的礼物。
那一年宋茱萸交了一群不三不四的朋友，他们一起喝酒、打架、逃课，做尽了混账事情。
她也沦为"坏孩子"中的一员，屡次被学校老师批评和叫家长。看着杨琼华恨铁不成钢的表情，她竟难得地感受到母亲的关爱。所以，让杨琼华生气的事，她都特别感兴趣。
直到某个下了晚自习的夜晚，她和朋友逃课，被面色凝重的"哥哥"抓了个正着。宋杭三言两语将那个朋友恐吓走，还摆出长辈那副老成的模样教训她。

她气得破口大骂："宋杭，你算什么东西？"

宋杭不怒反笑："你要不是姓宋，你管我管不管你。"

宋茱萸认为宋杭是她的克星，但她没想到克星的命不够硬，才与她斗了不过几回合，最后竟倒在汹涌血泊中，在病床上一躺就是五年。

她后来想，自己当年做的幼稚事实在是荒唐无比。为什么会选择用"伤敌一千，自损八百"的方式，企图引起母亲的注意和关心，从而获得本就不属于她的母爱呢？

"宋茱萸……"耳畔响起低沉沙哑的男声。

宋杭有些费劲地抬了抬手，奈何整条手臂都被压得麻麻的。

"宋茱萸！"那人提高音量喊了声。

宋茱萸的肩颤了颤，从乱七八糟的梦中醒过来，一抬眼便看见宋杭铁青着脸盯着她。

"醒了？"宋杭费劲地收回手。

宋茱萸的表情茫然，愣怔片刻，身体往前倾直接抱住了宋杭。

宋杭很抗拒："救命啊，不清醒的究竟是你还是我啊？"

这个拥抱用了很大的劲，她带着惊喜和无措，拍了拍他瘦削的后背。

两人丝毫没有注意到，病房门口闪过一道身影。

这个拥抱很漫长，她隔了很久才松开宋杭。

"真好。"宋茱萸又冒出泪花。

宋杭很无奈："你是嫌你哥躺得不够久，是吧？非得让我脑袋缺氧再晕一次？"

"真好！"她又重复了一句。

宋茱萸看着他久违的臭脸，确定这不是臆想出来的梦境，而是宋杭是真真切切地醒过来了。

宋杭刚醒来就摆起了大少爷的谱。

宋茱萸被迫揽下了端茶倒水的活，连去叫医生和护士做例行检查都是她跑腿。

宋杭兴致勃勃地与医生讨论着自己的伤情，谈到某些内容时还会露出少年人的惊愕与惶恐。

宋茱萸觉得这样的宋杭好幼稚。

但是转念一想，抛去一闪而过的这五年，宋杭的见识与心智似乎就停留在十九岁，所以他这种状态再正常不过。

好像只有她虚长了五岁。

送走医生后，宋茉荑又给宋杭倒了杯水。

宋杭的精神状态还未完全恢复，现下神情又恹恹的了。他捧着水杯抿了一小口，有气无力地靠回枕头上。

"宋茉荑。"他叫她的名字。

宋茉荑忙着给学校领导发请假消息，抬起头看他一眼："做什么？"

"你说我真就二十五岁了？"宋杭难以置信。

"对啊。"她收回手机。

宋杭转头盯着窗外，下颌线绷得紧紧的。天色依旧暗沉沉，心蓦地被一块重石填得满满的，升起一种强烈的无能为力感。

他叹了口气："感觉被偷走了五年。"

宋茉荑听他这样说，心情也跟着跌到了谷底。她不由自主地咬紧了嘴唇，压根儿不敢与他对视，非常无力地道了句："对不起。"

宋杭愣了片刻，接着翘起嘴角，故意啧啧两声："宋茉荑，我发现你好像变老了不少。"

宋茉荑知晓他在逗自己，不打算与他争执，只笑了笑，没接话。

两人后面又扯了点其他的，宋杭撑不住困意，打算休息会儿。

在闭眼前，他张了张干裂的嘴唇："不用觉得抱歉，宋茉荑。"

宋茉荑将水杯收捡好，杏眸中的光闪了闪，身体某一处像被什么狠狠蜇了一口。

"有空就来看看我。"宋杭转过身去，将脸埋在被单中，"我很想知道这五年有什么变化。"

万千话语被咽在肚里，宋茉荑只重重应了声"好"。

杨琼华来病房接替宋茉荑的时候，宋茉荑刚买好返程火车票。

"去哪儿？"

"回学校。"

简洁的一问一答。

杨琼华也没再多说什么，任由宋茉荑做决定，只在最后又补了句："周末记得回来。"

宋茉荑没吭声，算是默认了她的要求。

有人陪着宋杭，宋茉荑也放心了些，接着打车去火车站。

她手机的电量所剩无几,终于得空翻出徐生的微信。他实在乖得不像话,竟未发一条消息追问。

宋茱萸:对不起,失约了。

徐生很快就回复:你忙你的事。

宋茱萸截了张图发过去,是她返程的火车票信息。

徐生又回:知道了。

宋茱萸吸了吸鼻子,真冷漠呀,男朋友似乎生气了。

徐生隔了好一会儿又补了句:县火车站,出站口见。

因天气原因,火车晚点,宋茱萸回到县城的时候,时间已经将近晚上十点了,她顺着人潮汹涌的队伍排队出站。

手机在下车的前一秒显示电量不足,而后自动关机。

徐生只告知她在出站口会合,两人少了通信工具联系,她只能没有头绪地四处张望。

出站口的人群摩肩接踵,还有不少司机堵人接客。宋茱萸身量较小,被挤得踉跄不稳。

"哎哎,小妹,县城内包送到家,走不走?"

宋茱萸摆手:"不用了。"

那司机大哥很热情:"一口价,二十元跑全城,你上车就能走!"

宋茱萸斜着肩躲:"不用了。"

接近一米八的壮汉似乎听不懂:"小妹哎,现在是打车高峰期,出了站可就找不到那么便宜的了。"

宋茱萸深吸一口气,四周人声鼎沸,她被磨得没有脾气,往后躲避那人揽客的手。

转身的下一秒,她撞到一个结实的胸膛,细微的龙井茶香钻进她的鼻尖,桂花被碾碎的清新令人熟悉又亲近。

宋茱萸后知后觉仰起头,跌入他深色双瞳:"徐生。"

徐生顺势将她搂在怀里,气息冷然地盯着缠客的司机:"说了不用,听不懂人话?"

"不坐就不坐呗,你这小伙子,脾气这么冲干啥?"

司机讪讪地收回手,扭头又冲进了人群中,开始物色下一位乘客。

徐生今晚很沉默,拽紧宋茱萸的手往前走,绕过人挤人的地方,走进附近的停车场。

216

宋茱萸看得出他的情绪不高。

他径直拉开副驾车门，绕过车头又去了主驾驶位，插钥匙，打火，放下车窗，扯着安全带往身前一挂。

宋茱萸麻溜地爬上了车。

徐生扫码付了停车的费用，驱车离开地下停车场。郊区的车流量较少，他将左臂搭在窗沿上，右手扶着方向盘，姿态不羁又懒散。

宋茱萸捏着安全带，看着窗外沿路的夜景，沉默。她几乎彻夜都没合过眼，刺眼的灯光照得她眼冒泪花，长睫刚刚耷拉下去，身旁的人就冷不丁开口。

"你有话要跟我说吗？"

宋茱萸偏了偏头："说什么？"

"什么都行。"他轻轻踩了下刹车。

宋茱萸敛下眸，视线又回到宽阔的主路上。有些事情，不是她三言两语就能说清楚的。或许是太累的缘故，今晚她并不想开口提起那些往事。等她先缓缓，再挣扎，想清楚怎么把她的过往与拧巴，毫无保留地告知他。

"那你有话想跟我说吗？"宋茱萸将问题抛了回去。

黑夜尤其沉默，徐生没有动静，将车窗全部关上，迟迟才开口："我也没有。"

宋茱萸闭着眼睛往后靠，换了个舒服的姿势躺着，想用音乐掩盖此刻古怪的沉默："听点歌吧？"

徐生抬手点了点中控台上的显示屏，瞥了眼最近播放的曲目，五首歌中，他挑了首与此刻心境最贴切的。

李玖哲的《想太多》。

沙哑的男声低沉又性感，配合细腻的伴奏。

"我的不安，那么沉重，只有你不懂——"

徐生将歌词听到了心坎里，难过得想跟着号上两嗓子，只好用指尖轻轻敲着拍子，好歹将这种想法压制下去了。

副驾上的人缩成小小一团，呼吸均匀平稳。

徐生长长舒了口气，又连着听了好几遍《想太多》。

宋茱萸是被徐生叫醒的，一睁眼便能瞧见朦胧的月色。田野上枯枝残叶的气息被风卷入车窗，是属于小镇的独特气息。

"那我先上楼了。"她活动活动脖子。

"上去吧。"

"早点休息，拜拜。"宋茱萸侧身拉开车门。

徐生突然靠近她，音色低沉："等下。"

"怎么？"宋茱萸回过身。

两人猝不及防间贴近，鼻尖与鼻尖摩擦了一下，唇与唇只剩毫厘之距，就连呼吸都缠绕在了一起。

"安全带。"他语气轻轻的，像是怕吓到她。

宋茱萸心头一悸。

"啪嗒——"

徐生偏着头，视线落在她唇瓣上，松开座椅上的安全带。

宋茱萸捏了捏他的手指："那我真上去了？"

徐生再次倾身，在宋茱萸的唇边落下一吻。

"生日快乐。"他说。

今日过于慌乱，许明莉不记得，杨琼华不记得，甚至连她自己都忘了这件事。也许只有徐生放在心里惦记着，赶在凌晨来临之前正式地给她道了句祝福。

宋茱萸回吻他一下："谢谢。"

不知为何，这个吻艰难又苦涩。

"有点遗憾。"徐生摸了摸她的脸，"宋老师指明要的杧果千层，今天没有。"

宋茱萸放开他的手："没关系，下次吧。"

他的眼神漆黑深沉，透露出探究之意，期待与失望交织不断。

两人各自藏着事情，都等着对方先行吐露。

"徐生，给我点时间。"她下了车，冲他挥挥手，"我会把一切都告诉你的。"

徐生也没多说什么："好。"

宋茱萸当晚接到了一个陌生来电，呼号归属地显示为宜川市。有一种道不明的预感，她大概能猜到对方是谁。

杨琼华清冷的语调从听筒里传来："休息了？"

"还没。"宋茱萸擦了擦头发。

"小杭之前那个电话号码注销了，这是新给他办的号码，你记得存上。"

宋茱萸说："嗯。"

杨琼华没什么情绪地继续说道："明莉说你这大半年去了覃溪？你要躲我也得有个度吧？那破地儿我在报道上看到过！你跑到那种地方去，真是活够了吗？"

宋茱萸拨弄着湿发，对着镜子中的自己出神。

"哑巴了？"杨琼华咄咄逼人。

宋茱萸一度想把通话切断："我是成年人，自己有分寸。"

杨琼华嗤笑一声："我真没瞧出你的分寸在什么地方！宋茱萸，从小到大，我对你操的心已经够多了，你到底什么时候才能懂事一点啊？我不想以后接到通知，让我来给你收尸。"

宋茱萸也笑了声，不甘示弱："没人逼您来，我要真死了，就烂外边吧。"

针锋相对的场面早就是家常便饭了，宋茱萸没有任何留恋，直接将电话挂了。

徐生这几天在县城接了新活，听小岳说是仇天的 KTV 营业许可证没办下来，还需要补防火材料和消防设施。KTV 着急开业，徐生也算懂装修这些，又被叫回去帮忙干活了。涉及某些线路的改造，他还得亲自上手，忙得脚不沾地，就连董大臀都被叫去搭把手了。

宋茱萸把这几天当作休整，每天照例上下班，学校、宿舍两点一线。

周五上午，校门口多了一辆轻奢轿车。与那排灰扑扑的旧车停在一处，显得有些格格不入。

学校督学办公室，不速之客前来造访。

"刘校长是吗？"杨琼华敲了敲门，"有件事情想跟您沟通一下。"

刘校长是覃溪小学的正校长，为人圆滑老到，最会见风使舵。他见杨琼华的谈吐、气质皆不凡，客客气气地请人在沙发上坐下。

"请问您是？"

近期上级领导巡查走访考察，刘校长莫名有些担忧。

"抱歉，忘了给您自我介绍，我是贵校聘用教师宋茱萸的母亲。"杨琼华将皮包搁在身旁。

刘校长悬着的心这才落下，顿时摆起了领导的谱儿："这样啊，请问您有什么事？"

"今日来想跟您商讨下宋老师办理离职一事。"

闻言，刘校长明显一怔。他见过不少帮忙办理转学的母亲，这帮忙办理离职的倒是头一次见，确实稀奇。

"这事，我没听宋老师跟我提起过啊。"刘校长委婉道。

杨琼华抿了抿红唇，索性开门见山道："因为工作单位离家太远，我们当父母的实在忧心，还是希望她能留在家这边工作。不知道她当初签聘的是事业单位合同，还是通过其他途径入职？规定的离职违约金，我们会按照合同赔付的。"

刘校长不自然地笑了笑："宋老师是通过毕业生顶岗支教分配到我们学校的，规定实习期在上个学期已经结束。由于宋老师教学工作优秀，我校与她又续签了三年劳务合同，届时我们将提供正式岗位让她转编。"

杨琼华压根儿瞧不上他抛出来的诱饵："所以只需向校方提供离职材料，是吗？"

"学期中途更换带班老师，学生难以适应。"刘校长摸不准她的意思，"要不等这学期结束，您让宋老师再来跟我沟通？"

杨琼华说："她刚刚毕业没多久，教学合格可能都谈不上，所以还是麻烦刘校长另聘其他益师。"

刘校长琢磨着她态度如此坚定的理由，莫非是因为上次宋茱萸被罗瞎子绑走那件事？

"嗯，实在抱歉，上次的事确实让宋老师受惊了。不过学校也特别体恤教职工，给她批了两周的病假养伤。"

杨琼华瞬间变了脸色，眼中投出锋利的光："养伤？因为什么事？"

宋茱萸出校门的时候，其实已经注意到了那辆车牌为"宜·A"开头的奥迪。她微微敛着眸子，停顿了片刻，最后打算将它归为巧合。

是她最近神经紧绷，有些草木皆兵了。

徐生今天难得休半天假，傍晚还得回县城一趟，所以叫宋茱萸回五金店吃饭，说是野格和朋友钓了很多小龙虾过来。她钻进柴市街，恰好碰上徐生从桥头超市的方向走来。他手里提了个大号购物袋，里面是几瓶啤酒。

宋茱萸小跑过去，直接搂上他的小臂，两人并排往五金店走去。

"一起提吧？"她提议。

徐生笑得温柔："又不重。"

宋茱萸眨眨眼："我下午还有课，不能喝酒哟。"

徐生学她的语气："我下午要开车，也不能喝酒哟。"

"那你买酒做什么？"

"煮小龙虾啊。"

"小龙虾什么口味的?"

徐生捏了捏她脸颊的软肉:"你猜。"

"别是蒜蓉的就行,我怕熏到学生。"

徐生笑了下:"好,都依你。"

他们身后巷口的一辆轿车响了声急促的鸣笛,短暂停留片刻后,往教师宿舍楼那边驶去。

两人吵吵闹闹地回到店里时,各种食材已经下锅了,就等着徐生带回的啤酒煮虾。

下厨的人是野格,围着那款少女系围裙,宋茱萸瞧着有些想笑。

"快快快,就等你呢。"野格急吼吼地接过购物袋。

他拆了两瓶啤酒倒进锅里,将锅里的小龙虾翻了翻,从裤兜里掏出手机拍了张照。

趁徐生去擦桌子的空隙,宋茱萸扶着门,清清嗓子,眼神意味深长地盯着野格。

野格被她盯得发怵:"做什么?"

宋茱萸又冲他盈盈一笑。

"做什么啊!宋老师,你是有家室的人。虽然我知道我做菜的模样确实有那么点小小的帅气,但也请你控制住好吗?"

宋茱萸受不了他的发言,踢了他一下:"哎,给谁发消息呢?"

野格知道这事瞒不过她,如实说:"明莉。"

"叫这么亲热呢!"宋茱萸打趣一笑。

野格拿锅盖把小龙虾盖住,关成小火炖煮收汁,慢悠悠地回过身:"宋老师,问你个事儿。"

"说。"

野格吞吞吐吐的:"就是我跟她吧,也认识挺长一段时间了,而且我俩也有共同的朋友,算是知根知底的吧?"

"然后呢?"

野格纳闷:"但我说想去宜川找她,她为什么会那么排斥啊?"

宋茱萸吸了口凉气:"嗯,可能怕失望吧。"

野格不解地看向她:"失望?我这长相也不至于见光死吧?"

"不是这个。"宋茱萸跟他分析着,"因为距离确实太远了,她怕奔现之后不现实。如果以后因为距离而闹掰,那还不如不开始呢,从一开始就只当网友。"

野格几乎没思考就说:"我可以去宜川啊。"

宋茱萸笑得满脸慈祥,余光瞥到身后的徐生,语重心长地嘱咐:"慎重考虑,凡事不要想得太简单。"

徐生没问两人在聊什么,默默将饭桌和餐具收拾了出来。

午饭过后,时间还早,宋茱萸打算回宿舍躺会儿。还未走到宿舍楼下,她的视线就被门口那辆奥迪吸引。

她走过去的时候,杨琼华就推开了车门,踩着细高跟绕到了她跟前,摘下墨镜来回打量着她。

"你怎么来了?"宋茱萸绷着脸。

杨琼华红唇轻启:"当妈的来看看女儿也不行?不请我上去坐坐吗?"

宋茱萸没兴致招待她,直接往宿舍楼上走。

杨琼华观察着周遭的环境,跟在宋茱萸的身后缓缓上了楼。

见宋茱萸按下指纹锁,她说:"挺有防范意识的,还知道换个锁。"

宋茱萸依旧不想理她,自顾自地换上拖鞋:"没其他居家鞋,你直接进来吧。"

杨琼华丝毫不客气,将整套房子大致参观一番,那种嫌弃、鄙夷的微表情,全部被宋茱萸看在眼底。

"过来有事?"她询问杨琼华的来意。

杨琼华在客厅的躺椅上坐下:"也没其他事,周末了不是,正好接你一块儿回去。"

宋茱萸说:"我下午还有课。"

杨琼华不在意:"没事,我在这儿等你。"

宋茱萸拿了瓶矿泉水扔给她:"随你。"

"什么时候回宜川?"杨琼华没开那瓶水,又放回了餐桌上。

宋茱萸知道她话里的意思,不是短暂的回去,而是永久的离开:"我在这儿挺好的。"

杨琼华:"小杭最近的状态不怎么好,舞蹈团那边的事儿也多,总不能指望我一直守着他吧?"

宋茱萸反问:"这跟我回宜川有直接关系吗?"

杨琼华往椅背上仰了仰:"你就没半点愧疚?"

宋茱萸若有所思地喝了些水:"就非得把所有责任推到我身上是吗?"

你就没有半点问题吗?

"再说宋杭是我撞的吗?

"这都多少年了,你还在跟我追究这些问题。"

将内心的质问全部抛出去,宋苿萸靠在餐桌旁,无力地闭上了眼睛。

五年前的盛夏。

宋苿萸高考结束,在各大志愿间徘徊,只有一点,离家越远越好。她渐渐也想明白了,自己无论做什么事,做到什么程度,母亲始终不会高看她一眼。

宋苿萸成绩虽不算特别理想,但足以去她心仪的大学。可查询到录取信息的那一刻,她把电脑连带键盘全都砸了。她被本市的师范院校,还是以第一志愿录取的——是杨琼华更改了她的高考志愿信息。

两人之间的战火一触即发,宋苿萸要去招生办说明情况,最后被匆匆赶来的宋杭拦下。他将母女俩的情绪安抚下来,开车载着两人回家再商量。

谁料宋苿萸与杨琼华又发生口角,宋苿萸实在咽不下这口气,让宋杭立刻将车停在路边。

宋杭担心宋苿萸下车会出事,所以驾驶着车继续前行。

宋苿萸觉得多看一眼杨琼华都无比反胃和恶心。她直接将车窗全部摇下来,半截身子都支到了窗外。

她要跳车!

宋杭顾忌她的情况,一个分神没注意,与迎面而来的小货车相撞。

宋苿萸与杨琼华都是轻微创伤,只有主驾的宋杭伤势严重,颅内出血,感知神经受损,昏迷不醒。

"你非得留在这儿的原因是什么?"杨琼华不顾宋苿萸的歇斯底里。

宋苿萸沉默了,她也说不上来。

杨琼华的语气恢复成往常的严厉:"因为他是吗?你跟那小流氓在谈恋爱?"

流氓?

宋苿萸很快反应过来,这带有侮辱性的两个字究竟指的是谁。

"我刚刚在车上全看见了,你俩勾肩搭背地走在街上,宋苿萸啊宋苿萸,你让我说你什么好?人自甘堕落也得有个底线吧?我看你在镇上这大半年,真是半点长进都没有!"

"把那两个字收回去。"宋苿荑半个字都听不进去。

"小镇上的流氓,我还评价不得吗?"杨琼华冷笑。

宋苿荑恼红了眼:"我不管你怎么说,宜川我是不会回去的。"

杨琼华气定神闲地看着她:"你不回去是不是?"

宋苿荑告诉自己没关系,只要自己坚定,一切都会迎刃而解的。

"你还能把我绑回去不成?"

"是,我不能绑你,但我已经跟你领导沟通过了,"杨琼华淡淡说道,"他同意你离职。"

她竟还跑去找校领导了?宋苿荑被这几句话堵得死死的。

她的心像极了一团凌乱的线,很多事情再怎么想都想不明白。

"妈,我就想不明白了。"再抬眼时,她的眼眶全部红透了,"为什么啊?你就那么恨我吗?恨我像爸爸,恨我跳不了舞,恨我不能照着你制定的人生计划走,所以一见不得我痛快,非得把我往绝路上逼?"

宋苿荑摇了摇头,作为成年人,为什么就不能替自己做回决定呢?不能替自己争取一些什么呢?为什么处处都必须得朝着别人规划的方向走?

"找时间把辞职材料递给学校,我也不怕你犟着非得留下来……你跟那流氓的事情是经不起舆论发酵的,家长跟老师谈恋爱本来就有些不伦不类,我有的是方法让你待不下去,也有的是方法让他过得比现在更加不堪。"

杨琼华的手段宋苿荑最清楚不过,雷厉风行,说到做到。

她几乎可以想到杨琼华将小镇掀起一阵腥风血雨的模样,而她与徐生,就是众矢之的。

徐生的周末与往常一致,在 KTV 忙得昏天黑地。尽管如此,他也会抽空翻出手机给宋苿荑发条消息。

宋苿荑也跟往常一样,给他汇报些琐碎的日常,两人还跟原来那般相处着,并无反常。

这天下午,徐生总算得了闲,忙完手头的工作就着急忙慌地赶回覃溪,还买了宋苿荑最爱吃的牛肉。他回到五金店的时候,野格已经在店里了,百无聊赖地玩着电脑游戏。

徐生把菜放进厨房,问道:"怎么过来了?"

野格挠了挠头:"无聊。"

他目前还在恢复期,父母担心他的身体,不让他老往果园跑了。他得了闲,闲得无聊,也闲得胡思乱想。

徐生拿了罐冰汽水，顺势坐到后面的木沙发上，直觉告诉他野格心里有事儿。

"说吧。"他喝了口汽水。

"说什么？"野格回头。

徐生捏着易拉罐，淡淡扫了他一眼。

野格又看回电脑，索性关掉了游戏，滑着椅子坐了过去："阿生。"

"嗯。"

"感觉游戏吧，还是得在忙里偷闲的时候来两局……"野格有点不知道该怎么开口，"才有意思。"

徐生笑了下："现在呢？觉得没劲了？"

"嗯，没劲死了。"野格仰头望着大花板，叹了口气，"从前觉得，一直待在镇上也没什么，闲下来就能找你们玩，也没什么烦心事，活得也挺开心的。现在仔细想想，可能是我之前从来没思考过其他活法。"

话铺垫到这里，徐生已经猜到野格接下来想说什么了。毕竟前面也听宋茱萸提过几句，野格应该跟她朋友在一起了。

"但现在，阿生……我有点想去外面看看。"野格没敢看徐生，"我想跟喜欢的姑娘有个好结局。"

徐生还是那副懒散的坐姿，眼神淡淡的，没什么情绪。野格却能感觉到他眼底闪过火花，蕴藏着开天辟地般的动容和转变。

隔了半晌，徐生才开口："挺好的。"

野格有些不敢相信："你不怪我？"

"怪你什么？"徐生反问。

"说了要当一辈子好兄弟！"野格说出心底的想法，"其实这几天我还挺煎熬的，因为有了离开覃溪的想法，心里总有种深深的背叛感，我怕你们会怪我……"

徐生搁下易拉罐，将手搭在野格肩上："出去看看也挺好的。

"其实小董之前跟我说过类似的话，但我那会儿给他泼了盆冷水。我说我们要学历没学历，要本事没本事的，真出去了能干什么，送外卖估计都找不准地儿。"

"那你怎么不骂我？"野格知道董大臀想去邻市的打算，毕竟那姑娘就在那边上大学。

徐生吸了口气，考虑了会儿才说："就像你前面说的，一辈子就那么长，就照自己的想法活吧。"

野格将信将疑地看着他。

徐生笑着捶了野格一下:"我给的答案又不作数,现实会教给你们最真实的。"

野格其实也挺忐忑的,不知道这个决定究竟是对还是错,但努力试试总归不会太遗憾。

徐生问了下野格的打算,两人又扯了几句旁的。最后,野格离开之前问了句:"阿生,那你呢?"

电脑主机发出嗡嗡的动静,徐生很清楚他想问什么。

"如果,宋老师要离开覃溪,你会跟她一起走吗?"

气氛低迷又安静,壁灯昏黄又暗沉,徐生望着陈旧的天花板,叹了口气:"不知道,再说吧。"

关于野格的问题,徐生还没思考出答案,就有人替他做了决定。

徐生正在厨房做饭,徐松松是哭着跑回来的,抱着他的腿泣不成声。

"哥!"徐松松断断续续地抽噎,"宋老师,宋老师要走了……她以后都不会教我们了。"

徐生觉得耳边一阵嗡鸣,这个消息犹如晴天霹雳,太突然了,没有预兆,他宁可将其当作一个并不好笑的玩笑。

"她说的?"徐生没注意到自己的声音在发抖。

徐松松越哭越大声:"已经换成其他老师上数学课了,宋老师亲自来跟我们……道别,还给我们都带了小礼物。"

"宋老师要走了,怎么办啊,哥……"

伴随着徐松松的哭泣声,徐生捏紧了拳头。

宋荣英离职这件事并未大肆宣扬,她只将消息告知了关系还算亲近的同事,戚雪是一个,江苗是另一个。

她把宿舍收拾整理好之后,提着两个包装精致的礼物盒下楼,走到一楼时敲响了江苗的宿舍门。

"小宋啊?"江苗用湿漉漉的手将门打开,"我得去把茜茜刚喝过的奶瓶洗了,你先坐着等等我啊。"

宋荣英含笑拒绝:"我待会儿还有点事,就不进来了。"

江苗见她一脸疲倦,知道这是个人隐私,却还是忍不住关心:"真得走吗?你这也太急了些,我都没反应过来。"

"嗯,家里出了些事情。"宋茱萸涩然一笑。

江苗觉得格外惋惜。

她之前与宋茱萸相处并未交心,只在碰面时打个招呼而已,除此之外就再无其他了。但在茜茜被拐走的那天晚上,宋茱萸却是最尽心尽力的那一位,最后连自个儿都差点搭进去。她这才发觉,这姑娘看似乖巧柔弱,实则坚强理智,又非常有主见,确实招人稀罕。

"那你以后还回来吗?"江苗问。

宋茱萸将其中的一份礼物递给她,思考了几秒钟:"看具体情况吧,有机会就回来。"

江苗不肯收下礼物,摆着手连忙拒绝:"你这是做什么啊?哪有临行前还让你送礼的,怎么说也该让我请你吃个饭。"

"一点小心意,你就收下吧。"宋茱萸将东西塞进她手里。

并不是什么贵重的东西,几盒面膜和精华之类的,还顺手放了些爽口的小零食。

"好好的啊,平时多注意点茜茜。"宋茱萸叮嘱着,冲着外面扬了扬下巴,"我还有点事要处理,就先出门啦。"

江苗笑了笑:"那我就恭敬不如从命了,谢谢啊!小宋。"

宋茱萸:"别客气。"

江苗注意到外边天色渐晚,也不多留她再耽搁时间:"那你先忙吧,早去早回啊。"

与江苗告别后,宋茱萸提着剩下的礼盒,在楼下纠结了好几分钟,最终下定决心去五金店一趟。

有些事情得当面说,她总不能一声不响地离开。

河面在月光的照耀下透出浅银色的光线。

原本十分钟的路程,在今夜变得格外漫长,这条小路似乎怎么都走不到终点。

宋茱萸的一颗心比手上的包装盒更加沉重。

走到五金店门口时,她发现徐生已经等在那里,似乎料到她一定会过来。他倚在收银台边,眉宇是一贯的平和,让人看不出情绪。

察觉到宋茱萸过来,他缓缓抬起线条分明的侧脸,目光落在她身上。

宋茱萸捏紧了拳头,故作轻松地走上去:"这么巧,在等我啊?"

徐生的眼皮耷拉下来。

怎么会看不出他的情绪？辞职的消息，他必定早就知晓了吧？

宋茱萸将带过来的东西递给他："给你挑的礼物，看看喜不喜欢？"

是一台脊椎按摩仪，算是给他的回礼。

她之前发现徐生总会在无事时用手捏脖颈和脊椎，是很典型的脊椎类职业病。无论是装系统、打跑图游戏，还是五金店的安装工作，一旦开始工作，保持相同的姿势不可避免，还经常持续好几个小时以上，对脊椎和后颈的损伤难以估量。

这台按摩仪她研究许久了，采用的是仿生人手对肩颈进行放松，即便是科技智商税，也比他用手捏的效果好些。

徐生看了那盒子一眼，没接。

想说的话不知从何提起，宋茱萸见着他之后就凌乱了。她将按摩仪搁在收银台上，不动声色道："抽空试试吧，我先回去了。"

转身之际，徐生拉住了她的手："宋茱萸，你没有什么想说的吗？"

宋茱萸停在了原地，完全不敢回头看他。她心虚，心中有愧，愧疚到甚至不敢出言反驳。她过于高估自己了，明明那些事情她都无力处理，却还是将他当作能短暂停靠的港湾，义无反顾地拽着他共赴深渊，直到现在才清醒过来，她压根儿没想明白未来。

"对不起。"她很无力。

徐生将她拽得紧紧的，将近失声的状态："你知道的，我想听的不是这个。"

他只是想要一句解释，就那么难吗？

宋茱萸根本开不了口，不知道该如何说出离别的话。

徐生蓦地直起身来，瘦高的身影挡在宋茱萸面前，宋茱萸与他四目相对。

徐生看着她，毫不迟疑地吻了下去。属于他的独特的清冽气息，如暴风般席卷而至。这个吻暗暗发着狠。

宋茱萸双手撑在他的胸前，无论怎么用力推，也撼动不了他，还被他吻得节节后退，直至站不稳脚，直至一吻落幕。

徐生将她圈入怀中，小心翼翼地开口，嗓子哑得不像话："能不能不走啊，姐姐？"

他连声调都变了："我不同意。"

宋茱萸不知道自己还能怎么办，说舍得都是假的。这种无能为力的感觉压得她喘不过气来。

她狠着心将他推开，不敢抬头让他看出情绪，转身故作漠然："徐生，要不我们算了吧。"

徐生紧绷着唇,也不敢抬头看她,就连手都在发抖。宋茱萸不看也知道,徐生哭了。

"就非走不可吗?"他问。

宋茱萸不知道还能说什么。

五金店的气息依旧冷冰冰的,两人的眼泪却滚烫到不行。

徐生有些哽咽了:"我就想要个解释有那么难吗?只要你一句话,无论多久,我都能等。"

宋茱萸回宜川那晚,他实在放心不下,转头将车停在车库,也去买了张去宜川的火车票。就在病房门口,他亲眼看着她奔向病床拥抱了那个男人。

或许是耵耵呢,是亲戚也说不准,可她不愿意开口解释,哪怕连半句话也没有。

宋茱萸知道徐生误会了,但那又能怎么样呢?反正都走到这一步了,还有什么解释的必要?

"摩天轮上,愿望是替他许的吧?

"离开覃溪也是因为他。"

徐生一字一句,抛出困扰他许久的问题后,宛若被扔进冰冷的深海中,浑身的血液也在顷刻间凝结。

他最终忍不住质问:"宋茱萸,我在你这里究竟算什么啊?你喜欢过我吗?"

宋茱萸的视线也模糊了,温热的泪水划过脸颊,语气却淡淡的:"不喜欢行不行?新鲜感行不行?"

"新鲜感也谈不上喜欢吧。"她心一横,补了这一句。

徐生去牵她的手,用几乎恳求的语气说:"我不想你走。"

宋茱萸由着他握住手腕,却说:"徐生,我们不顺路了,就这么简单。"

徐生红透了眼:"什么叫不顺路?你又想走哪条路?"

无论哪条路,他都乐意奉陪。

宋茱萸不想再聊下去,默默地擦掉眼泪,声音很轻,劝他,也是劝自己:"徐生,山高水长,我们各走各的路吧。"

暮色将整个小镇裹得严丝合缝的,少年挺拔的身影就笼在她身侧。

徐生也不知道该怎么去挽留了,毕竟她已经将话说到这个份上了。决定在一起之前,明明想得很透彻,要走要留全凭她的意思,现在他死缠烂打又有什么意思?

小镇并非好归处,他再清楚不过了,总不能将她一辈子困在这里。

徐生嗓子紧得发疼,迟迟才看了她一眼,很煎熬,很难堪,最后还是松开了她的手。

"嗯,那就各走各的路吧。"

从覃溪到县城最早的班车在六点,徐生将宋茱萸送到了搭车的地点。

天空笼罩着厚厚的云层,灰蒙蒙的。镇口十米外沙尘四起的空地上,停着一辆又老又旧的绿皮大巴。

宋茱萸的行李不多,只有行李箱和背包,余下的都留在了宿舍里。

她推着行李箱往最后排走,选了个靠窗的位置坐下,把背包扔在身旁的空位上。

早班车上没有多少乘客,她这个位置恰好能看见徐生。少年的连帽卫衣遮住了大半张脸,只露出半截锋利的下颌线。

宋茱萸不确定他是否在看她。

大巴司机啃完早餐,系上安全带打火,车身震动,连着车窗都在抖,浓烈的机油味钻进她的鼻腔。

赶在大巴关门之前,宋茱萸还是冲徐生挥了挥手。这场景更像是一次普通的出行,好像挥手说了再见,那就真的会再见面一样。

徐生没反应,似乎没看她。宋茱萸悻悻地收回手,坐直身子在包里翻手机。

大巴关门在即,徐生将手抵住门上的铁架,三两下就跨上了车,径直在前排座位坐下。

宋茱萸抬头看过去,他怎么也上车了?

眼泪又开始在眼眶里疯狂打转。

大巴慢吞吞地行驶在水泥马路上,宋茱萸戴上耳机点开歌单,隔着整个车厢的距离,盯着徐生的背影看了一遍又一遍。

走得越远,乌云越沉。

沿路是茂密的灌木丛林,宋茱萸昨夜几乎没睡着,弯弯曲曲的小路很快就将她带进了梦乡。

再醒来时,大巴车已经抵达终点站了,就停在旅客匆匆的车站里面。

风雨相逐,车窗上是连绵不绝的雨水,乘客们撑开各色雨伞纷纷下车。

前排的位置早就空了。

徐生提前下车了。

宋茱萸慢慢地将包背上，推着行李箱走到门口。

"哎，小妹。"司机叫住了她。

宋茱萸刚踏出去的脚尖已经被淋湿，转过身时，看到司机从驾驶座递了把雨伞过来。

"把伞拿着，别淋感冒了。"

宋茱萸犹豫片刻，还是接过了雨伞："谢谢啊，大哥。"

司机笑了笑："不用谢我。伞是坐那个位置的小伙留下的，他还叮嘱我一定要提醒你带上。"

宋茱萸再次感谢司机，撑开那把鹅黄色的雨伞，推着行李箱去出站口换乘出租车。

动车候车厅里。

宋茱萸打开微信，发现徐生换了头像。他把原本那个海边形单影只的背影，换成了黑夜下转动的摩天轮。

这是上次野格在朋友圈里发的那张照片。

除此之外，他的朋友圈还多了一条新动态，是半小时前发的，更像是特意发给她看的。

徐生：*一路平安。*

候车厅里吵吵嚷嚷的，宋茱萸安静地坐在那里，痛感让人狼狈不已。

一闭上眼，全是徐生肆无忌惮的笑脸，觉得哪里都是他、可哪里都寻不见他。

第九章 梦醒

覃溪到宜川，不过几百千米，却成了远得不能再远的距离。

宋茱萸并未着急找新的工作，这段时间，她都困在了医院里。

某个午后，宋杭午睡中途醒来，发现宋茱萸靠在窗台旁的躺椅上。她的短发已经可以浅浅盖住她的锁骨了，只是那白皙的鼻尖上闪着几粒晶莹。

"啪嗒——"

那滴泪毫无预兆地落向地毯。

下午，两人照例闲谈。

宋杭主动提起："要不要玩个游戏？"

宋茱萸兴致缺缺，打了个哈欠，问："什么游戏？"

"交换秘密。"他使了个眼神。

宋茱萸将信将疑的。

"我是你哥，我先说吧。"宋杭往枕头上仰了仰，"其实我有一个特别想实现的梦，从小到大，无数遍、千千万万遍地想。"

宋茱萸淡淡地看着他，又听见他继续说："你是不是特别好奇，我为什么一直护着阿姨，总是管教你？"

宋茱萸从果盘里拿了个梨，退回到躺椅上，瞥了他一眼："不好奇，我该替你去申请个热心市民奖。"

"其实……"宋杭笑了笑，接着往下说，"我总觉得你们的相处模式，特别像宋筝和我妈。"

宋茱萸握着水果刀，停住了手上的动作。

她知道宋杭的亲生母亲育有一子一女——宋杭和宋筝，后面宋杭的父母离异，母亲将宋筝带走了，从此断了联系，两兄妹再也没见过面。

"我总觉得你们就是平行宇宙中的她们，所以总是自作主张，企图缓和你们的关系。"

闻言，宋茱萸的眼神闪了闪，开始给梨削皮。

宋杭语重心长道："哥想跟你道个歉，我现在才意识到……并非所有母女的相处模式都一样。"

"宋茱萸，你不用把阿姨的话放在心上。我出事跟你们没有关系，是我自己没注意。我真不想看见你用愧疚束缚自己一辈子。"

一整条香梨皮落到了垃圾桶里。

宋茱萸站起身来，将饱满水嫩的梨递给他："吃梨，热心市民。所以你刚刚提到的梦想是什么？"

宋杭嗓音很沉，如实告知："梦想啊，想跟她们再见一面，想知道我妈有没有长白头发，想知道宋筝长大了是什么样子，也不知道她那对梨涡还在不在。"

宋茱萸抽了张纸巾擦手，眉心微皱，面带愁容："请你每天都把这个愿望默念三遍。"

将愿望刻进大脑里，以后可别做傻事了。

杨琼华去覃溪找宋茱萸的那天，宋杭在医院出现了不好的念头，所幸被医院康复治疗科新来的实习生给拦下了。

宋茱萸这才意识到，曾经乐观开朗的宋杭，在沉睡了五年之后，心理真的出了问题。

他曾经怀揣着雄心壮志就读信息通信工程专业，却在最珍贵的青春年华里当了五年毫无意识的植物人。

瞬息万变的信息时代，他不仅丢失了五年的青葱岁月，还将昔日的豪言壮志一并遗失了。

苏醒后的宋杭，一边故作坚强，一边忧思缠身，在不断的自我怀疑下，扛不住心理压力，最终选了一条极端的路。

事出因她,她不能放任宋杭不管,也是在那个时候,她下定了回宜川的决心。

"知道了。"宋杭知道宋荣英话里的意思。

他咬了一口梨:"说说吧,你的秘密。"

宋荣英靠在窗边,微风卷来了住院部楼下花草的清香,她仿佛能闻到晚香玉馥郁的香气,又想起少年穿着白背心,隔着燥热漫长的夏夜,对着她笑得没心没肺。

她告诉宋杭:"几个月前,我喜欢上了一个人。"

宋杭担忧地看着她:"是吗?他是个怎么样的人啊?说出来让哥帮你把把关。"

宋荣英敛下眼睫毛,该怎么描述徐生呢?

"他是一个生于小镇,犹如青松般扎根生存的少年。他经得住风雨洗涤,熬得住大雪皑皑。"

不知何时,他朝着我的荒芜心底丢下了割烧不尽的火种,顷刻间,燎原成了火光连绵的仲夏。

宋荣英最近特别佩服一个人,医院康复治疗科的实习生。

宋杭身体各部分机能在逐渐恢复中,但昏迷时间较长,导致他双腿肌无力,难以下床活动。

前期他特别抵触各类康复训练,康复医师和心理医生都拿他没有办法。直到某天,康复医师有事请了假,那个实习的小姑娘从师父手中接下了复健工作。不到两个小时的训练课程,宋杭莫名其妙就被她拿捏得死死的,出人意料的配合让宋荣英吓了一跳。

再后来,那小姑娘跑宋杭病房的频率就越来越高。

有次宋荣英偶然撞见小姑娘推着宋杭在花园里散步,而轮椅上的宋杭冷着一张臭脸。不知宋杭与小姑娘说了什么,她就半蹲在他跟前,皱了皱秀气的鼻子,然后伸出拳头,不轻不重地敲在他膝盖上,笑着命令:"别作啊。"

宋荣英只当没瞧见,提着一大袋水果,转身上了住院部大楼。

时光飞逝,很快就到了元旦节,许明莉约了三五好友聚会。

聚会地点在一家新开的烧烤酒场,桌上烤鱼里的红油沸腾着。

宋荣英拿了一串小烤黄牛肉,顺着扦子顶端慢慢咬下,左脚不小心踢到地面的空酒瓶，玻璃撞击瓷砖发出清脆声响。

许明莉跟余下几个女生属于很典型的酒疯子，明明已经喝大了，依旧一杯接一杯地往肚子里灌酒。

宋苿荑喝了七八瓶啤酒，差不多已达极限了。

一串黄牛肉还没咽下去，身边的女生又来灌酒，宋苿荑磨不过她，端起酒杯一口干了。

其他人都拍手欢呼起哄。

宋苿荑捂着胀气的小腹，脸颊和脖颈也烧得不行，打算先溜去厕所躲一轮："你们先喝，我去上个厕所。"

一到厕所，她就吐了，抱着马桶吐得昏天黑地。

吐完后，她摇摇晃晃地站直身来，去洗手台接水漱口。

深色大理石反射出晃眼的光，当她再次抬起头时，半身镜里出现了一个熟悉的身影。

几米外的走廊上，灯光晦暗，男人穿着简单的黑色连帽衫，露出凌厉的下颌线条。

徐生……

宋苿荑连呼吸都停滞了。

她朝着那人走去，酒精逐渐涌上头，最后摇摇晃晃地撞到他胳膊上。

男人一怔，要去扶她。下一秒，宋苿荑躲开了。

浓烈的烟草味十分呛人，他不是徐生。

"没事吧？"男人忧心地看着她。

宋苿荑连忙摆了摆手，甚至不用再去确认他的脸："对不起，我认错人了。"

她扶着墙，慢慢往酒桌方向走，白毛衣下是瘦削的肩。那种淋了场暴雨的心情再度侵袭，她揞着眼睛愫从回忆中抽离。

对啊，徐生怎么会出现在这儿？早该明白是她看花了眼。

宋苿荑回到酒桌后，继续和大家喝酒聊天。

后面聊嗨了，她又喝了几瓶酒，耳边嗡嗡响个不停，醉得都分不清谁是谁了，连是谁把她送到出租车上的，也没有半点印象。

午夜街上行人寥寥，北风吹得道路两旁的景观树簌簌作响。她望着黑夜重重地叹了口气。

冬天到了。

她对徐生的记忆也模糊了。

不知道冬日里的他会是什么状态。

会不会为了臭美不愿穿棉服秋裤？会不会为了抗冻将头发留长些？会不会为了迎合冬日吃下甜津津的烤红薯？

夏日短暂的关系，怎么才能走到长冬呢？

吹了会儿晚风，宋荼荑脑海里忽然蹦出一串数字，十一位的电话号码，是徐生的。

她打开拨号键，将那串数字拨了过去。嘟了几声后，显示已接通。

电话那边的一声"喂"仿佛是绕了小半个宇宙传回来的，远得让人精神恍惚。

宋荼荑的鼻尖又酸了。

"谁啊？"徐生的声音带着沙哑的睡意。

宋荼荑喉咙发紧，半点声音都发不出来。

时间一分一秒流逝，她知道再这样沉默下去，他肯定会把电话直接挂断的。

那边又传来窸窸窣窣的动静。

宋荼荑将手机轻轻覆在耳畔，舌头半点知觉都没有："徐生……我好想你啊。"

仿佛是通话信号不佳，那边是长久的沉默，宋荼荑也不知道他听见了没有。

隔了半分钟，她尴尬地笑了两声："跟你开玩笑的，我好像有点喝多了。"

这晚，她的记忆就停在最后这句欲盖弥彰的解释上，然后不知道在什么时候沉沉睡了过去。

翌日接近黄昏，宋荼荑才撑着沉重的脑袋从床上爬起来。

醒来第一件事，她赤脚下床，跑过去捡起了包，火急火燎地在里面翻手机。

打开通话记录，压根儿就不存在昨晚那段记忆。宋荼荑又闭着眼想了想，根本记不起徐生的号码。

酒精总不能激发大脑里的深沉记忆吧？

可是徐生的声音真的太真切了，她不死心地问了许明莉，最后可以确定许明莉也并没有借手机给她打电话。

有一<u>丝丝</u>庆幸，又有一<u>丝丝</u>遗憾。

她忍不住翻来覆去地想，倘若那通电话真的拨了出去，会怎么样呢？

只是没发生过的事，又怎么找得到答案？

转眼到了年关，红火的喜庆闯进了零下的冬日。

宋杭的身体近日恢复得不错，前几天还办理了出院手续，往后就可以居家调养了，定期回医院复查即可。

腊月二十八那天，宋茱萸破天荒起了个大早。

她拉开卧室的窗帘，发现薄雪覆满了枝叶，地面也铺上了一层银色的地毯。

宜川降雪的消息上了同城的热搜榜，不少网友纷纷晒出雪景图，宋茱萸往下翻评论区里的图片。

熟悉的桥头积满了雪堆，河道结了层晶莹的冰，她一眼就将覃溪认了出来，然后盯着那张图片看了很久很久。

有些事情已经无须再思考，宋茱萸把手机扔在床上，去衣柜里翻了件最厚的羽绒服，迅速穿好。她不是去找谁的，只是想再看看银装素裹的小镇。系上厚重的围巾，拿上手机和证件，她就出了门。

将近五个小时的车程，宋茱萸赶在午饭之前，再次回到了覃溪。

街道上挂满了红色的灯笼，家家户户的大门上都贴了春联，小孩子们蹦蹦跳跳地玩着鞭炮。

宋茱萸直接绕进了柴市街，双手揣在羽绒服宽大的兜里，手心冰冷的同时又冒了层汗。

如果恰好碰上徐生，应该怎么办？她该说些什么才不会奇怪？

好久不见？

这么巧啊？

走到五金店门口时，她才后知后觉地发现，想了那么多的开场白似乎都用不上了。

店里多了一个陌生的女人，她正为午餐忙碌着，丰盛菜肴摆了满桌。

紧接着，从厨房里走出一个男人，不是徐生……

宋茱萸倒是松了口气。

女人很快就注意到门口的宋茱萸，她用围裙擦了擦手上的水渍，笑着迎了出来："小妹，要买点什么？"

宋茱萸把下巴从围巾里抬起来，怯生生地问："我想请问下，徐生在店里吗？"

女人想了下:"徐生?没听过这人啊。"

怎么会没听说过呢?整个小镇的人都知道徐生。

屋里的男人走出来,看了眼雪地里的宋茱萸:"你说找谁来着?"

"徐生。"宋茱萸屏息以待,"你知道他吗?"

男人倒是特别清楚:"徐生啊?这家店原来就是他的,不过上个月,他把整个店面都转卖给我了。"

女人也反应过来:"不好意思啊,我之前在外地打工,不清楚镇上的情况。"

宋茱萸连连道谢:"那大哥,你知道他后面去哪儿了吗?"

"不清楚啊,这个我没问。"

宋茱萸冲着夫妻俩笑了笑:"那好,谢谢啊。新年快乐,生意兴隆!"

雪越下越大,宋茱萸将脸藏进围巾里,只露出一双清澈的杏眼。她又将小镇逛了一圈,却再也寻不见那道熟悉的身影。

返回宜川的路途上,两侧景物飞驰而过。徐生好像彻底从她的世界消失了,没留下任何痕迹。

徐生曾经讲过,五金店是他母亲的心血,他会把小店一直经营下去,给街坊邻居提供方便。现如今,五金店悄然易主。

或许徐生再也不想与她碰面了,才会将他们之间仅有的联系断得这么坦荡又不留余地。

一切不过是一场梦而已。

有句话是这样说的,心平能愈三千疾。

这年冬天,宋茱萸疯狂地迷上了户外活动,尤其是雪山徒步。每每踏上重峦之巅,俯瞰万千山河,内心也随之平和。

她在高中同学的介绍下,参加了宜川市登山协会组织的各类活动,攀岩、徒步、登山、滑雪……种类让人眼花缭乱。起初再三考虑后,首次活动她选择的是雪山徒步。

这是个小团活动,全组总共五人,三男两女。

领队比较幽默风趣,看着年龄不大,二十出头的模样,登山经验却很丰富。

这座山的海拔对宋茱萸来说是极大的挑战。

这一趟旅途刚开始,她就开始敬畏天气了。时而暴晒,时而下雨,狂风、冰雹、大雪,逐一体验一遍,堪比百味的人生。

同组的三位男士都是狂热的户外爱好者。在登山前，一行人在车旁换装备，瞧着他们浑身的腱子肉，宋茱萸顿时心里有了底——她即将成为这趟旅途的拖油瓶。

冲顶这日。海拔越高，空气越稀薄，宋茱萸开始出现轻微的高反，体力也逐渐跟不上。

同组女生的状态也没比她好到哪里去。两人挂着登山杖，慢吞吞地跟在队伍的最后面。

中途休息的地点能看见半山腰纯白的浮云。男士们蹲在地上啃着能量棒，宋茱萸拧开保温杯喝了口温水，再抬头时，那个女生停到了她面前。

"能帮我拍张照吗？"女生清冷的声音夹杂在呼啸的风里。

宋茱萸将东西放下，摘下手套，接过手机。"好，但我拍照技术有限，你别嫌弃就好啊。"

"不会。"女生一边脱帽子，一边往悬崖边退。

墨镜、围巾通通摘下，最后露出一张冷艳的脸，冲着镜头露出一个难以形容的笑容。

宋茱萸给她拍照的时候暗暗担忧。

她笑得太过洒脱和自由，那种无畏的态度让人误会，总觉得她会在下一秒转身投入身后的万丈深渊。

两人互相给对方拍了几张照片，而后就逐渐熟络了起来，互相加油鼓劲儿，凭着仅存的信念，朝着终点做最后冲刺。

"刚刚我真挺害怕你掉下去的，你知道吗？你最后退的那一步，离崖边只剩几厘米了。"宋茱萸依旧心有余悸。

女生笑了笑："如果我说在那几秒钟里，我真想过直接跳下去呢？"

两人四目相对，宋茱萸怔了片刻。

女生笑了笑，耸耸肩："没办法，崖边的风太自由了。"

话里有故事，寒冷的空气被吸进鼻腔，宋茱萸的太阳穴连跳两下。

这趟旅程似乎充满了戏剧性，每个人都有不能释怀的故事。

"如果北疆的风能吹到这里来就好了。"她又补了句。

在后面的谈话中，宋茱萸知晓了她的故事。

未婚夫戍守北疆七年，最后牺牲在某次反暴冲突中，她会在每年冬天攀上雪顶，感知"生命禁区"的严寒，也算是对故人的怀念吧。

几分钟前，两人还聊着天，意外发生得很突然。

缺氧与眩晕导致宋茱萸停顿了几秒，眼前的白雪瞬间被漆黑代替，她挂着登山杖跪倒在湿滑的半坡中，身体不可避免地后仰，然后滚了下去。

周围惊呼一片。

万幸的是，这段路的坡度稍缓。领队很快反应过来，迅速冲下山坡将她拦住了。

他将手抵在她后腰，赶紧将她扶坐起来。

宋茱萸惊魂未定，接连喘了几口长气，压根儿没意识到自己还靠在领队怀里。直到熟悉的味道撞进鼻尖，这种感觉很久违，她立马红了眼眶。

墨镜也不知落到什么地方去了。

领队摘下手套，慌乱地替她擦眼泪："没事没事，别哭，有没有受伤啊？你先活动活动腿，看看还能不能动。"

宋茱萸哭得更凶了，断断续续地抽噎着，不清楚情况，还以为她摔断腿了呢。

领队无措地叹了口气："你别这样，我最怕女孩儿哭了……"

宋茱萸觉得很丢脸，为突如其来的摔倒而丢脸，为刚才九死一生之时，脑子里还惦记着徐生而丢脸。

她觉得自己就快走出来了，情绪却猝不及防地反扑。

"你也喜欢吃薄荷糖吗？"宋茱萸哽咽道。

"你要吗？"领队愣了一会儿，"但这里气温太低了，吃了更冷。"

宋茱萸摇摇头，拍了拍身上的雪，打算自己爬起来。她折腾了几下，依旧动弹不得，最后还是领队托着她的胳肢窝，硬生生地将她拽了起来。

"可以给我一颗吗？"她问。

最后，领队将剩下的半包薄荷糖都递给了她。

宋茱萸只取走了一颗，也是靠着这颗糖才登上峰顶的。

历时八个小时，他们终于站在了海拔 5038 米的雪山之巅。放眼望去，是起起伏伏的纯白山脊，是圣光照耀的旷野。宋茱萸思念徐生的情绪，也达到了前所未有的巅峰。

下山的途中，偶遇藏民们挂经幡。白马复活，幡随风动，与白茫茫的雪地定格为永恒的画面。

一句话突然浮现在宋茱萸的脑海中。

——自遇见徐生起，才知关山难越。

再后来，宋茱萸又陆陆续续地参加了很多这类活动。越过各式各样的山，见过形形色色的人，才明白山河不难跨越，徐生才是那道最难迈过的坎。

吃薄荷糖的少年有很多，人或许有相似之处，但徐生就是徐生。他带给她的感觉，就像是雪山带给人的那种感触，是世间独一份的。

年后，宋茱萸往市里的学校投了简历，最后选了所私立学校报到，工资福利都还不错。

上个月她实在没忍住，侧面跟小岳、野格他们打探徐生的消息。两人在电话那头支支吾吾的，都说不清楚徐生究竟去了哪里，一切似乎都成了未解之谜。

宋茱萸的情绪又低迷了一段时间，猜测着，或许他是真不愿意再跟她有半点牵扯。

上班的时间如流水般飞逝，浪漫的春日转瞬即逝，又迎来了漫长的梅雨季。新学校食堂里的饭菜难以恭维，宋茱萸又过上了有一顿没一顿的日子。她致力于寻找学校附近口味不错的小餐馆，扫雷似的在外卖平台挖掘各类外卖吃食。

四月底的时候，办公室里有位同事请吃下午茶。她给每位老师都发了一块包装精美的柞果千层，还配了杯冰镇茉莉西柚茶。

甜品盒是店家私人定制的，赠了一张印着粉色水母的小卡片，上面印着店铺的名字和Logo——"是只有"。

什么奇怪的店？

宋茱萸并未深究，拆开蛋糕盒子，用小叉子戳了一块细细品尝着。

千层皮的黄油味很浓郁，动物淡奶油甜味适中，用的还是台湾大青柠，果肉新鲜又多汁，血糯米软糯弹口，口味搭配和谐，恰到好处。

浅尝一口，这份甜品就轻松拿捏住了宋茱萸的味蕾。

搭配上那杯冰镇茉莉西柚茶，千层的口感更令人惊艳。

宋茱萸忍不住去问："邵老师，你这甜品从哪儿买的呀？"

"就学校前面那个地铁站，C口出去，往后面的小巷子走几百米就到了。他们店的装修风格还挺特别，很适合去拍照打卡哦。"

其他老师也问："这家店就叫'是只有'？"

邵老师回道："对啊，名字起得稀奇古怪。今天好像是试营业，用餐就会送果汁呢。"

宋茱萸将整块千层全部吃完，莫名其妙地想起去年生日，徐生答应要做份柞果千层给她。

宋茉英正式去"是只有"店里用餐，中间大概隔了半个月。

团团乌云覆压天空，小雨如丝，又细又密。宋茉英从地铁站出来，撑开雨伞往后面的小巷里走去。

两三分钟的路程后，就能看见暖黄的灯牌在地面投了一层淡光。店铺的面积不算大，整体装潢倒是不错，有一种秋日奶霜的氛围感。窗户采用的都是原木框，透明玻璃，纯色窗帘，复古小吊灯，窗台上还摆着几盆清新自然的绿萝。

宋茉英进店寻了个角落的位置坐下。

身边是古木茶色的书架，墙面还挂着几幅油画，碎花桌布还有蕾丝边。不得不说，这家店的老板真的很会拿捏女孩子的心思。

在这种氛围的加持下，哪怕食物口味一般，也能吸引不少顾客探店打卡，唯一的缺点可能就是店面稍小了些。

宋茉英翻开菜单点餐，才发现这家店并非只售卖甜品，还有不少特色的简餐和轻食，咖啡、牛排种类也很齐全。

她点了份安格斯肉眼和一杯橘皮拿铁。

等餐的时候，宋茉英拿出手机，与这家店留影一张。

隔壁桌的女孩们看模样像是高中生，几人都偏头往出餐口那边望去。

"感觉老板不在呀。"

"他会不会在厨房忙啊？"

"今天见不着他，那我不就白跑一趟了？"

"做餐饮业的老板而已，真有你们说的那么帅吗？"

原来老板是男性，宋茉英方才还猜测是个细腻的女孩子呢。

这样看来，在不久的将来，这家店会火爆全城的。软甜的装潢、可口的食品、帅气的老板，组合在一块，简直就是王炸。

简单吃了晚餐，宋茉英提包准备回家。她来得早，现在将近饭点了，门口的小凳上坐着不少排号的食客。

走出餐厅时，音响里恰好切换了新歌。

宋茉英撑着伞走到路口，小巷里的汽车飞驰而过，溅起积洼处的污水。

服务员在她身后不轻不重地喊了声："生哥，昨天订的杧果送来了。"

紧接着，男人沉稳地"嗯"了一声。

初夏的感觉乍现，宋茉英浑身发麻，试探性地转过身去。

与她不过相隔几米远的地方，徐生的站姿一如既往。

灯牌的暖光映着他额前的碎发，好似镀了一层皎洁的月光。他套了件

242

松松垮垮的薄款连帽线衫，锁骨若隐若现。

徐生缓缓抬眼，脚步突然停住。

宋苿荑没想过，时隔九个月，他们会在淅淅沥沥的梅雨季重逢。

四周的喧嚣顷刻间都被按下了暂停键。

她朝徐生走过去，只能听见心脏在胸腔中丢失理智一般横冲直撞！徐生也看向她，表情如常，但情绪百转，手不受控地发抖。

店里音乐舒缓动人。

"当我抬起头，你正看向我，眼中倒映着夏日绚烂的烟火……"

两人对视良久，千言万语都如鲠在喉。

第十章 不渝

最近办公室的老师们都在猜测,小宋老师是不是中了甜品的毒,并且还时不时给他们捎回来一些。

宋茱萸在雨后的小巷碰到徐生之后,几乎每天都会去"是只有"吃饭打卡,店里的菜品她都一一试了个遍,甚至还在店员们面前混了个脸熟。

某天去吃饭,恰好碰上徐生不在店里,她点了份奶油蘑菇意面,奈何胃口不佳,还剩下一大半没吃完。

去收银台结账的时候,前台妹妹桃子笑盈盈地说:"小姐姐,您要不要办个会员卡啊?我看您经常光顾我们店哦。"

宋茱萸扫码付款:"会员有什么福利吗?"

桃子开始给她详细介绍:"我们店是会员积分制,累积积分可以兑换店内任意餐品哦。每个月的会员日还可以参加抽奖活动,奖品有口红、饰品、代金券之类的,还有机会赢取旅游大奖哟。"

花样还挺多,这么快就搞出个会员制。

不得不说徐生确实有些商业头脑,找准了"是只有"的主要消费群体。就从女性的审美和口味出发,还在不断改良更新菜品,偶尔再搞点小活动,留住老顾客的同时,还能吸引更多新食客。

宋茱萸按下指纹验证:"我给你们提个建议。"

桃子眨眨眼，很是期待的模样："什么建议？您说，我立马拿小本本记上！"

宋茱萸问道："知道你们店吸引顾客的是什么吗？"

桃子思考几秒："甜品自由、拍照打卡！"

宋茱萸将胳膊撑在收银台上，伸手摸了摸招财猫的鼻子："还有一点。"

桃子捂脸："……还可以围观我们老板！"

宋茱萸笑着打了个响指，丝毫没注意到身后多了个人。

她半开玩笑半认真地说道："旅游券不是最吸引人的，不如换成跟老板的甜蜜二人游。"

桃子见老板就在面前，不敢胡言乱语，只能听着宋茱萸继续往下说。

"或者跟老板拍照、跟老板看电影、跟老板共进烛光晚餐……你们家的会员积分绝对光速上涨！"

桃子抱着笔记本吞吞吐吐："嗯……那好吧，晚点我再汇报给老板。"

"就照她说的办。"

宋茱萸被突然冒出来的徐生吓了一跳。

"就把这位客人的建议记在店铺创新点里面。如果大家不告老板性骚扰的话，还可以再加上两条：跟老板拥抱、跟老板……"

他"接吻"二字还未说完，宋茱萸就出口阻止了："看不出来，徐老板以色诱客，还挺大方的嘛。"

徐生捏了捏鼻梁，内双变得深邃，黑色的眸子一如既往的平静："那自然得满足客人的需求啊。"

宋茱萸不往下接话了。

自重逢以来，他们之间的气氛总是怪怪的，要是在店里碰上呢，徐生也会装作与她不熟。

宋茱萸索性也装成陌生人一般，但他这人就是坏啊，不想搭理她的同时，偶尔又会给她发几条微信，比如店里甜品更新的广告，就这么不上不下地吊着她。

宋茱萸当然十分清楚，徐生还跟她闹着脾气。但两人就这样僵持着，都等着对方给台阶，始终保持着不远不近、让人说不清道不明的关系。

"那你帮我注册一个会员吧。"宋茱萸回过头对桃子说，"我就静静等待着会员抽奖日的那天。"

桃子默默鼓起腮帮子，开始登记会员信息。

见徐生去了厨房，她神神秘秘地问："小姐姐，您每天都过来吃饭，不会也是为了追我们老板吧？"

宋苿荑抓住了那个"也"字。

她倒是没否认，只问道："追他的人很多吗？"

桃子说："那肯定啊！每天都有人问他要微信。"

宋苿荑语气很平常："那他会给吗？"

桃子敲着键盘："一般主动来要的，老板都不会拒绝。"

宋苿荑暗骂了句。

桃子又说："不过，给的都是店铺微信，不是他的私人微信。"

宋苿荑挑了下眉梢，这还差不多。

桃子看着她剩下的半盘意面，误认为她不喜欢店里的菜品口味，所以还是出于好心去提醒她："如果您是为了追我们老板才过来用餐的，确实不用跑这么勤……"

宋苿荑几乎每天都来打卡，消费水平也不算低，如果以后都像今天这样食物吃不完造成浪费，就违背老板创店的初衷了。

桃子话说得委婉："因为我们老板已经有女朋友了。"

宋苿荑来了兴致："是吗？那还挺遗憾的。"

桃子告诉她："因为我们老板讲过企业文化，店名都是用他女朋友的名字。"

他的女朋友叫"是只有"？这名儿还挺别致的。

注册好会员后，宋苿荑跟桃子告别，临走之前又补了句："我很喜欢你们店菜品的口味。"

言下之意明显，不只是为了追你们老板。

这种不明不白的关系，结束在某个周末的午后。

宋苿荑每个月都会参加各类户外活动，在某次"相约日出"登山活动中，她又碰到了上次雪山登顶活动的领队。

领队的名字叫季川，比宋苿荑小一岁，性格还挺活泼跳脱的，幽默又风趣。

常年参加户外活动，让他拥有小麦色的健康肌肤，一笑就露出莹白的八颗牙齿，特别讨人喜欢。

两人看完日出下山之后才加了联系方式，后面，季川总会跟宋苿荑分享旅途的经历，宋苿荑闲下来也爱听这类故事。

某个周末，季川突然说想请宋茉荑吃顿饭。算来也是朋友，宋茉荑便没拒绝，用餐的地点是她决定的，就在"是只有"。

周末学校开了个会，他们去店里的时候，恰好避开了饭点，只剩两桌人了。

桃子拿了份菜单走过来："小姐姐，今天有上新哦。"

"好。"宋茉荑接过菜单递给季川。

桃子止不住笑："小姐姐，这还是您第一次……带男朋友过来呢。"

宋茉荑抿了口茶，赶紧解释："不是男朋友。"

桃子吐了下舌头："这样啊，那不好意思啊！我就是看你俩还挺登对的！"

季川抬起下巴，丝毫没有窘迫，笑着跟桃子说："我努努力，争取成为她的男朋友。"

宋茉荑的手一顿，心想，好像不该答应吃这顿饭的。

季川又询问了她的口味，点完单后才将菜单递给桃子，两人有一搭没一搭地闲谈着。

"你猜我这周去什么地方了？"季川挑起话题。

宋茉荑摇了摇头，满脑子都想着徐生这会儿有没有在厨房。

"我去了趟南海，跟同伴们玩滑翔伞。临飞前的风向没预估准确，出发后风力也跟我作对，海上还起了飓风……我当时就在想，我会飘到什么地方去。"他语气轻松地讲述着惊心动魄的故事。

宋茉荑追问："然后呢？"

"肯定没事啊，不然我还能完整地出现在你面前吗？"季川笑着耸了耸肩。

宋茉荑兴致缺缺："也对。"

季川停了片刻，端起咖啡喝了口，乌亮亮的眼睛注视着她："那时候我就在想，如果没有坠海的话，我能平安回来，一定要请你吃顿饭。

"还有……

"我喜欢你，茉荑。"

宋茉荑一阵错愕，险些被咖啡呛到。

好在这时桃子端着餐盘走了过来，打破了两人的尴尬窘迫。

宋茉荑给季川拿叉子，赶紧岔开话题："吃菜吃菜，这个咖喱虾味道很不错的。"

季川笑容苦涩，只好接过叉子。

桃子钻进厨房就嗷嗷大叫,对一个备菜的师傅说:"啊啊啊,亲眼见证了别人的表白!"

师傅问:"谁啊?"

桃子很兴奋:"就经常光顾我们店的那个短发小姐姐啊,皮肤贼白,眼睛贼大的那个!不知道你有没有印象?"

一言不发的徐生默默握起案板上的擀面杖。

备菜师傅察觉到他的低气压,忙问:"阿生,又不做面食,你拿这棒子做什么?"

徐生咬牙切齿:"敲人。"

备菜师傅缩了缩脑袋,腹诽:你这眼神跟杀人差不多。

所以后面的几份菜,都是徐大老板亲自端上去的。

上洋葱鸡的时候,餐桌上的两人兴致勃勃地讨论着深海潜水;上柠檬鸡爪的时候,两人又聊到海峡的地势地貌;上鳕鱼块的时候,那小子居然说什么扶过她的腰?

关键是连上三道菜,宋茱萸都没用正眼看过徐生,只丢了几句冷冰冰的"谢谢"。

徐生的眉头越拧越深,拳头也越捏越紧。

当晚,宋茱萸拒绝了季川的深情表白,并安抚了一下受伤的少年心。

她大大方方地说:"以后我当你姐。"

众所周知,姐和姐姐是两码事,她对季川没其他心思。所以那天晚上,她回家的时间就有一些晚了。

刚刚走到公寓楼下时,她就接到了徐生的电话。

"在哪儿?"他口气不善。

宋茱萸也学他:"干什么?"

"你还没回家?"他问。

"你管我回没回家?"说完,她轻哼一声。

"赶紧回来!"徐生气得快发疯。

宋茱萸笑了:"你怎么知道我没回家?万一我今晚不回来了呢?"

刚刚问完这一句,她就在走廊上撞见情绪即将崩溃的某人。

"……你怎么知道我住这儿?"她慢慢走上前,试探性地问。

徐生直接扯过她的手腕,猛地将人往怀里一按,宋茱萸被他吓得不敢动。两人鼻尖相对,他轻轻刮蹭着她的脸颊,灼热的呼吸喷在她的颈窝。

宋茉英痒得往后缩了缩，浑身都止不住地发麻。

宋茉英用手抵住他坚实的胸膛，感觉呼吸都快不通畅了，声音立刻软了下来："你起……"

话音刚出，他便覆上了她的唇。

徐生吻得格外专注，低头舔咬着她的唇，带着很重的情欲慢慢吮着，一寸寸撬开她的牙关，掀起了一阵狂风暴雨。

迷迷糊糊间，宋茉英听见他俯在耳侧说了句："宋茉英，你是我的。"

她就快要喘不上气了，嘴唇又红又肿，甚至还能尝到铁锈味儿。

她搂着他的脖子发问："这么霸道？那怎么办，你是打算跟我和好了吗？"

徐生笑了下，目光温柔："我们什么时候闹翻过？只有你这个没良心的，非得抛下我一走了之。"

宋茉英也跟着笑了起来。两道缱绻的视线在半空中交汇，下一秒，两人又发了狠地拥吻。防盗门被打开又重重合上，鞋子随便踢到玄关口，他俩从客厅亲到了阳台，最后又转战到卧室。

衣物落了一地，箭在弦上，两人被迫停在关键之处。

徐生埋在她的颈窝吸了口气："……没东西。"

宋茉英揉揉他的头发，直接笑出了声，脸不红心不跳地逗他："什么都没准备，就敢来找我呀？"

徐生不说话，红着脸看她。

最后，两人在沙发上拥抱着，断断续续地聊了好一会儿。

宋茉英靠坐在沙发上，徐生倒是不客气，直接把脑袋枕在她的腿上，又捏着她软白的手指头玩。

"可不可以告诉我，究竟是什么样的理由，能让你头也不回地撇下我？"

壁灯的光线温暖柔和，仿佛给她罩上一层光晕。她并不愿意提及这些事，但这样做未免太自私，对徐生来说非常不公平。

"其实送你去火车站那晚，我也去了趟宜川。"徐生慢慢合上眼睛，"我不放心你。"

他接下来的话听上去有些委屈："宋茉英，我是不是特别不值得你信任，所以你宁可把事情瞒着，都不愿意跟我提一句？"

宋茉英将手搭在他的侧脸上，轻声道："对不起……对不起。"

"不用道歉。"徐生握住她的手，声音温柔，"跟我说说吧。"

他很想了解她的过去，也想替她分担那些不开心。

"其实我有个哥哥，我好像还从来没跟你提起过。"她语气平静，跟他讲了那段往事。

"他是个非常优秀的男孩子，善良、乐观、帅气。念高中那会儿，他可是我们附中校草级的存在，更是各科老师的心尖宠。

"但是你知道吗？就因为我的任性，葬送了他五年青春。五年啊，整整五年，他能参与到各项研究中，足以献出一个少年人的满腔赤诚。

"所有的一切都被我破坏了。所以这几年，我曾无数次期待，期待他醒来的那天。"

宋茱萸的声音有些哽咽，再次陷入深深的自责中："宋杭是醒了，但心理出了问题，我没有办法不管他。徐生……我必须得回来。"

她的决定已经够自私了，就更没有理由央求徐生抛弃割舍掉小镇的一切，跟她回宜川重新开始。

徐生握紧她的手，能清晰感受到她的沉重。难怪她会义无反顾地离开，所有的一切似乎都得到了解释。

宋茱萸继续往下说："从小到大，我跟我妈的关系就不融洽，没人来缓和我跟她的矛盾。直到后面认识了宋杭，他成了第一个真心希望我们母女俩能和睦相处的人。"

徐生捏着她手的动作一顿："等等，他不是你亲哥啊？那睡美人的故事也是关于他的？"

宋茱萸被他这么一打岔，悲伤的情绪得到了转移："不是啊，重组家庭嘛，我俩没有血缘关系。对，睡美人的故事是关于他的。"

徐生一动不动地望着她。

宋茱萸被他盯得发毛，轻轻吸了下鼻子："怎么了？"

徐生撑着沙发边沿，动作迅速地坐直身体，带着点察觉不出的情绪，将贴在她脸颊的发丝别到耳后，有些欲言又止。

宋茱萸以为自己解释得不算到位，于是又接着讲："我那会儿脑袋很空，真不知道该怎么处理我跟我妈的事情……而且宋杭的状态很不好，我不能任由他继续做傻事，所以只能回宜川陪着他。这么说，你能明白吗？

"而且，我说他是睡美人，也只是想赞扬王子大无畏的牺牲精神。"

"明白了。"徐生轻笑，像是放下心来。

"那就好。"宋茱萸眨眨眼，"而且……在你的计划之中，似乎并没有打算离开覃溪，那是生养你的地方，那里有和你一块儿长大的好朋友，还有松松也需要你照顾。我不能过于自私，去改变你原有的人生轨迹。"

250

徐生捏了捏她的脸:"傻子。"

"我是什么不能挪动的大山吗?你又为什么会断定我不能因你而改变呢?"

宋茱萸看着他:"我只是一时间觉得没能力改变这一切,还有很多事情要去解决……"

徐生又握住她的手,语气很认真地问她:"所以现在,你愿意让我陪你一起去解决吗?"

宋茱萸的心柔成了一片,沉默半晌才说:"我愿意。"

清晨的第一缕阳光透过窗帘缝隙照进来,清风拂动着阳台上吊兰的枝叶,白瓷地砖上晕着圈浅浅的光,晃得人眼睛生疼。

徐生捏了捏眉心,睁眼就瞧见了怀里的姑娘。

宋茱萸似乎察觉到他醒来一般,抬起胳膊搂在他的腰间,小脸又往他结实的胸膛上贴了贴。

徐生的心被她的短发挠得麻麻的,声音带着未睡醒的沙哑,轻声问了句:"什么时候醒的?"

宋茱萸的声音闷闷的,呼吸灼热:"有一会儿了。做了个噩梦。"

徐生动作一顿:"梦见什么了?"

宋茱萸心事重重地叹了口气:"梦见了我妈……反正最近你开店注意点,发现有什么不对劲的地方,立马打电话叫我过去。"

徐生被她严肃的语气逗笑了:"阿姨很恐怖吗?能把你吓成这样。"

"真的很恐怖啊!"

"我梦见她带了一群跳广场舞的大爷,气势汹汹地跑去砸了你的店,桃子就坐在收银台边抹眼泪呢。"

徐生察觉到她的不安:"梦是相反的,你不知道吗?"

"相反的,那不是大爷就是大妈了。"宋茱萸情绪不高。

徐生被她的冷笑话逗乐了,拍了拍她的后背,思考片刻才开口,语气坚定:"那不如找个时间,我去拜访一下阿姨。"

宋茱萸睁着一双大眼睛望着他:"你说真的?"

徐生反问:"这还能是假的?"

宋茱萸眨眨眼,给他做心理建设:"我不知道该怎么评价我妈,但是她这人特别难搞定,典型的完美主义者,她几乎把我当人生最大的污点。无论是人生观、价值观,还是世界观,我们俩都是截然相反的。简单来说,我跟她完全沟通不了。"

"那这么说,我不就成了新的污点?"徐生问道。

宋苿荑捏捏他的小臂:"我没跟你开玩笑。"

杨琼华那张不留情的嘴,她是最清楚不过的,只需三言两语就能将人踩进地底下,压根儿不留任何余地。

"宋苿荑。"徐生很正经地唤她。

"嗯?"

阳光洒在他的脸上,连带着他的眸子也熠熠生辉:"你……有没有想过跟我结婚?"

宋苿荑凝视着他漆黑的瞳孔,霎时沉默了。

她只注重当下,从来不会去考虑将来,毕竟这样活得轻松,但从另一个层面来说,确确实实没有责任感。

她小心翼翼地问:"如果我说暂时还没想过,你会生气吗?"

"不生气。"徐生神色自若,"你没考虑过这些,只能说明我做得还不够好,没给你规划未来的勇气和安全感。"

"宋苿荑,接下来的话,希望你能认真听。"

他一字一句道:"不论你对这段感情持什么态度,一时兴起也好,打发时间也罢,但我对你是认真的,是揣着跟你走到最后的想法才决定开始的,这也是我起初拒绝你的原因。

"但是我这人,一旦决定开始,就不会轻易放弃,所以,即使不确定你是否会反感,我还是跟着你来了宜川。"

徐生很少与她剖谈内心的真实想法。

宋苿荑的眉梢松了松,有些动容:"那之前你为什么不联系我?"

徐生停了片刻,语气有些苦涩:"不敢。"

宋苿荑笑了:"但你还是来了。"

风吹进卧室,窗帘落在地面的影子像只伸懒腰的小猫。

"因为我听见有人说,她想我了。"他若无其事地补了句。

宋苿荑蒙蒙地看着他,等着他后面的解释。

徐生将她搂得更紧,慢条斯理地讲了件小事,一件几个月前发生的、琐碎又平常的小事。

他是有去宜川的打算,但是很纠结,没办法做决定。直到元旦前夕,他接到了一通来自宜川的陌生来电。

宋苿荑的声音恍惚得让人觉得隔了大半个世纪。

隔着听筒，她的声音迷迷糊糊的，开口便是："我好想你啊。"

他的呼吸骤然发紧了，怕她在开玩笑，又问了句："你现在人是清醒的吗？"

她很快又回了句："跟你开玩笑的，我好像有点喝多了。"

话音刚落，电话就被切断了，留下徐生反复确认她究竟是什么意思。

"然后呢？"宋茱荑追问。

她一度以为这通电话只存在于梦里。

"然后我又把电话拨了回去啊，接听的人换成了出租车司机。那司机大哥说你吐了一路，又哭又嚷地非要借他手机一用。人家拗不过你这个醉鬼，只好把手机借给了你啊。后面你给我打完电话，就靠着车窗睡着了。"

宋茱荑能脑补出这个画面，顿时觉得脸烧得厉害，原来她喝多了也爱耍酒疯。

"难怪我怎么也找不到通话记录……"她小声嘟囔。

徐生自嘲地笑了笑："我当时就在想，你多会折磨人啊，一通含混不清的电话就能逼我朝着你走去。

"第二天，我就着手研究店面转卖和徐松松转学的事了。"

宋茱荑不难想象出他当时的难受与煎熬，只好抬起小脸，轻吻了他冒出青色胡茬的下巴："徐生，对不起。"

徐生抿了抿唇："我不想听这三个字。

"今天跟你聊这些，是希望你能勇敢点。你母亲的事，你哥哥的事，未来或许还有其他事，我都愿意跟你一起面对，陪你一起解决。

"因为，我们是相爱的关系。

"所以无论遇到了什么事情，都不用刻意分得那么清楚。阿姨不能接受我也没关系，我就尽力做到让她满意为止。只有一点，求你不要那么轻易地就抛下我……

"我这么说，你能明白吗？"

这是向来骄傲的徐生啊，是无所畏惧的徐生啊，竟然哽咽地说出了"求"这个字。

宋茱荑的眼泪在眼眶里飞速打转，自己之前究竟在做什么啊？

"嗯。"她郑重地点了点头。

两人又躺在床上闲聊了会儿，宋茱荑忽然想起另一件事情来："对了，徐生，你来宜川没跟小岳他们说？"

徐生用胳膊挡着眼睛，笑了几声。

宋茱萸顿时就明白过来，笑着去掐他："好啊，你们一起瞒着我是吧？"

难怪他上次打电话过去，小岳和野格说话都怪怪的。

徐生一个翻身，紧紧握住她的手，解释道："不是故意瞒你，因为我也不知道来宜川能混成什么样。

"卖掉五金店、离开覃溪、开甜品店，于我而言，有些冒险。我就是想等情况稍微好一点，不那么狼狈和窘迫的时候再跟你联系。"

加上他刚来宜川的那段时间忙得晕头转向，借资金、找店面、搞装修，还要上各类烘焙厨艺课，好在他平时常下厨，学起来也不至于太手生。

忙得打转的时间转瞬即逝，也只有在夜深人静的时候，他才得闲在脑海里期待着与宋茱萸的重逢。

"那如果不是我碰巧找上了甜品店，你还打算瞒我多久？"她故作生气道。

徐生嗓子有些沙哑："应该不会这么快。"

至少得等他闯出些名堂再说吧。

宋茱萸慢慢凑近了些，望着他漆黑的眼睛，也很认真地告诉他："徐生，你刚刚说的话，我也送回给你。既然决定了要继续走下去，就不要想着把重担独自扛起。往后不论出现任何问题，我都会陪你一起解决。"

"好。"他轻吻了下她的额头。

"那小岳他们呢？还待在覃溪吗？"宋茱萸又问。

可是常聚的五金店都没了。

"没。"徐生告诉她，"大家都出去了，想看看外面的世界。"

宋茱萸心底莫名有些难受。

徐生瞧出了她的情绪，安慰道："年轻人嘛，多出去闯闯没坏处的。等后面有机会再聚。"

"好。"宋茱萸百感交集。

徐生与未来岳母的首次碰面，在一个闷热无比、即将下暴雨的早晨。

他跟宋茱萸的关系恢复才两个月，气温逐渐攀升，距离暑假也越来越近了。

来宜川，徐生是带着破釜沉舟的决心的，为了避免投资开店失败，他留了一部分钱将徐松松暂时送去了寄宿制私立学校上学，只有周末和节假日才会回来。等到资金和时间稍稍宽裕些，他就让徐松松恢复正常上下学。

平时徐生都歇在甜品店的库房里，在狭窄的过道里摆上张折叠床，等

254

白天再收起来,倒也挺方便。

宋苿萸工作后租了套一居室,临近期末,教学任务又比较重,所以徐生最近留宿在她的公寓,做饭、打扫什么的全包了,两人颇有一种同居的趋势。

这天恰好是休息日,徐松松学校组织夏季游学,他昨晚还兴致勃勃地跟徐生和宋苿萸打了电话。

所以这周,又是徐生和宋苿萸的二人世界。

早上,宋苿萸躲在被子里睡懒觉,徐生将粥煮在锅里后,打算去楼下超市囤点食材。

临走前,他走到床边对宋苿萸说:"我出去一趟。"

"好。"宋苿萸含混地应了声,"我真的好困啊,你下次能不能做好饭再叫我?"

徐生笑着揉了揉她的发丝,无奈地在她额前落下一吻,随后拿着手机就出了门。

关门声音不轻不重,宋苿萸缩了缩,又迷迷糊糊地睡了过去。

刚刚睡下不到十分钟,又传来了急促的敲门声,一下接着一下,重重砸在防盗门上,宋苿萸顿时火冒三丈。

她按亮手机屏幕,睁眼看了下时间。

这大清早的,谁敲门跟催命似的?可以肯定的一点,敲门的不是徐生,毕竟才给他加了指纹识别,电子锁密码他也是知晓的。

宋苿萸从床上爬起来,扯了扯凌乱的睡裙,趿拉上拖鞋走到玄关外。她打开监控器瞧了眼,有点意外,门外站着的是母亲。

门才刚刚推开,杨琼华的视线就往她身上来回扫了一遍。

她似笑非笑地开口:"都九点多了,还睡着呢?"

宋苿萸有些庆幸徐生这会儿出门了。

她从鞋柜里翻出一双拖鞋,抚平凌乱的头发,随口回答:"今天周末。"

换双拖鞋这么会儿工夫,杨琼华就将整套公寓视察一圈,最后视线落在门口的男士拖鞋上。她不动声色地推开厨房门,看到砂锅里还煲着滚烫的粥,倒是没有预想中的狼藉,甚至打理得井井有条。

"这么勤快,还做早餐呢?"杨琼华故意问。

公寓面积不大,无论是晾着的男士睡衣,还是镜边的剃须刀,种种痕迹都瞒不过母亲的眼睛,宋苿萸选择实话实说:"不是我做的。"

杨琼华拎着包往沙发上一坐:"谈男朋友了?"

宋茱萸"嗯"了一声。

"也正常，你都快奔三的人了。"

宋茱萸被她这句话噎住，压根儿不想往下接话。

杨女士始终如此，刻意夸大某些点，例如她今年二十五岁，四舍五入就是奔三了。

杨琼华又问："他人呢？"

宋茱萸瞥了眼紧闭的卧室门，赶紧解释："出门买菜了。"

"哦。"杨琼华挑眉，"谈多久了？"

"快两个月。"

杨琼华点头表示了解："他多大年纪？做什么工作的？"

又开始查户口了。

宋茱萸倚着餐桌旁的吧台，翻出手机给徐生发了条微信：你晚点再回。

杨琼华见她心不在焉，催促道："说说吧，如果人还不错，带回家看看。"

"比我小三岁，"宋茱萸打了个哈欠，"是开餐厅的。"

闻言，杨琼华顿时皱了皱眉，一副厌恶反感的表情。

"你别打其他主意，我们现在很相爱。"宋茱萸站直了身子，"喝水吗？我给你倒杯水。"

杨琼华敛了敛脸上的愠气，看着宋茱萸转身钻进了厨房。

把一杯水递到母亲面前，宋茱萸也顺势落座："你今天来有什么事？"

杨琼华接过杯子："小杭下周生日，我来提醒下你。"

宋茱萸点点头："我记得。"

杨琼华抿了口温水："宋茱萸，你认真谈个有正经工作的对象，其他的我也不会过多干涉。"

言下之意很明显，她不能接受开餐馆的。

"你周阿姨的儿子下周就回宜川了，也会来参加小杭的生日宴。人家在国外留学八年，现在回国创办了自己的公司，在小辈中也算年轻有为，到时候你多跟他聊聊。"

要换作之前，宋茱萸早就爹毛了。

也不知道是不是受徐生的影响，给予她太多自信和力量，宋茱萸竟然觉得还能再争取一下。

"这种优秀的海归，应该轮不到我吧？"宋茱萸的语气很平静。

"要不是我跟老周多年的交情，这种优质男的确轮不上你！"杨琼华语气里多了些怒气，"难不成你还想当餐厅的老板娘，让厨房的油烟气跟你一辈子吗?"

宋茱萸反驳:"难道我跟其他人结婚,就不用沾油烟气了吗?

"妈,你都还没见过他,为什么就一定要先入为主,用最坏的想法去揣测他呢?

"宋杭的生日宴我会准时到,届时我会将他一并带上,我们坐下来好好聊聊,可以吗?"

杨琼华懒得与她争执:"你要带他过来也行,不过具体怎么考量,那就是我的事情了。还有,你周阿姨的儿子,你也必须得给我上心!"

宋茱萸不厌其烦地争取,为自己,为徐生,为他们,但最后还是以失败告终,母女俩又争得面红耳赤。

杨琼华拎着包按下电梯,正好接到老周打来的电话,两人聊着下周末让儿女碰面的事情。

"行行行,你就放心吧。我们茱萸的性子你还不清楚吗?斯斯文文的,与你们家清逸正合适……"

电梯升到十八楼,杨琼华侧着身子走进去,与电梯里的少年打了个照面,两人一出一进。

电梯门合上的那一瞬,杨琼华蓦地想起那张熟悉的脸,好似在什么地方见过一样。

徐生回到公寓时,宋茱萸刚洗漱完毕,拿勺子搅着砂锅里的粥。

"怎么醒了?"徐生靠在门口。

宋茱萸将火调到最小:"我妈刚刚来过了。"

徐生收到那条微信的时候,大概能猜到是什么情况。

宋茱萸走到他身边:"下周末有空吗?一块儿吃顿饭。"

徐生搂过她的肩:"跟你妈妈?"

宋茱萸点点头:"也没先征求你的同意,就擅自做主替你决定了。如果你不想去……"

"待会儿陪我再出去一趟。"徐生打断她的话。

宋茱萸不解:"怎么了?"

徐生捏捏她的脸颊:"陪我去买两套衣服,准备面见未来岳母。"

宋茱萸若有所思地望着他。

徐生平时穿搭比较休闲随意,杨女士肯定会抓住这一点挑刺,的确有必要买上两套"战袍"。

"好!"她欣然同意。

宋杭的生日在周五。

年轻人其实都不愿意大操大办,奈何杨琼华觉得这是宋杭醒来后的第一个生日,必须得办,还必须办得比以往都要隆重。

宋杭向来不愿忤逆长辈,便同意了杨琼华的提议。

寿宴厅订在市中心的酒店里,各个亲戚加上宋杭的同学好友,也坐满了一整层的宴会厅,将近三十来桌。

宋茱萸将事先准备好的礼物递给宋杭:"生日快乐,寿星公!"

宋杭的表情很无奈,耸耸肩接过礼物:"嘘,低调低调。"

"我男朋友给你挑的,"宋茱萸搂过徐生的胳膊,大方地与宋杭介绍道,"希望你会喜欢。"

宋杭转了转轮椅的方向,目视眼前气质不凡的少年。

徐生今日的穿搭与往日差别很大,身着偏休闲款的纯色西装,宽肩最能撑起这类衣衫,加之他稍显冷漠疏离的五官,笑得竟有几分温文尔雅的和煦感。

宋杭伸出手:"我是宋茱萸的哥哥,宋杭。"

徐生微微俯身,与之握手:"徐生。双人徐,生生不息的生。"

宋杭笑着对宋茱萸说:"眼光不错,男朋友挺帅,不逊于我啊。"

宋茱萸忍不住呛他:"宋杭,你少往自个儿脸上贴金!"

徐生看着两兄妹聊天,在餐桌旁站得笔直端正,偶尔提到他时就应上两句。

纵然徐生神色自若,宋杭也察觉到了他的不自然:"徐生,我直接叫你名字没关系吧?你可以跟她一样叫我宋杭,或者唤声大哥也行。"

宋杭拍拍徐生的肩,对宋茱萸说:"你俩也别拘着了,赶紧落座。"

两人顺势在宋杭身边坐下。

宋茱萸不难理解徐生此刻的心情,早知道就不把杨琼华描述得那般恐怖了,都给孩子吓傻了。

宋茱萸拍拍他的膝盖,笑着安慰:"没关系,不用这么紧张。"

徐生身上那股散漫劲儿都跟着消失了,似乎被束缚在这身与他格格不入的西装里。

他说:"我没事。"

宋茱萸凑近他的耳朵:"如果我妈要在亲戚们面前挑刺儿,不打算给我们留面子……我们就直接撂筷子走人！"

徐生推开她的额头，难得正经地招呼她："胡说什么。"

两人正说着悄悄话，杨琼华就领着老周和她海归的儿子走向了他们这桌。

徐生和宋茉萸站起来向三人问好。

"妈，周阿姨。"宋茉萸笑着喊了声。

杨琼华瞥了徐生一眼，赶紧拉过身侧的周清逸，对宋茉萸说："你清逸哥哥也不认识啦？赶紧叫人。"

小时候在舞蹈团那会儿，宋茉萸与周清逸的关系还算不错，总与团里其他小孩四处疯玩。说来两人也并不陌生，只是周清逸出国早，两人就断了联系。

宋茉萸还跟小时候那般轻声唤了他一句"清逸哥"。

周清逸似笑非笑地看着她："这几年没碰面，你怎么半点没变？"

宋杭笑着打圆场："她这人就是娃娃脸，十来岁跟现在没什么区别。"

杨琼华给周家母子介绍："这是宋杭。"

"这就是老宋的儿子啊？"周阿姨怜惜地叹了口气，"这几年真是受委屈了，得赶紧养好身子。趁年轻，有机会去万千世界多转转。"

宋杭笑着点点头："我这双腿啊，就借周阿姨的吉言了！"

"你还年轻，肯定能养好的。"周阿姨扬了扬眉，看向沉默的徐生，"哎，老杨啊，这位又是？"

宋茉萸还未来得及开口，就听见母亲皮笑肉不笑地介绍："这位是茉萸的朋友。"

尾音似乎刻意强调着"朋友"二字。

宋茉萸心里不是滋味，正欲反驳之时，被徐生拦了下来。

只听见少年不卑不亢地自我介绍道："阿姨好，我是徐生。"

杨琼华别扭地点了点头。

"行了行了，你们年轻人就在这桌坐下吧。"她故意撇开了话题，领着老周往后面那桌走，"老周，我们也找团里的好姊妹去啊。"

周清逸早已见惯了这种场合，兀自挪开椅子在对面落座，很快便与宋杭的朋友熟络地交谈。

中途宋茉萸被杨琼华叫去了隔壁桌敬酒，只余下宋杭和徐生二人面面相觑。

徐生端着酒杯敬他："大哥，生日快乐。"

宋杭以茶代酒回敬："谢了。"

宋杭将茶杯搁置在桌面，看了眼言笑晏晏的周清逸，又放低音量对徐生说："阿姨性格向来如此，面冷心热，你别往心里去。

"我跟你交个底儿，其实今天两位长辈确实有意撮合茱萸和清逸。"

徐生眸光闪了闪。

"据我对阿姨的了解，等会儿饭局结束，她估摸着会单独找你聊聊。"宋杭拍了拍徐生的肩，"好好表现，我是站你这边的。"

徐生喝了口酒，笑着转过头："为什么？"

两人不过一面之缘，压根儿谈不上了解，宋杭怎么会坚定地站在他这边？

"很简单啊，"宋杭拾起筷子，"因为宋茱萸喜欢你。"

宋杭很难忘记那个午后，宋茱萸偷偷擦掉眼泪，说她爱上了一个简单纯粹，却足以燎原的小镇少年。

宋杭一语成谶。

将所有的宾客送走以后，一行人去了二楼咖啡厅。这个点，咖啡厅的客人不算多，整个大厅都显得格外静谧，只听见舒缓动人的音乐。

杨琼华安排宋茱萸："你跟清逸这么多年没碰面，肯定有许多话题可以聊。"

周清逸最会哄长辈："我跟她从小就聊得来，听说茱萸去年还去镇上支教了？怎么样，要不要跟清逸哥分享下你的有趣经历？"

宋茱萸站在徐生身边不吱声。

"徐先生是吧？"杨琼华看向徐生，"听闻你是做餐饮业的，我正好有些问题想请教你。"

徐生知晓杨琼华的意思，捏了捏宋茱萸的手："你先去，我待会儿来找你。"

杨琼华盯着两人小动作，提醒徐生先跟她进包厢，高跟鞋在木质地板上奏响急促的音节。

徐生看她一眼，转身跟了上去。

宋茱萸也跟周清逸去大厅，找了个靠窗的位置坐下。两人点了两杯咖啡，有一搭没一搭地闲聊着。

包厢里的氛围格外凝重。

等服务员点单离开后，杨琼华打量面前的徐生："如果我没记错的话，我们之前碰过面,对吧?"

徐生坐得端正:"是。"

宋茱萸公寓的电梯里擦肩而过算一次,覃溪镇遥遥相望也算一次。

杨琼华开门见山道:"你追来宜川,也是为了茱萸?"

徐生给了个肯定的答复。

杨琼华见他沉着冷静,忍不住嘲讽一笑:"年轻人还算沉得住气。只是不知道徐先生对我方才的安排持什么样的想法,我不认可你跟茱萸的恋爱关系,所以类似今日的相亲,往后会只多不少。"

她在故意激徐生。

"不知徐先生这气能沉到几时去?"

徐生沉默了好一会儿:"茱萸有权利选择更优秀的人,但我有信心她最后的选择是我。"

杨琼华双手抱臂,尽管面色严肃,也还是带着几分笑意:"这样说吧,尽管我们茱萸算不得优秀,但也不至于配你这样的一个人。"

"阅历见识、学历人脉,乃至你的父母,你有哪一点拿得出手?你又能给她什么样的生活?"

这些问题徐生都能预想到,但真从别人嘴里说出来,还是会觉得无比刺耳。

徐生握紧了拳头,静静地看着她:"阿姨,口头承诺或许显得过于缥缈,我想用实际行动向您保证,您刚刚所要求的一切,我会在后面逐一实现,除了父母。"

"父母生我养我,我并不以他们为耻。"

杨琼华没料想他会不进油盐,如此坚定:"漂亮的话谁都会说,我要是真信了你,过往几十年不就白活了?"

徐生还在争取:"您有其他要求,也可以尽管提。"

"我对你没有要求。"杨琼华索性开门见山,"如果你真想茱萸往后过得好,就不要再跟我搬弄口舌。趁早与她分开吧,对你们两人来说,都是最好不过的。"

徐生失笑:"除了这一点,其他的我都答应。"

服务员推开门将咖啡端进来,杨琼华忍住心中怒火没发泄。

待人离开后,她站了起来:"我原以为你是个明白人!总之,你跟茱萸的事情,我是不会同意的!既然与你说不清楚,那我也没必要再浪费时间了!"

宋茉荑注意着包厢这边的动静，见杨琼华拎着包怒气冲冲地离开，甚至都没有往他们这边看一眼。

她将咖啡杯搁下："清逸哥，不好意思啊，刚刚跟你说的话，希望你能够理解下。"

周清逸笑了笑："明白。"

"谢啦！"宋茉荑冲他眨眨眼，"有机会请你吃饭。"

说完，她便朝着包厢小跑过去。

宋茉荑冲进包厢的时候，徐生正仰坐在皮质沙发里，不耐烦地扯了扯衬衫衣领，又恢复成以往的散漫模样。他目光淡淡地扫向被推开的门，又多了几分撩人的颓丧感。

杨琼华那张不饶人的嘴，宋茉荑是最清楚不过的。看着徐生失意无措的表情，她一时不知如何安慰他。

宋茉荑几步走过去，最后停留在他身边。

徐生握住她的手腕，将人带到自己怀里。

宋茉荑手抵在他肩上，听见他沉沉的声音传来："别动，让我抱会儿。"

徐生抬手搂住了她的腰，脸贴在她的小腹前。

宋茉荑低头看了他一眼，左手轻轻顺着他的发丝，宛若在安抚受伤的小狗。

过了几分钟，她才故作轻松地开口："幸好。"

"什么？"

宋茉荑故意逗他："幸好桌上的咖啡都还在呀，我真怕她会直接泼你脸上。"

徐生稍微缓过来了一些："这么说，阿姨对我还不赖。"

宋茉荑肯定道："那可不。"

咖啡厅里又切换了音乐，纯钢琴曲的节奏轻快活泼，恰似夏日丛林间的蝴蝶挥动着落满晚霞的翅膀。

"我妈是不是跟你说了特别过分的话？"

徐生不假思索："没说什么。"

宋茉荑想着杨琼华负气离开的模样，也猜得到这场谈判肯定是不欢而散的。

"我妈说话向来这样，你不要往心里去。"她瓮声瓮气地解释，"如果她的话让你不舒服了，那我们以后尽量避免跟她碰面吧。"

徐生笑了："她是你妈妈，难道我们要躲一辈子吗？"

宋茱萸哼了一声:"惹不起还躲不起吗?"

"又说胡话。"徐生继续抱着她充电,"人心总归是肉长的,慢慢来吧,我会让她接受我的。"

宋茱萸笑盈盈地捧起他的脸:"我们小狗多么善解人意啊。"

徐生别开脸:"谁是狗?"

"夸你可爱呢。"

宋杭的生日宴是为了应付长辈,接下来这一场,才是属于年轻人的庆典。

宋茱萸推开KTV包厢大门时,显示屏上正播放着歌曲的MV。

"如果忽远忽近的洒脱,是你要的自由,那我宁愿回到一个人生活……"

宋茱萸跟里面的人打了个招呼,瞥了眼立式话筒旁深情演唱的女人,发现是情感投入得泪眼婆娑的许明莉。

她拉着徐生在双人沙发旁坐下。

宋杭发觉两人气氛微妙,抿了口红茶,问:"你俩什么情况?"

宋茱萸耸耸肩:"生闷气呢。"

"你少喝点茶。"宋杭身边的女生接过他的杯子。

包厢里的灯光特别暗,宋茱萸探着脑袋望过去,才注意到这个清秀的女生是之前在医院给宋杭进行康复治疗的实习生。

宋茱萸朝她打招呼:"好久不见,樊医生。"

樊一淼回之一笑:"嗨。"

宋茱萸又给宋杭使了个眼神:"你俩这又是什么情况?"

"就你想的那样。"宋杭毫不避讳,张嘴接过女朋友喂过来的西瓜。

这件事其实在宋茱萸的意料之中,她竖起大拇指直呼两人神速,最后端着酒杯敬了未来嫂子一杯。

樊一淼性格爽快,毫不扭捏地喝下酒,打算再敬徐生一杯:"这位是?"

宋茱萸笑了笑:"我男朋友。"

许明莉又切了首《分手情歌》,唱到副歌的部分哭得撕心裂肺。

宋茱萸扭头问:"明莉怎么了?"

宋杭捏了捏眉心,无奈又觉得好笑:"不知道啊,这阵仗估摸着是失恋了。"

失恋?宋茱萸什么都不知道。

等许明莉唱完这首歌,宋茱萸就凑过去找她聊天了。

徐生留在原位跟宋杭闲聊,两人聊得还算投机,脸上都挂着几分笑意。

263

"你什么情况啊？"宋茱萸拉着许明莉坐下。

许明莉灌了一杯啤酒，眼神扫向徐生的方向："睹人……思人。"

宋茱萸顺着她的视线看去，琢磨着她的古怪用词："你不会是想野格了吧？"

许明莉倒也没否认，轻"嗯"了一声。

"真好啊！"她醉醺醺地说，"你们还能和好……"

宋茱萸一怔。

许明莉和野格因游戏结缘生情的事，她很清楚。野格来宜川找过许明莉，但两人相处了一段时间后，又因为各种各样的原因分开了。

许明莉还喜欢野格，但现实成了最大的难题。

宋茱萸叹了口气，不知道怎么安慰她，只能轻拍她的肩膀。

"不提过去了。"许明莉擦干眼泪，又拖着宋茱萸去找其他人玩。

剩下的人都是宋杭的朋友，大家围坐着又玩了几轮游戏。

将近凌晨两点，酒意阑珊，一行人准备散场走人。

宋茱萸与他们一一告别后，只剩下她与徐生两人。

KTV楼下有家二十四小时便利店，徐生拿着外套去长椅那边坐下，靠在椅背上闭目养神。

宋茱萸走了过去，顺势坐在他身边。晚风拂起他衬衫的衣角，她扭头就能瞧见他微微泛红的锁骨。

"喝多了吗？"她轻声问。

后面玩酒桌游戏那会儿，徐生喝了不少酒，而且喝得过杂，这是最容易醉人的。

徐生凝视漆黑的天空，一贯平淡地"嗯"了一声。

两人又在长椅上歇了会儿，温热的风吹散了酒气，徐生按下手机屏看了眼时间："回家吧。"

宋茱萸没反对，拉着他的胳膊站了起来。

他又说："等下，我去买瓶水。"

宋茱萸目送他走进便利店，拿出手机拍下皎洁的弯月。

徐生买好东西走出来时，她正翻看着相册里的照片。

徐生略一低头："带你去个地方。"

宋茱萸看了看附近的路牌："这么晚，去哪儿？"

徐生神神秘秘的："去了不就知道了？"

宋茉荑也没再多问，凑过去牵上他的手："那就走吧。"

徐生带宋茉荑去的地方，离"是只有"比较近，大概五六站地铁的距离。

走进小区，徐生轻车熟路地带她上了楼，打开门后做了个"请"的手势。

一套不足70平方米的复式公寓，装修风格比较现代化，白墙搭配着木纹砖，射灯打在墙面，犹如一排排暖光的山丘。

"你什么时候租的？"宋茉荑参观完后又问。

"就上周。"徐生给她拧了瓶矿泉水。

宋茉荑接过后抿了几口："我那套公寓活动空间也挺大的，怎么想着又租一套？"

"必需品嘛。"徐生也喝了几口矿泉水，又指了指两间卧室，"我想着，下个学期让徐松松回来住。你觉得呢？"

"当然好啊！"宋茉荑知道他话里的意思，"松松从小就跟着你，现在也还是小朋友，让他一个人住校，肯定特别不适应。"

徐生很感激她的理解。

宋茉荑又去卧室看了一圈，眨眨眼睛，兴奋地问："那我以后就跟你住这间？"

徐生倚在门边，笑着点了点头。

宋茉荑又提议道："还得给松松的房间配张书桌。"

徐生脸上始终挂着笑："好。"

参观完毕，宋茉荑先去浴室洗漱，将头发吹至半干后，捧着徐生给她冲的蜂蜜水喝了几口，然后赤脚在公寓里瞎晃悠。

落地窗旁的水培竹枝叶有些泛黄，宋茉荑给花瓶换了水，挤了几滴营养液进去。

做完这一切，她听见浴室里少了水流的动静，紧接着徐生就在里边唤她："宋老师。"

徐生习惯性叫她宋老师，叫全名的时候屈指可数，偶尔也会恶趣味地叫上几声姐姐。

她站起身来："做什么？"

徐生很平淡地说出需求，声音闷闷的："去楼上帮我拿下浴巾。"

"不去。"她拖长语调。

虽然她嘴上这样说着，但还是蹑手蹑脚地上了楼。深色窗帘将外面的月色一并隔绝，宋茉荑踩在柔软的地毯上，最后搂着他的浴巾下了楼。

她走到浴室门口,敲了敲玻璃门。

徐生的身影靠近玻璃门,拧开门把手,从缝隙间将手伸了出来。

宋茱萸看着他沾满水珠的手背,笑吟吟地靠在门口一动不动。

"东西呢?"他的指尖透露出一丝烦躁。

宋茱萸抱臂:"叫句好听的就给你。"

徐生吸了口气,也笑了:"姐姐?"

"还有呢?"她又问。

徐生慢悠悠地喊:"宝宝。

"贝贝。

"老婆。"

他换着花样叫她,声音越来越沉。

宋茱萸听得头皮发麻,赶紧将浴巾塞到他手里。

"你是真不知道害臊这两个字怎么写。"

徐生接过浴巾的那一瞬,突然将浴室门从里拉开,反手拽住宋茱萸还未收回的手腕,直接将她拖进了氤氲潮湿的浴室。

宋茱萸鼻尖撞到他硬实的肌理,沐浴露的清冽骤然闯入鼻腔。

徐生将门关上,落锁,动作一气呵成。

他的皮肤很烫,烫得她往后退了一小步。

宋茱萸微微仰起脑袋,问:"你……你干吗呀?"

"隔着门听得清楚吗?"他垂眼望向她。

宋茱萸的脸红得仿佛被浸泡在热水之中,磕磕巴巴地回答:"还……还挺清楚的。"

徐生一手撑在洗手台上,一手压着她的后背往跟前带。

他微微弯腰俯下身来,沉重的呼吸落在她耳侧:"是吗?我怎么觉得不太能听清。"

"听清了。"宋茱萸踩到了地面的浴巾,心脏都快从嗓子眼蹦出来了,"我再去给你拿条干浴巾。"

徐生压根儿没想放她走:"不急。"

他抬手扣着她的后脑勺,两人的唇瓣近在咫尺:"听够了吗?还想不想听我再叫点别的?"

"嗯。"浴室堪比桑拿室,宋茱萸有些招架不住,赶紧躲,"够了够了,我真听够了。"

徐生扯了扯嘴角,双手扶着她的腰,轻而易举地将她放到洗手台坐下。

宋茱萸还未来得及惊呼，嘴唇就被毫无预兆地堵上了。徐生的唇轻轻碾着她，呼吸在她面前缠绕。

宋茱萸将手搭在他肩上，仰头闭着眼回应他。

在春雨翻涌而来之时，徐生突然停下了动作，走到门口的脏衣篓旁，弯腰拾起西装外套，在兜里翻出东西，咬着易撕口边沿，再走回去。

原来他那时候去买水就早有预谋了。

宋茱萸情意绵绵地望着他："我们要个小孩儿吧？"

徐生微微一怔："胡说什么呢？"

宋茱萸闷哼一声："然后结婚。"

"这难道不是水到渠成的事？"徐生捧着她的脸，气得有些想发笑，"这会儿又不怕你妈妈了？"

宋茱萸似乎有些魔怔了，脑袋里竟突然冒出用孩子逼迫妈妈同意的幼稚想法。

"我们按正常的流程来。"徐生掐着她盈盈一握的腰，"只要你是爱我的，什么都能解决。"

求婚、结婚、生子，一步一个脚印，实实在在，真真切切。

宋茱萸紧紧贴着他，声音带着些许呜咽："那你爱我吗？"

他虔诚地吻了吻她，声音也越发沉重："爱你。

"我爱你，宋茱萸。"

昏暗的房间里亮着盏落地灯，橙色的光晕落在宋茱萸的眼底，恰似朦胧日出挂在陡峭山巅，她的指尖深陷他的发根。宋茱萸知道，徐生这座山，她注定越不过了。

时间过得很快，转眼又是一年秋。

这天大课间休息的时候，宋茱萸在操场守着学生做广播体操，灰沉沉的天气让人昏昏欲睡。兜里的手机连连振动，将令人懒散的瞌睡虫都驱逐了。

她接通了徐生的电话。

徐生那边很安静："在忙？"

宋茱萸说："还行，守课间操呢。"

"那晚上一块儿吃个饭？"徐生提议道。

"我们哪天没一起吃饭？"宋茱萸捂着听筒笑问。

"这倒也是。"徐生没有反驳她，"不过今天例外，还有小岳他们。"

"小岳他们来宜川了？"宋茱萸托着手肘，语气里都是藏不住的惊讶。

"对。"

宋茱萸没拒绝:"那好,待会儿把地址发我,我自己打车过去,你正好去接松松。"

徐生应了声:"好。"

挂断电话前,徐生又补了句:"那什么……如果你朋友有空……可以叫上她一起。"

宋茱萸立刻猜出他所说的朋友是谁了。

只能是许明莉。

想必这场聚会,野格也到场了。

"我待会儿问问她今晚有没有空。"

"好。"

这天又在忙碌中一闪而过。

将学生送出校门后,宋茱萸折回办公室拿包,然后与办公室的同事们一块儿离校。

校园寂静,几人说着工作上的琐事。一阵风拂起花坛里的枯叶,叶子打着圈儿往前面飘去。

很快,宋茱萸注意到门卫室旁立着个瘦高修长的身影。

徐生套了件简单的灰色卫衣,黑色工装裤包裹着长腿,懒懒散散地往这儿一站,就形成了一道观赏性极强的风景线。

他与保安大爷聊得正火热。

邵老师眼神特好:"保安室那小哥哥挺帅啊!"

梁老师眯着眼睛:"是学生家长吗?"

宋茱萸没有搭话。

邵老师:"看着挺年轻的,大学生来接弟弟妹妹吧?"

梁老师:"啊啊,好想要他的微信。"

几人越往前面走,越感觉到不对劲。

邵老师突然反应过来,拍了拍脑门,感叹:"我寻思着怎么这么眼熟呢,这帅哥是'是只有'的老板啊!"

梁老师:"就最近火爆全城的那家甜品店?"

邵老师搂住宋茱萸的胳膊:"宋老师,你不是隔三岔五往那边跑吗?你帮我确认一下,这是不是那儿的老板?"

宋茱萸不动声色地点点头。

梁老师侧身问:"难不成帅哥'英年早婚',来接孩子放学的吗?"

宋茱萸非常尴尬地咳嗽两声，想起之前她将徐生误认为学生父亲的事。看吧，也不是只有她会犯这种低级错误吧？

徐生余光瞧见宋茱萸正走过来，开始对刚才的话题进行收尾，保安大爷甚至还有些意犹未尽。

"那我先走了，"徐生跟保安大爷道别，"改天请您到店里坐坐。"

保安大爷："哎，好！对了，你不是来接小孩放学的吗？"

宋茱萸一行人恰好从面前经过，徐生毫不犹豫地拾起她的手腕，还举在大爷面前挥了挥。

"这儿，接到了。"

众人惊呆。

宋茱萸陷入窘迫，他在胡说什么？

迎着众人意味深长的眼神，徐生牵着她的手走出了校门。

邵老师一张经典吃瓜脸："那什么……宋老师，我们先走了啊，不打扰你们约会。"

梁老师疯狂点头："啊，对对对！"

宋茱萸暂时抛下徐生，伸出手挽上两人的胳膊，神神秘秘地将人拉到一旁去。

梁老师："难怪你每天有那么多甜品吃！"

邵老师："原来是把老板拿下了！"

宋茱萸眨眨眼："对不起，我不是故意瞒着你们的。"

邵老师："哎，也能理解。我要有这么帅的男朋友，肯定也藏起来吃独食……"

宋茱萸给两人作揖："改天请你们吃饭！"

邵老师、梁老师："也行，我们要吃店里最贵的！"

"没问题啦！"宋茱萸松了口气，"再求你们一件事，能暂时替我保密吗？"

宋茱萸并不喜欢曝光私生活，以免沦为同事们的饭后谈资，到哪儿都能听见自己的八卦，这种感觉挺让人难受的。

两人又回头瞥了眼徐生："行！我们等着喝喜酒哟。"

宋茱萸又连连道谢，将两人送走以后，才温温吞吞地走回徐生身边。

"怎么不说一声就过来了？"她仰头问。

"有没有可能，我给你打过电话？"

宋茱萸按亮手机屏幕，才发现有十多通未接来电："刚刚太忙了，没注意看手机。"

徐生无奈地揉揉她的脑袋。

两人往地铁口那边走,他又补了句:"这不是天色晚了嘛,怕姐姐一个人太孤单,就想着跟你一块儿过去。"

宋茱萸抬头:"那松松怎么办?"

徐生看了眼红绿灯:"时间还早,现在去接他也来得及。"

宋茱萸努努嘴:"好吧。"

绿灯亮起,徐生牵着她过马路:"刚跟你同事说什么了?"

宋茱萸抿着唇:"没什么。"

斑马线上人流汹涌,枯黄树叶随风打着旋儿,轻飘飘地落到大街上,步履匆匆的大人们牵着孩子往前走。

徐生笑了下:"我似乎听到了……喝喜酒?"

宋茱萸"嗯"了声。

"喝谁的?"他明知故问。

"你说呢?"宋茱萸倒是不恼,笑着反问。

两人走在人行道上,默契地加快了步伐。徐生牵着她的手轻轻摩挲,看了眼西边的昏黄落日,朦胧的光圈晕得好像永远。

"那你怎么想的?"他问。

"想什么?"

徐生没什么把握:"比如,什么时候跟我结婚?"

尽管能猜到这个话题,但是宋茱萸依旧吓了一跳:"太突然了吧?闪婚啊?"

"咱俩这种程度,也不算闪婚了吧?"徐生思考着她的问题,最后给出自己的答案,"野格之前跟我说过,人生需要各种各样的冲动,有些事情少了那股冲劲反而办不成。"

宋茱萸不是很同意:"我觉得吧,冲动之下做的决定,往后特别容易后悔。"

考虑到这句话或许会伤到某人的心,她又继续说:"我不是不跟你结婚的意思啊!"

"只是你这个问题太突然了,结婚这种事嘛,讲究的不是水到渠成嘛……"她有些语无伦次。

徐生沉沉地"嗯"了一声:"我明白了。"

"这就明白了?"她不解。

她说完了吗？他就明白了？

徐生颇有耐心地重复一遍："就是明白了。"

"明白什么了啊？"宋茉荑最接受不了他卖关子，总让人抓心挠肝。

"以后再告诉你。"徐生不解释。

宋茉荑偏过头看他："现在说。"

徐生："后面说。"

宋茉荑"喊"了声："不说拉倒。"

整个城市都被霓虹灯填满，行道树上的枯叶不断掉落，夜风又送来寂寥落寞的晚秋。

宋茉荑忽然觉得很踏实，甚至有些期待冬日降临，觉得只要两颗心紧紧依偎在一处，就再也不用怕凛冽的寒冬了。

徐生拾起她头顶的叶片，握着她的手也越来越紧。

他明白了，以后会等她确定以及肯定内心的想法之后，会等她深思熟虑和考虑周全之后，会等她愿意将璀璨余生交付于他之后，再向她求婚，给她一个盛大的婚礼。

这会儿正值下班高峰期，街上的人流量很大，两人穿过拥挤的人群，打算先去学校接徐松松。

用餐的地址是一家户外露营餐厅，以茂密的森林为背景，偌大的草坪上搭着大型帐篷，各类天幕和茅草屋随处可见。

许明莉来得早些，此时就站在大楠木树下，旁边是金鱼池水景，池水清澈见底，水面荡漾着斑斓的光。天幕边沿挂着暖色调的小灯，帐篷中的餐桌旁围坐着宾客。

宋茉荑牵着徐松松走过去，徐生跟在两人身后。

"不是告诉你位置了吗？怎么傻站着？"

许明莉一把扯过宋茉荑，挤眉弄眼地低声道："你没说野格也在啊。"

宋茉荑哪能不明白她口是心非的心思："那要不你先回去？"

许明莉气得不行："你故意的吧？"

宋茉荑拉着她往餐位那边走："行啦，进去吧，我都饿了。"

许明莉半推半就地往前走。

徐生订了个大桌，小岳他们已经围坐下了，特别兴奋地攀谈着。

野格忙着给大伙儿倒茶，刚搁下茶壶，他就看见姗姗来迟的宋茉荑和徐生，视线却不由自主地被许明莉吸引了过去。两人的视线交汇，均尴尬地别过眼。野格有些无措地撑着桌沿，许明莉则低下头整理裙子。

　　徐松松松开宋荣荑的手，冲进野格的怀里，高兴地喊道："小野哥！好久不见！我好想你！"

　　野格这才回过神来，拍了拍他的脑袋："这才多久没见，又长高了？"

　　徐松松语气很骄傲："那当然啦，我一顿能吃三碗饭！"

　　宋荣荑和徐生默默对视一眼，心想：反正人已经凑一块儿，剩下的就看他们自己的造化。

　　"快来快来，就等你们了。"小岳冲徐生他们挥挥手，"哪有做东还迟到的啊？"

　　徐松松替哥哥解释："小岳哥！是因为我学校太远啦！"

　　小岳笑着将他拉过去："嘿，你这小子！来了也不知道先找我！前面白疼你了！"

　　"别生气嘛……"徐松松奶声奶气地扑过去。

　　宋荣荑和徐生跟大伙一一打招呼，许明莉还别别扭扭地站在那儿，没动。

　　徐生走到野格身边，用手肘撞了他一下。

　　野格知道徐生的意思，顿了半秒，往许明莉那边走去。

　　"来来来，坐我这儿。"小岳怀里还搂着徐松松，赶紧往旁边挪了挪椅子。

　　徐生紧挨小岳坐着，宋荣荑坐在徐生的另一侧。

　　她右手边是位长相清秀、斯斯文文的姑娘，特别腼腆害羞，与董大臀互动倒是频繁。

　　小岳倒了杯茶递过去："怎么又变漂亮了啊，小宋老师？"

　　徐松松反驳："宋老师一直都很漂亮。"

　　小岳笑了："是是是，你说得对。"

　　"谢谢啊。"宋荣荑笑盈盈地接过茶。

　　徐生托腮补了句："我女朋友什么时候不漂亮？"

　　小岳伸出手比着数字六，在徐生眼前晃来晃去："有女朋友了不起啊？"

　　"不好意思，"徐生气死人不偿命，"有女朋友真的了不起。"

　　小岳："……"

　　徐松松窝在他怀里继续补刀："小岳哥，你为什么不找个女朋友呢？是因为你长得没有董大哥高，又没我哥帅吗？"

　　小岳气得想把徐松松扔下去。

　　宋荣荑笑着抿了一口茶，将这桌的客人巡视一圈。除去在覃溪的老熟人，还多了几个新面孔,估摸着是徐生常提及的新朋友。

趁着备菜的空隙,大伙儿继续闲聊。

宋茱萸偶尔瞥上几眼远处聊天的野格和许明莉。

半个小时后,陆续开始上菜,众人草草吃了几口后,就端起酒杯挨个敬酒。

徐生在这种场合一向低调,只偶尔给宋茱萸和徐松松夹夹菜。如果有人过来敬酒,他也会爽快应下,啤酒一杯接一杯下肚。

宋茱萸吃得差不多的时候,董大臀领着身边的姑娘前来敬酒。

"生哥、宋老师,"董大臀端着酒杯,"先敬你们一杯。"

宋茱萸正值生理期,遂以茶代酒:"这位是?"

董大臀拍了拍大腿:"差点忘了给你介绍,这是我女朋友,段明薇。"

宋茱萸笑着夸赞:"女朋友很漂亮啊。"

他也算得偿所愿了。

董大臀和段明薇相视一笑,异口同声:"谢谢。"

徐生从酒箱里摸出一瓶未开封的酒,"啪嗒"一声,瓶口冒出白花花的泡沫。

他将啤酒杯倒满酒水,拍了拍董大臀的肩膀:"凡事都要冷静思考,不要逞一时之快。"

"好。"董大臀将酒尽数喝下,"我知道。"

徐生跟他碰了个杯:"还是要恭喜你,有情人终成眷属。"

董大臀喜欢段明薇这么些年,甚至不惜离开小镇去她念书的城市工作、陪读,磕磕绊绊走到如今的地步,确实也谈不上容易。

"生哥,跟宋老师最近怎么样啊?"董大臀问。

徐生搂过宋茱萸的肩:"好得很。"

董大臀笑了笑,又倒了一杯酒:"那我可就等着喝你们的喜酒了!"

徐生搂着宋茱萸笑了笑,灌下那杯冰凉的啤酒:"少贫,我还用你操心?"

喝了几杯后,几人又坐下聊天,话题非常跳跃,天南地北地聊着。

不知道过了多久,小岳忽然举着手机,跟人打着视频电话,将镜头对着四周的景色转了圈,然后挪着椅子往宋茱萸面前凑了凑。

小岳将镜头对准过来时,宋茱萸脸上闪过错愕,定睛一看,屏幕中的人是蒋茵。

蒋菡还坐在学校的篮球场上："嗨，宋姐姐，好久不见！"

宋茱萸回过神来："好久不见。"

"救命，我也想参加你们的聚会！"蒋菡挠了挠胳膊，冲着两人抱怨，"我现在快被蚊子'抬'走了！"

小岳乐呵呵的："等你放寒假，咱们再聚聚。"

看着她挠破皮的胳膊，小岳又问："这么晚了你还不回宿舍？"

蒋菡眼睛亮晶晶的，随后将镜头翻转过来，对准了篮球场上身着球服的少年。

少年投出个漂亮的三分球，蒋菡兴致勃勃地问："怎么样？帅不帅？"

小岳哀号："不是吧，你也脱单了？"

蒋菡笑嘻嘻的："还没呢，正在努力中哟。祝我早日成功吧！小岳哥，宋姐姐。"

小岳夸张地哭了几声，故意捏着手机抖动着。

宋茱萸按住屏幕，轻声提醒蒋菡："肯定会成功的！小菡，刚刚球进篮筐的时候，他第一时间就回头看你。"

蒋菡："真的吗？"

小岳纳闷为何只有他是孤家寡人，气得想把手机都扔金鱼池里，严肃道："假的！假的！"

"我才不信你，我信宋姐姐。"蒋菡说，"小岳哥，你也老大不小了，得抓紧时间啊！别等到时候松松都有女朋友了，你还是个单身汉啊。"

"我谢谢你啊！"小岳直接挂断电话。

他把手机放回了桌面，端起桌面的半杯酒："敬你，小宋老师。"

"回敬你。"宋茱萸笑了笑，"不过我喝的是茶。"

小岳擦擦嘴："没事，喝的就是一个气氛，你怎么开心怎么来。"

宋茱萸问他："听徐生说你也离开覃溪了？现在在哪儿工作啊？"

"对啊，野格和董大臀都走了，生哥也来了宜川，我一个人待着也没意思。前面在市里找了家汽车厂上班，不过待遇不行，刚刚辞职呢。"

宋茱萸点点头："那后面有什么打算？"

"还没定，打算去沿海城市闯一闯，那一片的汽车城多。要实在不行，我就来宜川投奔你和生哥。"

"我们这里会永远为你留个位置。"

"可不许反悔啊。"小岳直接拾起酒瓶喝。

宋茱萸心里升起一丝愧疚感，有些不是滋味。

覃溪五金店宛若枝繁叶茂的榕树,他们这群人就是栖息于此的鸟儿们。五金店转让,大榕树倒塌,鸟飞兽散,各奔东西,真挺让人唏嘘的。

"对不起。"她喃喃道。

是她打破了他们原有的平静生活。

小岳笑了:"突然道歉是什么意思?生哥以为我欺负你呢。"

宋苿荑也笑了下。

啤酒、烧烤、晚风,给人一种回到五金店后院的感觉,晚香玉的香气馥郁,他们都还是天真少年。

小岳瞥了眼微醺的徐生,转头小声告知宋苿荑:"小宋老师,跟你说个秘密。"

"什么秘密?"

小岳将徐生留在餐桌上的手机递到她手里:"密码知道吧?打开音乐播放器瞧瞧。"

徐生的手机密码是她的生日,一时间好奇心胜过理智,宋苿荑犹豫片刻,按照小岳所说的,打开锁屏,点进音乐。

"看看他的年度歌单。"

宋苿荑点开了音乐收藏夹,徐生的年度歌单只有一首歌。4分14秒的单曲,循环播放接近万次,六百来个小时,漫长又难挨的27天。

是陈绮贞的《慢歌》,她在留声机的告白。

他还点赞了前排的某条热评——

今年要完成的两件事,变优秀和放下你。

小岳问:"生哥这性子,不像是爱听陈绮贞的人吧?"

某种细微的痛觉在身体各处蔓延,宋苿荑觉得浑身上下都被电流刺了一下。

"你刚离开的那天,生哥跟没事人一样,还接了不少活儿。当时我和野格还悄悄说,生哥不愧是生哥,真够洒脱的!直到他晕倒在厂房,我们才知道他不吃不喝、不眠不休地装了一星期的电路。

"我就问他,心里难受为啥不跟我们说,大不了大家一块儿喝点酒,把不开心的事情全都忘了。

"生哥却说,没用的,他心里特别乱。厂房够安静,只有冷冰冰的机器声能让他把事情想明白。"

宋苿荑心脏抽抽地疼,这件事,徐生从未与她提起。

小岳继续说:"那件事之后,他变得更冷静了,该吃饭就吃饭,该工作就工作。我们都以为他可能真想通了，直到某天晚上，我回店里取耳机，发现他独自躲在后院里喝闷酒。"

"他颓丧地弓着背。"小岳鼻尖有些发酸，"我喊了好几声，他不肯面对我，也不肯应我。再走近些……我才发现他好像哭了。"

小岳最了解徐生，哪怕是小时候吃不饱饭，被徐明昌打得遍体鳞伤，他都不会在别人面前掉一滴眼泪。

这种情况少之又少，徐生母亲去世是一次，宋茱萸离开是一次。

徐生今晚喝得有些多了，完全不知道小岳在说自己。他跟董大臀坐在金鱼池旁，断断续续地聊了好久。

忽然，徐生回过头看了宋茱萸一眼，露出标准的八齿笑，傻里傻气地望着她。

宋茱萸故作镇定地回之一笑。

"然后呢？"她低声问小岳。

小岳苦涩一笑，有些说不下去："生哥说游乐园被拆了。"

那晚小院里漆黑一片，徐生低头盯着地面，嘴里念叨着游乐园不见了，留声机也不见了，留给他的暗号似乎再没办法破解了。

徐生问小岳："小岳，明明是我自己放她走的，可我就是忍不住想她，你说我是不是有病啊？"

月色朦胧，回忆与现在逐渐重合。

宋茱萸的声音逐渐沙哑，喘气间宛若吞了口玻璃。

徐生提着半瓶酒走过来，见两人神色有些不自然。他懒散地往中间空位一坐，偏头问两人："聊什么呢？"

小岳吃了口菜，含混道："没什么。"

宋茱萸接过徐生手中的酒瓶，身体前倾钩过他的后颈，半张脸都埋进他的怀里，重重地搂着他的腰。

"怎么了？"徐生一怔。

她很少像这样在公共场合与他亲昵，怎么今晚他才离开一小会儿，这姑娘突然就变得黏人起来？

小岳非常自觉地避开了视线，端着酒杯找野格八卦他的感情生活，顺便给徐生和宋茱萸留下独处的空间。

宋茱萸吸了一口气："徐生。"

"嗯。"他应了一声，还带着酒气。

"徐生。"她又喊。

徐生揉揉她的脑袋："嗯，我在呢。"

"你不要有太大的压力，我会陪你慢慢变优秀……你也不许再偷偷难过，任何事情都要跟我说。"宋茱萸有些语无伦次，声音中带着浅浅的鼻音，"还有……变优秀可以，放下我不行！听见了没？"

这句话异常耳熟，徐生瞬间反应过来。

他握着她的薄肩，喉结艰难地滚了滚，最后迟迟地应了一声。

又是一年梅雨季，宋茱萸和徐生已正式开启同居生活。

为满足食客的需求，"是只有"店面在这年的三月扩建并重装。徐生又聘请了两位擅长做东南亚菜的专业厨帅，对菜品和饮品进行了改良和创新。这份餐饮事业也发展得如火如荼，蒸蒸日上。

周末的午后，店里顾客很多，宋茱萸恰好在厨房里试即将推出的新菜品——泰式甜品拼盘。

墙上的相框换了一轮又一轮，本周的主题是"雨后惬意"，照片里是雨后芭蕉叶、烟雨石板桥、屋檐下的猫咪，还有个杏眼盈盈的姑娘。

照片取景似乎就在店里，杏眼姑娘举着咖啡杯，对着镜头笑得格外甜。

不一会儿，就有女顾客注意到那张照片，连忙挥手叫服务员过来。

桃子拿着菜单小跑过去："您好，请问有什么需要？"

女顾客指了指照片墙："这是店里的新活动吗？"

桃子看了眼照片，还来不及解释，又听见顾客继续掉问。

"是需要会员积分吗？还是其他抽奖活动？怎么样才能挂我的照片上去啊？"

桃子："……您稍等，我去问问我们老板。"

此时徐生在前台处理公司注册的事情，桃子扭扭捏捏地摸着招财猫的脑袋，琢磨着怎么开口。

"有事说事。"徐生头也不抬。

"老板。"桃子捧着脸叹了口气，"有顾客想……"

徐生打断她："尽量满足她，按她说的办就行。"

桃子错愕："不是，顾客问能不能把茱萸姐的照片换成她的。"

徐生这才抬起头来往餐桌那边瞧了眼，电脑屏幕的白光衬得他的皮肤几近无瑕，清冷俊朗的五官越发深邃。

"这个不行。"徐生收回视线。

桃子都快把招财猫的胳膊掰断了，眼巴巴地等着他的后话："那我该怎么回复她呀？"

徐生敲着冷冰冰的键盘："就说墙上只能挂我老婆的照片。"

桃子："……"

宋茱萸恰好从厨房出来，嘴里含着还未咽下的椰汁糕，冷不丁听见徐生猖狂的回答，险些被呛到。

徐生最近忙着注册餐饮文化有限公司，经营范围包括餐饮服务和餐饮管理，以及销售部分散装食品等。

宋茱萸洗完澡出来后，发现他还捧着笔记本电脑研究相关事宜，甚至都没察觉到她走了过来。

"歇歇吧，"她搂着他的胳膊，"眼睛都快看瞎了。"

徐生之前没有创业的经验，甚至没有接触过这种圈子，所以每一步都走得小心翼翼，全靠自己不断摸索和实践。

创业启动资金有限，也没有其他后盾作为支撑，所以他在这条路上走得格外艰难。

徐生将电脑放在茶几上，捧着她的脸，轻声问："无聊了？"

"我是担心你的眼睛。"宋茱萸反驳。

徐生笑了笑："那我就先歇会儿，陪姐姐聊会儿天？"

"这还差不多。"

徐生开"是只有"这家店的时候，前期的投入也不小，所以宋茱萸一直都有个问题，至今还没来得及开口提。现在成立企业公司，资金投入虽不多，但也远远超出了徐生的经济承受能力。

宋茱萸顺势在他腿上躺下："可不可以问你个问题？来宜川创业的资金，你究竟怎么解决的？"

"抢的。"徐生胡说八道。

宋茱萸瞪他："好好说。"

"现在才想起问这个问题吗？你的反射弧有点长啊，不怕我把你也卖了？"他懒洋洋地问。

"不怕。"她说。

徐生由她搂着胳膊，沉思片刻才开口："我当时把五金店卖了，手头所有钱加起来，差不多够租间小点的店面和装修。"他慢慢说着那段过往，"后来我又跟仇天借了些，送徐松松去寄宿学校，余下的拿去报了烘焙和烹怔怔。"

宋茱萸听他这么说，猛地坐了起来："还找仇天借了？"

"在他那儿借钱，利息肯定很高吧？"她隐隐有些担忧。

"别担心。"徐生笑着揉揉她的头发，"其实也没借多少，现在都已经还得差不多了。"

宋茱萸舒了一口气："谢谢你，徐生。"

谢谢你不远万里地靠近我，选择我，奔赴我。

徐生抚摸着她的头发："如果可以，就把'谢谢你'换成'我爱你'，这样我会更高兴的。"

宋茱萸往他怀里一靠，郑重又虔诚地说："我爱你，徐生，很爱很爱你。"

某人听得心花怒放，语气却刻意放得淡淡的："好的，我知道了。"

宋茱萸紧紧搂着他："为什么想做餐饮啊？"

徐生虽然还挺全能的，但他应该更擅长电路、维修之类的，哪怕是开家网吧都比开甜品店更合适吧？

徐生想了下，很认真地说："很简单。"

宋茱萸仰起头，静静等着他的答案。

"想要某个人往后的一日三餐都能好好吃饭。"

宋茱萸心软得一塌糊涂。

徐生捏了捏她的脸："也想要……这座喧嚣城市的每一个孤独的人都能好好吃饭。"

宋茱萸冲着他笑。

徐生始终还是那个徐生，和想守护废弃游乐园时一模一样，从未改变，独属于他的浪漫英雄主义和始终风发的少年意气，从没褪去。

"哎，对了，为什么店名叫'是只有'啊？"

徐生睨了她一眼："这么浅显的你会不懂？非得听我亲口解释才满意吗？"

"我真没想明白。"她推了推他。

徐生无奈地耸耸肩："szy，宋茱萸，是只有。"

徐生只有宋茱萸。

宋茱萸猛地反应过来，咽了咽口水继续道："徐生，你好土啊！"

生活有甜蜜的时候，同样也少不了磕绊。

这几年来，尽管徐生的事业有所起色，但依旧入不了杨女士的眼。杨琼华还是不同意两人谈恋爱，甚至跑到徐生店里大闹一场，徐生却选择把这件事情瞒了下来。后面还是桃子无意间说漏了嘴，宋茱荑才知晓这件事情，母女俩又为此闹得特别难堪。

杨琼华撂下狠话："我们从此断绝母女关系，随便你以后做什么，我再也不会干涉！"

宋茱荑也不退让："这样最好不过。"

自吵了这一架后，母女俩当真断了联系，甚至连团圆饭都没一起吃。

宋茱荑倒是经常与宋杭联系，宋杭与樊一森的感情也逐渐稳定。

宋杭也没办法，也不劝她们母女俩了，索性就当起两人的传声筒。

这一年，徐松松顺利地升入了宜川市最好的初中，原本奶里奶气的小包子突然多了一些青葱少年的影子，性格也内敛了不少。

许明莉和野格又慢慢走到了一起。野格相比之前成熟稳重了不少，在宜川找了份踏实稳定的工作。

许明莉的爸妈还算开明，不仅没反对他们的恋情，反而还很喜欢这个"半倒插门"的女婿，两人很快就走到了谈婚论嫁的那一步。

在某个雾气蒙蒙的清晨，野格在朋友圈秀了张图片，配文是"余生不用指教了，往后都听我老婆的"。

看着他晒出的结婚证，宋茱荑揉了好几次眼睛，严重怀疑自己是不是没睡醒。

一眨眼的工夫，底下就多了好几条回复。

许明莉：终究是被你这棵歪脖子树挂住了！

小岳：每日一问，我八字那一撇多久才出现？

董湘匀：新婚快乐！小野，什么时候喝喜酒啊？

蒋菡：小野哥，新婚快乐，白头偕老！期待婚礼，我想搓席！

就连朋友圈活跃度最低的徐生，很快也在这条动态下留下足迹。

徐生：新婚快乐。

许明莉并没有更新领证的动态，宋茱荑就默默给野格点了个赞。

晚上，刚过饭点，徐生恰好得闲，宋茱荑照例去店里吃饭。饭桌上，她和徐生闲聊着，忽然提了嘴这件事。

"时间过得真快啊，明莉和野格都领证了。"宋茱荑喝了口番茄汤，"明莉还让我下个月陪她去挑婚纱呢，我顺便也挑件美美的伴娘服！"

徐生点点头，淡淡地"嗯"了声。

"不过我觉得他们还挺着急的,会不会太快了点啊?"

"他们在一起也快三年了,这速度还快啊,姐姐?"徐生反问道。

"三年了吗?"她喃喃道。

这么说,她和徐生在一起的日子,远远比三年还要长了。时间如洪流,快得她都快忘了今夕是何年。可能是太幸福了吧,毕竟只有痛苦的日子才会度日如年。

"对啊。"徐生眼底闪过一丝期待。

宋茱萸将汤碗放下,却感叹道:"这么说,我岂不是就要二十八岁了?然后不知不觉就奔三了?"

期待转为失望,徐生还是安慰她:"哪有那么夸张啊?你永远十八好吧!"

宋茱萸轻轻"喊"了一声,不相信他哄人的甜言蜜语。

晚餐结束后,徐生去库房点货。房间狭窄逼仄,昏暗的灯光落到他挺拔的身影上。

徐生刚站起身来,腰上就多了双手,宋茱萸从背后紧紧抱住了他。

他手上沾着面粉,不敢碰她,只问:"怎么来这儿了?粉尘多重。"

宋茱萸用脸贴了贴他的后背:"就想抱抱你。"

徐生察觉到不对劲:"到底怎么了?"

宋茱萸顿了一会儿:"徐生,能跟你商量一件事吗?"

"嗯?"徐生微微侧了下头。

结婚这件事,这段时间以来,宋茱萸也不是没想过。徐生给了她前所未有的安全感,他们相爱又合拍,如果徐生真跟她求婚,她肯定会同意的。她想就这样跟他走下去。

谁知徐生前面问过一次,后面还真的沉住了气,再没跟她提过半个字,她都怀疑是不是那一次真伤了他的心,还伤得太狠了。

"我们对彼此也算很了解了,性格习惯也磨合得很好……松松呢也长大了,不需要操太多心……"她断断续续地铺垫着。

徐生开始期待她后面的话。

乱七八糟说了一大堆,宋茱萸最后抛出主题:"就是……你能在我三十岁之前,跟我求个婚吗?"

徐生错愕地站在原地,一颗心扑扑通通狂跳着,久久不能回过神来。

他一直默默等待着,等着她给出讯号,哪怕是蛛丝马迹。没承想,她会这么直白地说出来。

惊喜、惊讶、激动，难以言表。

隔了半晌，徐生才郑重地回答她："好。"

宋茱萸二十八岁这年，徐生忙于工作偶尔会晚归，所以买了一只布偶猫送给她当生日礼物。

送猫的初衷是猫咪黏人，让宋茱萸不那么孤单。

猫咪取名为妮妮，是一只傲娇的小母猫，不太爱搭理宋茱萸，反而整日黏着徐生。

宋茱萸嘴上虽骂它"绿茶喵"，实则对妮妮特别喜爱，家里堆积如山的猫粮和罐头就能证明这一点。

妮妮最近爱上了玩绒毛球，它会在玩具盒里衔出球，扭着屁股走到徐生面前，将球放到他的掌心里。徐生将球扔出去，妮妮再将球捡回来。周而复始，一人一猫玩得不亦乐乎。

宋茱萸躲在旁边研究榨汁机，压根儿没有发言权，谁让"绿茶喵"只爱跟爸爸玩呢？

这年圣诞节，宋茱萸将家里布置得特别温馨浪漫，各色彩灯在圣诞树上闪烁着。她和徐生坐在沙发上看电影，徐松松最近迷上了化学竞赛，一个人躲在书房研究竞赛题。

徐生担心他学傻了，硬生生将人拖出了房间，逼着他一块儿看。

徐松松只好坐下，脸上闪过一丝不耐烦。

妮妮又叼出个红球，跳到沙发上找徐生玩。

玩了几个回合后，徐生蹲在地面发出指令："妮妮，把球送给妈妈！"

宋茱萸忙着看电影，压根儿不想搭理他们："不用了哦，妈妈不配跟妮妮玩。"

妮妮停在原地，喵呜了一声。

徐生又指了指宋茱萸那边："快去，把球给妈妈。"

徐松松跟看低智儿童一样瞥了哥哥一眼。

妮妮又愣了几秒，慢悠悠地走到宋茱萸身旁，抬起前爪扒拉她的手。

宋茱萸只好按下暂停键，揉了揉妮妮的小脑袋，还是把左手伸到了它面前。

妮妮用爪子按着她的手，将东西从嘴里吐了出来。

红色的毛线球不知在什么时候竟变成了一枚戒指，直接落进宋茱萸的掌心。

徐松松也惊了。

妮妮顺势在宋荬荑腿边躺下,客厅里只剩下圣诞树下的音乐盒奏着叮当的乐曲。

宋荬荑无措地望向徐生,捏着戒指的手都在发颤:"是我想的那样吗?徐生。"

徐生走至她身边,接过那枚璀璨的戒指,屈膝往她面前一跪,拉过她莹白小巧的手:"宋荬荑,你愿意嫁给我吗?"

妮妮突然又跳到徐生的腿上,异常热情地贴着宋荬荑的手,化身为最敬业的说客,喵喵几声,仿佛在说:麻麻,嫁给他吧!

徐松松语气淡淡的:"宋老师,你就答应他吧,我早就想改口叫你嫂子了。"

徐生拿戒指的手微微有些发抖。

宋荬荑微微翘起指尖,喜极而泣:"我愿意!"

我愿意,徐生。

山川难迁,水流难移。

世间万物,瞬息万变。

但我想,我会永远爱你。

番外一 领证

领证

徐生跟宋茱萸悄无声息地领了结婚证。

领证这件事并没有进行过多的探讨,反而是由不痛不痒的赌约决定的。

这天临近"是只有"打烊,宋茱萸捧着平板窝在吊椅里,双手灵活地操控着游戏界面的贪吃蛇。

下一秒,贪吃蛇被人绞杀,化成一团五彩缤纷的糖果。

宋茱萸望着暗掉的屏幕连连打哈欠。

"困了?"徐生走了过来,坐在她身边。

宋茱萸将平板递给他:"有一点。"

"那要不你先回去休息?"徐生瞥了眼时间,"我把店里的事情忙完就回去陪你。"

宋茱萸捏着他的手指,思考几秒钟后,还是决定继续留下来。

"反正都快打烊了,我回去待着也无聊,还不如跟你一块儿回去。"

徐生笑了笑:"在这儿就不无聊了?"

"无聊啊。"宋茱萸晃了晃吊椅。

徐生凑近一点,摸摸她的脑袋:"那要不要打个赌?"

宋茱萸拧着眉,警惕道:"赌什么?"

"你这什么表情？"徐生捏她脸。

宋茱萸撑着他的肩膀就要起身，徐生又握着她的腰，将人扯回了他的腿上。

"十一点半之前，最后一个客人，你说是男是女？"

宋茱萸看了眼表："还有不到二十分钟，万一没客人了怎么办？"

徐生倒是大方："没客人也算你赢。"

宋茱萸抿抿嘴唇："成交，我赌，女生。"

徐生仰坐在吊椅上，眼底多了些意味不明的笑："行，没人、女人，都算你赢。"

宋茱萸愣了一下，赶紧从他腿上起来："不能提那种……变态的要求。"

徐生摊摊手，尢佘地望着她，笑得有些恶劣："我什么都还没说。"

"还有，你就确定我会赢？这么不相信自己啊？"

宋茱萸瞪他一眼，又拾起平板开了局贪吃蛇。

时间一分一秒地流逝，外面雨声也越来越大，距离打烊只剩不到两分钟，宋茱萸惬意地哼起了曲儿。

头一次因为没客人这么开心。

11点29分。

宋茱萸收拾包包，整理收银台。

11点29分45秒。

玻璃门被人缓缓推开。

一位四十来岁的男人冒着夜雨冲进了店里。

"请问打烊没有？能帮我做份茄汁意面打包吗？"

宋茱萸叹了口气，心如死灰地闭上了眼。

徐生笑着站起身来，对着迟来的客人说："可以，您稍等。"

厨房传来徐生备菜的动静，店里的男人抹了抹额头的雨水，宋茱萸将钥匙放进了包里，哭丧着脸也只能认命。

打烊之后，徐生驱车从地下车库出来，宋茱萸收了伞钻进副驾。

音响里放着舒缓的音乐，徐生拨开远光灯继续开车，完全没有提及刚才打赌的事。

宋茱萸换了首歌："愿赌服输。说吧，想要我做什么？"

徐生盯着雨刷，笑了声："想要你……"

"过分的要求，我选择不听。"她说。

绿灯闪烁，红灯亮起，徐生换了挡，隔着黑夜与大雨，偏过头注视着她。

宋茱萸也看过去。

两人目光交织。

徐生沉声道："我们领证吧。"

宋茱萸的瞳孔颤了颤："现在就去？"

后面响起催促的鸣笛，徐生驱车继续前行："现在？没看出来姐姐这么急啊？"

见宋茱萸不说话，他又补上一句："民政局早上九点才上班。"

宋茱萸翻出手机来，压根儿没听见他这句。

徐生又怕她觉得过于突然："你要是觉得太过分，也可以再考虑考虑。"

沉默了半分钟，宋茱萸扯着安全带侧过身，将手机屏幕举到他面前："靠谱！"

她笑容明丽，语气兴奋："宋杭答应明早把户口本偷出来。"

徐生将手随意地搭在方向盘上，也跟着笑了："真就这么急啊？"

"对啊。"宋茱萸拖长语调。

徐生控制不住上扬的嘴角："那就明早民政局见？"

"九点，不见不散。"

徐生垂下眼皮，脸上笑意更甚："遵命，老婆大人。"

婚礼

徐生跟宋茱萸的婚礼定在来年的春天。

亲朋好友均为一对新人送来了祝福，但杨琼华女士始终不同意这门婚事。徐生担心宋茱萸会遗憾，私下联系过杨琼华，结果可想而知，又被她狠狠数落了一顿。

宋茱萸倒是无所谓，自宋杭将户口本偷出来，钢印落在红色的证件上的时候，她就想好了结局。

她与母亲的关系难以修复，以后做好赡养义务就行。如果母亲依旧无法接受，同住还是住养老院，均由母亲自己选择。

婚礼策划师与宋茱萸同岁，是个性格沉稳的姑娘。两人在设计上的观点不谋而合，所以从策划案初步完成到婚礼落幕，宋茱萸都特别满意。

婚礼在海拔三千米的草原上举行。

橙红的日光落在雪山之巅，宛若草原上的一朵圣洁莲花。

在场的宾客不过二十余人，藤黄色的木椅旁绑着红粉相间的花簇，徐生和宋苯荑在众人的见证下，交换戒指、拥抱、接吻。

春风拂过蜿蜒山脉，云杉枝叶为之鼓掌。

仪式结束，新郎新娘举着装满香槟的酒杯致辞。

纯白的头纱尤其醒目，宋苯荑整张脸都粉粉的，她望了眼身旁略显局促的徐生。

他漆黑的眸子闪烁着某种情绪，这种情绪的名字叫得偿所愿。

"首先我想感谢在座的朋友们，盛装莅临我和徐先生的婚礼现场。山高路远，路途艰辛，各位愿意跨越山河，为我们送上最诚挚的祝福。

"今天，云杉为媒，雪山为誓，往后余生，不论如何，我与徐先生都会携手相伴，钟爱一生，矢志不渝。也希望能将我们的幸福和喜悦传递给各位！"

宋苯荑和徐生又敬了大伙一杯。

许明莉掐着野格的胳膊："呜呜呜，老公，他们的婚礼好浪漫啊！"

野格说："咱俩的婚礼也不差啊。"

许明莉擦擦眼泪："那不一样……我下次结婚也要这么办！"

野格气得不行："下次？下辈子吧你！就应该把儿子一块儿带过来，听听他母亲都说些什么混账话！"

小岳抹了抹眼泪，冲着台上的两人大喊："生哥和宋老师要永远幸福啊！"

忙于学业的徐松松特地请了假过来，也冲着台上的人喊话："哥！要对我嫂子好一点啊！"

"对啊对啊，新婚快乐！"

"一定要幸福啊！"

"三年抱俩！你俩抓紧！"

董大臀和蒋菡也跟着欢呼，两人撩起袖子跃跃欲试，都盯着宋苯荑手里的捧花。

婚礼的仪式很简单，但即使过去好多年，众人都忘不了草原的风，还有那顶卷起的纯白头纱。

怀孕

徐生常常在外炫耀，他有个温柔的老婆。

温柔是宋茉荑维持了将近三十年的属性，可惜最终毁于那场怀孕风波。一向好脾气的宋茉荑突然暴躁，总是因为某些小事生闷气，甚至会气得躲在一旁悄悄抹眼泪。前三个月，宋茉荑总是极力克制和忍耐这种激素变化带来的情绪不稳定，直到某个月朗星稀的夜晚才彻底爆发出来。

徐生半夜总会醒一两次，给宋茉荑倒上半杯水。

这天夜里，他睡醒后伸手往身侧探了探，只摸到了没有余温的被褥。

他趿拉上拖鞋，在客厅找了圈，都没有寻见宋茉荑的踪影，最后推开虚掩着门的儿童房，才找到了那蜷缩着的小小身影。

宋茉荑盘腿坐在软垫上，捏着婴儿床旁的小鸭子。

"大半夜的不睡觉干什么呢？"徐生将灯按亮。

宋茉荑没搭理他。

徐生走到她身边半蹲下："怎么了这是？"

宋茉荑的肩膀微微抽动两下。

徐生扶着她的肩，侧过头看向她，这才发现怀里的人哭得眼睛都肿了。

宋茉荑又吸了吸鼻子，别别扭扭地不肯说话。

她最近孕吐得厉害。

"饿了？"徐生替她拭去眼泪，盯着她隆起的小腹，"还是宝宝又欺负你了？"

宋茉荑靠在他的怀里，小声嘟囔："也不是……我就是觉得自己最近有一点点奇怪。"

徐生皱皱眉："跟老公说说，哪儿奇怪了？"

宋茉荑又哭了起来："我有时候会特别讨厌你！讨厌你吃过薄荷糖留下的味道，讨厌你每天那么晚回家，讨厌你把妮妮送走，讨厌你就像现在这样碰我……"

徐生怔了片刻："之前为什么不跟我说？宁愿一个人躲在这儿抹眼泪。"

宋茉荑更委屈了："可我之前不讨厌的……"

最近徐生在世纪城开了家新店，两头跑，忙得不可开交，确实没那么多时间陪伴她。

孕后她的皮肤变得敏感，妮妮又正值换毛季，蒲公英似的绒毛满屋都是，导致她起了不少红疹，徐生只能将妮妮暂时送走。

她之前尤其怕冷，怀孕后变得怕热，就连徐生的触碰都让她反感，因为男人的体温实在过于炽热。

徐生替宋荣荑顺了顺气:"既然讨厌薄荷糖,我以后就不吃了;店里的事暂时交给小岳,我就能多留些时间陪陪你;等你对妮妮的毛发不过敏了,咱们就去野格那儿把它接回来。"

"不喜欢我碰到你,那我以后睡沙发……别哭了,嗯?"

宋荣荑扭过头看他,最后这句听上去怎么有点委屈呢?

徐生的声音沙哑又温柔:"让你不高兴的事情,可以说给我听吗?别一个人傻乎乎地生闷气。"

我会改,会替你解决好一切。

宋荣荑埋进徐生的怀里,用他的睡衣擦眼泪鼻涕,闷闷道:"我知道了。呜呜,你怎么对我这么好啊?"

"又说傻话,我不对你好,难道对别人好吗?"徐生抚着她的背顺气,"饿了吗?要不要吃点东西?"

宋荣荑:"要。"

徐生将她抱起来,往客厅走,最后将人放在沙发上。

"想吃什么?"

"苹果派。"

徐生揉揉她的头发:"行,你先看会儿电视。"

现做一道苹果派耗时并不短,徐生有条不紊地做着甜品,最后从烤箱里盛出两块苹果派,简单摆盘后给宋荣荑送去。

电视里还放着旅行综艺,音量调得特别低,荧光映在玻璃窗上,宋荣荑缩在沙发里睡着了。

徐生把苹果派搁在茶几上,对着宋荣荑的腹部喃喃:"你也要乖乖的啊。"

皎洁的月色犹如丝絮,云层翻涌涌入夜色,耳畔是爱人浅浅的呼吸。

幸福,是一日三餐的平淡与美好。

徐生坐在沙发旁的地板上,将宋荣荑脸颊的碎发别在耳后,此刻他被幸福一层层环绕着。

翌日。

宋荣荑咬下苹果派,哭着在微信上质问。

宋荣荑:为什么苹果派里没苹果?

宋荣荑:吃不出苹果味,叫什么苹果派?

宋荣荑:老公,我想吃凤梨酥。

此时徐生在邻市开会,只好打开外卖平台,翻来覆去地选了圈,点了不少外卖送到家里。

订单备注是:老婆有孕,阴晴不定,望及时送达。

宋苿萸拆外卖包装时,瞥见了徐生的这句备注,倒在沙发里笑出了声。

今嘉

同年冬天,宋苿萸在市医院诞下一女。

徐生看着那团小不点儿,真的是又惊又喜。两人之前并未刻意关注孩子的性别,就等着顺其自然地开盲盒了。

怀胎十月,这孩子把宋苿萸折腾得够呛,徐生隐隐担忧这胎会是个小子,没想到最后竟给足了他惊喜。

两人给小姑娘起名为"徐今嘉"。

今朝且渡,珍惜眼前。

嘉言懿行,思之得之。

是徐生和宋苿萸对徐今嘉小朋友的祝愿与期待。

徐今嘉的长相随了徐生,眉眼薄淡,狭长的眼型更显冷敛,白白嫩嫩的皮肤则随了宋苿萸,骨架小巧灵活,倒是一个练舞蹈的好苗子。

家里四口人,徐今嘉最喜欢的人就是叔叔徐松松。

徐松松念高中后,回家越来越少,每每到了周六的晚上,徐今嘉就早早守在门口了。

徐松松甚至还来不及关门,徐今嘉就扑了过去,奶声奶气地喊着:"叔叔……叔叔抱抱。"

徐松松笑得不行,只好抱着她关门换鞋,然后跑到嫂子宋苿萸那里告状:"这都多大了,还要叔叔抱,羞不羞啊?今嘉。"

宋苿萸守着徐生做饭,也笑了:"没办法,她就黏你。"

"叔叔不乐意抱就算了。"一旁做饭的徐生见不得他俩这么说自己的亲闺女,抽了几张纸擦干净手上的水渍,对着徐今嘉拍拍手,"来,过来,爸爸抱抱。"

徐今嘉看他一眼,又别过脸去,搂紧徐松松的脖子:"不要爸爸……要叔叔……"

徐生摊着手,默默叹了口气。

宋苿萸憋着笑,拍了拍他的肩,安慰着:"要坚强哦。"

徐生："……"

徐今嘉五岁前是个欢脱性子，小嘴儿跟抹了蜂蜜一般甜。这可把许明莉羡慕死了，一口一个"儿媳妇"叫得亲热。

念小学之后，徐今嘉的性格倒是沉稳了不少，就连放肆大笑的频率都在逐渐减少。

老父亲徐生却因此愁得不行，担心闺女被人欺负了，毕竟小姑娘哪有不爱笑的。

一个周末的傍晚，街上人潮汹涌，徐今嘉刚上完钢琴课，背着包从培训班里走出来。

徐生眼巴巴地递了份礼物过去，一家三口慢悠悠地走在街上。

徐生问他姑娘："不喜欢？"

宋苿萸也看了眼女儿，发现她表情依旧淡淡的，让人瞧不出情绪来。

隔了半晌，徐今嘉才说："喜欢呀。"

"喜欢你不给点反应？"徐生只好咽了口气，谁让女儿只能宠着，"好歹笑一个吧？"

宋苿萸捏捏徐今嘉的手："再不给你爸乐一个，他估计都该哭了啊！"

徐今嘉努努嘴："我不想笑。"

徐生问："为什么？"

徐今嘉往宋苿萸身后躲了躲，小脸难得露出一丝羞怯。她抿了抿粉嘟嘟的嘴唇，说："梁宥哲说我不笑最好看，像一株清冷的白茉莉。"

宋苿萸被女儿的发言逗笑了。

徐生瞬间黑脸了。

改天他可得去学校问问那个叫梁宥哲的浑蛋小子究竟是谁！

宋苿萸揉着他的胳膊轻声安慰："别气别气。"

"能不气吗？"徐生压根儿控制不住，自家白菜都快被猪拱了。

"那照你这样，等以后今嘉结婚，你不得泪洒婚礼现场啊？何况那小伙子话里话外不都是夸我们今嘉长得漂亮吗？放宽心啊，徐先生。"宋苿萸劝他。

"我们女儿这么漂亮，以后少不了追求者……"她又补了句。

徐生将宋苿萸搂在怀里："你还挺会安慰人的。"

再这么安慰下去，他现在就得哭了。

一排排行路灯投射出橘色的光晕，四周是鳞次栉比的高大建筑，车水马龙的步行街上人声鼎沸。

城市永远喧嚣，我们的爱永不磨灭。

宋茱萸笑了笑，对着两人说道："走吧，回家吃饭。"

番外二·生日乌龙

这年寒假刚刚开始,宋茱萸忽然从紧张忙碌的期末周中脱离出来,一下子得了闲,反而无所事事,还有些不习惯。

百无聊赖之际,她翻起了之前的照片和视频。大多数都是她跟徐生的日常记录,也有不少非常有纪念意义的。

看了半天,宋茱萸才后知后觉发现那些她最舍不得删除的照片,基本上都拍摄于她每年生日那天,记录的人则永远是徐生。

爱人的镜头是幸福的具体化。

宋茱萸觉得这句话说得特别准确,因为徐生镜头下的她,始终都是明媚的、热烈的、生动的,而且这些美好的瞬间都倾注了他沉厚的爱意。

照片堆了满满一地,她顺势躺在了旁边,脑海里迅速冒出一个想法来:今年要正正经经地给徐生过一次生日。

徐生这人不爱过生日,却热衷于给宋茱萸过生日,每年都换着不同花样给她惊喜,年年如此,不厌其烦。

想到这里,宋茱萸不免有些愧疚。打定主意之后,她就悄悄计划起了生日安排,着手给他准备礼物和惊喜。

南方城市的气温特别不稳定,骤升骤降,徐生的生日在三月,恰好赶上了"倒春寒"。

宋茱萸那天病得稀里糊涂，又是呕吐又是腹泻的，心里却还惦记着生日惊喜的事。

放学之后，宋茱萸回办公室收拾整理东西。隔壁桌的邵老师亲眼见证了她将红墨水当作营养液滴进了紫乐多肉的小瓷盆里，红墨水跟滚烫鲜血一样，淌到了办公桌上。

邵老师赶紧抽了纸巾去擦桌子："哎呀，宋老师！这还没到晚上，你就开始梦游了啊？这是墨水啊，墨水！"

宋茱萸一怔，这才反应过来，红墨水已经沾得她满手都是了。她抬手略微尴尬地摸了摸鼻尖："对不起对不起……我在想事情，有点走神了……"

"哎哟，你这又弄到脸上啦！"邵老师又扯了两张纸帮她擦脸，视线落到她惨白的小脸上，忙问，"我看你脸色不太好啊！是不是身体不太舒服啊？"

"好像有点感冒了。"宋茱萸有气无力地描述着自己的症状，"这几天总感觉胸口闷闷的，头晕还直犯恶心，我今天连午饭都没怎么吃，下午还去卫生间吐了两次。"

邵老师把纸巾扔进垃圾桶，扬了扬眉，脸上多了层意味不明的笑意。

"胸闷呕吐啊？"

"嗯。"

"宋老师，你会不会是怀孕了啊？"

"怎么可能？"

"怎么不可能？我嫂子怀孕的时候，就是你现在这个症状，人像少了一魂似的，每天都稀里糊涂的，净做一些傻事。"

宋茱萸愣了愣：有些无法反驳是怎么回事？

她连忙摆了摆手，推了推办公椅，把包挎在身上："不可能的事，你别瞎猜了。"

毕竟她的身体她自己最清楚，她生理期一向都很准时。

"你别不信啊，真得注意一下！抽空去医院检查检查。"邵老师好心提醒。

宋茱萸没有直面回应她这个问题，对着仪容镜整理了一下，拿出手机看了眼时间。

"好好好，我今天还有事要忙，就不陪你战斗了，先下班了啊。"

邵老师回过头："跟你那帅气老公约会去啊？"

宋茱萸头晕得厉害，勉强笑了笑："算是。"

"行吧行吧。"邵老师特别潇洒地挥了挥手,收回羡慕的视线,"比不得比不得,你们这些有家室的,整天在我面前秀,你这样,李老师也这样……"

话音还未落,邵老师就听到一阵不小的动静,回头看见宋茱萸晕倒在办公室门口,把路过的几个学生吓得不敢动弹。

"……宋老师!"

她吓得赶紧扑了过去。

徐生赶到医院的时候,宋茱萸已经在输液室里打吊瓶了,整个人都缩在薄毯里面,只露出半张没有血色的脸来。

刚刚他在电话里听她同事说又是怀孕又是晕倒的,吓得不行,马不停蹄地赶了过来,万幸她并无大碍。

邵老师望着男人深沉冷峻的眉眼,吞吞吐吐,有些不好意思:"吓坏了吧?不好意思啊,是我刚刚没搞清楚,宋老师没有怀孕,就是吃坏东西导致的肠胃炎,上吐下泻的,没在意,脱水了。"

徐生的情绪还算平静,诚恳地向她道了谢:"今天谢谢你了,改天我们请你吃饭。"

"别客气,别客气。"邵老师又看了眼宋茱萸,"那你进去陪她吧,这儿也没什么事,我就先回家了。"

"好。"

偌大的输液室里面只有寥寥几人,白炽灯的灯光落在地砖和一排排铁椅上,反射出冰冷阴寒的光线。

徐生走到宋茱萸身旁的空位上坐下,发现她拧着眉虚虚倚靠在椅背上。

他抬手理了理沾在她脸颊上的发丝,又轻轻挪了挪她的脑袋,让她枕在他的肩上休息。

几瓶药水全部吊完时,天已经彻底黑透了。夜幕隔着玻璃窗透了进来,宋茱萸冰冷的手指也逐渐回温。

护士来取针的时候,她才渐渐清醒过来。徐生半蹲在侧面等着,她一抬眼就能看见他。

这两年他皮肤白了不少,五官褪去了少年的青稚,显得越发成熟和凌厉,看她时,眼中蕴含着些柔和的光。

他的短发一如既往的干净利落,狭长的眼型上挑成趋近完美的弧度,薄唇抿成了一条笔直的线,眉眼间挂着疲态,看着忧心忡忡的模样。

护士收完针,说:"家属去药房取完药就能回去了。"

徐生沉沉地应了一声,让宋茱萸留在原处休息,拿着缴费单去取药了。

待他回来的时候,宋茱萸已经整理好薄毛毯,整整齐齐地叠放在原处。她迎着他挺拔的身姿走了过去,搂住了他紧窄的腰。

徐生连忙摸了摸她的额头:"还难受吗?"

宋茱萸拖长尾音"嗯"了一声,整个人都软绵绵的,颇有种撒娇的意味在里面。

"哪里不舒服?跟老公说说。"徐生托起她的下巴,居高临下地看着她。

她的眼睛湿漉漉的,看着委屈巴巴的,慢吞吞地说:"头晕,肚子也还有点疼。"

"待会儿吃了药就好了。"他柔声安慰。

徐生心疼得不得了,一手提着药,一手搂着她的肩,慢慢往电梯口走去。

医院的走廊里充斥着消毒水的气味,一路冷白的灯光衬得她毫无血色,病房里时不时传出病人痛苦的呻吟。

"现在几点钟了?"她又问。

"九点多了。"徐生说。

宋茱萸急得猛地从他怀里钻出来,表情特别复杂,小脸上写满严肃,连连说道:"完了完了完了……"

"什么完了?"徐生不解。

宋茱萸都快哭了:"我订了十点钟的票。"

"什么票?"

"摩天轮。"

"摩天轮?"徐生揉了揉她的脑袋,故意带着醋意逗她,"睡美人的故事还没大结局吗?这次又要替宋杭许什么愿?"

"不是宋杭。"宋茱萸嘟囔,"是你。"

"我?"

"对呀,今天不是你生日嘛。"

徐生吊儿郎当地搂着她进电梯:"我不过生日,更用不着许愿。"

"可是我都计划好了。"她很执着。

"那就缓几天,等你身体好了再说。"他按下楼层键。

"生日哪有补过的道理啊?"宋茱萸觉得特别对不起他。

"那要不明年再说?"他搂着她笑了笑。

宋茱萸瞪他一眼:"徐生!"

徐生并没有载宋苿萸去游乐园，而是直接把人塞进了副驾，驱车径直回家。

宋苿萸跟自己生了一路的闷气。

两人回到家换上拖鞋，一前一后往沙发那边走去。徐生弯腰还没来得及坐下，就听见宋苿萸对他说："我想喝酸奶，你去冰箱里帮我拿。"

"你肠胃还没好。"

"那我想吃块巧克力。"

"也不可以吃。"

宋苿萸眨了眨眼："那你帮我拿粒冰糖总可以吧？待会儿吃药会很苦。"

"……行。"

徐生将信将疑地看她一眼，然后往厨房那边走去，隐约觉得事情没那么简单。

他拉开冰箱门，保鲜室橙黄的灯光亮起，一尘不染的玻璃隔层上摆着一个造型别致可爱的小蛋糕，周围还塞满了橙红色的玫瑰，彩虹的生日帽上面挂着星星灯，几罐可乐叠放在一起，罐底用记号笔写着六个字——"老公，生日快乐"。

宋苿萸不知什么时候也跟了过来，趴在门口看他的反应，用清甜的嗓音说着："生日快乐，徐生。"

徐生单手撑在冰箱左侧："在这儿等着我呢？"

宋苿萸凑过去，紧贴在他身边："喜欢吗？"

徐生说得诚恳："喜欢，很喜欢。"

宋苿萸声音越来越小："计划赶不上变化，我没想到我会晕倒……准备得不充分！"

徐生亲了下她的脸颊："不愧是宋老师啊，这么快就开始反省了？"

"发现不足，提升自己嘛。"她说。

徐生笑了笑，眼底都是闪烁的星星点点。他指着冰箱里那个咖色的小狗蛋糕："蛋糕哪儿买的？都快化了。"

"说到这个，我就要隆重地介绍一下了！"宋苿萸立马站直身子，"这个蛋糕可是宋大厨在甜品界的首秀，献给我最亲爱的徐先生。"

徐生没忍住笑得更深："猜到了。"

宋苿萸也笑了："这么聪明？难道这就是心有灵犀？"

"嗯，心有灵犀。"他捏了捏她软乎乎的脸颊，"毕竟这么丑的蛋糕想卖出去也不太容易。"

"徐生！"宋茱萸气得去捶他。

徐生也不躲，笑得很讨打，将人扯进怀里，声音沙哑动人："不闹了，我把蛋糕端出去，我们一起吃？"

"好。"看在他生日的份上，宋茱萸决定饶他一次，"先许愿。"

"行。"他一口答应。

徐生小心翼翼地端起蛋糕往客厅走，宋茱萸则拿着生日帽跟在他身后。

"对了，你什么时候做的蛋糕啊？"

"昨天晚上啊，我看冰箱里有现成的奶油。"宋茱萸兴致勃勃的，"我试过了，虽然不好看，但是还挺好吃的。"

徐生停下来，转过身看她，有些欲言又止："老婆，我好像知道你得肠胃炎的原因了。"

"什么？"宋茱萸睁大杏眼，疑惑地望着他。

徐生顿了下："那盒奶油上个月就过期了。"

宋茱萸这下彻底心碎了："过期了？这下你什么礼物都没有了……"

徐生将蛋糕放在小茶几上，接过生日帽自觉地戴在头顶，拉着她坐回沙发上。

"谁说的？你就是最好的礼物。"

"对不起。"宋茱萸抿着唇。

"傻子。"徐生拍了拍她的脑袋，催促道，"还愣着干什么？赶紧帮寿星公点生日蜡烛啊。"

好好的生日惊喜变得乌龙又搞笑。

宋茱萸又去找了蜡烛点上，突然又很庆幸他还没吃蛋糕。

壁灯发出微弱的光，蜡烛的火光映在了两人的脸上。

徐生闭眼许下愿望。

愿我爱的人常伴余生，平安顺遂。